HARLAN COBEN
In deinem Namen

Thriller

aus dem Amerikanischen
von Gunnar Kwisinski

GOLDMANN

Die Originalausgabe erschien 2017
unter dem Titel »Don't let go« bei Dutton,
a member of Penguin Random House LLC, New York.

Sollte diese Publikation Links auf Webseiten Dritter enthalten,
so übernehmen wir für deren Inhalte keine Haftung,
da wir uns diese nicht zu eigen machen, sondern lediglich auf
deren Stand zum Zeitpunkt der Erstveröffentlichung verweisen.

Dieses Buch ist auch als E-Book erhältlich.

Verlagsgruppe Random House FSC® N001967

1. Auflage
Copyright © der Originalausgabe 2017 by Harlan Coben
Copyright © der deutschsprachigen Ausgabe 2018
by Wilhelm Goldmann Verlag, München,
in der Verlagsgruppe Random House GmbH,
Neumarkter Str. 28, 81673 München
Redaktion: Anja Lademacher
Umschlaggestaltung: UNO Werbeagentur, München
Umschlagmotiv: plainpicture/BY; FinePic®, München
TH · Herstellung: kw
Satz: Uhl + Massopust, Aalen
Druck und Bindung: CPI books GmbH, Leck
Printed in the Czech Republic
ISBN: 978-3-442-20544-8
www.goldmann-verlag.de

Besuchen Sie den Goldmann Verlag im Netz

Pour Anne
A Ma Vie de Cœur Entier

ANMERKUNG DES VERFASSERS

Als ich im vorstädtischen New Jersey aufwuchs, waren zwei Legenden über meine Heimatstadt weit verbreitet.

Die eine erzählte davon, dass in einem noblen, von einem Eisentor und bewaffneten Wachleuten geschützten Anwesen ein berüchtigter Mafiaboss lebte und dass sich dahinter eine Verbrennungsanlage befand, die womöglich behelfsmäßig als Krematorium benutzt wurde.

Die zweite Legende, die dieses Buch inspiriert hat, rankte sich um das angrenzende Anwesen, das sich in der Nähe der Grundschule befand, mit Stacheldrahtzaun abgesperrt und offiziellen »Betreten verboten«-Schildern versehen war. Es hieß, dass sich dort eine Basis für Nike-Raketen befand, die mit Atomsprengköpfen ausgerüstet werden konnten.

Jahre später habe ich erfahren, dass beide Legenden der Wahrheit entsprachen.

Daisy trug ein eng anliegendes schwarzes Kleid, mit einem Dekolleté, das solch tief greifende Einsichten vermittelte, dass es Philosophie hätte lehren können.

Sie entdeckte ihre Zielperson auf einem Hocker am hinteren Ende des Tresens. Er trug einen grauen Nadelstreifenanzug. Hmm. Er war alt genug, um ihr Vater sein zu können. Möglicherweise würde das ihr Vorgehen erschweren – musste es aber nicht. Bei alten Knackern wusste man nie. Manche, besonders die frisch geschiedenen, waren ganz wild darauf zu beweisen, dass sie es noch draufhatten. Das galt auch für diejenigen, die »es« schon früher nicht draufgehabt hatten. Besonders für diejenigen, die es schon früher nicht draufgehabt hatten.

Als Daisy durch die Bar schlenderte, spürte sie, wie die Blicke der männlichen Gäste ihre nackten Beine hinaufkrochen. Am Ende des Tresens erklomm sie etwas theatralisch den Hocker neben ihm.

Die Zielperson starrte in das vor ihm stehende Whiskeyglas wie eine Zigeunerin in ihre Glaskugel. Daisy wartete darauf, dass er sich ihr zuwandte. Das tat er nicht. Sie musterte sein Profil einen Moment lang. Der dichte, graue Bart. Die Knollennase mit der wachsartigen Haut, die ein wenig wie eine Hollywood-Spezialanfertigung aus Silikon wirkte. Die langen, strähnigen Wischmopp-Haare.

Vermutlich seine zweite Ehe, dachte Daisy. Und somit auch die zweite Scheidung.

Dale Miller – so hieß ihre Zielperson – griff behutsam nach seinem Whiskeyglas und umfasste es mit beiden Händen, als wäre es ein verletzter Vogel.

»Hi«, sagte Daisy und warf routiniert die Haare nach hinten.

Miller wandte ihr den Kopf zu. Er sah ihr direkt in die Augen. Sie wartete darauf, dass sein Blick den Ausschnitt hinabwanderte – verdammt, selbst Frauen konnten sich das nicht verkneifen, wenn sie dieses Kleid trug –, doch er sah ihr weiter in die Augen.

»Hallo«, antwortete er. Dann drehte er sich um und starrte wieder in seinen Whiskey.

Normalerweise ließ Daisy sich von der Zielperson anbaggern. Das war ihre Lieblingstechnik. Sie lächelte und sagte auf diese gewisse Art »Hi«, worauf der Mann fragte, ob er ihr einen Drink ausgeben dürfe. Sie kennen das. Aber Miller war offenbar nicht in Flirtlaune. Er nahm einen großen Schluck aus seinem Glas. Dann noch einen.

Das war gut. Das Saufen. Das machte es einfacher.

»Kann ich irgendetwas für Sie tun?«, fragte er.

Vierschrötig, dachte Daisy. Das Wort beschrieb ihn am besten. Selbst im Nadelstreifenanzug hatte er diese vierschrötige Vietnam-Veteran-Motorradfahrer-Ausstrahlung. Seine Stimme war tief und rau. Daisy fand diesen Typ älterer Männer sexy, vermutlich machte sich da ihr legendärer Vaterkomplex bemerkbar. Sie mochte Männer, in deren Gegenwart sie sich geborgen fühlte.

Und es war sehr lange her, dass sie mit einem solchen Mann zusammen gewesen war.

Zeit für einen zweiten Anlauf, dachte Daisy.

»Haben Sie etwas dagegen, wenn ich mich einfach zu Ihnen setze?« Daisy beugte sich zu ihm hinüber, gewährte ihm einen noch etwas tieferen Einblick in ihren Ausschnitt und flüsterte: »Dieser Mann da...«

»Belästigt er Sie?«

Nett. Er sagte es nicht auf diese machohafte Tour wie so viele andere Flachpfeifen, die sie im Lauf der Jahre kennengelernt hatte. Dale Miller fragte ruhig und sachlich, fast schon galant – wie ein Mann, der sie beschützen wollte.

»Nein, nein... nicht direkt.«

Er drehte sich um, ließ den Blick durch die Bar schweifen. »Wer ist es?«

Daisy legte eine Hand auf seinen Arm.

»Es ist kein Problem. Wirklich nicht. Ich meine bloß... hier bei Ihnen fühle ich mich sicher, okay?«

Wieder sah Miller ihr in die Augen. Die Knollennase passte nicht zum Gesicht, was aufgrund der durchdringenden, blauen Augen jedoch kaum ins Gewicht fiel. »Natürlich«, sagte er, allerdings recht zurückhaltend. »Darf ich Ihnen einen Drink ausgeben?«

Viel mehr brauchte Daisy nicht. Sie war eine gute Zuhörerin, und Männer – ob verheiratet, alleinstehend, getrennt lebend – schütteten ihr gerne das Herz aus. Dale Miller brauchte etwas länger als üblich – bis zum vierten Drink, wenn sie richtig mitgezählt hatte –, doch schließlich erzählte er von seiner bevorstehenden Scheidung, von Clara, seiner – Volltreffer – zweiten Frau, die achtzehn Jahre jünger war als er. (»Hätte ich doch wissen müssen, oder? Ich bin so ein Idiot.«) Beim nächsten Drink erzählte er von seinen beiden Kindern, Ryan und Simone, dem Sorgerechtsstreit, seinem Job im Finanzwesen.

Auch sie musste etwas von sich erzählen. So lief das nun mal. Den Gesprächspartner ein bisschen anfüttern. Für solche Situationen hatte sie eine Story parat, natürlich frei erfunden. Millers Auftreten verleitete sie jedoch dazu, ein paar

Brocken Ehrlichkeit einzuflechten. Natürlich würde sie ihm niemals die Wahrheit erzählen. Die kannte keiner, außer Rex vielleicht. Doch selbst Rex wusste nicht alles.

Er trank Whiskey, sie Wodka. Sie versuchte, langsamer zu trinken als er. Zweimal nahm sie ihr volles Glas mit zur Toilette, goss es ins Waschbecken und füllte es mit Wasser auf. Trotzdem war Daisy leicht angeschickert, als Rex die SMS schickte.

B?

B für »Bereit«.

»Alles in Ordnung?«, fragte Miller.

»Klar. Nur eine Freundin.«

Sie antwortete J für »Ja« und drehte sich wieder zu ihm um. Normalerweise schlug sie zu diesem Zeitpunkt vor, dass sie sich ein ruhigeres Fleckchen suchen könnten. Die meisten Männer ergriffen die Gelegenheit beim Schopf – in diesem Punkt waren Männer sehr berechenbar. Sie war aber nicht überzeugt, dass dieser direkte Weg bei Dale Miller zum Erfolg führen würde. Nicht, dass er nicht interessiert wirkte. Er schien aber irgendwie – wie sollte sie es ausdrücken – darüberzustehen.

»Darf ich Ihnen eine Frage stellen?«, begann sie.

Miller lächelte. »Sie stellen mir schon den ganzen Abend Fragen.«

Er lallte leicht. Gut.

»Haben Sie ein Auto?«, fragte sie.

»Hab ich, ja. Wieso?«

Sie ließ den Blick durch die Bar streifen. »Dürfte ich Sie bitten, äh, mich nach Hause zu fahren? Es ist nicht weit.«

»Klar, kein Problem.«

Dann: »Ich brauche vielleicht noch einen Moment, um den Kopf wieder klarzukriegen.«

Daisy hüpfte vom Hocker. »Ach, schon gut. Dann geh ich einfach zu Fuß.«

Miller richtete sich auf. »Augenblick, was?«

»Ich muss langsam zusehen, dass ich nach Hause komme, aber wenn Sie nicht fahren können ...«

»Nein, nein«, sagte er und streckte die Beine aus. »Ich bring Sie gleich hin.«

»Falls es irgendwie ein Problem ist, kann ich ...«

Er sprang vom Hocker. »Nein, absolut nicht. Kein Problem, Daisy.«

Bingo. Als sie sich auf den Weg zur Tür machten, simste Daisy schnell an Rex:

ADW

Kurzform für: »Auf dem Weg«.

Man konnte es als Betrug oder Gaunerei ansehen, Rex beharrte jedoch darauf, dass es »redlich verdientes« Geld sei. Von der Redlichkeit war Daisy nicht vollkommen überzeugt, größere Schuldgefühle hatte sie allerdings auch nicht. Der Plan und seine Umsetzung waren simpel, das zugrunde liegende Motiv war hingegen etwas komplexer. Ein Mann und eine Frau ließen sich scheiden. Der Sorgerechtsstreit wurde hässlich. Beide Seiten waren verzweifelt. Die Ehefrau – im Prinzip könnte auch der Ehemann ihre Dienste in Anspruch nehmen, bisher war es jedoch immer die Frau gewesen – erteilte Rex den Auftrag, um sich bei dieser blutigsten aller Schlachten einen Vorteil zu verschaffen. Wie machte er das?

Er erwischte den Ehemann mit Alkohol am Steuer.

Wie könnte man besser nachweisen, dass er unverantwortlich handelte und damit als Erziehungsberechtigter ungeeignet war?

So lief das. Daisys Job umfasste zwei Aufgaben: Zuerst verleitete sie den Ehemann dazu, zu viel zu trinken, sodass er nicht mehr Auto fahren durfte, dann lotste sie ihn hinters Steuer. Rex war Polizist. So konnte er ihn anhalten, einen Alkoholtest durchführen und schwupps, hatte ihre Klientin im Sorgerechtsprozess einen riesigen Vorteil. Rex wartete zwei Blocks weiter in seinem Streifenwagen. Er suchte sich immer ein ruhiges Plätzchen in der Nähe der Bar, in der die Zielperson am fraglichen Abend etwas trank. Je weniger Zeugen, desto besser. Dann stellte auch niemand unangenehme Fragen.

Halt den Kerl an, nimm ihn fest, und fertig.

Daisy und Dale Miller wankten durch die Tür und weiter Richtung Parkplatz. »Hier entlang«, sagte Miller. »Da steht mein Wagen.«

Der Parkplatz war mit groben Kieseln bedeckt. Auf dem Weg zum grauen Toyota Corolla trat Miller ein paarmal hinein, sodass sie durch die Luft flogen. Er drückte auf den Schlüssel. Das Auto hupte zweimal leise. Als Miller zur Beifahrertür ging, war Daisy verwirrt. Sollte sie fahren? Herrje, bloß nicht. War er betrunkener, als sie gedacht hatte? Das war durchaus möglich. Dann begriff sie jedoch, dass es weder um das eine noch um das andere ging.

Dale Miller öffnete die Tür und hielt sie ihr auf. Wie ein echter Gentleman. Daisy hatte schon so lange nichts mehr mit echten Gentlemen zu tun gehabt, dass sie gar nicht begriffen hatte, was er da tat.

Er hielt ihr die Tür auf und wartete. Daisy stieg ein. Dale Miller ließ ihr Zeit, sich richtig hinzusetzen, dann schloss er die Tür vorsichtig.

Sie bekam leichte Gewissensbisse.

Rex hatte immer wieder darauf hingewiesen, dass sie nichts Illegales oder auch nur moralisch Verwerfliches taten. Erstens ging ihr Plan nicht immer auf. Manche Typen hingen einfach nicht in Bars ab. »In dem Fall«, hatte Rex zu ihr gesagt, »ist er aus dem Schneider. Aber unser Mann ist schließlich von sich aus losgezogen, um was zu trinken, oder? Du versetzt ihm nur noch einen leichten Schubs, weiter nichts. Keiner zwingt ihn, sich ans Steuer zu setzen, nachdem er Alkohol getrunken hat. Im Endeffekt ist das seine Entscheidung. Du setzt ihm ja nicht die Pistole auf die Brust.«

Daisy schnallte sich an, genau wie Dale Miller. Dann ließ er den Motor an und legte den Rückwärtsgang ein. Der Kies knirschte unter den Reifen. Nachdem er aus der Parklücke gefahren war, blieb Miller noch einen Moment stehen und musterte Daisy. Sie versuchte, sich ein Lächeln abzuringen, was ihr aber nicht recht gelang.

»Was verbergen Sie, Daisy?«, fragte er.

Ihr lief ein kalter Schauer über den Rücken, aber sie antwortete nicht.

»Irgendetwas muss Ihnen zugestoßen sein. Das sehe ich in Ihrem Gesicht.«

Weil ihr nichts Besseres einfiel, versuchte Daisy die Worte mit einem Lachen abzutun. »Ich habe Ihnen meine Lebensgeschichte doch in der Bar schon erzählt, Dale.«

Miller wartete noch ein oder zwei Sekunden, die ihr wie eine Stunde vorkamen. Schließlich blickte er nach vorn und legte den Vorwärtsgang ein. Er sagte nichts mehr, während sie den Parkplatz verließen.

»Hier links«, sagte Daisy, und hörte die Anspannung in ihrer Stimme. »Dann die zweite rechts.«

Dale Miller schwieg jetzt, fuhr konzentriert um die Kurven,

wie man es macht, wenn man zu viel getrunken hatte und nicht angehalten werden wollte. Der Toyota Corolla war sehr sauber, wirkte unpersönlich und roch etwas zu stark nach Lufterfrischer. Als Miller an der zweiten Kreuzung rechts abbog, hielt Daisy die Luft an und wartete auf Rex' Blaulicht und die Sirene.

Vor dieser Situation hatte Daisy die größte Angst, weil man nie wusste, wie die Leute reagierten. Einer hatte versucht, sich aus dem Staub zu machen, dann aber noch vor der nächsten Kurve erkannt, dass es keinen Sinn hatte. Manche begannen zu fluchen. Manche – zu viele – brachen in Tränen aus. Das fand sie am schlimmsten. Erwachsene Männer, die sie gerade noch cool angebaggert hatten – manche hatten noch eine Hand unter dem Kleidersaum auf ihren nackten Beinen –, fingen urplötzlich an, wie Kleinkinder zu plärren.

Diese Männer erkannten den Ernst der Lage sofort. Und die Erkenntnis erdrückte sie fast.

Daisy hatte keine Ahnung, was sie bei Dale Miller zu erwarten hatte.

Rex hatte das Timing mit fast wissenschaftlicher Akribie perfektioniert. Wie aufs Stichwort erschien das rotierende Blaulicht, direkt gefolgt von der Sirene. Daisy drehte sich zur Seite und sah Dale Miller ins Gesicht, um festzustellen, wie er reagierte. Seine Miene zeigte weder Beunruhigung noch Überraschung. Er wirkte gefasst, wenn nicht sogar entschlossen. Er blinkte rechts und hielt ordentlich am Straßenrand. Rex blieb ein paar Meter hinter ihnen stehen.

Die Sirene war aus, doch das Blaulicht rotierte weiter.

Dale Miller schaltete auf Parken und wandte sich ihr zu. Sie wusste nicht recht, was den Gesichtsausdruck am besten beschrieb: Überraschung? Mitleid? Ein Was-soll-man-da-machen-Seufzer?

»Sieh einer an!«, sagte Miller. »Da hat uns wohl die Vergangenheit eingeholt, was?«

Seine Worte, sein Tonfall und seine Miene verunsicherten sie. Sie wollte Rex zurufen, dass er sich beeilen sollte, doch der ließ sich in typischer Cop-Manier viel Zeit. Dale Miller betrachtete sie weiter, selbst dann noch, als Rex mit den Fingerknöcheln an sein Fenster klopfte. Miller wandte sich langsam ab und ließ die Scheibe heruntergleiten.

»Ist irgendetwas nicht in Ordnung, Officer?«

»Den Führerschein und den Fahrzeugschein, bitte.«

Dale Miller reichte sie ihm.

»Haben Sie heute Abend etwas getrunken?«

»Einen Drink, vielleicht«, sagte er. Zumindest mit dieser Antwort lag er auf einer Linie mit den anderen Zielpersonen. Sie logen alle.

»Würden Sie bitte kurz aussteigen?«

Wieder sah Miller Daisy an. Daisy bemühte sich, unter diesem Blick nicht zu erschaudern. Sie starrte nach vorne durch die Windschutzscheibe, um den Blickkontakt zu vermeiden.

Rex sagte: »Sir? Ich hatte Sie gebeten...«

»Natürlich, Officer.«

Dale Miller zog am Griff. Als sich die Innenbeleuchtung einschaltete, schloss Daisy für einen Moment die Augen. Mit einem Grunzen stieg Miller aus. Er ließ die Autotür auf, doch Rex streckte die Hand aus und schlug sie zu. Das Fenster war noch offen, daher konnte Daisy alles hören.

»Sir, ich möchte Sie bitten, ein paar Übungen durchzuführen, damit ich feststellen kann, ob Sie betrunken sind.«

»Wollen wir das nicht überspringen?«, fragte Dale Miller.

»Wie bitte?«

»Warum lassen Sie mich nicht gleich pusten? Das wäre einfacher.«

Das Angebot überraschte Rex. Er sah Daisy an Miller vorbei an. Sie zuckte kurz die Achseln.

»Ich gehe davon aus, dass Sie ein Alkoholtestgerät in Ihrem Streifenwagen haben?«, sagte Miller.

»Das habe ich, ja.«

»Dann lassen Sie uns keine Zeit verschwenden. Weder Ihre noch meine noch die der hübschen Lady.«

Rex zögerte. Dann sagte er: »Gut, bitte warten Sie hier.«

»Selbstverständlich.«

Als Rex sich umdrehte, um zum Streifenwagen zu gehen, zog Dale Miller eine Pistole und schoss ihm zweimal in den Hinterkopf. Rex sank zu Boden. Dann drehte Dale Miller sich um und richtete die Pistole auf Daisy.

Sie sind wieder da, dachte sie.

Nach all den Jahren haben sie mich gefunden.

EINS

Ich verberge den Baseballschläger hinter meinem Bein, damit Trey – oder der, den ich für Trey halte – ihn nicht sieht. Der potenzielle Trey mit seiner falschen Bräune, den Emo-Fransen im Gesicht und den bedeutungslosen Tribal-Tattoos um den aufgeblähten Bizeps tänzelt in meine Richtung. Ellie hat Trey als »ausgemachten Schwachkopf und Arschloch« bezeichnet. Die Beschreibung passt perfekt auf den Typen.

Aber ich darf in dem Punkt kein Risiko eingehen.

Im Laufe der Jahre habe ich eine absolut coole Ermittlungstechnik entwickelt, um festzustellen, ob ich es mit der richtigen Person zu tun habe. Also pass auf:

»Trey?«

Der Schwachkopf bleibt stehen, legt die Neandertaler-Stirn in tiefe Falten und sagt: »Wer will das wissen?«

»Soll ich jetzt ›ich‹ sagen?«

»Hä?«

Ich seufze. Siehst du, mit was für Schwachköpfen ich es zu tun habe, Leo?

»Sie haben gesagt: ›Wer will das wissen?‹«, fahre ich fort. »So als wären Sie ein wenig misstrauisch. Hätte ich zum Beispiel ›Mike?‹ gerufen, hätten Sie doch sicher gesagt: ›Nein, tut mir leid, da haben Sie sich vertan.‹ Aber Sie haben gefragt: ›Wer will das wissen?‹ Und so haben Sie mir verraten, dass Sie Trey sind.«

Du müsstest die Miene des Typen sehen.

Ich trete einen Schritt näher an ihn heran, achte aber darauf, dass er den Baseballschläger nicht sieht.

Trey gibt sich komplett im Gangster-Style, doch ich spüre seine Angst, die er in heißen Schüben verströmt. Das überrascht mich nicht. Ich bin ein großer, kräftiger Mann, keine eins fünfzig große Frau, die er herumschubsen kann, damit er sich groß und stark fühlt.

»Was wollen Sie?«, fragt Trey.

Noch einen Schritt näher.

»Reden.«

»Worüber?«

Ich schlage einhändig zu, weil das schneller geht. Der Schläger schnellt wie eine Peitsche auf Treys Knie. Er schreit, geht aber nicht zu Boden. Jetzt nehme ich den Baseballschläger in beide Hände. Weißt du noch, wie Coach Jauss uns in der Little League das Schlagen beigebracht hat? »Schläger nach hinten, Ellbogen hoch«, war sein Mantra. Wie alt waren wir damals? Neun? Zehn? Egal, ich tue das, was Coach Jauss uns beigebracht hat. Ich hole mit dem Schläger weit aus, hebe die Ellbogen, ziehe durch und trete dabei mit dem vorderen Fuß vor.

Das dicke Ende des Schlägers landet mitten auf demselben Knie.

Trey fällt um, als hätte ich auf ihn geschossen. »Bitte ...«

Dieses Mal hole ich über Kopf aus, wie mit einer Spaltaxt, nutze den ganzen Hebel, lege mein Gewicht in den Schlag und visiere wieder dasselbe Knie an. Als das Holz auftrifft, zersplittert etwas. Trey heult auf. Wieder hebe ich den Schläger. Inzwischen hat Trey beide Hände aufs Knie gelegt und versucht, es zu schützen. Scheiß drauf. Ich kann auch auf Nummer sicher gehen, oder?

Ich ziele auf den Knöchel. Der Knochen gibt nach und zerbricht. Es knackt, als hätte man mit einem Stiefel auf trockene Zweige getreten.

»Sie haben mein Gesicht nicht zu sehen bekommen«, sage ich zu ihm. »Wenn Sie mich verraten, komme ich zurück und bringe Sie um.«

Ich warte nicht auf eine Antwort.

Erinnerst du dich noch an den Tag, als Dad mit uns zum ersten Mal zu einem Major-League-Baseballspiel gegangen ist, Leo? Im Yankee Stadium? Wir haben in dieser Box unten an der Linie zur dritten Base gesessen. Wir haben während des gesamten Spiels unsere Baseballhandschuhe anbehalten, weil wir hofften, dass ein Ball zu uns ins Aus fliegt. Das ist natürlich nicht passiert. Ich weiß noch, wie Dad den Kopf schräg gehalten hat, die schwarze Sonnenbrille auf der Nase und dieses leichte Lächeln im Gesicht. Wie cool Dad war. Als Franzose kannte er die Regeln nicht – auch er war damals das erste Mal bei einem Baseballspiel –, aber das war ihm völlig egal. Für ihn war es einfach ein Tag, den er mit seinen Zwillingen verbringen konnte.

Das hat ihm gereicht.

An einem 7-Eleven-Markt drei Straßen weiter werfe ich den Schläger in einen Müllcontainer. Ich habe Handschuhe getragen, sodass keine Fingerabdrücke darauf sind. Den Schläger habe ich vor vielen Jahren bei einem Garagen-Flohmarkt in Atlantic City gekauft. Ausgeschlossen, dass man ihn zu mir zurückverfolgen kann. Nicht, dass mir das Sorgen bereiten würde. Die Cops werden nicht zwischen den Kirsch-Slurpee-Bechern in den Müllcontainern herumwühlen, um einem Profi-Arschloch wie Trey zu helfen. Im Fernsehen vielleicht. Im wahren Leben werden sie es als Streit unter Gleichgesinnten verbuchen, als einen fehlgeschlagenen Drogendeal, nicht beglichene Spielschulden oder sonst irgendetwas, für das Trey die Prügel wirklich und wahrhaftig verdient hat.

Ich überquere den Parkplatz und nehme einen langen, gewundenen Umweg, um zu meinem Wagen zu kommen. Ich trage eine schwarze Brooklyn-Nets-Kappe – ein klassisches Straßen-Outfit in dieser Gegend – und halte den Kopf gesenkt. Obwohl ich, wie gesagt, nicht davon ausgehe, dass sich jemand ernsthaft mit dem Fall beschäftigen wird, muss man doch immer mit einem übereifrigen Neuling rechnen, der die Videos sämtlicher Überwachungskameras der Umgebung überprüft oder etwas in dieser Art.

Etwas Vorsicht kann ja nicht schaden.

Ich steige in mein Auto, fahre auf die Interstate 280 und direkt zurück nach Westbridge. Mein Handy klingelt – Ellie ruft an. Als wüsste sie, was ich getan habe. Miss Gewissen. Ich gehe jetzt nicht ran.

Westbridge ist einer dieser Vororte, den die Medien wohl als die »familienfreundliche« Version des amerikanischen Traums beschreiben würden, vielleicht auch als »gut situiert« oder gar »wohlhabend«, ohne das Level »todschick« erreichen zu können. Es gibt Rotarier-Grillfeste, eine Parade am Unabhängigkeitstag, vom Kiwani-Club organisierte Jahrmärkte und am Samstagmorgen einen Bio-Bauernmarkt. Die Kinder fahren hier noch mit dem Fahrrad zur Schule. Die Highschool-Footballspiele sind gut besucht, besonders wenn wir gegen unseren Erzrivalen Livingston spielen. Die Little League für die kleinen Baseballspieler ist hier noch eine große Sache. Coach Jauss ist zwar vor ein paar Jahren gestorben, aber sie haben ein Feld nach ihm benannt.

Ich schaue dort immer noch gelegentlich vorbei, inzwischen allerdings in einem Polizeiwagen. Genau, so ein Cop bin ich. Dann denke ich an dich, Leo, rechts draußen im Outfield. Du wolltest eigentlich gar nicht spielen – das habe ich inzwischen begriffen –, du wusstest aber, dass ich ohne dich womöglich auch nicht mitgemacht hätte. Ein paar der Älteren sprechen immer noch über den No-Hitter, der mir als Werfer im Halbfinale der State Championship gelungen war. Du warst nicht gut genug, um es in die Mannschaft zu schaffen. Also haben die Typen, die in der Little League etwas zu sagen hatten, dich mitgenommen, damit du die Spielstatistik führst. Wahrscheinlich sollte aber vor allem ich zufriedengestellt werden. Ich glaube nicht, dass mir das damals aufgefallen ist.

Du warst immer klüger als ich, Leo, klüger und reifer, also hast du es wahrscheinlich gemerkt.

Ich biege in meine Einfahrt und parke. Tammy und Ned Walsh von nebenan – insgeheim sehe ich in ihm Ned Flanders, weil er diesen Pornobalken trägt und immer vor Herzlichkeit überschäumt – reinigen ihre Dachrinnen. Beide winken mir zu.

»Hey, Nap«, sagt Ned.

»Hey, Ned«, sage ich. »Hey, Tammy.«

Ich bin immer so freundlich. Der nette Nachbar. Weißt du, ich bin eine dieser extrem seltenen Kreaturen im Vorort – ein heterosexueller, alleinstehender, kinderloser Mann ist hier so etwas wie eine Zigarette im Fitnessstudio –, daher gebe ich mir große Mühe, normal, langweilig und zuverlässig zu erscheinen.

Harmlos.

Dad ist vor fünf Jahren gestorben, daher glaube ich, dass ein paar Nachbarn mich als einen von diesen Alleinstehenden betrachten – einen, der noch zu Hause wohnt und sich dort vergraben hat wie Boo Radley in *Wer die Nachtigall stört*. Deshalb halte ich das Haus gut in Schuss. Deshalb achte ich darauf, gelegentlich bei Tageslicht angemessene weibliche Begleitung mitzubringen, selbst wenn ich weiß, dass die Verabredung zu nichts führen wird.

Es gab Zeiten, in denen ein Typ wie ich als reizender Exzentriker und überzeugter Junggeselle gegolten hätte. Heutzutage machen sich die Nachbarn wahrscheinlich eher Sorgen, dass ich ein Pädophiler oder etwas in dieser Art sein könnte. Ich tue alles, um diese Angst zu zerstreuen.

Allerdings kennen die meisten Nachbarn unsere Geschichte, Leo, also finden sie es nachvollziehbar, dass ich hierbleibe.

Ich winke Ned und Tammy immer noch.

»Wie läuft's bei Brodys Team?«, frage ich.

Es interessiert mich nicht, auch hier geht es nur um den äußeren Anschein.

»Acht Siege, eine Niederlage«, sagt Tammy.

»Das ist grandios.«

»Du musst nächsten Mittwoch zum Spiel kommen.«

»Wäre schön«, sage ich.

Es wäre auch schön, wenn man mir eine Niere mit einem Grapefruit-Löffel herausoperieren würde.

Ich lächle noch ein wenig, winke noch einmal wie ein Idiot und gehe ins Haus. Aus unserem alten Zimmer bin ich ausgezogen, Leo. Nach jener Nacht – ich nenne es immer »jene Nacht«, weil ich weder bereit bin, von einem »Doppel-Selbstmord« noch von einem »tödlichen Unfall« zu sprechen, und auch nicht von einem »Mord«, was allerdings auch niemand glaubt – habe ich den Anblick unsres alten Etagenbetts nicht mehr ertragen. Ich schlafe seitdem unten im Erdgeschoss in dem Raum, den wir damals das »kleine Wohnzimmer« genannt haben. Wahrscheinlich hätte einer von uns schon eher da runter ziehen sollen, Leo. Für zwei Jungs war unser Schlafzimmer in Ordnung, für zwei männliche Teenager war es einfach viel zu eng.

Was mich damals allerdings nicht gestört hat. Dich vermutlich auch nicht.

Nach Dads Tod bin ich wieder nach oben ins Elternschlafzimmer gezogen. Ellie hat mir geholfen, unser altes Zimmer zum Büro umzubauen – mit so weißen Einbaumöbeln in einem Stil, den sie »Modern Urban Farmhouse« nennt. Ich weiß noch immer nicht, was das bedeutet.

Ich bin unterwegs ins Schlafzimmer und ziehe mir schon das Hemd aus, als es klingelt. Ich nehme an, dass es ein Paket ist, weil UPS und FedEx die Einzigen sind, die vorbeikommen, ohne sich vorher anzumelden. Also gehe ich nicht runter. Als es ein zweites Mal klingelt, überlege ich, ob ich etwas bestellt habe, für das der Bote eine Unterschrift braucht. Mir fällt aber nichts ein. Ich gucke aus dem Schlafzimmerfenster.

Cops.

Sie sind in Zivil, aber ich sehe das immer sofort. Ich weiß nicht, ob es an ihrer Haltung liegt, am Outfit oder an irgendetwas anderem, nicht recht Greifbarem, ich glaube aber nicht, dass es nur daran liegt, dass ich selbst einer bin – eine Cop-zu-Cop-Sache, gewissermaßen. Ein Mann und eine Frau. Einen kurzen Moment denke ich, ihr Erscheinen könnte etwas mit Trey zu tun haben – logische Schlussfolgerung, oder? Ein kurzer Blick auf ihr Zivilfahrzeug, das so deutlich als Zivilfahrzeug der Polizei zu erkennen ist, dass es ebenso gut auf beiden Seiten den Schriftzug »Zivilfahrzeug der Polizei« tragen könnte, verrät mir aber, dass sie nicht von hier sind. Das Nummernschild ist aus Pennsylvania.

Ich ziehe mir schnell eine graue Jogginghose über und werfe einen Blick in den Spiegel. Bei dem Anblick kommt mir nur ein einziges Wort in den Sinn: schneidig. Na ja, das einzige Wort ist es nicht, aber belassen wir es dabei. Ich laufe die Treppe hinunter und greife nach dem Türknauf.

Ich hatte keine Ahnung, was das Öffnen der Tür für mich bedeuten würde.

Ich hatte keine Ahnung, Leo, dass es mich zu dir zurückbringen würde.

ZWEI

Wie schon gesagt, zwei Cops – ein Mann und eine Frau. Die Frau ist älter, wahrscheinlich Mitte fünfzig. Sie trägt einen blauen Blazer, Jeans und bequeme Schuhe. Ich bemerke die Beule an ihrer Hüfte, dort wo sie ihre Dienstwaffe trägt. Es schmeichelt ihrer Figur nicht gerade, aber sie scheint auch keine Frau zu sein, die so etwas stört. Der Mann ist etwa vierzig und trägt einen Anzug im Farbton »abgestorbenes Laub«, wie ihn auch ein Konrektor der flotteren Sorte gewählt hätte.

Die Frau lächelt mir zu und sagt: »Detective Dumas?«

Sie spricht meinen Namen »Duh-mass« aus. Da mein Vater Franzose war, müsste es eigentlich »Düh-mah« heißen, wie der berühmte Schriftsteller. Leo und ich wurden in Marseille geboren.

Weißt du noch, als wir mit acht nach Westbridge in die USA zogen, hielten unsere neuen »Freunde« es für unglaublich clever statt Dumas «Dummarsch« zu sagen. Manche Erwachsene tun das auch heute noch, aber wir, äh, stimmen nicht für dieselben Kandidaten, wenn du verstehst, was ich meine.

Ich mache mir nicht die Mühe, sie zu korrigieren.

»Was kann ich für Sie tun?«

»Ich bin Lieutenant Stacy Reynolds«, sagt sie. »Das ist Detective Bates.«

Die Schwingungen, die ich empfange, gefallen mir nicht. Ich vermute, dass Sie gekommen sind, um irgendwelche schlechten Nachrichten zu überbringen, zum Beispiel dass jemand, der mir nahestand, gestorben ist. Solche Kondolenzbesuche habe ich dienstlich selbst schon oft gemacht. Das ist nicht unbedingt meine Stärke. Aber – so traurig das auch klingen mag – mir fällt niemand ein, der mir so viel bedeutet, dass man seinetwegen einen Streifenwagen schicken würde. Ellie wäre die Einzige, aber die lebt in Westbridge, New Jersey, nicht in Pennsylvania.

Ich spare mir das »»Nett, Sie kennenzulernen« und komme direkt zum: »Worum geht's?«

»Hätten Sie etwas dagegen, wenn wir kurz reinkommen?«, fragt Reynolds mit einem müden Lächeln. »Es war eine lange Fahrt.«

»Ich müsste mal ins Bad«, fügt Bates hinzu.

»Pinkeln gehen können Sie später«, sage ich. »Warum sind Sie hier?«

»Kein Grund, so gereizt zu sein«, sagt Bates.

»Aber auch keiner, so zurückhaltend zu sein. Ich bin selbst Cop, und Sie kommen von weit her, also lassen Sie uns die Sache nicht in die Länge ziehen.«

Bates wirft mir einen finsteren Blick zu. Interessiert mich nicht die Bohne. Reynolds legt ihm eine Hand auf den Arm, um die Situation zu beruhigen. Interessiert mich immer noch kein Stück.

»Sie haben recht«, sagt Reynolds. »Ich fürchte, wir haben schlechte Nachrichten.«

Ich warte.

»Bei uns im Bezirk wurde ein Mord verübt«, sagt sie.

»Ein Polizistenmord«, ergänzt Bates.

Damit haben sie meine Aufmerksamkeit. Es gibt Morde. Und es gibt Polizistenmorde. Eigentlich sollte beides gleich schlimm sein, es dürfte da keinen Unterschied geben – aber eigentlich dürfte es vieles nicht geben.

»Wer wurde ermordet?«, frage ich.
»Rex Canton.«
Sie bleiben stehen und warten, ob ich eine Reaktion zeige. Das tue ich nicht. Ich überlege aber, warum sie zu mir gekommen sind.
»Kannten Sie Sergeant Canton?«, fragt sie.
»Ja, ich kannte ihn«, sage ich. »Ist ewig her.«
»Wann haben Sie ihn das letzte Mal gesehen?«
Ich überlege immer noch, warum sie hergekommen sind. »Das weiß ich nicht mehr. Vielleicht bei der Abschlussfeier der Highschool.«
»Seitdem nicht mehr?«
»Nicht, dass ich wüsste.«
»Es wäre aber möglich.«
Ich zucke die Achseln. »Er könnte auf einer der Jahrgangsfeiern gewesen sein, oder so etwas.«
»Aber das wissen Sie nicht genau.«
»Nein, das weiß ich nicht genau.«
»Sie wirken nicht so, als wären Sie wegen seiner Ermordung am Boden zerstört«, sagt Bates.
»Tief im Herzen sterbe ich tausend Tode«, sage ich. »Ich bin aber einfach ein echt harter Bursche.«
»Kein Grund, sarkastisch zu werden«, sagt Bates. »Ein Kollege von uns ist tot.«
»Ist aber auch kein Grund, meine Zeit zu verschwenden. Wir kannten uns von der Highschool. Mehr nicht. Ich habe ihn seitdem nicht mehr gesehen. Ich wusste nicht, dass er in Pennsylvania gelebt hat. Ich wusste nicht einmal, dass er bei der Polizei war. Wie wurde er ermordet?«
»Er wurde bei einer Verkehrskontrolle erschossen«, sagt Reynolds.
Rex Canton. Natürlich habe auch ich ihn damals gekannt,

aber eigentlich war er dein Freund, Leo. Gehörte zu deiner Clique. Ich erinnere mich noch an das alberne Foto, auf dem ihr euch für eine Talentshow der Schule als Rockband verkleidet hattet. Rex war der Drummer. Er hatte eine kleine Lücke zwischen den Vorderzähnen. Schien ein netter Kerl zu sein.

»Können wir jetzt auf den Punkt kommen?«, frage ich.

»Auf welchen Punkt?«

Ich habe absolut keine Lust auf solche Spielchen. »Was wollen Sie von mir?«

Reynolds blickt zu mir hoch, vielleicht mit dem Anflug eines Lächelns im Gesicht. »Irgendeine Idee?«

»Nicht die geringste.«

»Lassen Sie mich Ihre Toilette benutzen, bevor ich Ihnen auf die Schwelle pinkele. Dann erzählen wir es Ihnen.«

Ich trete vor die Tür und lasse sie herein. Reynolds geht als Erste auf die Toilette. Bates wartet und tritt dabei von einem Bein aufs andere. Mein Handy klingelt. Wieder Ellie. Ich drücke sie weg und schicke ihr eine SMS, dass ich sie so schnell wie möglich zurückrufe. Ich höre Wasser laufen, als Reynolds sich die Hände wäscht. Sie kommt raus. Bates geht rein. Er ist, äh, laut. Er musste, wie man so schön sagt, pissen wie ein Rennpferd. Wir gehen ins Wohnzimmer und setzen uns. Auch dieses Zimmer hat Ellie eingerichtet. Nach dem Konzept »frauenfreundliche Männerhöhle« – Holzvertäfelung und riesiger Fernseher, die Bar ist aber aus Acryl, und die Kunstleder-Couch hat einen seltsamen Malventon.

»Und?«, sage ich.

Reynolds sieht Bates an. Er nickt. Dann wendet sie sich wieder an mich. »Wir haben Fingerabdrücke gefunden.«

»Wo?«, frage ich.

»Wie bitte?«

»Sie sagten, Rex wäre bei einer Verkehrskontrolle erschossen worden.«

»Das stimmt.«

»Wo wurde seine Leiche gefunden? Im Streifenwagen? Auf der Straße?«

»Auf der Straße.«

»Und wo genau haben Sie dann Fingerabdrücke gefunden? Auch auf der Straße?«

»Das Wo spielt keine Rolle«, sagt Reynolds. »Viel wichtiger ist, wessen Fingerabdrücke es waren.«

Ich warte. Niemand sagt etwas. Also frage ich: »Wessen Fingerabdrücke waren es?«

»Tja, das ist Teil des Problems«, sagt sie. »Wissen Sie, die Fingerabdrücke befanden sich nicht in der Verbrecher-Datenbank. Die fragliche Person ist nicht vorbestraft. Aber, na ja, sie waren trotzdem im System.«

Die Redewendung »Meine Nackenhaare sträuben sich«, ist mir nicht unbekannt, aber bisher habe ich sie offensichtlich nie richtig begriffen. Reynolds wartet, aber ich gönne ihr den Triumph nicht. Sie hält den Ball in den Händen, und sie darf ihn in die Endzone tragen.

»Die Fingerabdrücke waren im System«, fährt sie fort, »weil Sie, Detective Dumas, sie in die Datenbank eingegeben haben, mit dem Hinweis »Person von besonderem Interesse«. Vor zehn Jahren, sie waren ganz neu bei der Polizei, haben Sie darum gebeten, informiert zu werden, wenn diese Fingerabdrücke gefunden werden.«

Ich versuche, mir den Schock nicht anmerken zu lassen, glaube aber nicht, dass mir das besonders gut gelingt. Ich denke an die Vergangenheit, Leo. Ich denke an das, was vor fünfzehn Jahren passiert ist. Ich denke an die Sommernächte, in denen sie mit mir im Mondschein zur Lichtung auf dem

Riker Hill hinaufgegangen ist, und wir eine Decke ausgebreitet haben. Ich denke an die Hitze, und natürlich an die Intensität und die Reinheit der Lust, vor allem aber denke ich an das »Danach«, als ich flach auf dem Rücken liege, immer noch nach Luft schnappe und in den Nachthimmel starre, ihr Kopf auf meiner Brust, ihre Hand auf meinem Bauch, und wie wir die ersten paar Minuten geschwiegen und dann auf eine Art und Weise miteinander geredet haben, dass ich wusste – ich wusste es einfach –, dass ich nie genug davon haben würde, mich mit ihr zu unterhalten.

Du wärst der Trauzeuge gewesen.

Du kennst mich. Ich habe nie viele Freunde gebraucht. Ich hatte dich, Leo. Und sie. Dann habe ich dich verloren. Und dann habe ich sie verloren.

Reynolds und Bates sehen mir ins Gesicht. »Detective Dumas?«

Ich reiße mich zusammen. »Wollen Sie mir sagen, dass das Mauras Fingerabdrücke waren?«

»Das waren sie, ja.«

»Aber Sie haben sie noch nicht gefunden.«

»Nein, noch nicht«, sagt Reynolds. »Möchten Sie uns das erklären?«

Ich schnappe mir mein Portemonnaie und die Hausschlüssel. »Das mache ich unterwegs. Fahren wir.«

DREI

Natürlich wollen Reynolds und Bates mich sofort befragen.
»Im Wagen«, wiederhole ich. »Ich will den Tatort sehen.«
Wir gehen den Backsteinweg entlang, den mein Vater vor zwanzig Jahren selbst verlegt hat. Ich gehe vor. Sie eilen hinter mir her.
»Nehmen wir mal an, wir würden nicht wollen, dass Sie mitkommen«, sagt Reynolds.
Ich bleibe stehen und winke wie zum Abschied. »Dann sage ich Tschüss und wünsche eine angenehme Heimfahrt.«
Bates mag mich wirklich nicht. »Wir können Sie dazu verdonnern, unsere Fragen zu beantworten.«
»Meinen Sie? Okay.« Ich drehe mich um und gehe zurück zum Haus. »Melden Sie sich und sagen Sie Bescheid, wenn Sie wissen, wie die Sache ausgegangen ist.«
Reynolds tritt mir in den Weg. »Wir suchen einen Polizistenmörder.«
»Ich auch.«
Ich bin ein sehr guter Ermittler – das bin ich einfach, es gibt keinen Grund, hier falsche Bescheidenheit vorzuschützen –, aber ich muss den Tatort mit eigenen Augen sehen. Ich kenne die Beteiligten. Vielleicht kann ich helfen. Und wenn Maura wieder da ist, lasse ich mir das Ganze sowieso nicht entgehen.
Das will ich Reynolds und Bates allerdings nicht auf die Nase binden.

»Wie lange braucht man bis dahin?«, frage ich.

»Zwei Stunden. Wenn wir Gas geben.«

Ich breite die Arme wie zu einem Willkommensgruß aus. »Ich stehe die ganze Zeit zu Ihrer Verfügung. Überlegen Sie doch mal, was Sie mich in der Zeit alles fragen können.«

Bates runzelt die Stirn. Entweder passt ihm das nicht, oder er hat sich schon so daran gewöhnt, den bösen Cop als Gegenstück zu Reynolds zu spielen, dass es einfach ein Automatismus ist. Sie werden nachgeben. Das wissen wir alle. Es geht nur noch ums Wie und Wann.

Reynolds fragt: »Und wie kommen Sie wieder zurück?«

»Wir sind nämlich nicht Uber«, ergänzt Bates.

»Ja, ja, das Verkehrsmittel für die Rückfahrt«, sage ich. »Das ist genau das Problem, dem wir jetzt unsere volle Aufmerksamkeit schenken sollten.«

Beide runzeln noch kurz die Stirn, aber die Sache ist durch. Reynolds setzt sich hinters Lenkrad, Bates auf den Beifahrersitz.

»Will mir denn niemand die Tür aufhalten?«, frage ich.

Das ist überflüssige Stichelei, aber was soll's. Bevor ich einsteige, ziehe ich mein Handy aus der Tasche und wähle eine Nummer aus der Favoritenliste. Vom Fahrersitz sieht Reynolds mich mit einem Was-soll-der-Mist-Blick an. Ich hebe den Zeigefinger, um ihr mitzuteilen, dass es nur einen Moment dauern wird.

Ellie meldet sich: »Hey.«

»Ich muss für heute Abend absagen.«

Sonntagabend arbeite ich immer unentgeltlich in Ellies Notunterkunft für misshandelte Frauen.

»Was ist los?«, fragt sie.

»Erinnerst du dich an Rex Canton?«

»Von der Highschool? Klar.«

Ellie ist glücklich verheiratet und hat zwei Kinder. Ich bin

Pate von beiden, was seltsam ist, aber funktioniert. Ellie ist der beste Mensch, den ich kenne.

»Er war Cop in Pennsylvania«, sage ich.

»Ja, das weiß ich.«

»Hast du mir nie erzählt.«

»Warum sollte ich?«

»Auch wieder wahr.«

»Was ist mit ihm?«

»Rex wurde ermordet. Jemand hat ihn bei einer Verkehrskontrolle erschossen.«

»Oh, das ist ja schrecklich. Das tut mir wirklich leid.«

Bei den meisten Menschen wäre das nur so daher gesagt. Bei Ellie spürt man das Mitgefühl.

»Was hast du damit zu tun?«, fragt sie.

»Das erklär ich dir später.«

Ellie verschwendet keine Zeit mit Fragen nach dem Warum oder nach weiteren Einzelheiten. Sie weiß, wenn ich mehr hätte erzählen wollen, hätte ich das getan.

»Okay, wenn du irgendwas brauchst, ruf mich an.«

»Kümmer dich für mich um Brenda«, sage ich.

Es entsteht eine kleine Pause. Brenda ist Mutter von zwei Kindern und eine der misshandelten Frauen in Ellies Frauenhaus. Ein brutales Arschloch hat ihr Leben in einen Albtraum verwandelt. Brenda ist vor zwei Wochen mitten in der Nacht mit einer Gehirnerschütterung, mehreren gebrochenen Rippen und leeren Händen in Ellies Notunterkunft erschienen. Seitdem hat sie nicht den Mut aufgebracht, das Haus zu verlassen, sie traut sich nicht einmal in den geschlossenen Hof des Frauenhauses, um frische Luft zu schnappen. Mit Ausnahme ihrer Kinder hat sie alles zurückgelassen. Sie zittert oft, zuckt zusammen und duckt sich, als würde sie ständig damit rechnen, geschlagen zu werden.

Ich würde Ellie gerne sagen, dass Brenda heute Abend nach Hause gehen und endlich ihre Sachen packen kann, dass ihr Peiniger – ein Kretin namens Trey – ein paar Tage lang nicht nach Hause kommen wird, aber in solchen Punkten herrscht selbst zwischen Ellie und mir eine gewisse Verschwiegenheit.

Sie wird es schon mitkriegen. Tun sie alle.

»Sag Brenda, dass ich zurückkomme«, füge ich hinzu.

»Mach ich«, sagt Ellie, und dann legt sie auf.

Ich sitze alleine hinten im Auto. Es riecht nach Polizeiwagen, also nach Schweiß, Verzweiflung und Angst. Reynolds und Bates sitzen vorn, als wären sie meine Eltern. Sie bombardieren mich nicht mit Fragen. Sie sind völlig still. Ich verdrehe die Augen. Echt jetzt? Haben sie vergessen, dass ich auch Cop bin? Sie warten darauf, dass ich zu reden beginne, dass ich mich verplappere. Der Wagen ist sozusagen ein mobiler Vernehmungsraum, in dem man den Täter absichtlich schmoren lässt.

Ich spiele nicht mit. Ich schließe die Augen und versuche zu schlafen.

Reynolds weckt mich. »Heißen Sie mit Vornamen wirklich Napoleon?«

»Ja«, sage ich.

Mein französischer Vater konnte den Namen nicht ausstehen, aber meine Mutter, die Amerikanerin in Paris, hatte darauf bestanden.

»Napoleon Dumas?«

»Alle nennen mich Nap.«

»Schwuchteliger Name«, sagt Bates.

»Bates«, sage ich. »Nennt man Sie öfter Master statt Mister?«

»Hä?«

Reynolds verkneift sich ein Lachen. Ich finde es unglaublich, dass Bates den nicht kennt. Er probiert es aus, murmelt leise »Master Bates« bis er es verstanden hat.

»Sie sind ein Arschloch, Dumas.«

Dieses Mal spricht er meinen Namen korrekt aus.

»Wollen wir loslegen, Nap?«, fragt Reynolds.

»Fragen Sie.«

»Sie haben Maura Wells ins AFIS eingegeben, richtig?«

AFIS. Automated Fingerprint Identification System – das automatische Fingerabdruckerkennungssystem.

»Tun wir mal so, als hätte ich die Frage bejaht.«

»Wann?«

Das wissen sie natürlich schon. »Vor zehn Jahren.«

»Warum?«

»Sie war verschwunden.«

»Wir haben das überprüft«, sagt Bates. »Ihre Familie hat nie eine Vermisstenanzeige aufgegeben.«

Ich antworte nicht. Wir lassen die Stille einen Moment im Raum hängen, bis Reynolds das Schweigen bricht.

»Nap?«

Es wird nicht gut aussehen. Das ist mir klar, lässt sich aber nicht ändern. »Maura Wells war meine Freundin auf der Highschool. Im letzten Jahr hat sie per SMS mit mir Schluss gemacht. Und auch alle anderen Kontakte abgebrochen. Sie ist weggezogen. Ich habe nach ihr gesucht, konnte sie aber nicht finden.«

Reynolds und Bates sehen sich an.

»Haben Sie mit ihren Eltern gesprochen?«, fragt Reynolds.

»Mit ihrer Mom, ja.«

»Und?«

»Und sie hat gesagt, Mauras Aufenthaltsort ginge mich nichts an und ich sollte mein Leben weiterleben.«

»Guter Rat«, sagt Bates.

Ich schlucke den Köder nicht.

Reynolds fragt: »Und wie alt waren Sie damals?«

»Achtzehn.«

»Sie haben Maura also gesucht und nicht gefunden …«

»Richtig.«

»Und was haben Sie dann getan?«

Ich will es nicht sagen, aber Rex ist tot, Maura könnte zurück sein, und man muss auch ein bisschen was anbieten, damit man im Gegenzug etwas bekommt. »Als ich bei der Polizei angefangen habe, habe ich ihre Fingerabdrücke ins AFIS eingegeben. Und eine Akte angelegt, in der ich sie als vermisst gemeldet habe.«

»Sie waren absolut nicht legitimiert, das zu tun«, sagt Bates.

»Darüber könnte man diskutieren«, sage ich. »Aber sind Sie hier, um mich wegen einer dienstrechtlichen Frage dranzukriegen?«

»Nein«, sagt Reynolds. »Sind wir nicht.«

»Ich weiß ja nicht«, gibt Bates sich zweifelnd. »Ein Mädel macht Schluss mit Ihnen. Fünf Jahre später geben Sie vorschriftswidrig ihre Daten ins System ein, damit Sie … tja, was? … versuchen können, ihr wieder an die Wäsche zu gehen?« Er zuckt die Achseln. »Klingt schon ein bisschen nach einem Stalker.«

»Ziemlich unheimliches Verhalten, Nap«, ergänzt Reynolds.

Ich bin sicher, dass sie einiges über meine Vergangenheit wissen. Aber sie wissen nicht genug.

»Darf ich davon ausgehen, dass Sie auch anderweitig nach Maura Wells gesucht haben?«, fragt Reynolds.

»Ein bisschen.«

»Und davon, dass Sie sie nicht gefunden haben?«

»Ja.«

»Haben Sie irgendeine Idee, wo Maura in den letzten fünfzehn Jahren gewesen sein könnte?«

Wir sind inzwischen auf dem Highway in Richtung Westen. Ich versuche immer noch, mir die Sache zusammenzureimen. Ich versuche, meine Erinnerungen an Maura mit Rex in Verbindung zu bringen. Und ich denke über dich nach, Leo. Du warst mit beiden befreundet. Hat das etwas zu bedeuten? Vielleicht, vielleicht aber auch nicht. Wir waren alle im gleichen Jahrgang, daher kannten wir uns alle. Aber wie eng waren Maura und Rex befreundet? Hat Rex sie womöglich zufällig erkannt? Und falls ja, bedeutet das, dass sie ihn ermordet hat?

»Nein«, sage ich. »Keine Ahnung.«

»Komische Geschichte«, sagt Reynolds. »In letzter Zeit gab es keinerlei Aktivitäten von Maura Wells. Sie hatte weder Kreditkarten noch Bankkonten und hat auch keine Steuern bezahlt. Wir suchen noch nach weiteren Unterlagen...«

»Sie werden nichts finden«, sage ich.

»Sie haben das überprüft.«

Das ist keine Frage.

»Wann ist Maura Wells untergetaucht?«, fragt sie.

»Soweit ich weiß«, antworte ich, »vor fünfzehn Jahren.«

VIER

Der Tatort befindet sich in einer ruhigen Nebenstraße, wie man sie aus der Umgebung von Flughäfen oder Betriebsbahnhöfen kennt. Keine Wohnhäuser. Ein Gewerbegebiet, das schon bessere Zeiten erlebt hat, mit ein paar Lagerhäusern, von denen die meisten leer stehen und die anderen auch bald geschlossen werden.

Wir steigen aus. Der Tatort ist provisorisch mit ein paar Holzböcken abgesperrt, um die man aber leicht herumfahren kann. Seit wir hier sind, hat das allerdings niemand getan. Ich merke mir das – den kaum vorhandenen Verkehr. Das Blut ist noch nicht entfernt worden. Jemand hat mit Kreide den Umriss von Rex' Leiche markiert. Ich kann mich nicht erinnern, wann ich so etwas das letzte Mal gesehen habe – eine echte Kreidemarkierung.

»Erzählen Sie Schritt für Schritt, was passiert ist«, sage ich.

»Sie ermitteln hier nicht«, faucht Bates.

»Wollen wir hier Pimmelfechten oder einen Polizistenmörder schnappen?«

Bates sieht mich mit zusammengekniffenen Augen an. »Selbst wenn die Polizistenmörderin Ihre alte Flamme ist?«

Besonders dann. Aber das sage ich nicht laut.

Sie tun noch eine Minute so, als müsste ich sie überzeugen, dann beginnt Reynolds: »Officer Rex Canton hielt gegen ein Uhr fünfzehn einen Toyota Corolla an, angeblich wegen des Verdachts auf Trunkenheit am Steuer.«

»Dann gehe ich davon aus, dass er das über Funk an die Zentrale gemeldet hat?«

»Das hat er, ja.«

Das ist Vorschrift. Wenn man ein Fahrzeug anhält, meldet man das über Funk oder überprüft das Kennzeichen, um festzustellen, ob der Wagen gestohlen wurde, es früher schon irgendwelche Vorkommnisse gab oder etwas anderes nicht stimmt. Außerdem erfährt man so den Namen des Eigentümers.

»Wem gehörte der Wagen?«

»Es war ein Mietwagen.«

Das gefällt mir nicht. Mir gefällt so einiges an dieser Geschichte nicht.

Ich frage: »Vermutlich nicht von einem der großen Verleiher, oder?«

»Wie bitte?«

»Die Mietwagenfirma. Es war nicht Hertz, Avis oder so etwas.«

»Nein, er war von einer kleinen Firma namens Sal's.«

»Lassen Sie mich raten«, sage ich. »Sie liegt in der Nähe eines Flughafens. Und der Wagen wurde nicht im Voraus reserviert.«

Reynolds und Bates sehen sich an. Bates sagt: »Woher wissen Sie das?«

Ich beachte ihn nicht und sehe Reynolds an.

»Er wurde von einem Mann namens Dale Miller aus Portland, Maine, gemietet«, sagt Reynolds.

»Der Ausweis?«, frage ich. »War er geklaut oder eine Fälschung.«

Wieder sehen sie sich an. »Geklaut.«

Ich berühre das Blut. Es ist trocken. »Überwachungskameras bei der Mietwagenfirma?«

»Wir müssten die Bilder bald bekommen, aber der Mitarbeiter im Büro hat gesagt, Dale Miller sei ein älterer Mann gewesen. Mitte sechzig, vielleicht auch siebzig.«

»Wo wurde der Mietwagen gefunden?«, frage ich.

»Knapp einen Kilometer vom Flughafen Philadelphia entfernt.«

»Fingerabdrücke von wie viel Personen?«

»Auf den Vordersitzen? Nur die von Maura Wells. Die Mietwagenfirma reinigt die Wagen zwischen den Vermietungen offenbar sehr gründlich.«

Ich nicke. Ein Pickup-Truck biegt um die Kurve und fährt an uns vorbei. Das ist das erste Fahrzeug, das ich auf dieser Straße sehe.

»Auf den Vordersitzen?«, wiederhole ich.

»Wie bitte?«

»Sie sprachen von den Fingerabdrücken auf den Vordersitzen. Auf welcher Seite? Fahrer oder Beifahrer?«

Wieder sehen sie sich an.

»Auf beiden.«

Ich betrachte die Straße mit der Kreidezeichnung vom Umriss der Leiche und versuche, mir ein Bild zu machen. Dann drehe ich mich um und sehe sie an. »Vermutungen?«, frage ich.

»Im PKW befanden sich zwei Personen, ein Mann und Maura, Ihre Ex«, sagt Reynolds. »Officer Canton hält sie an, weil er vermutet, dass Alkohol im Spiel ist. Irgendetwas versetzt sie in Panik, sie schießen Officer Canton zweimal in den Hinterkopf und hauen ab.«

»Wahrscheinlich hat der Mann geschossen«, ergänzt Bates. »Er hat das Auto verlassen. Er schießt, Ihre Ex rutscht auf den Fahrersitz, dann springt er auf der Beifahrerseite rein. Das würde erklären, warum wir ihre Fingerabdrücke auf beiden Vordersitzen gefunden haben.«

»Der Wagen wurde, wie bereits erwähnt, mit einem gestohlenen Ausweis gemietet«, fährt Reynolds fort. »Daher gehen wir davon aus, dass der Mann etwas zu verbergen hatte. Canton hält sie an, merkt, dass etwas nicht stimmt – und bezahlt dafür mit dem Leben.«

Ich nicke, als würde ich ihre Arbeit bewundern. Ihre Theorie ist falsch, da ich aber auch keine bessere parat habe, bringt es nichts, ihnen zu widersprechen. Sie verschweigen mir etwas. Würde ich wahrscheinlich auch tun, wenn die Rollen andersherum verteilt wären. Aber ich muss herausbekommen, was genau sie mir vorenthalten, und das geht nur, indem ich nett bin.

Ich setze mein bezauberndstes Lächeln auf und sage: »Darf ich mir die Bilder der Dashcam ansehen?«

Das war natürlich der Schlüssel. Meistens zeigte das Video der Kamera auf dem Armaturenbrett nicht alles, in diesem Fall müsste aber genug zu sehen sein. Ich warte auf ihre Antwort – es wäre ihr gutes Recht, die Kooperation in diesem Moment abzubrechen – aber als sie sich ansehen, spüre ich noch etwas anderes.

Ihnen ist die Sache nicht geheuer.

Bates sagt: »Warum hören Sie nicht erst mal auf, uns zu verarschen.«

So viel zum bezaubernden Lächeln.

»Ich war achtzehn«, sage ich. »Im letzten Highschool-Jahr. Maura war meine Freundin.«

»Und sie hat mit Ihnen Schluss gemacht«, ergänzt Bates. »Das sagten Sie schon.«

Reynolds unterbricht ihn mit einer Handbewegung. »Was ist passiert, Nap?«

»Mauras Mutter«, sage ich. »Sie müssen sie gefunden haben. Was hat sie gesagt?«

»Wir stellen hier die Fragen, Dumas«, erwidert Bates.

Doch wieder erkennt Reynolds, dass ich helfen will. »Wir haben die Mutter gefunden, ja.«

»Und?«

»Und sie behauptet, sie hätte seit Jahren nicht mit ihrer Tochter gesprochen und würde ihren Aufenthaltsort nicht kennen.«

»Haben Sie persönlich mit Mrs Wells gesprochen?«

Reynolds schüttelt den Kopf. »Sie hat sich geweigert, mit uns zu reden und ihre Aussage über einen Rechtsberater zu Protokoll gegeben.«

Mrs Wells hat sich also einen Anwalt genommen. »Kaufen Sie ihr das ab?«, frage ich.

»Tun Sie das?«

»Nein.«

Ich bin noch nicht bereit, ihnen diesen Teil zu erzählen. Nachdem Maura mich verlassen hatte, bin ich in ihre Wohnung eingebrochen. Ja: dumm und impulsiv. Vielleicht aber auch nicht. Ich habe mich verloren gefühlt und war verwirrt, nachdem das Schicksal mir zwei so harte Schläge versetzt hatte. Erst hatte ich meinen Bruder verloren und dann die Liebe meines Lebens. Vielleicht erklärt es das.

Warum bin ich dort eingebrochen? Weil ich nach Hinweisen auf Mauras Aufenthaltsort gesucht habe. Der achtzehnjährige Jugendliche hat Detektiv gespielt. Ich habe nicht viel gefunden, aber eine Zahnbürste und ein Glas aus ihrem Bad mitgehen lassen. Damals hatte ich keine Ahnung, dass ich einmal bei der Polizei landen würde. Ich habe die beiden Gegenstände einfach für alle Fälle aufbewahrt. Warum, darfst du mich nicht fragen. Aber so eröffnete sich mir die Möglichkeit, Mauras Fingerabdrücke und ihre DNA in die Datenbanken einzugeben, als ich bei der Polizei war.

Oh, und die Sache ist aufgeflogen.

Die Polizei hat mich erwischt. In Person von Captain Augie Styles. Du mochtest Augie, stimmt's, Leo?

Augie ist für mich seit dieser Sache eine Art Mentor. Seinetwegen bin ich jetzt Cop. Er hat sich auch mit Dad angefreundet. Man könnte sie wohl als Zechkumpane bezeichnen. Wir drei haben in der Tragödie zusammengefunden. Durch solche Ereignisse kommt man sich näher – man hat Menschen um sich, die verstehen, was man durchmacht – trotzdem ist der Schmerz allgegenwärtig. Eine Zuckerbrot-und-Peitschen-Beziehung, die nur ein Wort wirklich beschreibt: bittersüß.

»Warum glauben Sie der Mutter nicht?«, fragt Reynolds.

»Ich habe ihre Telefonverbindungen kontrolliert.«

»Die Telefonverbindungen der Mutter Ihrer Ex?« Bates betrachtet mich ungläubig. »Herrje, Dumas, Sie sind wirklich ein eingetragenes Mitglied im Club der Stalker.«

Ich tue so, als wäre Bates nicht da. »Die Mutter wird von Wegwerf-Handys angerufen. Das wurde sie zumindest.«

»Und woher genau wissen Sie das?«, fragt Bates.

Ich antworte nicht.

»Haben Sie sich einen Gerichtsbeschluss für die Überprüfung ihrer Telefonverbindungsdaten besorgt?«

Ich antworte nicht. Ich starre Reynolds an.

Reynolds sagt: »Sie gehen davon aus, dass Maura sie anruft?«

Ich zucke die Achseln.

»Aber warum gibt Ihre Ex sich so große Mühe, nicht gefunden zu werden?«

Wieder zucke ich die Achseln.

»Irgendeine Vermutung müssen Sie doch haben«, sagt Reynolds.

Die habe ich. Aber ich bin immer noch nicht bereit, sie preiszugeben, denn diese Vermutung ist auf den ersten Blick offensichtlich – und unmöglich. Ich habe lange gebraucht, es zu akzeptieren. Ich habe mit zwei Personen darüber gesprochen – mit Augie und Ellie –, und beide halten mich für verrückt.

»Zeigen Sie mir die Bilder der Dashcam«, sage ich zu ihr.

»Noch stellen wir hier die Fragen«, sagt Bates.

»Zeigen Sie mir die Bilder der Dashcam«, wiederhole ich. »Ich glaube, dann kann ich der Sache auf den Grund gehen.«

Wieder sehen Reynolds und Bates sich mit unbehaglichem Blick an.

Reynolds tritt näher heran. »Es gibt keine.«

Das überrascht mich. Und ich merke, dass auch sie davon überrascht sind.

»Sie war nicht eingeschaltet«, sagt Bates, als würde das irgendetwas erklären. »Canton war nicht im Dienst.«

»Wir gehen davon aus, dass Officer Canton sie abgestellt hat«, sagt Reynolds, »weil er auf dem Weg zurück ins Revier war.«

»Bis wann ging sein Dienst?«

»Mitternacht.«

»Wie weit ist das Revier von hier entfernt?«

»Fünf Kilometer.«

»Und was hat Rex von Mitternacht bis Viertel nach eins gemacht?«

»Wir sind noch dabei, seine letzten Stunden zu rekonstruieren«, sagt Reynolds. »Soweit wir bisher wissen, hat er den Streifenwagen noch etwas länger genutzt.«

»Was nicht ungewöhnlich ist«, ergänzt Bates schnell. »Sie kennen das. Wenn man morgens wieder Dienst hat, nimmt man den Streifenwagen einfach mit nach Hause.«

»Und obwohl das Abschalten der Dashcam nicht den Vorschriften entspricht«, sagt Reynolds, »passiert das immer wieder.«

Ich nehme ihnen die Version nicht ab, aber sie geben sich auch keine große Mühe, mich zu überzeugen.

Das Handy, das Bates am Gürtel trägt, klingelt. Er greift danach und geht ein paar Schritte zur Seite. Nach zwei Sekunden fragt er: »Wo?« Es entsteht eine Pause. Dann legt er auf und wendet sich Reynolds zu. Seine Stimme klingt angespannt. »Wir müssen los.«

Sie setzen mich an einem Busbahnhof ab, der so öde und verlassen wirkt, dass es mich nicht wundern würde, wenn ein Tumbleweed vorbeirollen würde. Am Fahrkartenschalter ist bestimmt niemand. Wahrscheinlich gibt es gar keinen Fahrkartenschalter.

Zwei Blocks weiter entdecke ich ein Stundenmotel, das den ganzen Glanz und alle Vorzüge einer Herpesinfektion verheißt. Auf dem Schild wird mit Stundenpreisen geworben, mit einem Farbfernseher (gibt es wirklich noch Motels mit Schwarz-Weiß-Fernsehern?) und mit »Themenzimmern«.

»Ich nehme die Tripper-Suite«, sage ich.

Der Angestellte legt den Schlüssel so schnell auf den Tresen, dass ich fürchte, die verlangte Suite bekommen zu haben. Das Farbschema des Zimmers könnte man, wenn man ihm schmeicheln wollte, als »ausgeblichenes Gelb« bezeichnen, allerdings nah an einem Urin-Ton. Ich schlage die Decke zurück, beruhige mich damit, dass meine Tetanusimpfung auf dem aktuellen Stand ist, und wage es, mich hinzulegen.

Captain Augie ist damals nicht zu uns nach Hause gekommen, nachdem ich bei Mauras Mutter eingebrochen war.

Ich glaube, er fürchtete, Dad würde einen Anfall erleiden, wenn der Streifenwagen noch einmal in die Einfahrt bog. Auch ich werde das Bild nie mehr aus dem Kopf bekommen – wie in Zeitlupe war der Streifenwagen vorgefahren, Augie hatte die

Fahrertür geöffnet und war mit schwermütigen Schritten den Backsteinweg entlanggegangen. Augies eigenes Leben war ein paar Stunden zuvor in Schutt und Asche gelegt worden – und jetzt stand er vor uns und wusste, dass er uns das Gleiche antun würde.

Jedenfalls hat Augie mich deshalb auf dem Schulweg abgefangen und wegen des Einbruchs in Mauras Zimmer vernommen, statt zu Dad zu gehen.

»Ich will dich nicht in Schwierigkeiten bringen«, sagte er, »aber so etwas kannst du nicht machen.«

»Sie weiß was«, sagte ich.

»Tut sie nicht«, sagte Augie. »Maura ist nur ein verängstigtes Kind.«

»Hast du mit ihr gesprochen?«

»Vertrau mir, Junge. Du musst sie loslassen.«

Ich habe ihm vertraut – und tue das immer noch. Aber Maura habe ich nicht losgelassen – immer noch nicht.

Ich lege die Hände hinter den Kopf und starre die Flecken an der Decke an. Ich versuche, nicht darüber nachzudenken, wie sie dorthin gekommen sein könnten. Augie ist gerade im Sea Pine Resort in Hilton Head zu einem Strandurlaub mit einer Frau, die er auf einer Online-Dating-Seite für Senioren kennengelernt hat. Da will ich auf keinen Fall stören. Augie wurde vor acht Jahren geschieden. Seine Ehe mit Audrey hat in »jener Nacht« einen folgenschweren Schlag erhalten, sich dann aber noch sieben Jahre weitergeschleppt, bis sie schließlich gnädigerweise ein Ende fand. Augie hat lange gebraucht, um sich wieder zu verabreden. Warum sollte ich das wegen irgendwelcher Spekulationen kaputtmachen?

Augie würde in ein oder zwei Tagen zurück sein. Bis dahin kann das warten.

Ich überlege, ob ich Ellie anrufen und mit ihr über meine

verrückten Ideen reden soll, als es plötzlich laut und eindringlich klopft. Ich stehe auf. Zwei uniformierte Cops stehen vor der Tür. Beide mustern mich mit finsteren Blicken. Es heißt, dass Ehepartner sich mit der Zeit immer mehr gleichen. Das gilt wohl auch für langjährige Partner bei der Polizei. In diesem Fall sind beide weiß, übertrieben muskulös und haben eine fliehende Stirn. Wenn ich ihnen wieder begegnen würde, hätte ich Probleme, sie zu unterscheiden.

»Was dagegen, wenn wir reinkommen?«, fragt Cop eins mit einem höhnischen Lächeln.

»Haben Sie einen Durchsuchungsbeschluss?«, frage ich.

»Nein.«

»Dann ja«, sage ich.

»Ja, was?«

»Ja, ich habe etwas dagegen, dass Sie hereinkommen.«

»Ihr Pech.«

Cop zwei schiebt sich an mir vorbei. Ich lasse ihn. Als beide drin sind, schließen sie die Tür.

Wieder lächelt Cop eins höhnisch. »Hübsches Loch haben Sie sich hier gesucht.«

Das soll, wie ich annehme, eine clevere Beleidigung sein. Als wäre ich höchstpersönlich für das Dekor verantwortlich.

»Wir haben gehört, dass Sie uns hinhalten«, sagt Cop eins.

»Rex war unser Freund.«

»Und Polizist.«

»Und Sie halten uns hin.«

Ich habe wirklich keine Lust darauf, also ziehe ich meine Pistole und ziele zwischen die beiden. Sie öffnen die Münder zu überraschten Os.

»Was zum...«

»Sie sind ohne Durchsuchungsbeschluss in mein Motelzimmer eingedrungen«, sage ich.

Ich richte die Waffe erst auf einen, dann auf den anderen, dann wieder in die Mitte.

»Ich könnte Sie ohne Weiteres erschießen, Ihnen Ihre Waffen in die Hände drücken und behaupten, ich hätte in Notwehr gehandelt.«

»Sind Sie verrückt?«, fragt Cop eins.

Ich höre die Angst in seiner Stimme, also trete ich näher an ihn heran. Ich betrachte ihn mit meinem irren Blick. Den irren Blick kann ich gut. Du kennst ihn noch, Leo.

»Wie wär's mit einem Ohrenkampf?«, frage ich ihn.

»Einem was?«

»Ihr Kumpel…«, ich nicke in Richtung Cop zwei, »…geht raus. Wir schließen ab. Wir legen die Waffen weg. Einer von uns verlässt den Raum mit dem Ohr des anderen zwischen den Zähnen. Was meinen Sie?«

Ich beuge mich näher heran und beiße ins Leere.

»Sie sind vollkommen übergeschnappt«, sagt Cop eins.

»Sie machen sich keine Vorstellung.« Ich bin jetzt so in meine Rolle vertieft, dass ich fast hoffe, er würde mich beim Wort nehmen. »Sie sind doch ziemlich kräftig. Was halten Sie davon?«

Es klopft. Cop eins springt wortwörtlich zur Tür und öffnet sie.

Es ist Stacy Reynolds. Ich verstecke die Pistole hinter dem Bein. Reynolds ist offensichtlich nicht erfreut, ihre Kollegen zu sehen. Sie mustert sie mit finsteren Blicken. Beide senken die Köpfe wie gescholtene Schul-Rowdys.

»Was wollt ihr beiden Clowns denn hier?«

Cop zwei sagt: »Bloß…«, dann zuckt er die Achseln.

»Er weiß was«, sagt Cop eins. »Wir wollten Ihnen nur ein bisschen Lauferei abnehmen.«

»Raus mit euch. Sofort.«

Sie verschwinden. Reynolds entdeckt meine Pistole. »Was soll der Scheiß, Nap?«

Ich stecke die Waffe ins Holster. »Vergessen Sie's.«

Sie schüttelt den Kopf. »Cops würden ihre Arbeit einfach besser machen, wenn der Herrgott ihnen größere Schwänze gegeben hätte.«

»Sie sind auch ein Cop«, erinnere ich sie.

»Ich ganz besonders. Kommen Sie. Ich muss Ihnen etwas zeigen.«

FÜNF

Hal, der Barkeeper von Larry and Craig's Bar and Grille, sieht uns wehmütig an.

»Sie war echt heiß«, sagt Hal. Er runzelt die Stirn leicht. »Auf jeden Fall viel zu heiß für den alten Knacker, so viel ist klar.«

Larry and Craig's Bar and Grille ist eindeutig eine Bar, der Tresen zieht sich durch den ganzen Raum, und ebenso eindeutig gibt es keinen Grill. Es ist eben diese Art von Bar. Der klebrige Boden ist mit Sägespänen und Erdnussschalen bedeckt. Der Geruch, ein Gemisch aus schalem Bier und Erbrochenem, wabert immer wieder herauf und steigt einem in die Nase. Ich muss nicht pissen, bin aber sicher, dass ich in der Toilette vor einem Urinal mit defekter Spülung stehen würde, das bis zum Rand mit Eiswürfeln gefüllt ist.

Mit einem kurzen Nicken fordert Reynolds mich auf, die Gesprächsführung zu übernehmen.

»Wie sah sie aus?«, frage ich.

Die Falten auf Hals Stirn werden tiefer. »Welchen Teil von ›echt heiß‹ haben Sie nicht verstanden?«

»Rothaarig, brünett, blond?«

»Brünett ist braun, oder?«

Ich sehe Reynolds an. »Ja, Hal. Brünett ist braun.«

»Brünett.«

»Noch etwas?«

»Heiß.«

»Ja, das haben wir begriffen.«

»Toller Körperbau«, sagt Hal.

Reynolds seufzt. »Und sie war mit einem Mann hier, richtig?«

»Sie war eine vollkommen andere Liga, das kann ich Ihnen sagen.«

»Was Sie ja bereits getan haben«, erinnere ich ihn. »Sind die beiden zusammen reingekommen?«

»Nein.«

»Wer war zuerst da?«, fragt Reynolds.

»Der alte Knacker.« Hal deutet auf mich. »Hat da gesessen, wo Sie jetzt sind.«

»Wie sah er aus?«, frage ich.

»Mitte sechzig, lange Haare, struppiger Bart, große Nase. Sah aus wie ein Motorradfahrer, trug aber einen grauen Anzug, ein weißes Hemd und eine blaue Krawatte.«

»An ihn erinnern Sie sich«, sage ich.

»Hä?«

»An ihn erinnern Sie sich. Aber an sie?«

»Wenn Sie gesehen hätten, wie sie dieses schwarze Kleid trug, würde Ihnen auch nichts anderes mehr einfallen.«

»Er hat sich also auf diesen Platz gesetzt und allein getrunken«, kommt Reynolds wieder zum Thema. »Wie viel später ist denn die Frau reingekommen?«

»Keine Ahnung. Zwanzig Minuten, halbe Stunde?«

»Und sie ist reingekommen und …?«

»Das war so ein richtiger Auftritt, wenn Sie wissen, was ich meine.«

»Wissen wir«, sage ich.

»Sie ist direkt zu ihm rübermarschiert«, sagt Hal mit weit aufgerissenen Augen, als beschriebe er eine UFO-Landung. »Und dann hat sie den Kerl angebaggert.«

»Besteht die Möglichkeit, dass die beiden sich vorher schon kannten?«

»Glaub ich nicht. So vom Gefühl her.«

»Welches Gefühl hatten Sie denn?«

Hal zuckt die Achseln. »Ich dachte, sie ist eine Professionelle. War eben mein Eindruck, wenn ich ehrlich sein soll.«

»Kommen hier oft Professionelle rein?«, frage ich.

Hal wird misstrauisch. Reynolds sagt: »Kuppelei geht uns gerade am Arsch vorbei, Hal. Wir ermitteln in einem Polizistenmord.«

»Manchmal schon, ja. Na ja, wir haben hier zwei Strip-Clubs im Umkreis von einem Kilometer. Manchmal wollen sich die Mädels von da ein bisschen was dazuverdienen.«

Ich sehe Reynolds an, sie nickt mir zu. »Bates arbeitet dran.«

»Haben Sie die Frau vorher schon mal hier gesehen?«

»Zwei Mal.«

»Sie erinnern sich daran?«

Hal breitet die Arme aus. »Wie oft soll ich es Ihnen noch sagen?«

»Heiß«, werfe ich ein. Ich bin recht gut darin, die Augen vor der Wahrheit zu verschließen. Natürlich bedeutet dieses »heiß« nicht, dass es sich um Maura handelt, wobei die Beschreibung, so vage sie auch sein mag, tatsächlich passt.

»Die beiden Male vorher«, fahre ich fort, »ist sie da auch mit Männern mitgegangen?«

»Ja.«

Ich stelle es mir vor. Drei Mal in diesem Loch. Drei Mal mit Männern mitgegangen. Maura. Ich muss schlucken.

Hal reibt sich das Kinn. »Wenn ich jetzt so darüber nachdenke, ist sie aber vielleicht doch keine Professionelle.«

»Wie kommen Sie darauf?«

»Sie ist nicht der Typ.«

»Was wäre denn der Typ?«

»Das ist so, wie dieser Verfassungsrichter es damals über Pornografie gesagt hat: Man erkennt es, wenn man es sieht. Na ja, sie könnte schon eine sein. Ist es wahrscheinlich auch. Es könnte aber auch was anderes dahinterstecken. Vielleicht ist sie einfach schräg drauf, oder so. Manchmal kommen hier auch solche MILFs rein, großes Haus, glücklich verheiratet, drei Kinder. Sie kommen rein, reißen Männer auf und was weiß ich alles… einfach Freaks. Vielleicht ist sie eine von denen.«

Wie beruhigend.

Reynolds klopft ungeduldig mit dem Fuß auf den Boden. Sie hat mich aus einem bestimmten Grund hergebracht, und der besteht nicht darin, die Vernehmung neu aufzurollen.

Ich habe es lange genug hinausgezögert. Ich nicke ihr zu. Es wird Zeit.

»Okay«, sagt Reynolds zu Hal. »Zeigen Sie ihm das Video.«

Wir gehen zu einem alten Röhrenfernseher. Hal hat ihn auf den Tresen gestellt. Es sitzen noch zwei weitere Gäste davor, die aber vollkommen von den Gläsern vor sich gefesselt zu sein scheinen. Hal drückt auf den Knopf. Der Bildschirm leuchtet auf, dann erscheint ein kleiner, blauer Punkt, der sich nach knapp einer halben Minute in ein hektisches Bildrauschen verwandelt.

Hal sieht auf der Rückseite des Fernsehers nach. »Das Kabel ist locker«, sagt er. Er drückt es wieder hinein. Das andere Ende des Kabels steckt in einem Zenith-Videorekorder. Die Klappe fehlt, daher kann ich die alte Kassette sehen.

Die Play-Taste rastet hörbar ein. Die Qualität des Videos ist mies – gelbstichig, trüb, unscharf. Die Kamera ist hoch oben über dem Parkplatz angebracht, um eine möglichst große Fläche zu erfassen, und genau aus diesem Grund erfasst sie so gut wie nichts. Mit viel Mühe kann ich die Autotypen und ein paar Farben ausmachen, habe aber keine Chance, die Nummernschilder zu erkennen.

»Der Chef überspielt das immer wieder, bis das Band reißt«, erläutert Hal.

Ich kenne das Spielchen. Wahrscheinlich verlangt die Versicherung, dass eine Videoüberwachung eingerichtet ist, also kommt der Besitzer der Bar dem auf die kostengünstigste Weise nach. Das Video quält sich voran. Reynolds deutet auf ein Auto am oberen rechten Bildrand. »Wir glauben, dass das der Mietwagen ist.«

Ich nicke. »Können wir auf Schnellvorlauf schalten?«

Hal tut das. Das Video beschleunigt auf die altmodische Art, bei der alles sichtbar ist, aber schneller abläuft. Als zwei Personen aus der Bar kommen, lässt er die Taste los. Sie wenden uns die Rücken zu. Zwei von hinten aus der Ferne aufgenommene Personen, die verschwommen auf der zu weit entfernten Kamera erscheinen.

Doch dann sehe ich, wie die Frau geht.

Die Zeit bleibt stehen. In meiner Brust tick-tick-tickt es langsam und gleichmäßig. Dann spüre ich das Kawumm, als mein Herz in tausend Teile zerspringt.

Ich weiß noch, wie ich diesen Gang das erste Mal gesehen habe. Dad liebte den Song *Castanets* von Alejandro Escovedo. Erinnerst du dich noch daran, Leo? Natürlich tust du das. Da gibt es diese Stelle über die unglaublich attraktive Frau: »I like her better when she walks away.« Ich habe seine Meinung nie geteilt – mir gefiel es am besten, wenn Maura direkt auf mich zukam, die Schultern gestrafft, ihr Blick, der mich durchbohrte –, aber verdammt, ich habe trotzdem verstanden, was gemeint war.

Im letzten Highschool-Jahr haben die Dumas-Zwillinge sich verliebt. Ich habe dir Diana Styles vorgestellt, Augies und Audreys Tochter, und eine Woche später hast du mich mit Maura Wells verkuppelt. Selbst in dieser Hinsicht – verabreden, Mädchen, verlieben – mussten wir im Gleichtakt bleiben, stimmt's, Leo? Maura war die schöne Außenseiterin, die mit deiner Nerd-Clique abhing. Diana war das nette Mädchen, Cheerleaderin und Vizepräsidentin des Schülerparlaments. Ihr Vater, Augie, war der Chef der örtlichen Polizei und mein Football-Coach. Ich weiß noch, wie er beim Training einen Witz gemacht hat, dass seine Tochter mit dem »»besseren Dumas« ausgehen würde.

Ich glaube zumindest, dass es ein Witz war.

Ich weiß ja, dass es dumm ist, aber ich denke immer noch über die Was-wäre-Wenns nach. Wir haben uns nie konkret über das Leben nach der Highschool unterhalten, richtig? Wären wir beide auf die gleiche Uni gegangen? Wäre ich mit Maura zusammengeblieben? Wären du und Diana…?

Bescheuert.

Reynolds sagt: »Und?«

»Das ist Maura«, sage ich.

»Sind Sie sicher?«

Ich spare mir die Antwort. Ich starre immer noch das Video an. Der grauhaarige Mann öffnet die Autotür, und Maura setzt sich auf den Beifahrersitz. Ich beobachte, wie er hinten ums Auto geht und auf der Fahrerseite einsteigt. Der Wagen setzt zurück und fährt Richtung Ausfahrt. Ich sehe genau zu, bis er aus dem Sichtfeld der Kamera verschwunden ist.

»Wie viel haben sie getrunken?«, frage ich Hal.

Wieder ist Hal misstrauisch.

Reynolds weist ihn wie beim ersten Mal auf den Ernst der Lage hin: »Auch dass Sie ihnen womöglich zu viel Alkohol ausgeschenkt und damit Ihre Fürsorgepflicht als Wirt oder die Verkehrssicherungspflicht verletzt haben, interessiert uns einen Scheißdreck, Hal. Es geht um Polizistenmord.«

»Ja, die beiden haben ordentlich zugelangt.«

Ich denke darüber nach, suche nach einer logischen Erklärung.

»Oh, noch was«, sagt Hal. »Sie hieß nicht Maura. Jedenfalls hat sie sich nicht so genannt.«

»Wie hat sie sich denn genannt?«, fragt Reynolds.

»Daisy.«

Reynolds sieht mich mit einer Besorgnis an, die ich seltsam rührend finde. »Alles okay mit Ihnen?«

Ich weiß, was sie denkt. Meine große Liebe, die ich seit fünfzehn Jahren wie besessen suche, hat in diesem Drecksloch herumgehangen, einen falschen Namen benutzt und ist mit fremden Männern mitgegangen. Der Gestank in dem Schuppen wird langsam unerträglich. Ich stehe auf, danke Hal und gehe rasch zum Ausgang. Ich öffne die Tür und trete auf den Parkplatz hinaus, den ich gerade im Video gesehen habe. Ich hole ein paarmal tief Luft. Aber deshalb bin ich nicht hier.

Ich sehe mir den Parkplatz an, auf dem der Mietwagen stand.

Reynolds verlässt hinter mir die Bar. »Irgendwelche Ideen?«

»Der Kerl hat ihr die Autotür aufgehalten.«

»Na und?«

»Er ist nicht getorkelt. Hat das Schlüsselloch sofort gefunden. Hat sich die ganze Zeit wie ein Gentleman verhalten.«

»Und noch einmal frage ich: Na und?«

»Haben Sie gesehen, wie er hier weggefahren ist?«

»Hab ich.«

»Er ist nicht Zickzack gefahren, hat nicht kurz gestoppt und wieder beschleunigt.«

»Das hat nichts zu sagen.«

Ich gehe die Straße entlang.

»Wo wollen Sie hin?«, fragt sie.

Ich gehe weiter. Reynolds folgt mir. »Wie weit ist es bis zur Abzweigung?«

Sie zögert, vermutlich weil sie merkt, worauf ich hinauswill. »Die zweite rechts.«

Das entspricht in etwa dem, was ich erwartet hatte. Zu Fuß brauchen wir keine fünf Minuten von der Bar bis zum Tatort. Als ich dort ankomme, drehe ich mich um und blicke zurück zur Bar und dann auf die Stelle, an der Rex gelegen hat.

Das ergibt keinen Sinn. Noch nicht. Aber ich komme der Sache langsam näher.

»Ging extrem schnell, bis Rex sie angehalten hat«, sage ich.

»Wahrscheinlich hat er direkt an der Bar gelauert.«

»Ich wette, wenn wir das Video länger laufen lassen, sehen wir eine Menge Leute aus der Bar kommen, die deutlich betrunkener sind als der Täter«, sage ich. »Warum ausgerechnet diese beiden?«

Reynolds zuckt die Achseln. »Vielleicht waren die anderen Einheimische. Der Kerl hatte das Nummernschild einer Mietwagenfirma.«

»Rex wollte den Auswärtigen abkassieren?«

»Klar.«

»Und dieser Auswärtige hat rein zufällig eine Frau bei sich, die Rex von der Highschool kennt?«

Der Wind ist stärker geworden. Ein paar Strähnen wehen Reynolds ins Gesicht. Sie schiebt sie nach hinten. »Ich habe schon größere Zufälle gesehen.«

»Ich auch«, sage ich.

Aber dies ist keiner. Also versuche ich, mir die Sache vor Augen zu führen. Ich fange mit dem an, was ich sicher weiß –

Maura und der alte Mann kommen aus der Bar, er hält ihr die Autotür auf, sie fahren weg, Rex hält sie an.
»Nap?«
»Sie müssen etwas für mich rausbekommen«, sage ich.

SECHS

Die Qualität des Überwachungsvideos von Sal's Rent-A-Vehicle ist besser als das der Bar. Ich sehe es mir schweigend an. Wie so oft bei solchen Aufnahmen ist auch hier die Kamera zu hoch angebracht. Inzwischen weiß das jeder kleine Gauner und hält sich an ein paar einfache Vorsichtsmaßnahmen, um das System zu überlisten. In diesem Video hat sich der Mann, der mit einem gestohlenen Ausweis auf den Namen Dale Miller einen Wagen mietet, eine Baseballkappe tief ins Gesicht gezogen. Er hält den Kopf gesenkt, sodass man seine Züge nicht erkennt. Ich kann gerade mal einen Bartansatz sehen. Er hinkt.

»Ein Profi«, sage ich zu Reynolds.

»Soll heißen?«

»Die Kappe tief ins Gesicht gezogen, den Kopf gesenkt, das falsche Hinken.«

»Woher wollen Sie wissen, dass das Hinken falsch ist?«

»Das ist einfach der Umkehrschluss daraus, dass ich Mauras Gang sofort erkannt habe. Ein Gang kann charakteristisch sein. Wie kann man ihn am besten verbergen und den Blick des Betrachters auf ein unwichtiges Detail lenken?«

»Man tut so, als würde man hinken«, sagt Reynolds.

Wir treten aus dem kleinen Kabuff, in dem sich das Büro von Sal's Autovermietung befindet, in die kühle Nachtluft. In der Ferne steckt sich ein Mann eine Zigarette an. Er hebt den Kopf und stößt langsam eine große Rauchwolke aus, so wie

Dad es früher immer gemacht hat. Nach Dads Tod habe ich angefangen zu rauchen und damit dann über ein Jahr weitergemacht. Ich weiß, wie bescheuert das ist. Dad ist an Lungenkrebs gestorben, nachdem er sein Leben lang geraucht hat, trotzdem habe ich auf seinen schrecklichen Tod damit reagiert, dass ich mit dem Rauchen angefangen habe. Ich bin gerne allein vor die Tür gegangen und habe mir eine Zigarette angesteckt wie der Typ da hinten. Vielleicht hat mich auch genau das gereizt – wenn ich mir eine angesteckt habe, haben die Leute Abstand gehalten.

»Auf die Altersangabe dürfen wir uns auch nicht verlassen«, sage ich. »Die langen Haare, der Bart – das wirkt wie eine Verkleidung. Oft machen Leute sich älter, damit man sie unterschätzt. Wenn Rex einen alten Mann zu einem Alkoholtest anhält, ist er vielleicht nicht so aufmerksam.«

Reynolds nickt. »Trotzdem lasse ich das Überwachungsvideo noch einmal Bild für Bild von Experten durchsehen. Vielleicht finden die ja noch etwas Eindeutigeres.«

»Natürlich.«

»Haben Sie eine Theorie, Nap?«

»Eigentlich nicht.«

»Aber?«

Ich beobachte, wie der Mann einen tiefen Zug nimmt und den Rauch durch die Nase ausstößt. Ich bin schließlich frankophil – Wein, Käse, ich spreche fließend Französisch, das ganze Drum und Dran halt, was vielleicht auch meine kurze Phase als Raucher erklärt. Die Franzosen rauchen. Sie rauchen viel. Natürlich habe ich mir meine Frankophilie, sofern es dieses Wort gibt, auf ehrliche Art und Weise erworben, schließlich wurde ich in Marseille geboren und habe die ersten acht Jahre meines Lebens in Lyon verbracht. Es ist also keine aufgesetzte Show wie bei diesen großkotzigen Dummschwätzern, die keine Ahnung von Wein haben, plötzlich aber eine spezielle Weintragetasche brauchen und den Korken, den sie aus der Flasche gezogen haben, wie die Zunge einer Geliebten behandeln.

»Nap?«

»Glauben Sie an Intuition, Reynolds? Glauben Sie an das Bauchgefühl von Polizisten?«

»Herrgott, nein«, sagt Reynolds. »Bei sämtlichen wirklich dummen Ermittlungsfehlern, mit denen ich zu tun hatte, haben die Polizisten sich auf ihr…«, sie malt Anführungszeichen in die Luft, »…›Bauchgefühl‹ oder ihre ›Intuition‹ berufen.«

Ich mag Reynolds. Ich mag sie sehr. »Genau darauf wollte ich hinaus.«

Der Tag war lang. Es kommt mir vor, als wäre ein Monat vergangen, seit ich Trey mit dem Baseballschläger bearbeitet habe. Der Adrenalinschub ist verraucht, und ich bin ziemlich erledigt. Aber, wie schon gesagt, ich mag Reynolds. Vielleicht bin ich ihr auch etwas schuldig. Also denke ich mir, wieso nicht?

»Ich hatte einen Zwillingsbruder. Er hieß Leo.«

Sie wartet.

»Ist Ihnen das bekannt?«

»Nein. Müsste es das sein?«

Ich schüttele den Kopf. »Leo hatte eine Freundin. Sie hieß Diana Styles. Wir sind alle zusammen in Westbridge aufgewachsen, der Stadt, aus der Sie mich abgeholt haben.«

»Hübscher Ort«, sagt Reynolds.

»Ja, das ist er.« Ich weiß nicht, wie ich anfangen soll. Da die Story sowieso unlogisch ist, plappere ich einfach weiter. »Im letzten Highschool-Jahr ist mein Bruder Leo also mit Diana zusammen. Eines Abends sind sie dann unterwegs. Ich bin nicht da. Ich habe ein Auswärtsspiel. Eishockey. Wir spielen gegen Parsippany Hills – schon komisch, an was man sich so erinnert. Ich mache zwei Tore und die Vorlagen zu zwei weiteren.«

»Beeindruckend.«

Lächelnd denke ich an mein früheres Leben. Wenn ich die Augen schließe, kann ich mir jeden Moment des Spiels vergegenwärtigen. Mein zweites Tor war das Siegtor. In Unterzahl. Ich habe den Puck direkt vor der blauen Linie erobert, bin die linke Seite entlanggesaust, habe den Torwart mit einer Finte aussteigen lassen und ihn mit der Rückhand über seine linke Schulter gelupft. Das Leben davor, das Leben danach.

Ein Minibus mit der Aufschrift »Sal's Rent-A-Vehicle« hält vor der kleinen Hütte. Er dient als Flughafen-Shuttle. Erschöpfte Reisende – jeder wirkt erschöpft, wenn er einen Mietwagen abholt – purzeln heraus und bilden eine Schlange.

»Sie haben also in einem anderen Ort Eishockey gespielt«, souffliert Reynolds.

»In jener Nacht wurden Leo und Diana von einem Zug erfasst. Beide waren sofort tot.«

Reynolds hält sich die Hand an den Mund. »Mein Beileid.«
Ich sage nichts.

»War es ein Unfall? Selbstmord?«

Ich zucke die Achseln. »Niemand weiß das. Oder ich zumindest nicht.«

Als Letzter steigt ein übergewichtiger Geschäftsmann aus dem Shuttle, der einen riesigen Rollkoffer mit einem kaputten Rad hinter sich herzieht. Sein Gesicht ist knallrot vor Anstrengung.

»Gab es ein offizielles Ermittlungsergebnis?«, fragt Reynolds.

»Unfalltod«, sage ich. »Zwei Highschool-Kids mit viel

Alkohol und auch Spuren von Drogen im Blut. Da sind öfter mal ein paar Leute auf den Bahngleisen herumspaziert, manchmal wurden sie auch für alberne Mutproben benutzt. So ist in den Siebzigern auch einmal ein Jugendlicher umgekommen, der versucht hat, die Gleise ganz knapp vor dem Zug zu überqueren. Jedenfalls war die ganze Schule schockiert und hat getrauert. Es gab jede Menge scheinheilige Medienberichte über die beiden Toten – angeblich als Warnung für andere Jugendliche: jung, attraktiv, Drogen, Alkohol, was stimmt nicht mit unserer Gesellschaft, Sie kennen das.«

»Klar«, sagt Reynolds. Dann: »Im letzten Highschool-Jahr, sagten Sie?«

Ich nicke.

»Das war, als Sie mit Maura Wells zusammen waren.«

Sie ist gut.

»Wann genau ist Maura denn verschwunden?«

Wieder nicke ich. Reynolds versteht es.

»Scheiße«, sagt sie. »Wie lange danach?«

»Ein paar Tage. Ihre Mutter hat behauptet, ich würde einen schlechten Einfluss auf sie ausüben. Sie wollte, dass ihre Tochter aus diesem schrecklichen Ort herauskommt, in dem Teenager sich betrinken, kiffen und dann vor Züge laufen. Maura ist dann angeblich auf ein Internat gewechselt.«

»Kommt vor«, sagt Reynolds.

»Ja.«

»Aber Sie haben es ihr nicht abgenommen?«

»Nein.«

»Wo war Maura in der Nacht, als Ihr Bruder und seine Freundin umgekommen sind?«

»Ich weiß es nicht.«

Jetzt begreift Reynolds. »Deshalb suchen Sie sie immer noch. Es geht nicht nur um ihr faszinierendes Dekolleté.«

»Was wir aber keinesfalls außer Acht lassen dürfen.«

»Männer«, sagt Reynolds. Sie rückt etwas näher an mich heran. »Und jetzt glauben Sie – was eigentlich? –, dass Maura etwas über den Tod Ihres Bruders weiß?«

Ich antworte nicht.

»Wie kommen Sie darauf, Nap?«

Ich male mit den Fingern Anführungszeichen in die Luft. »Bauchgefühl«, sage ich. »Intuition.«

SIEBEN

Ich habe ein Leben und einen Job, also kann ich es mir leisten, mich von einem Taxidienst nach Hause fahren zu lassen.

Ellie ruft an und will auf den neuesten Stand gebracht werden, ich antworte, dass das keine Eile hat. Wir verabreden uns zum Frühstück im Armstrong Diner. Ich schalte mein Handy aus, schließe die Augen und schlafe den Rest der Strecke. Als wir bei mir zu Hause sind, bezahle ich den Fahrer und biete an, etwas draufzulegen, damit er sich für die Nacht ein Zimmer nehmen kann.

»Nee, ich muss zurück«, sagt er.

Ich gebe zu viel Trinkgeld. Für einen Cop bin ich ziemlich reich. Warum auch nicht? Ich bin Dads einziger Erbe. Manche Leute behaupten, Geld wäre die Wurzel allen Übels. Schon möglich. Andere sagen, Glück könne man sich nicht kaufen. Das mag stimmen. Wenn man aber richtig mit dem Geld umgeht, kann man sich Zeit und Freiheit kaufen, was letztendlich sehr viel greifbarer ist als Glück.

Es ist schon nach Mitternacht, trotzdem steige ich in meinen Wagen und fahre zum Clara Maass Medical Centre in Belleville. Ich zeige meine Marke und gehe auf Treys Etage. Ich spähe in sein Zimmer. Trey schläft, sein Bein hängt in einem riesigen Gips in der Luft. Es ist kein Besucher da. Ich zeige der Schwester die Marke und behaupte, ich würde den Angriff auf ihn untersuchen. Sie sagt mir, dass Trey mindestens ein halbes

Jahr nicht aus eigener Kraft laufen können wird. Ich bedanke mich und gehe.

Ich fahre zurück zum leeren Haus, gehe ins Bett und starre die Decke an. Manchmal vergesse ich, wie seltsam es ist, als alleinstehender Mann in diesem Viertel zu wohnen, offenbar habe ich mich inzwischen daran gewöhnt. Ich überlege, wie verheißungsvoll jene Nacht angefangen hatte. Ich war so aufgedreht, als ich vom Sieg gegen Parsippany Hills nach Hause kam. An dem Abend saßen Scouts von Ivy-League-Universitäten im Publikum. Zwei von ihnen hatten mir noch vor Ort Angebote für ein Sportstipendium gemacht. Ich konnte es kaum erwarten, dir das zu erzählen, Leo. Ich habe mit Dad in der Küche gesessen und darauf gewartet, dass du nach Hause kommst. Gute Nachrichten waren erst dann gute Nachrichten, wenn ich sie dir mitgeteilt hatte. Also haben Dad und ich dagesessen und gewartet und mit einem Ohr gehorcht, ob dein Wagen in die Zufahrt einbiegt. Die meisten Jugendlichen in der Stadt mussten zu einer festen Zeit zu Hause sein, aber Dad hielt nichts davon. Manche Eltern meinten, dadurch würde er es sich leicht machen bei der Erziehung, doch Dad zuckte nur die Achseln und sagte, er vertraue uns.

Du bist also nicht um zehn nach Hause gekommen, Leo, auch nicht um elf oder um Mitternacht. Und als um fast zwei Uhr morgens schließlich ein Wagen in die Zufahrt bog, rannte ich zur Tür.

Aber du warst es natürlich nicht. Es war Augie in einem Streifenwagen.

Als ich am nächsten Morgen aufwache, dusche ich lange heiß. Ich versuche, einen klaren Kopf zu behalten. Im Lauf der Nacht gab es keine neuen Erkenntnisse über Rex, und ich will nicht noch mehr Zeit mit Spekulationen verbringen. Ich steige in den Wagen und fahre zum Armstrong Diner. Wenn Sie wissen wollen, welches die besten Diner in einem Ort sind, fragen Sie einfach einen Cop. Das Armstrong ist eine Art Hybridrestaurant: Äußerlich ein reiner Diner im Retro-Stil, wie man ihn aus New Jersey kennt, also viel Chrom mit dem großen roten Neon-Schriftzug »DINER« auf dem Dach, ein Tresen mit Zapfhähnen für Softdrinks, handgeschriebene Tafeln mit den Tagesangeboten und Nischen mit Kunstleder-Bänken. Die Küche hingegen ist hip, politisch korrekt und ökologisch. Der Kaffee nennt sich »fair trade«, die Speisen kommen »von der Farm auf den Tisch« – wobei ich mir bei Eiern nicht so recht vorstellen kann, welchen Weg sie sonst nehmen sollten.

Ellie erwartet mich am Ecktisch. Ganz egal, welche Zeit ich vorschlage, sie ist immer zuerst da. Ich rutsche ihr gegenüber in die Nische.

»Guten Morgen!«, wünscht Ellie mir mit der üblichen, überbordenden Fröhlichkeit.

Ich zucke zurück. Sie mag das.

Ellie schiebt sich einen Fuß unter den Hintern, um etwas höher zu sitzen. Sie sprüht vor Energie. Selbst wenn sie still sitzt, sieht es aus, als würde sie sich bewegen. Ich habe zwar nie ihren Puls gefühlt, würde aber wetten, dass der Ruhepuls über hundert liegt.

»Mit wem fangen wir an?«, fragt Ellie. »Mit Rex oder mit Trey?«

»Mit wem?«

Ellie runzelt die Stirn und sieht mich an. »Trey.«

Mein Gesicht ist ausdruckslos.

»Trey ist Brendas Ex, der sie zusammengeschlagen hat.«

»Ach, der. Was ist mit dem?«

»Jemand hat ihn mit einem Baseballschläger verprügelt. Er wird eine ganze Weile nicht laufen können.«

»Oh, jammerschade«, sage ich.

»Ja, wie ich sehe, bist du völlig am Boden zerstört.«

Fast hätte ich gesagt: »So zerstört wie Treys Bein«, verkneife es mir aber.

»Das Gute daran ist«, fährt Ellie fort, »dass Brenda so in seine Wohnung gehen konnte. Sie hat ihren Kram und die Kindersachen geholt und endlich wieder mal eine Nacht durchgeschlafen. Also sind wir alle dankbar, dass das passiert ist.«

Ellie sieht mich einen Moment zu lange an.

Ich nicke. Dann sage ich: »Mit Rex.«

»Was?«

»Du hast gefragt, ob wir mit Rex oder mit Trey anfangen sollen.«

»Über Trey haben wir ja schon gesprochen«, sagt sie.

Jetzt sehe ich sie an. »Und mehr gibt es da nicht zu besprechen.«

»So ist es.«

»Gut«, sage ich.

Bunny, die Bedienung vom alten Schlag mit einem Bleistift in den zu stark blondierten Haaren, kommt zu uns und schenkt uns Fair-Trade-Kaffee ein.

»Das Übliche, ihr Lieben?«, fragt Bunny.

Ich nicke. Ellie auch. Wir sind oft hier. Meistens nehmen wir die Eier-Sandwiches mit weichem Eigelb. Ellie meist das normale – zwei halbflüssige Eier auf Sauerteigbrot mit weißem Cheddar-Käse und Avocado. Ich nehme das Gleiche mit Bacon.

»Also, was ist mit Rex passiert?«, fragt Ellie.

»Am Tatort wurden Fingerabdrücke gefunden«, sage ich. »Mauras.«

Ellie blinzelt kurz, dann weiten sich ihre Augen. Das Leben hat mir schon einige Tiefschläge verpasst. Ich habe keine

Familie, keine Freundin, kaum Aufstiegschancen und nicht viele Freunde. Aber diese fantastische Person, diese Frau, deren reine Güte selbst ein Blinder in finsterster Nacht sieht, ist meine beste Freundin. Überlegen Sie mal. Ellie hat *mich* für diese Position – den besten Freund – gewählt, und das heißt, ganz egal, wie viel Mist ich auch bauen mag, irgendetwas muss ich wohl richtig machen.

Ich erzähle ihr alles.

Als ich zu der Stelle komme, an der Maura sich mit Männern in der Bar trifft, zieht Ellie eine Grimasse. »Ach, Nap.«

»Ich komme damit klar.«

Sie mustert mich mit diesem skeptischen Blick, den ich normalerweise verdient habe.

»Ich glaube nicht, dass sie anschaffen gegangen ist oder Männer aufgerissen hat«, sage ich.

»Was denn sonst?«

»Könnte eher was Schlimmeres sein«, sage ich.

»Wieso?«

Ich schüttele den Kopf. Spekulieren bringt nichts. Ich warte darauf, dass Reynolds sich meldet und mir die Informationen gibt.

»Als wir gestern telefoniert haben«, sagt Ellie, »hast du das von Mauras Fingerabdrücken schon gewusst, oder?«

Ich nicke.

»Ich hab das an deiner Stimme gehört. Na ja, dass einer deiner alten Freunde von der Highschool gestorben ist, klar, das ist schon eine große Sache, aber du klangst... jedenfalls bin ich aktiv geworden.« Ellie greift in eine Handtasche von der Größe eines Seesacks und zieht ein großes Buch heraus. »Ich hab was gefunden.«

»Was ist das?«

»Dein Highschool-Jahrbuch.«

Sie legt es auf den Resopaltisch.

»Du hast es zu Beginn deines letzten Highschool-Jahrs bestellt, dann aber verständlicherweise nicht abgeholt. Also habe ich es für dich aufbewahrt.«

»Fünfzehn Jahre lang?«, frage ich.

Jetzt zuckt Ellie die Achseln. »Ich war Vorsitzende des Jahrbuch-Komitees.

»Wer auch sonst?«

Auf der Highschool war Ellie immer geschniegelt und gestriegelt, hatte Pullover und Perlenkette getragen. Sie war die Jahrgangsbeste, ein Mädchen, das immer jammerte, dass sie durch den Test fallen würde, um dann als Erste fertig zu sein, eine glatte Eins zu bekommen und den Rest der Stunde mit ihren Hausaufgaben zu verbringen. Sie hatte für alle Fälle immer mehrere perfekt gespitzte HB-Bleistifte dabei, und ihre Hefte sahen aus wie am ersten Schultag.

»Warum gibst du es mir jetzt?«, frage ich.

»Ich muss dir etwas zeigen.«

Jetzt fällt mir auf, dass einige Seiten mit rosa Post-its markiert sind.

Ellie leckt am Zeigefinger und schlägt eine der hinteren Seiten auf.

»Hast du dich je gefragt, wie wir mit Leo und Diana umgegangen sind?«

»Inwiefern umgegangen?«

»Im Jahrbuch. Die Meinungen im Komitee gingen auseinander. Lassen wir die Fotos einfach da, wo sie normalerweise hingehören, also in der alphabetischen Reihenfolge der Schüler, die ihren Abschluss gemacht haben – oder nehmen wir sie da raus und fügen hinten eine Art Gedenkseite für sie ein?«

Ich trinke einen Schluck Wasser. »Ihr habt wirklich darüber diskutiert?«

»Wahrscheinlich erinnerst du dich nicht mehr – wir kannten uns damals nicht besonders gut –, aber ich habe dich gefragt, was dir am liebsten wäre.«

»Doch, ich erinnere mich«, sage ich.

Ich habe sie angefaucht, dass es mir egal sei, wobei ich mich vermutlich jedoch etwas plastischer ausgedrückt habe. Leo war tot. Es ging mir so was von am Arsch vorbei, wie man im Jahrbuch damit umging.

»Letztlich hat das Komitee entschieden, sie rauszunehmen und eine Gedenkseite einzurichten. Die Jahrgangssprecherin… Erinnerst du dich an Cindy Monroe?«

»Ja.«

»Sie war ziemlich pedantisch.«

»Du meinst, ein Arschloch.«

Ellie beugt sich vor. »Meint man das nicht, wenn man jemanden als pedantisch bezeichnet? Jedenfalls hat Cindy Monroe darauf hingewiesen, dass die normalen Seiten den Schülern vorbehalten sein müssten, die einen Abschluss gemacht hatten.«

»Und Leo und Diana waren vorher gestorben.«

»Genau.«

»Ellie?«

»Ja.«

»Kannst du auf den Punkt kommen?«

»Zwei Eier-Sandwiches mit weichem Eigelb«, sagt Bunny. Sie stellt die Teller vor uns. »Guten Appetit.«

Der Geruch steigt auf, wandert durch meine Nasenlöcher und direkt in den Magen. Ich greife nach dem Sandwich, nehme es vorsichtig mit beiden Händen hoch und beiße hinein. Das Eigelb platzt auf und sickert ins Brot.

Ambrosia. Manna. Nektar der Götter. Entscheide du, wie du es nennen willst.

»Ich will dir nicht das Frühstück verderben«, sagt sie.

»Ellie.«

»Okay.« Sie schlägt eine der hinteren Seiten im Jahrbuch auf.

Und da bist du, Leo.

Du trägst meinen alten Blazer auf, denn obwohl wir Zwillinge waren, war ich immer größer als du. Ich glaube, ich habe diesen Blazer in der achten Klasse bekommen. Die Krawatte ist von Dad. Du hast es nie geschafft, sie zu binden. Das musste Dad immer für dich tun – und er hat ein großes Tamtam darum gemacht. Irgendjemand hat auch versucht, deine widerspenstigen Haare zu glätten, was aber – wie immer – nicht geklappt hat. Du lächelst, Leo, und ich kann nicht umhin, dieses Lächeln zu erwidern.

Weder bin ich der Erste, der ein Geschwister vorzeitig verloren hat, noch der Erste, der einen Zwillingsbruder vorzeitig verloren hat. Dein Tod war zweifelsohne ein Desaster, aber mein Leben ging weiter. Ich habe mich erholt. Zwei Wochen nach »jener Nacht« bin ich wieder zur Schule gegangen. Ich bin sogar am darauffolgenden Samstag zum Eishockeyspiel gegen Morris Knolls angetreten – die Ablenkung tat mir gut, ich habe allerdings vermutlich etwas zu wild gespielt. Man hat mir eine zehnminütige Zeitstrafe aufgebrummt, weil ich einen Gegner fast durch die Plexiglasscheibe gerammt hätte. Es hätte dir gefallen. Natürlich war ich in der Schule ein bisschen mürrisch. In den ersten Wochen haben mich alle mit Aufmerksamkeit überschüttet, sie sind darüber hinweggekommen. Als meine Geschichtszensur schlechter wurde, hat mich Mrs Freedman freundlich, aber bestimmt darauf aufmerksam gemacht, dass dein Tod keine Ausrede sei. Sie hatte recht. Das Leben ging weiter, genau wie es sich gehörte, was allerdings an und für sich ein Skandal ist. In der Trauerphase hat man wenigstens etwas, woran man sich festhalten kann. Wenn die Trauer aber schließlich nachlässt – was bleibt einem dann? Man macht weiter – und ich wollte nicht weitermachen.

Augie sagt, dass ich deshalb in dieser Sache so detailversessen bin und nicht akzeptiere, was für alle anderen offensichtlich ist.

Ich starre dein Gesicht an. Meine Stimme klingt etwas seltsam, als ich frage: »Warum zeigst du mir das?«

»Sieh dir Leos Revers an.«

Ellie streckt die Hand aus und tippt mit dem Finger auf eine kleine, silberne Anstecknadel. Wieder lächle ich.

»Das sind zwei gekreuzte C«, sage ich.

»Gekreuzte C?«

Ich lächle immer noch, als ich an deine Macke denke. »Sie nannten sich Conspiracy Club.«

»Es gab einen Conspiracy Club an der Westbridge High?«

»Nein, offiziell nicht. Das sollte so eine Art Geheimbund sein.«

»Du wusstest aber davon?«

»Klar.«

Ellie nimmt das Jahrbuch wieder an sich. Sie schlägt eine Seite vorne auf und dreht es erneut um, sodass ich sie sehen kann. Das Foto zeigt mich. Ich stehe stocksteif da und lächle gezwungen. Herrje, ich sehe aus wie ein Vollidiot. Ellie zeigt auf mein leeres Revers.

»Ich war kein Mitglied«, sage ich.

»Wer denn sonst?«

»Es sollte, wie gesagt, ein Geheimbund sein. Keiner sollte etwas davon wissen. Es war nur eine spinnerte Gruppe ähnlich denkender Nerds...«

Meine Stimme verhallt, als sie wieder umblättert. Es ist Rex Cantons Foto. Er trägt einen Bürstenhaarschnitt und präsentiert beim Lächeln eine Zahnlücke. Sein Kopf ist leicht schräg gelegt, als hätte ihn gerade jemand überrascht.

»Die Sache ist die«, sagt Ellie. »Als du Rex erwähntest, habe ich ihn zuerst im Jahrbuch nachgeschlagen. Und da ist mir das aufgefallen.«

Wieder zeigt sie mit dem Finger auf das Foto. Rex hat das winzige CC am Revers.

»Wusstest du, dass er auch Mitglied war?«

Ich schüttele den Kopf. »Ich hab aber auch nie gefragt. Es sollte, wie gesagt, ihr kleiner Geheimbund sein. Ich habe dem damals nicht viel Aufmerksamkeit geschenkt.«

»Kennst du noch andere Mitglieder?«

»Sie durften eigentlich nicht darüber sprechen, aber ...« Ich sehe ihr in die Augen. »Ist Maura im Jahrbuch?«

»Nein. Als sie die Schule gewechselt hat, haben wir ihr Bild entfernt. War sie auch im Club?«

Ich nicke. Maura war am Ende unseres vorletzten Highschool-Jahrs nach Westbridge gezogen. Diese superheiße, unnahbare Mitschülerin, die anscheinend nicht das geringste Interesse daran hatte, sich an die Gepflogenheiten der Highschool zu halten, war für uns alle ein Mysterium. An den Wochenenden fuhr sie gern nach Manhattan. Sie war mit einem Rucksack durch Europa gereist. Sie war dunkelhaarig, geheimnisvoll und fühlte sich von Gefahr angezogen, also eine Mitschülerin, von der man annahm, dass sie mit College-Studenten oder Lehrern ausging. Wir waren viel zu provinziell für sie. Wie hast du dich mit ihr angefreundet, Leo? Das hast du mir nie erzählt. Ich weiß noch, dass ich eines Tages nach Hause gekommen bin, und ihr beide saßt am Küchentisch und habt Hausaufgaben gemacht. Ich fand es unglaublich. Du und Maura Wells.

»Ich, äh, habe mir auch Dianas Foto angesehen«, sagt Ellie. Sie spricht etwas stockend. Ellie war seit der zweiten Klasse

Dianas beste Freundin gewesen. Auch das hatte dazu beigetragen, dass die Verbindung zwischen Ellie und mir entstanden war – das gemeinsame Leid. Ich hatte dich verloren, Leo. Sie hatte Diana verloren. »Diana trägt keine Nadel. Ich glaube auch, sie hätte mir etwas von diesem Club erzählt, wenn sie Mitglied gewesen wäre.«

»Sie war ganz bestimmt kein Mitglied«, sage ich. »Sie könnte höchstens später dazugestoßen sein, als sie mit Leo ausging.«

Ellie greift nach ihrem Sandwich. »Okay, was war also dieser Conspiracy Club?«

»Hat das Zeit, bis wir fertig gefrühstückt haben?«

»Klar.«

»Dann lass uns hinterher einen Spaziergang machen. Da kann ich es vielleicht leichter erklären.«

Ellie beißt ein Stück vom Sandwich ab, bekommt Eigelb auf die Hand, wischt sich die Hand und den Mund ab. »Meinst du, es besteht eine Verbindung, zwischen dem und … äh …«

»Und dem, was mit Leo und Diana passiert ist? Möglich. Und was meinst du?«

Ellie greift nach einer Gabel und sticht ihr Eigelb auf. »Ich habe immer gedacht, dass Leo und Diana durch einen Unfall ums Leben gekommen sind.« Sie sieht mich an. »Deine anderen Erklärungen fand ich etwas … weit hergeholt.«

»Das hast du mir nie gesagt.«

Sie zuckt die Achseln. »Im Übrigen fand ich, dass du einen Verbündeten brauchen könntest statt noch jemanden, der dich für verrückt erklärt.«

Ich weiß nicht recht, wie ich darauf reagieren soll, also sage ich einfach: »Danke.«

»Aber jetzt …« Ellie legt nachdenklich die Stirn in Falten.

»Jetzt was?«

»Wir kennen das Schicksal von mindestens drei Mitgliedern dieses Clubs.«

Ich nicke. »Leo und Rex sind tot.«

»Und Maura, die vor fünfzehn Jahren verschwunden ist, war bei Rex' Ermordung zufällig am Tatort.«

»Außerdem«, ergänze ich, »könnte Diana dem Club auch beigetreten sein, nachdem das Foto fürs Jahrbuch gemacht wurde. Wer weiß?«

»Dann wären es drei Tote. Aber das, was geschehen ist, einfach für Zufall zu halten – einfach zu glauben, dass es da keinen Zusammenhang gibt –, tja, das wäre wirklich weit hergeholt.«

Wieder nehme ich mein Sandwich und beiße hinein. Ich halte den Blick gesenkt, weiß aber, dass Ellie mich beobachtet.

»Nap?«

»Was ist?«

»Ich habe mir das ganze Jahrbuch mit der Lupe angesehen. Ich habe sämtliche Revers nach dieser Nadel abgesucht.«

»Hast du noch mehr gefunden?«, frage ich.

Ellie nickt. »Noch zwei. Zwei weitere Schüler aus unserem Jahrgang haben diese Nadel getragen.«

ACHT

Wir gehen den alten Pfad hinter der Benjamin Franklin Middle School hinauf. Als wir Schüler waren, haben wir diesen Pfad nur »den Pfad« genannt. Pfiffig, was?

»Unglaublich, dass es den Pfad noch gibt«, sagt Ellie.

Ich ziehe eine Augenbraue hoch. »Bist du auch öfter hier hochgekommen?«

»Ich? Nie. Das haben nur die aufmüpfigen Kids gemacht.«

»Aufmüpfig?«

»Ich wollte nicht ›ungezogen‹ oder ›rebellisch‹ sagen.« Sie legt ihre Hand auf meinen Arm. »Du warst öfter hier, oder?«

»Vor allem im letzten Jahr.«

»Alkohol? Drogen? Sex?«

»Alles«, sage ich. Dann füge ich mit einem traurigen Lächeln etwas hinzu, was ich mir bei anderen verkneifen würde. »Alkohol und Drogen aber nur selten.«

»Maura.«

Unnötig zu antworten.

Der Wald hinter der Middle School ist das Gebiet, in das die Jugendlichen zum Rauchen, Trinken, Kiffen und für sexuelle Abenteuer gingen. So ein Gebiet gibt es in jedem Ort. Oberflächlich betrachtet ist Westbridge da nicht anders. Wir gehen den Hügel hinauf. Es ist zugig hier im Wald, der eher lang gestreckt als tief ist. Man kommt sich vor, als wäre man meilenweit von der Zivilisation entfernt, tatsächlich sind es aber nie mehr als ein paar hundert Meter bis zur nächsten Wohnstraße.

»Der Knutschfleck der Stadt«, sagt Ellie.

»Ja.«

»Wobei hier mehr als nur geknutscht wird.«

Ich sage nichts. Ich komme nicht gerne hierher. Ich war seit »jener Nacht« nicht mehr hier, Leo. Nicht deinetwegen. Nicht primär. Du bist auf den Bahngleisen auf der anderen Seite der Stadt umgekommen. Westbridge ist ziemlich groß. Wir haben dreißigtausend Einwohner. Die Schüler aus den sechs Grundschulen werden auf zwei Middle Schools verteilt und gehen schließlich gemeinsam auf eine Highschool. Die Fläche beträgt fast vierzig Quadratkilometer. Ich bräuchte mindestens zehn Minuten, um von hier zu dem Ort zu fahren, wo ihr beiden, du und Diana, gestorben seid, und da müsste ich Glück mit den Ampeln haben.

Vielmehr denke ich in diesem Waldstück an Maura. Ich denke daran, welche Gefühle sie in mir hervorgerufen hat. Ich denke daran, dass nach ihr niemand mehr – und ja, ich weiß, wie das klingt – diese Gefühle erzeugt hat.

Geht es hier gerade um Körperliches?

Absolut.

Nenn mich ein Schwein. Mir egal. Meine einzige Entschuldigung ist, dass ich glaube, dass das Körperliche und das Emotionale zusammenhängen, dass die aberwitzigen sexuellen Höhepunkte, die dieser achtzehnjährige Junge mit ihr erreicht hat, nicht auf irgendeiner besonderen Technik, Neuartigkeit, Experimenten oder Nostalgie beruhten, sondern das etwas Tieferes und Bedeutsameres dahintersteckte.

Ich bin aber auch weise genug, um zuzugeben, dass das Unsinn sein könnte.

»Eigentlich kannte ich Maura gar nicht richtig«, sagt Ellie. »Ist sie nicht erst am Ende des vorletzten Schuljahrs hergezogen?«

»In den Sommerferien, ja.«

»Sie hat mich irgendwie eingeschüchtert.«

Ich nicke. Ellie war damals, wie gesagt, die Jahrgangsbeste. Im Jahrbuch befindet sich auch ein gemeinsames Foto von Ellie und mir. Die Mitschüler hatten uns damals zu denjenigen Schülern »mit der größten Chance auf Erfolg im Leben« gewählt. Witzig, oder? Natürlich kannten wir uns schon ein wenig, als wir für das Foto posierten, ich hielt Ellie aber für eine kleine Zicke. Was hatten wir schon gemeinsam? Vermutlich könnte ich in groben Linien nachzeichnen, wie Ellie und ich Freunde wurden, nachdem dieses Fotos entstanden war – wir rückten näher zusammen, als wir Leo und Diana verloren hatten, blieben Freunde, als Ellie auf die Princeton University ging, während ich zu Hause blieb, und so weiter. Aber aus dem Stegreif könnte ich, abgesehen vom gemeinsam erlittenen Leid, nicht genau sagen, was wir im anderen sahen. Ich bin einfach nur dankbar dafür.

»Sie kam mir älter vor«, sagt Ellie. »Maura, meine ich. Erfahrener. Und irgendwie, ich weiß nicht, sexy.«

Da kann ich kaum widersprechen.

»Manche Mädchen haben das einfach, weißt du? Als wäre alles, was sie tun, irgendwie zweideutig, ob sie wollen oder nicht. Das klingt jetzt sexistisch, oder?«

»Ein bisschen.«

»Du verstehst aber, was ich meine?«

»Ja, klar doch.«

»Die anderen Mitglieder des Conspiracy Clubs«, sagt sie, »waren Beth Lashley und Hank Stroud. Erinnerst du dich an sie?«

Das tue ich. »Das waren Freunde von Leo. Kanntest du sie?«

»Hank war ein Mathegenie«, sagt sie. »In der zehnten

waren wir im selben Mathekurs, und sie mussten für ihn einen eigenen Lehrplan erarbeiten. Soweit ich weiß, hat er später am Massachusetts Institute of Technology studiert.«

»Das ist richtig«, sage ich.

Mit bedrückter Stimme fährt Ellie fort: »Weißt du, wie es ihm geht?«

»So halbwegs, ja. Letztens habe ich gehört, dass er noch in der Stadt ist. Er spielt gelegentlich am Oval Pickup-Basketball.«

»Ich habe ihn vor etwa einem halben Jahr in der Nähe des Bahnhofs gesehen«, sagt Ellie und schüttelt den Kopf. »Er hat Selbstgespräche geführt und laut herumgezetert. Es war schrecklich. Das ist wirklich eine traurige Sache, oder?«

»Ja, absolut.«

Sie bleibt stehen und lehnt sich an einen Baum. »Lass uns kurz die einzelnen Clubmitglieder durchgehen. Und wir gehen einfach mal davon aus, dass Diana auch beigetreten ist, okay?«

»Okay«, sage ich.

»Dann haben wir insgesamt sechs Mitglieder. Leo, Diana, Maura, Rex, Hank und Beth.«

Ich setze mich wieder in Bewegung. Ellie folgt mir und redet dabei weiter.

»Leo ist tot. Diana ist tot. Rex ist tot. Maura wird vermisst. Hank ist, na ja … wie wollen wir das nennen? Obdachlos?«

»Nein«, sage ich. »Er ist in ambulanter Behandlung im Essex Pines.«

»Was ist er dann? Psychisch krank?«

»Ja, das kann man so sagen.«

»Dann bliebe noch Beth.«

»Was weißt du über sie?«

»Nichts. Sie hat fürs Studium die Stadt verlassen und ist

nicht wieder zurückgekommen. Als Koordinatorin für die Ehemaligen habe ich versucht, eine E-Mail-Adresse von ihr zu bekommen, um sie zu Jahrestreffen oder Wiedersehensfeiern einzuladen. Nichts.«

»Ihre Eltern?«

»Soweit ich weiß, sind sie nach Florida gezogen. Ich habe auch ihnen geschrieben, auf meine Fragen aber keine Antwort bekommen.«

Hank und Beth. Ich musste mit ihnen reden. Aber was genau sollte ich ihnen sagen?

»Wohin gehen wir, Nap?«

»Ist nicht mehr weit«, sage ich.

Ich will ihr etwas zeigen – oder womöglich will ich es auch mit eigenen Augen sehen. Ich bin auf der Suche nach den Geistern der Vergangenheit. Es riecht nach Pinienzapfen. Gelegentlich sieht man eine leere Schnapsflasche oder Zigarettenschachtel.

Allmählich nähern wir uns dem Ort. Ich weiß, dass ich mir das einbilde, aber die Luft scheint plötzlich stillzustehen. Es kommt mir vor, als wäre dort draußen jemand, der uns mit angehaltenem Atem beobachtet. Ich bleibe an einem Baum stehen und fahre mit der Hand über die Rinde. Ich spüre einen rostigen Nagel. Ich gehe zum nächsten Baum, fahre mit der Hand an ihm hinab und stoße auf einen weiteren rostigen Nagel. Ich zögere.

»Was ist?«, fragt Ellie.

»Weiter bin ich nie gegangen.«

»Warum nicht?«

»Es war verboten. Siehst du die Nägel? Da hingen überall Schilder.«

»Verbotsschilder?«

»Auf den Schildern stand in großen roten Buchstaben:

›Achtung: Sperrgebiet‹«, antworte ich. »Darunter stand jede Menge furchteinflößendes Zeug, irgendwelche Paragrafen, die das Gebiet zum Sperrgebiet erklärten, dass Eigentum konfisziert werden könne, keine Fotos gemacht werden dürften, man durchsucht werden würde und so weiter. Am Ende stand fett gedruckt: Von Schusswaffen wird ohne Warnung Gebrauch gemacht.«

»Das stand da wirklich? Das mit den Schusswaffen?«
Ich nicke.
»Du hast ein ziemlich gutes Gedächtnis«, sagt sie.
Ich lächle. »Maura hatte ein Schild geklaut und es in ihr Schlafzimmer gehängt.«
»Du machst Witze.«
Ich zucke die Achseln.
Ellie stupst mich an. »Du hast schon immer auf böse Mädchen gestanden.«
»Schon möglich.«
»Tust du immer noch. Genau das ist dein Problem.«
Wir gehen weiter. Es ist ein seltsames Gefühl, an der Stelle, wo die Schilder hingen, vorbeizugehen. Es kommt mir fast vor, als wäre ein unsichtbares Kraftfeld zusammengebrochen. Nach fünfzig Metern sehen wir die Überreste eines Stacheldrahtzauns. Als wir weitergehen, stoßen wir auf die überwucherten Ruinen von Baracken.
»Ich hab im vorletzten Schuljahr einen Aufsatz darüber geschrieben«, sagt Ellie.
»Worüber?«
»Du weißt, was das hier war, oder?«
Ich weiß es, will aber, dass sie es erzählt.
»Eine Nike-Raketenbasis«, sagt sie. »Viele Leute glauben das nicht, aber genau das war es. Im Kalten Krieg – ich rede jetzt über die Fünfzigerjahre des letzten Jahrhunderts – hat

die Army ihre Raketenbasen in Vorstädten wie hier in Westbridge versteckt. Sie haben sie auf Farmen oder in Wäldchen wie diesem eingerichtet. Viele Leute haben das für Ammenmärchen gehalten, es ist aber wahr.«

Es ist ganz still. Wir gehen weiter. Ich sehe größere Gebäude, wahrscheinlich alte Kasernen. Ich versuche mir vorzustellen, wie es hier ausgesehen hat – die Soldaten, die Fahrzeuge, die Abschussrampen.

»Zwölf Meter lange Nike-Raketen mit Atomsprengköpfen konnten hier abgeschossen werden.« Ellie schirmt mit der Hand die Augen ab und blickt nach oben, als würden sie dort stehen. »Wir sind wahrscheinlich keine hundert Meter vom Haus der Carlinos und der anderen Familien dort drüben an der Downing Street entfernt. Die Nike-Raketen sollten New York City vor einem sowjetischen Raketen- oder Flugzeugangriff schützen.«

Die Auffrischung hilft mir. »Weißt du, wann das Nike-Raketenprogramm aufgegeben wurde?«, frage ich.

»Ich glaube, das war Anfang der Siebziger.«

Ich nicke. »Diese Basis wurde 1974 geschlossen.«

»Ein Vierteljahrhundert bevor wir auf die Highschool gegangen sind.«

»Genau.«

»Und?«

»Und die meisten Leute, na ja, zumindest die Älteren werden dir sagen, dass diese Raketenbasen, die ja angeblich geheim sein sollten, das wohl am schlechtesten gehütete Geheimnis im nördlichen New Jersey waren. Jeder wusste davon. Mir hat jemand erzählt, dass sie für die Parade am Unabhängigkeitstag doch tatsächlich mal so eine Rakete auf einen Umzugsanhänger gelegt haben. Keine Ahnung, ob das stimmt.«

Wir gehen weiter. Ich will in die alte Basis hinein – warum, weiß ich selbst nicht recht –, aber der rostige Zaun hält immer noch die Stellung wie ein alter Soldat, der nicht weichen will. Wir bleiben stehen und gucken durch die Maschen.

»Die alte Nike-Basis in Livingston«, sagt Ellie, »ist jetzt ein Park. Für Künstler. Die Kasernen wurden zu Ateliers umgebaut. Die Abschussbasis in East Hanover wurde abgerissen, um Platz für eine Wohnsiedlung zu schaffen. Und in Sandy Hook gibt es noch so eine alte Basis, man kann dort so eine Tour auf den Spuren des Kalten Kriegs machen.«

Wir beugen uns vor. Es ist absolut still im Wald. Kein Vogelzwitschern. Kein Blätterrascheln. Ich höre mich nur selbst atmen. Die Vergangenheit verschwindet nicht einfach. Was auch immer hier passiert ist, spukt auf diesem Gelände noch herum. Manchmal spürt man so etwas – wenn man antike Ruinen oder alte Schlösser besichtigt, oder wenn man allein im Wald ist. Die Echos verhallen, werden leiser, verschwinden aber nie ganz.

»Und was ist nach der Beendigung des Nike-Programms mit dieser Raketenbasis passiert?«, fragt Ellie.

»Genau das«, antworte ich, »wollte der Conspiracy Club herausfinden.«

NEUN

Wir gehen zurück zu Ellies Auto. Sie bleibt davor stehen und legt ihre Hände um mein Gesicht. Es ist eine mütterliche Geste, die ich aus eigener Erfahrung nur von Ellie kenne, und ja, ich weiß, dass das seltsam klingt. Sie sieht mich voller Sorge an.

»Ich weiß nicht, was ich dazu sagen soll, Nap.«

»Mir geht's gut.«

»Es könnte das Beste sein, was dir passieren kann.«

»Inwiefern?«

»Ich will nicht melodramatisch klingen, aber du bist die Geister jener Nacht nie losgeworden. Vielleicht kann die Wahrheit dich von ihnen erlösen.«

Ich nicke, sie steigt ein und schließt die Autotür. Als sie wegfährt, sehe ich ihr nach. Auf dem Weg zu meinem Wagen klingelt mein Handy. Es ist Reynolds.

»Woher wussten Sie das?«, fragt sie.

Ich warte.

»Officer Rex Canton hat an dieser Stelle schon drei Mal vorher betrunkene Autofahrer angehalten.«

Ich warte noch. Diese Information hätte Reynolds innerhalb weniger Minuten haben können. Also hat sie noch mehr zu erzählen, und ich glaube zu wissen, was es ist.

»Nap?«

Sie will, dass ich mitspiele, also frage ich: »Die angetrunkenen Fahrer waren alle Männer, richtig?«

»Richtig.«

»Und alle befanden sich entweder in einem Scheidungsprozess oder in einem Sorgerechtsstreit.«

»Sorgerechtsstreit«, sagt Reynolds. »Alle drei.«

»Ich glaube nicht, dass es nur die drei waren«, sage ich. »Wahrscheinlich gab es da noch ein paar andere Stellen.«

»Ich bin gerade dabei, alle von Rex mit dem Verdacht auf Alkohol am Steuer angezeigten Fälle durchzusehen. Könnte eine Weile dauern.«

Ich steige in mein Auto und lasse den Motor an.

»Woher wussten Sie das?«, fragt Reynolds. »Und kommen Sie mir nicht mit Ahnungen oder Intuition.«

»Ich war mir nicht sicher, aber Rex hat den Wagen sehr schnell, nachdem die beiden die Bar verlassen hatten, angehalten.«

»Er könnte den Schuppen doch einfach beobachtet haben.«

»Das Video, das wir uns angeguckt haben, sprach dagegen. Selbst in der miesen Qualität hat man gesehen, dass der Fahrer weder getorkelt hat noch unsicher gefahren ist. Warum hätte Rex ihn also rauswinken sollen? Außerdem saß rein zufällig noch eine Frau im Wagen, die mit Rex auf die Highschool gegangen ist? Das war mir einfach zu viel. Es musste ein abgekartetes Spiel gewesen sein.«

»Ich versteh's immer noch nicht«, sagt Reynolds. »Ist dieser Kerl extra hergeflogen, um Rex zu exekutieren?«

»Wahrscheinlich.«

»Hat Ihre Ex ihm geholfen?«

»Ich glaub nicht«, sage ich.

»Spricht da die Liebe aus Ihnen?«

»Nein. Die Logik.«

»Erklären Sie.«

»Sie haben die Beschreibung des Barkeepers doch gehört«,

sage ich. »Sie ist reingekommen, hat sich zu ihm gesetzt und mit ihm getrunken, bis er genug intus hatte, dann hat sie ihn in seinen Wagen bugsiert. Wenn sie mit dem Killer zusammengearbeitet hätte, wäre das alles nicht nötig gewesen.«
»Es könnte auch Teil einer Inszenierung gewesen sein.«
»Das könnte es«, sage ich.
»Aber Ihre Version klingt logisch. Also nehmen Sie an, dass Maura mit Rex gearbeitet hat?«
»Ja.«
»Was aber nicht bedeutet, dass sie Rex keine Falle gestellt haben kann.«
»Das ist wahr.«
»Wenn sie aber nichts mit dem Mord zu tun hatte, wo ist sie dann jetzt?«
»Keine Ahnung.«
»Der Killer könnte sie mit der Waffe bedroht haben. Vielleicht hat er sie gezwungen, ihn zu fahren. Vielleicht hat er sich von ihr zum Flughafen bringen lassen oder so etwas.«
»Möglich.«
»Und was dann?«
»Wir greifen vor«, sage ich zu ihr. »Wir brauchen mehr belastbare Daten. Ich kann mir nicht vorstellen, dass die Prozessgegner bei diesen Sorgerechtsstreits, also die Ehefrauen, einfach zu Rex gegangen sind und gesagt haben: ›Hey, ich muss den Ruf meines Ehemanns zerstören. Helfen Sie mir dabei?‹«
»Okay? Wie haben sie ihn dann angeheuert?«
»Ich würde auf einen Scheidungsanwalt tippen. Das ist jetzt der nächste Schritt, Reynolds. Wahrscheinlich wurden die drei Frauen vom selben Anwalt vertreten. Stellen Sie fest, wer das ist, dann können wir ihn vernehmen und nach Rex und Maura fragen.«

»Er – oder sie, wir wollen ja nicht sexistisch sein – wird sich aufs Anwaltsgeheimnis berufen.«

»Eins nach dem anderen.«

»Okay«, sagt Reynolds. »Also könnte der Killer einer der Ehemänner sein, der Rache wollte?«

Das klingt zwar am plausibelsten, ich weise sie aber noch einmal darauf hin, dass wir noch nicht genug wissen. Den Conspiracy Club erwähne ich nicht, weil ihre bisherigen Erkenntnisse in eine komplett andere Richtung zu weisen scheinen. Irgendwie hänge ich immer noch meiner lächerlichen, kleinen Hoffnung nach, dass Rex' Ermordung zu dir zurückführt, Leo. Es spricht auch gar nicht viel dagegen. Reynolds wird sich die Sache mit dem Alkohol am Steuer näher ansehen. Währenddessen kann ich mich um die Sache mit dem Conspiracy Club kümmern. Ich muss also Hank Stroud und Beth Lashley ausfindig machen.

Vor allem aber muss ich Augie mit einbeziehen.

Aber das kann auch noch etwas warten. Es gibt keinen Grund, diese Wunde wieder aufzureißen, besonders wenn Augie gerade solche Fortschritte in seinem Privatleben macht. Aber Augie etwas vorzuenthalten ist nicht mein Stil. Ich würde auch nicht wollen, dass er entscheidet, was ich ertragen kann und was nicht. Ich bin es ihm schuldig, ihm den gleichen Respekt entgegenzubringen.

Trotzdem – Augie ist Dianas Vater. Das wird nicht leicht.

Als ich auf der Route 80 bin, drücke ich den Knopf am Lenkrad und sage meinem Handy, dass es Augie anrufen soll. Beim dritten Klingeln geht er ran.

»Hey, Nap.« Augie ist ein großer, kräftiger, breitschultriger Mann. Seine Stimme klingt angenehm knurrig.

»Bist du zurück aus Hilton Head?«

»Wir sind gestern Nacht angekommen.«

»Dann bist du wieder zu Hause?«
»Ja, ich bin zu Hause. Was gibt's?«
»Kann ich nach der Schicht kurz vorbeikommen?«
Er zögert. »Ja, klar.«
»Gut. Und wie war die Reise?«
»Bis nachher«, sagt Augie.

Er legt auf. Ich frage mich, ob er während des Telefonats alleine war oder ob seine neue Freundin noch bei ihm ist. Das wäre schön, denke ich, und gleichzeitig denke ich, dass es mich nichts angeht.

Augie wohnt in einer Backstein-Gartensiedlung an der Oak Street, die man eigentlich in Scheidungsväter-Siedlung umbenennen könnte. Er ist hier vor acht Jahren »für eine Übergangszeit« eingezogen, und hat Audrey, Dianas Mutter, das Haus überlassen, in der sie ihr einziges Kind großgezogen hatten. Ein paar Monate später hat Audrey das Haus verkauft, ohne Augie vorher zu informieren.

Audrey hatte das, wie sie mir später erzählte, eher Augie als ihr selbst zuliebe getan.

Als Augie die Tür öffnet, sehe ich seine Golfschläger hinter ihm im Eingangsbereich.

»Und wie war's in Hilton Head?«, frage ich.

»Nett.«

Ich zeige hinter ihn. »Du hast deine Golfschläger mitgenommen?«

»Wow, ein richtiger Detektiv.«

»Toll, nicht, ich versuche trotzdem, bescheiden zu bleiben.«

»Ich habe sie dabeigehabt«, sagt Augie. »Aber ich habe nicht gespielt.«

Ich muss lächeln. »Also ist es gut gelaufen mit…?«

»Yvonne.«

»Yvonne«, wiederhole ich und ziehe eine Augenbraue hoch. »Toller Name.«

Er tritt zur Seite, als wollte er mich hereinlassen, und sagt: »Ich glaub nicht, dass das mit uns was wird.«

Meine Stimmung sinkt. Ich bin Yvonne nie begegnet, aber aus irgendeinem Grund stelle ich sie mir als eine selbstbewusste, unbeschwerte Frau vor, die laut und herzhaft lacht, angenehm und witzig ist, und sich bei Augie einhakt, wenn sie zusammen vom Hotel zum Strand gehen. Ich habe das Gefühl, eine Person zu vermissen, die ich nie kennengelernt habe.

Ich sehe ihn an. Er zuckt die Achseln.

»Es wird sich eine andere finden«, sagt er.

»Sind noch viele Fische im Meer«, pflichte ich ihm bei.

Wenn man denkt, dass die Wohnung, wie es sich für Junggesellenbuden gehört, leicht verwahrlost ist, liegt man falsch. Augie geht gerne auf lokale Kunstausstellungen und kauft Bilder. Er hängt sie regelmäßig um, sodass jedes Bild höchstens ein oder zwei Monate am gleichen Ort bleibt. Die Eichenvitrinen sind vollgestopft mit Büchern. Augie ist der unersättlichste Leser, den ich kenne. Er hat seine Bücher in zwei einfache Kategorien aufgeteilt. Fiction und Nonfiction – sie aber ansonsten nicht alphabetisch nach Autor geordnet oder so etwas.

Ich setze mich.

»Bist du außer Dienst?«, fragt Augie.

»Bin ich. Und du?«

»Auch.«

Augie leitet das Westbridge Police Department immer noch. Nächstes Jahr geht er in den Ruhestand. Ich bin deinetwegen zur Polizei gegangen, Leo, aber ohne Augies Unterstützung wäre es nicht dazu gekommen. Ich setze mich immer in den Plüschsessel, wenn ich herkomme. Augie hat den Football-Pokal für die Highschool States Championship – die das Team errungen hat, das er trainiert und in dem ich gespielt habe – zur Buchstütze umfunktioniert. Sonst ist in diesem Zimmer nichts Privates zu sehen – weder Fotos noch Urkunden oder Belobigungen oder sonst irgendetwas.

Er reicht mir eine Weinflasche. Ein 2009er Chateau Haut-Bailly. Man bekommt ihn für rund zweihundert Dollar.

»Nett«, sage ich.

»Mach sie auf.«

»Die solltest du für einen besonderen Anlass aufbewahren.«

Augie nimmt mir die Flasche aus der Hand und drückt den Korkenzieher in den Korken. »Wäre das der Rat deines Vaters gewesen?«

Ich lächele. »Nein.«

Dad erzählte oft, dass mein Urgroßvater sich seine besten Weine für besondere Gelegenheiten aufbewahrt hatte. Er war bei der Besetzung von Paris getötet worden. Am Ende haben die Nazis seinen Wein getrunken. Lektion: Man wartet nicht. Als ich klein war, haben wir immer von den »guten« Tellern gegessen. Wir haben die »guten« Bettbezüge benutzt. Wir haben aus Waterford-Kristallgläsern getrunken. Als mein Vater starb, war sein Weinkeller so gut wie leer.

»Dein Dad hat es schöner ausgedrückt«, sagt Augie. »Ich hingegen halte es mit einer Zeile von Groucho Marx.«

»Und die lautet?«

»›Ich trinke keinen Wein, bevor die Zeit gekommen ist. Okay, die Zeit ist gekommen.‹«

Augie gießt den Wein ins erste Glas, dann ins zweite. Er reicht mir eins. Wir stoßen an. Ich schwenke den Wein kurz und rieche daran. Ziehe aber keine Show dabei ab.

Er hat ein fantastisches Bukett von Brombeere, Pflaume, Johannisbeerlikör und – glauben Sie mir – Bleistiftspänen. Ich trinke einen Schluck – saftig, reife Frucht, frisch, lebendig, Sie wissen schon, was ich meine. Extrem langer Abgang, mindestens eine Minute. Spektakulär.

Augie wartet auf meine Reaktion. Mein Nicken sagt alles. Wir blicken beide zu dem Platz hinüber, auf dem Dad säße, wenn er bei uns wäre. Sehnsucht erfüllt meine Brust. Dad liebte solche Momente. Er hätte sowohl die Gesellschaft als auch den Wein genossen.

Dad war der Inbegriff dessen, was die Franzosen »joie de vivre« nennen, was man grob mit »überschwängliche Lebensfreude« übersetzen kann. Ich bin nicht sicher, ob diese Definition wirklich zutrifft. Nach meiner Erfahrung lieben es die Franzosen, die Gefühle wahrzunehmen. Sie nehmen die Erfahrungen einer großen Liebe wie auch einer großen Tragödie in sich auf, ohne davor zurückzuschrecken oder in eine Abwehrhaltung zu verfallen. Wenn das Leben ihnen einen Schlag ins Gesicht versetzt, recken sie das Kinn und genießen den Augenblick. So kostet man das Leben voll aus.

So war Dad.

Und genau deshalb wäre ich für ihn eine große Enttäuschung, Leo.

Was die wichtigen Dinge im Leben angeht, bin ich also vielleicht doch nicht so frankophil.

»Also, was liegt an, Nap?«

Ich fange mit Rex' Ermordung an und lege dann mit Mauras Fingerabdrücken nach. Augie trinkt seinen Wein etwas zu bedächtig. Ich erzähle nicht weiter.

Ich warte. Er wartet. Cops haben gelernt zu warten.

Schließlich frage ich: »Und was hältst du davon?«

Augie steht auf. »Ist nicht mein Fall. Also muss ich keine Meinung dazu haben. Aber wenigstens weißt du jetzt etwas.«

»Was weiß ich?«

»Etwas über Maura.«

»Viel ist das nicht«, sage ich.

»Nein, viel ist das nicht.«

Ich sage nichts, sondern trinke einen Schluck Wein.

»Ich rate jetzt einfach mal«, sagt Augie. »Du glaubst vermutlich, dass dieser Mord irgendetwas mit Diana und Leo zu tun hat.«

»Ich weiß nicht, ob ich bereit bin, so weit zu gehen«, sage ich.

Augie seufzt. »Was weißt du?«

»Rex kannte Leo.«

»Wahrscheinlich kannte er auch Diana. Ihr wart in derselben Stufe, oder? So groß ist die Stadt ja nicht.«

»Es steckte noch mehr dahinter.«

Ich greife in meine Tasche und ziehe das Jahrbuch heraus. Augie nimmt es entgegen.

»Rosa Post-its?«

»Ellie«, sage ich.

»Hätte ich mir auch denken können. Und warum zeigst du mir das?«

Als ich von den Anstecknadeln und dem Conspiracy Club erzähle, umspielt ein amüsiertes Lächeln seine Lippen. Als ich fertig bin, fragt er: »Und wie lautet deine Theorie, Nap?«

Ich sage nichts. Er lächelt breiter.

»Glaubst du, dass dieser Conspiracy Club ein großes, furchterregendes Geheimnis über eine geheime Militärbasis aufgedeckt hat?«, fragt er. Er bewegt die Finger, als würde er einen Fluch aussprechen. »Ein so ungeheuerliches Geheimnis, dass Diana und Leo zum Schweigen gebracht werden mussten? Ist das deine Theorie, Nap?«

Ich trinke noch einen Schluck Wein. Er steht auf, geht auf und ab, schlägt die Seiten mit den Post-its auf und sieht sie sich an.

»Und jetzt, fünfzehn Jahre später, muss auch Rex aus irgendeinem Grunde zum Schweigen gebracht werden. Seltsam, dass das nicht auch schon damals vonnöten war, aber was soll's? Plötzlich werden Geheimagenten losgeschickt, um ihn zu beseitigen.«

Augie bleibt stehen und starrt mich an.

»Macht dir das Spaß?«, frage ich.

»Ein bisschen schon.«

Er schlägt eine weitere Seite mit einem rosa Post-it auf.

»Beth Lashley. Ist sie auch tot?«

»Nein, ich glaube nicht. Aber bis jetzt habe ich keine Informationen über sie.«

Augie blättert fieberhaft zu einer weiteren Seite. »Oh, und Hank Stroud. Bei dem wissen wir, dass er noch in der Stadt ist. Zugegebenermaßen ist er nicht ganz bei sich, aber die bösen Geister haben ihn noch nicht ganz im Griff.« Er schlägt eine weitere Seite mit einem rosa Post-it auf, dieses Mal erstarrt er jedoch. Es ist still im Raum. Ich sehe ihm in die Augen und frage mich, ob es klug war herzukommen. Ich sehe nicht, welche Seite er sich ansieht, nur, dass sie ziemlich weit hinten ist. Ich weiß Bescheid. Seine Miene verändert sich nicht, alles andere jedoch schon. Furchen graben sich in sein Gesicht. Seine Hand zittert leicht. Ich will etwas Tröstliches sagen, weiß aber, dass Worte in diesem Moment wie ein Blinddarm wären – bestenfalls überflüssig, schlimmstenfalls schädlich.

Also halte ich den Mund.

Ich warte, während Augie das Foto seiner siebzehnjährigen Tochter anstarrt, die in jener Nacht nicht nach Hause gekommen ist. Als er schließlich wieder etwas sagt, klingt es, als läge ein großes Gewicht auf seiner Brust.

»Sie waren Kids, Nap.«

Ich spüre, dass ich mein Glas fester umklammere.

»Dumme, unerfahrene Jugendliche. Sie haben zu viel getrunken. Sie haben Tabletten zusammen mit Alkohol genommen. Es war dunkel. Es war spät. Haben sie sich einfach auf die Gleise gestellt? Sind sie betrunken und lachend darauf entlanggelaufen und haben gar nicht mitgekriegt, wie ihnen geschah? War es eine Mutprobe, oder wollten sie knapp vor dem Zug über die Gleise rennen, so wie Jimmy Riccio, der 1973 dabei umgekommen ist? Ich weiß es nicht, Nap. Ich wollte, ich wüsste es. Ich wünschte, ich wüsste genau, was damals passiert ist. Ich will wissen, ob Diana gelitten hat – oder ob es schnell ging. Ich will wissen, ob sie sich im letzten Moment umgedreht hat und wusste, dass ihr Leben in wenigen Momenten vorbei sein würde, oder ob sie nichtsahnend gestorben ist. Weißt du, mein Job, mein einziger Job, war, sie zu beschützen, aber ich habe sie in dieser Nacht ausgehen lassen, und jetzt frage ich mich, ob sie damals Angst hatte. Ich frage mich, ob sie wusste, dass sie sterben würde – und wenn sie es wusste, hat sie meinen Namen gerufen? Hat sie nach ihrem Vater gerufen? Hat sie gehofft, dass ich vielleicht irgendwie in der Lage wäre, sie zu retten?«

Ich rühre mich nicht. Ich kann mich nicht bewegen.

»Du wirst dir die Sache näher ansehen, oder?«

Es gelingt mir zu nicken. Dann sage ich: »Ja.«

Er reicht mir das Jahrbuch, dreht sich um und verlässt das Zimmer. »Ist wohl besser, wenn du das alleine machst.«

ZEHN

Also mache ich mich alleine daran, mir die Sache genauer anzusehen.

Ich rufe im Essex Pines Medical Center an und werde überraschend schnell mit einem von Hanks Ärzten verbunden. Er fragt: »Das Gesetz zum Schutz personenbezogener Daten und die ärztliche Schweigepflicht sind Ihnen doch bekannt, oder?«

»Natürlich.«

»Daher darf ich Ihnen nichts über seinen Zustand sagen.«

»Ich will nur mit ihm reden«, sage ich.

»Er ist hier ambulant in Behandlung.«

»Das ist mir bekannt.«

»Dann wird Ihnen auch bekannt sein, dass es bedeutet, dass er nicht hier wohnt.«

Die Welt ist voller Klugscheißer. »Doktor … entschuldigen Sie, ich habe Ihren Namen nicht mitbekommen.«

»Bauer. Warum?«

»Ich möchte nur wissen, von wem ich hier verarscht werde.«

Schweigen.

»Ich bin Polizist und suche Hank. Haben Sie eine Idee, wo er sich im Moment aufhalten könnte?«

»Nein.«

»Haben Sie eine Adresse?«

»Er hat hier nur ein Postfach in Westbridge angegeben. Und, bevor Sie weiterfragen, es gibt Regeln, die mir verbieten, Ihnen zu sagen, dass Hank normalerweise an drei bis fünf Tagen in der Woche zu uns ins Essex Pines kommt, jetzt aber seit über zwei Wochen nicht da war.«

Seit über zwei Wochen. Dr. Bauer legt auf. Ich lasse es dabei bewenden. Ich habe eine andere Idee.

Ich stehe an den Basketballplätzen am Oval vor der Westbridge Highschool und lausche dem satten Ploppen eines in der Dämmerung aufprallenden Balls. Direkt vor mir findet etwas Wunderbares statt, das allgemein als »Pickup-Basketball« bezeichnet wird. Es gibt weder Trikots noch Trainer, keine festen Mannschaften, keine Schiedsrichter. Manchmal markiert die weiße Linie das Aus, manchmal der Maschendrahtzaun. Das Spiel beginnt jeweils mit einem »Check« am Rand der Zone, also einem Bodenpass der verteidigenden Mannschaft. Das Siegerteam bleibt auf dem Feld, und man sagt seine Fouls selbst an. Manche dieser Leute sind Freunde, manche Fremde. Manche haben wichtige Jobs, manche kommen gerade so über die Runden. Groß, klein, fett, dünn, alle Rassen, Religionen und Glaubensrichtungen. Einer trägt einen Turban. All das spielt hier keine Rolle. Es geht nur darum, wie man spielt. Manche reden und versuchen andere zu provozieren, andere schweigen. Vielleicht kennen Sie feste Spieltermine. Sie kennen Erwachsenen-Ligen. Pickup-Basketball ist das wunderbare, anarchistische und archaische Gegenteil.

Ich höre die Männer schnaufen, Blocks ansagen, das Stakkato der rutschenden Schuhsohlen. Zehn Männer spielen – fünf gegen fünf. Am Spielfeldrand warten drei weitere. Ein vierter kommt dazu und fragt: »Spielt ihr das nächste?« Die Männer nicken.

Ich kenne etwa die Hälfte der Spieler. Mit einigen war ich auf der Highschool. Einige sind Nachbarn. Der Leiter des städtischen Lacrosse-Programms ist da. Viele sind im Finanzbereich tätig, ich sehe aber auch zwei Highschool-Lehrer.

Hank ist nicht da.

Als das Spiel endet – sie spielen, bis eine Mannschaft zehn Körbe hat –, parkt ein groß gewachsener Mann seinen Wagen und steigt aus. Ich kenne ihn. »Myron spielt bei uns!«, ruft einer der vier Wartenden schnell. Die anderen johlen und grölen, als Myron sich nähert. Myron lächelt verlegen.

»Guckt mal, wer wieder zurück ist«, ruft einer.

Die anderen stimmen ein. »Wie waren die Flitterwochen, Romeo?« »Du dürftest gar nicht so braun gebrannt sein, Kumpel.« »Ja, eigentlich solltest du die ganze Zeit im Hotel verbracht haben, wenn du verstehst, was ich meine«, worauf Myron erwidert: »›Wenn du verstehst, was ich meine…‹, oh, gut, dass du das sagst. Hätte sonst wirklich nicht gewusst, was du meinst.«

Es folgen viel freundliches Gelächter und Gratulationen an den frischgebackenen Ehemann.

Erinnerst du dich an Myron Bolitar, Leo? Weißt du noch, dass Dad uns zum Highschool-Basketball nach Livingston mitgenommen hat, damit wir sehen, was wahre Größe ist? Myron war ein eingefleischter alter Junggeselle. Dachte ich zumindest. Er hat kürzlich die Moderatorin eines Cable-News-Senders geheiratet. Ich erinnere mich noch an Dads Stimme auf der Tribüne. »Wahre Größe anzugucken«, erläuterte er, »lohnt sich immer.« Das war Dads Philosophie. Myron wurde ein ganz Großer – ein Superstar an der Duke University, und hinterher wurde er in der ersten Runde von den Boston Celtics gedraftet. Dann, rumms, erlitt er bei einem Trainingsunfall eine böse Verletzung und hat es nie zu den Profis geschafft.

So etwas sollte einem wohl eine Lehre sein.

Aber hier auf den Plätzen wird er immer noch wie ein Held gefeiert. Ich weiß nicht, ob das nur Nostalgie oder so etwas ist, verstehe es aber. Auch für mich ist er immer noch etwas Besonderes. Wir sind jetzt beide erwachsen, irgendwie bin ich aber immer noch ein bisschen eingeschüchtert und fühle mich gleichzeitig geehrt, wenn er mir seine Aufmerksamkeit schenkt.

Ich mische mich unter die anderen, die ihn begrüßen. Als ich an der Reihe bin, schüttele ich ihm die Hand und sage: »Glückwunsch zur Hochzeit.«

»Danke, Nap.«

»Du bist ein Schuft, mich hier so alleine zu lassen.«

»Das Gute daran ist, dass du jetzt der heißeste Junggeselle der Stadt bist.« Dann sieht er etwas in meiner Miene und nimmt mich zur Seite. »Was ist los?«

»Ich suche Hank.«

»Hat er irgendwelchen Mist gebaut?«

»Nein, ich glaub nicht. Ich muss ihn nur sprechen. Hank spielt doch normalerweise montagabends, oder?«

»Immer«, antwortet Myron. »Man weiß allerdings nie, mit welchem Hank man es zu tun bekommt.«

»Soll heißen?«

»Das soll heißen, dass Hank, äh, alterniert. Hinsichtlich seines Verhaltens.«

»Medikamente?«

»Medikamente, ein chemisches Ungleichgewicht, was auch immer. Aber mich musst du nicht fragen. Ich bin einen Monat lang nicht hier gewesen.«

»Ausgedehnte Flitterwochen?«

Myron schüttelt den Kopf. »Schön wär's.«

Er will nicht, dass ich weiterfrage, und ich habe keine Zeit.

»Und wer kennt Hank am besten?«

Myron deutet mit dem Kinn auf einen gut aussehenden Mann. »David Rainiv.«

»Wirklich?«

Myron zuckt die Achseln und geht auf den Platz.

Ich kann mir kaum unterschiedlichere Lebensläufe vorstellen als die von Hank und David Rainiv. David war Präsident der National Honor Society unserer Klassenstufe und ist jetzt der Geschäftsführer einer der größten Investmentfirmen des Landes. Sie könnten ihn vor ein paar Jahren im Fernsehen gesehen haben, als der Kongress einige prominente Banker ins Kreuzverhör genommen hat. David hat ein Penthouse in Manhattan, aber er und Jill, seine frühere Highschool-Freundin, die er später geheiratet hat, leben mit ihren Kindern hier in Westbridge. Hier in den Vorstädten gibt es eigentlich keine echten Promis – den Leuten hier geht es im Allgemeinen darum zu zeigen, dass sie mit den Nachbarn mithalten können –, aber ganz egal, wie man es auch nennt, die Rainivs würden überall ganz oben auf der Liste stehen.

Als das nächste Spiel anfängt, setze ich mich mit David auf eine Bank am anderen Ende des Platzes. David ist durchtrainiert und sieht aus wie das uneheliche Kind eines Kennedys und einer Ken-Puppe. Wenn man jemanden für die Rolle eines Senators mit ausgeprägter Kinnpartie suchen würde, wäre man bei David Rainiv an der richtigen Adresse.

»Ich habe Hank seit drei Wochen nicht gesehen«, sagt David.

»Ist das ungewöhnlich?«

»Eigentlich ist er jeden Montag und Donnerstag hier.«

»Und wie geht's ihm?«, frage ich.

»Ganz gut, glaube ich«, sagt David. »Na ja, eigentlich geht's ihm nie gut, wenn du weißt, was ich meine. Ein paar von den Jungs hier...« Er blickt auf den Platz. »...sehen es nicht gern, dass Hank herkommt. Er lässt seinen Gefühlen freien Lauf. Er duscht nicht oft genug. Und wenn er neben dem Platz auf sein nächstes Spiel wartet, geht er häufig hektisch auf und ab und bricht in wilde Tiraden aus.«

»Was für Tiraden?«

»Unsinniges Zeug. Er hat mal geschrien, dass Himmler Thunfischsteaks hasst.«

»Himmler? Der alte Nazi?«

David zuckt die Achseln. Er blickt auf den Platz und verfolgt das Spiel. »Er flucht, läuft herum und erschreckt den einen oder anderen. Aber auf dem Platz...«, David lächelt, »...verwandelt er sich wieder. Für die Dauer des Spiels ist dann der alte Hank wieder da.« Er dreht sich um und sieht mich an. »Weißt du noch, wie Hank in der Highschool war?«

Ich nicke.

»Hinreißend, oder?«, fragt David.

»Ja.«

»Na ja, er war ein totaler Nerd, aber – weißt du noch, wie er die Lehrer-Weihnachtsfeier aufgemischt hat?«

»Er hatte irgendetwas mit ihren Snacks gemacht, oder?«

»Genau. Die Lehrer waren alle schon ein wenig betrunken. Hank hat sich reingeschlichen. Er mischt M&Ms in die Skittles-Schüsseln und umgekehrt...«

»Ih, ekelhaft.«

»...und die betrunkenen Lehrer greifen rein, nehmen sich eine Handvoll von den vermeintlichen Schokolinsen oder Fruchtdragees, und...« Er fängt an zu lachen. »Hank hat es gefilmt. Es war wunderbar.«

»Jetzt erinnere ich mich wieder.«

»Er hat nichts Böses im Schilde geführt. So war Hank. Für ihn war es eher ein wissenschaftliches Experiment als ein Streich.« David schweigt einen Moment lang. Ich folge seinem Blick. Er beobachtet Myron bei einem Sprungwurf. Wusch! Ohne Ringberührung durchs Netz.

»Nein, Hank geht es nicht gut, Nap. Er kann nichts dafür. Das sage ich den Leuten, die nicht wollen, dass er kommt, auch immer wieder. Das ist eher so, als hätte er Krebs. Man würde doch auch niemandem verbieten, bei uns mitzuspielen, weil er Krebs hat, oder?«

»Guter Punkt«, sage ich.

David blickt etwas zu konzentriert auf den Platz. »Ich bin Hank etwas schuldig.«

»Wieso?«

»Hank ist nach dem Highschool-Abschluss aufs MIT gegangen. Das wusstest du doch, oder?«

»Ja«, sage ich.

»Ich wurde in Harvard angenommen, keine zwei Kilometer entfernt. Fantastisch, oder? Ganz in seiner Nähe. Im ersten Jahr haben Hank und ich auch viel unternommen. Ich hab ihn abgeholt, wir sind irgendwo einen Burger essen oder zu einer Party gegangen, meistens bei mir auf dem Campus, manchmal aber auch auf seinem. Hank konnte mich zum Lachen bringen wie kein anderer.« Wieder lächelt er. »Er hat so gut wie nichts getrunken, sondern sich einfach in eine Ecke gestellt und beobachtet. Das mochte er. Und die Mädels mochten ihn. Ein bestimmter Typus fühlte sich zu ihm hingezogen.«

Es ist dunkel und still geworden. Man hört nur die Kakofonie konzentrierter Geräusche vom Platz.

Das Lächeln fällt wie ein Schleier von Davids Gesicht. »Aber mit der Zeit hat sich das alles verändert«, sagt er. »Das ging so langsam, dass es mir anfangs gar nicht aufgefallen ist.«

»Was hat sich verändert?«

»Zum Beispiel war Hank nicht fertig, wenn ich ihn abholen wollte. Oder er hat beim Verlassen des Wohnheims zwei oder drei Mal überprüft, ob die Zimmertür auch wirklich abgeschlossen ist. Das wurde dann immer schlimmer. Ich kam, und er war noch im Bademantel. Er hat stundenlang geduscht. Er hat die Tür immer wieder auf- und abgeschlossen. Nicht zwei oder drei Mal, sondern zwanzig oder dreißig Mal. Ich habe versucht, ihn zu überzeugen. ›Hank, du hast das schon überprüft, du kannst jetzt aufhören. Außerdem will den Scheiß aus deinem Zimmer sowieso keiner haben.‹ Dann hatte er Angst, dass das Wohnheim abbrennen könnte. In einem Gemeinschaftsraum war ein Herd. Wir mussten hingehen und nachsehen, ob er aus war. Oft hab ich eine Stunde gebraucht, um ihn aus dem Haus zu bekommen.«

David verstummt. Wir sehen uns eine Weile das Spiel an. Ich dränge ihn nicht. Er will es auf seine Art erzählen.

»Irgendwann waren wir dann mit zwei Mädels zu einem Double-Date in einem edlen Steakhouse in Cambridge verabredet. Er sagt zu mir: ›Hol mich nicht ab, ich nehm den Bus.‹ Ich sage: ›okay‹, und hole die Mädels. Wir sind da. Nein, ich muss das anders erzählen. Dieses Mädel, Kristen Megargee, ich hab gemerkt, dass Hank vollkommen verrückt nach ihr ist. Sie war atemberaubend – und ein Mathe-Nerd. Er war unglaublich aufgeregt. Na ja, wahrscheinlich kannst du dir vorstellen, was passiert ist.«

»Er ist nicht aufgetaucht.«

»Genau. Also habe ich mir eine Ausrede ausgedacht und die Mädels nach Hause gebracht. Dann bin ich zu seinem Wohnheim gefahren. Hank war noch damit beschäftigt, die Tür auf- und zuzuschließen. Er fand kein Ende. Dann fing er an, mir die Schuld zu geben. ›Aber du hast doch gesagt, dass das nächste Woche ist.‹«

Ich warte. David stützt den Kopf auf die Hände, holt tief Luft und hebt den Kopf wieder.

»Ich war Student«, fährt David fort. »Ich war jung. Alles war aufregend. Ich habe neue Freunde kennengelernt. Ich musste mich um mein Studium kümmern, habe gelebt, und schließlich war ich ja nicht Hanks Gouvernante. Es war wirklich nervig, ihn abzuholen. Irgendwann bin ich also seltener hingegangen. Du kennst das bestimmt. Er schreibt eine SMS, ich antworte nicht sofort. Wir driften auseinander. Plötzlich haben wir uns einen Monat nicht gesehen. Dann ein Semester. Dann...«

Ich schweige. Ich spüre seine Schuldgefühle.

»Und die Typen da...«, er deutet kurz auf den Platz, »...halten Hank also für durchgeknallt. Sie wollen ihn hier nicht sehen.« Er richtet sich auf. »Tja, Pech. Hank wird hier spielen, wenn er das will. Er wird mit uns spielen, und er wird sich willkommen fühlen.«

Ich warte einen Moment. Dann frage ich: »Hast du eine Idee, wo er sein könnte?«

»Nein. Wir... wir reden immer noch nicht miteinander, außer auf dem Platz. Hank und ich, meine ich. Viele von uns gehen nach dem Spiel noch ins McMurphy's, weißt du, auf ein oder zwei Bierchen und eine Pizza. Früher habe ich Hank oft eingeladen, aber wenn ich das getan habe, ist er buchstäblich geflüchtet. Du hast gesehen, wie er in der Stadt herumläuft, oder?«

»Natürlich«, sage ich.

»Er geht jeden Tag den gleichen Weg, weißt du? Immer um die gleiche Zeit. Ein Gewohnheitstier. Hilft ihm wahrscheinlich. Die Routine, meine ich. Wir hören hier gegen neun auf. Hank geht auch dann um Punkt neun, wenn es mal etwas später wird. Ohne sich zu verabschieden oder zu entschuldigen. Er hat eine alte Timex mit Weckfunktion. Wenn sie um neun klingelt, sprintet er los, auch mitten im Spiel.«

»Was ist mit seiner Familie? Könnte er dort sein?«

»Seine Mutter ist letztes Jahr gestorben. Sie wohnte in Cross Creek Point, in der alten Eigenheim-Siedlung in West Orange. Gut möglich, dass sein Dad da noch lebt.«

»Ich dachte, seine Eltern hätten sich scheiden lassen, als er klein war«, sage ich.

Auf dem Platz schreit jemand und geht zu Boden. Er sagt, er sei gefoult worden, sein Gegenüber meint, er solle sich nicht so anstellen.

»Sie haben sich getrennt, als wir in der fünften Klasse waren«, sagt David. »Sein Dad ist dann irgendwo in den Westen gezogen. Ich glaube nach Colorado. Na ja, aber sie haben ihre Meinungsverschiedenheiten wohl beigelegt, als Mrs Stroud krank wurde. Ich hab aber vergessen, wer mir das erzählt hat.«

Das Spiel auf dem Platz endet damit, dass Myron den Ball mit einem Sprungwurf über das Brett im Korb versenkt.

David steht auf. »Ich bin dran«, erinnert er mich.

»Hast du je vom Conspiracy Club gehört?«, frage ich ihn.

»Nein, was soll das sein?«

»Ein paar unserer Mitschüler von der Highschool hatten ihn gegründet. Hank war Mitglied. Genau wie mein Bruder.«

»Leo«, sagt er und schüttelt traurig den Kopf. »War auch ein prima Kerl. Schade um ihn.«

Ich sage nichts. »Hat Hank je etwas über Verschwörungen gesagt?«

»Ja, ich glaub schon. War aber nichts Konkretes. Eigentlich ergab das keinen Sinn.«

»Hat er vielleicht irgendetwas über den Pfad gesagt? Oder über den Wald hier?«

David sieht mich an. »Du meinst die alte Militärbasis, oder?«

Ich antworte nicht.

»Hank war schon auf der Highschool besessen davon. Er hat dauernd darüber gesprochen.«

»Was hat er gesagt?«

»Verrücktes Zeug, dass die Regierung dort Tests mit LSD oder Gedankenlese-Experimente durchführt und so weiter.«

Auch du hast dir über solche Dinge Gedanken gemacht, stimmt's, Leo? Ich würde zwar nicht sagen, dass du davon besessen warst, aber du hast darüber gesprochen. Das hat dir Spaß gemacht, wobei ich nicht glaube, dass du selbst wirklich daran geglaubt hast. Ich hatte den Eindruck, dass es für dich nur ein Spiel war, aber womöglich habe ich das auch falsch interpretiert. Vielleicht wart ihr ja auch aus unterschiedlichen Gründen dabei. Hank ging von einer großen Regierungsverschwörung aus. Maura hatte Spaß an der Andersartigkeit, dem Geheimnis und der Gefahr. Und du, Leo, ich glaube, dir gefiel die Kameraderie, wenn du mit deinen Freunden auf der Suche nach Abenteuern durch den Wald gelaufen bist wie in einem alten Stephen-King-Roman.

»Hey, David, wir sind so weit!«, ruft einer.

Myron sagt: »Gebt ihm noch einen Moment. Wir haben doch Zeit.«

Aber alle warten und wollen loslegen, und auch hier gibt es ein paar Regeln. Dazu gehört, dass man die Gruppe nicht warten lässt. David sieht mich fragend an. Mit einem kurzen Nicken bestätige ich, dass wir fertig sind und er gehen kann. Er macht sich auf den Weg zum Platz, dreht sich aber dann noch einmal zu mir um.

»Hank ist immer noch besessen von der alten Militärbasis.«

»Wie kommst du darauf?«

»Er geht jeden Morgen dieselbe Strecke. Und zuerst wandert er den Pfad hinauf.«

ELF

Am nächsten Morgen ruft Reynolds an. »Ich habe den Scheidungsanwalt gefunden, der Rex beauftragt hat.«

»Sehr schön.«

»Nicht unbedingt. Er heißt Simon Fraser und ist Seniorpartner der angesehenen Kanzlei Elbe, Baroche und Fraser.«

»Haben Sie versucht, ihn zu erreichen?«

»Aber sicher.«

»Ich wette, er wollte kooperieren.«

»Ich wette, das ist Ironie. Mr Fraser wird aufgrund der anwaltlichen Schweigepflicht und den ihr innewohnenden Implikationen nicht mit mir sprechen.«

Ich runzle die Stirn. »Hat er wirklich ›innewohnend‹ gesagt?«

»Das hat er.«

»Allein dafür sollten wir ihn verhaften dürfen.«

»Wenn wir nur die Gesetze machen würden«, sagt Reynolds. »Ich habe überlegt, ob ich mich an seine Mandanten wende, in der Hoffnung, dass sie ihn von der Schweigepflicht entbinden.«

»Sie meinen die Ehefrauen, die er vertreten hat?«

»Ja.«

»Das wäre Zeitverschwendung«, sage ich. »Die Frauen haben Sorgerechtsfälle gewonnen, weil ihre Männer in Rex' Falle gegangen sind und erwischt wurden, als sie betrunken Auto gefahren sind. Das werden sie niemals zugeben. Sie müssten befürchten, dass ihre Ex-Männer dieses illegale Vorgehen zum Anlass nehmen könnten, die Sorgerechtsverfahren neu aufzurollen.«

»Irgendeine Idee?«, fragt Reynolds.

»Wir könnten Simon Fraser einen persönlichen Besuch abstatten.«

»Ich glaube, auch das wäre Zeitverschwendung.«

»Ich kann auch alleine gehen«, sage ich.

»Nein, das halte ich für keine gute Idee.«

»Dann gehen wir zusammen. Es ist Ihr Zuständigkeitsbereich, also können Sie als Gesetzeshüterin auftreten…«

»…während Sie die Rolle des interessierten Zivilisten spielen?«

»Für die Rolle bin ich wie geschaffen.«

»Wann?«

»Ich muss unterwegs noch ein paar Dinge erledigen, sollte aber vor der Mittagspause da sein.«

»Schicken Sie eine SMS, wenn Sie in der Nähe sind.«

Ich lege auf, dusche, ziehe mich an. Ich sehe auf die Uhr. Laut David Rainiv geht Hank jeden Morgen um Punkt acht Uhr dreißig den Pfad hinauf. Ich stelle den Wagen so auf den Lehrerparkplatz, dass ich den Pfad gut einsehen kann. Es ist Viertel nach acht. Ich zappe durch die Radiosender und höre mir eine Weile Howard Sterns Talksendung an. Es ist jetzt halb neun. Ich lasse den Pfad nicht aus den Augen. Niemand kommt.

Wo ist Hank?

Um neun gebe ich auf und fahre zu meinem zweiten Stopp.

Ellies Frauenhaus nimmt vor allem die Reste zerstörter Familien auf. Ich treffe mich bei einem der Übergangswohnheime mit ihr, einem alten viktorianischen Haus in einer ruhigen Wohnstraße in Morristown. Hier werden misshandelte Frauen und Kinder vor ihren Peinigern versteckt, bis der nächste Schritt geplant werden kann, der zwar meist eine Verbesserung bringt, aber auch keine perfekte Lösung ist.

Hier sind nur sehr selten große Siege zu verzeichnen. Das ist das Tragische an dieser Tätigkeit. Ellies Arbeit wirkt oft so, als versuchte man, ein Meer mit einem Esslöffel auszuschöpfen. Trotzdem watet sie Tag für Tag unermüdlich in diesem Meer herum, und auch wenn sie der Bosheit im Herzen der Menschen nicht gewachsen ist, lohnt es sich doch, für Ellie zu kämpfen.

»Beth Lashley hat den Namen ihres Mannes angenommen«, erzählt Ellie. »Sie heißt jetzt Dr. Beth Fletcher und arbeitet als Kardiologin in Ann Arbor.«

»Wie hast du das herausbekommen?«

»Es war schwieriger, als es eigentlich hätte sein sollen.«

»Soll heißen?«

»Ich habe mich bei allen ihren guten Freundinnen und Freunden von der Highschool gemeldet. Niemand hatte Kontakt zu Beth, was mich überrascht hat. Schließlich war sie damals ziemlich beliebt. Dann habe ich einen zweiten Versuch bei ihren Eltern gestartet. Ich habe ihnen erzählt, dass wir Beth' Adresse für Wiedersehensfeiern und Ähnliches brauchen.«

»Was haben sie gesagt?«

»Sie haben sie mir nicht gegeben. Sie meinten, ich solle alles Wichtige per E-Mail an sie schicken.«

Ich weiß nicht recht, was ich davon halten soll. Aber es gefällt mir nicht. »Und wie hast du sie dann ausfindig gemacht?«

»Über Ellen Mager. Erinnerst du dich an sie?«

»Sie war eine Stufe unter uns«, sage ich. »Aber wenn ich mich recht entsinne, war sie bei mir im Mathekurs.«

»Das ist sie. Sie ist jedenfalls auf die Rice University unten in Houston gegangen.«

»Okay?«

»Da hat auch Beth Lashley studiert. Also habe ich sie gebeten, im Ehemaligen-Büro der Rice anzurufen und als Ex-Kommilitonin zu versuchen, Informationen über sie zu bekommen.«

Ich muss zugeben, dass das einfach genial ist.

»Die haben ihr dann eine E-Mail-Adresse mit dem Nachnamen Fletcher im Medical Center der University of Michigan genannt. Den Rest konnte ich googeln. Das ist ihre Nummer bei der Arbeit.« Ellie reicht mir einen Zettel.

Ich studiere die Telefonnummer, als wäre darin ein Hinweis versteckt.

Ellie lehnt sich zurück. »Was macht die Suche nach Hank?«, fragt sie.

»Nicht viel.«

»Die Sache fängt langsam an, interessant zu werden.«

»Das ist wahr.«

»Ach, bevor du gehst, Marsha wollte dich noch sprechen.«

»Bin schon unterwegs.«

Ich gebe Ellie einen Wangenkuss. Bevor ich mich auf den Weg zu ihrer Kollegin Marsha Stein mache, gehe ich links die Treppe hinauf in den ersten Stock. Hier befindet sich ein provisorischer Kinderhort. Als ich hineinblicke, sehe ich, dass Brendas Jüngster mit einem Buntstift ein Malbuch bearbeitet. Ich gehe weiter den Flur entlang. Die Tür zu Brendas Schlafzimmer steht offen. Ich klopfe leise. In dem kleinen Raum liegen zwei offene Koffer auf dem Bett. Als Brenda mich sieht, kommt sie zu mir und umarmt mich. Das hat sie noch nie getan.

Brenda sagt nichts. Ich sage nichts.

Als sie mich loslässt, blickt sie nach oben und nickt mir kurz zu. Ich nicke kurz zurück.

Wir sagen immer noch nichts.

Als ich wieder auf den Flur trete, wartet Marsha Stein auf mich.

»Hey, Nap.«

Als wir acht, neun Jahre alt waren, war Marsha unsere Babysitterin. Erinnerst du dich an sie, Leo? Sie war ein Teenager, grazil und einfach umwerfend, eine Ballerina und Sängerin, der Star jeder Highschool-Aufführung. Natürlich waren wir in sie verknallt, das waren alle anderen aber auch. Wenn sie auf uns aufgepasst hat, bestand unsere Lieblingstätigkeit darin, ihr bei der Probe für ihr nächstes Stück zu helfen. Wir haben ihr Stichworte gegeben und Textzeilen vorgelesen. In ihrem vorletzten Jahr ist Dad mit uns zur Highschool-Aufführung von *Anatevka* gefahren, in der sie Hodel, die hübsche Tochter, gespielt hat. Im letzten Jahr der Highschool hat Marsha ihrer Theaterkarriere die Krone aufgesetzt, als sie die Titelrolle in *Mame* spielte. Du, mein Bruder, durftest die Rolle von Mames Neffen spielen, der im Programm als »Der junge Patrick« aufgeführt wurde. Dad und ich haben es uns vier Mal angesehen, und Marsha hat jedes Mal verdientermaßen stehende Ovationen bekommen.

Damals hatte Marsha einen etwas robusten, dabei aber attraktiven Freund namens Dean, der dieses schwarze Trans-Am-Coupé fuhr und immer, ganz egal, wie warm oder kalt es war, die Jacke vom Ringer-Team der Highschool trug, eine grüne Jacke mit weißen Ärmeln. Marsha und Dean waren das »perfekte Paar« im Jahrbuch der Westbridge High. Die beiden haben dann auch ein Jahr nach ihrem Abschluss geheiratet. Schon kurz darauf hat Dean angefangen, sie zu verprügeln. Heftig. Ihre rechte Augenhöhle konnte nie wieder ganz hergestellt werden. Ihr Gesicht wirkt seitdem schief, als wäre es verzogen. Die Nase ist platt von den jahrelangen Schlägen.

Es dauerte zehn Jahre, bis Marsha endlich den Mut fasste,

ihn zu verlassen. Zu den misshandelten Frauen hier sagt sie oft: »Meist ist es zu spät, wenn man sich endlich traut, aber andererseits ist es nie zu spät – und richtig, das ist ein Widerspruch.« Sie ist dann auf ein anderes »Kind« zugegangen, das sie früher als Babysitter betreut hat, und hat mit Ellie zusammen diese Frauenhäuser aufgebaut.

Ellie leitet die Einrichtung. Marsha hält sich lieber im Hintergrund. Inzwischen betreiben sie das Frauenhaus und vier solche Übergangswohnheime wie dieses. Außerdem gehören noch drei weitere Häuser dazu, deren Adressen vor der Öffentlichkeit geheim gehalten werden. Die Gründe sind naheliegend. Sie haben ein ziemlich gutes Sicherheitssystem, aber manchmal helfe ich aus.

Ich küsse Marsha auf die Wange. Sie ist nicht mehr schön. Alt ist sie noch nicht, Anfang vierzig – wenn aus denen, die am hellsten gestrahlt haben, das Leben herausgeprügelt wird, erholen sie sich zwar, aber häufig erreicht dieses Strahlen nie wieder die frühere Intensität. Marsha spielt übrigens immer noch gerne Theater. Die Westbridge Community Players geben im Mai *Anatevka*. Marsha spielt die Oma Zeitel.

Sie zieht mich zur Seite. »Seltsame Geschichte.«

»Ach?«

»Ich erzähle dir, was Trey für ein Monster ist, und plötzlich landet er im Krankenhaus.«

Ich sage nichts.

»Vor ein paar Monaten habe ich dir erzählt, dass Wandas Freund ihre vierjährige Tochter missbraucht. Und plötzlich landet er...«

»Ich bin ein bisschen in Eile, Marsha«, unterbreche ich sie. Sie sieht mich an.

»Du kannst dich auch entschließen, mir nichts von euren Problemen zu erzählen«, sage ich. »Das liegt bei dir.«

»Zuerst bete ich immer.«
»Okay.«
»Aber die Gebete helfen nicht. Dann komme ich zu dir.«
»Vielleicht siehst du das falsch«, sage ich.
»Inwiefern?«
Ich zucke die Achseln. »Vielleicht bin ich einfach die Antwort auf deine Gebete.«
Ich nehme ihr Gesicht in beide Hände und küsse sie noch einmal auf die Wange. Dann verschwinde ich, bevor sie noch etwas sagen kann. Wahrscheinlich fragst du dich jetzt, wie ich, ein Polizist, der geschworen hat, Recht und Gesetz zu wahren, das rechtfertige, was ich Trey angetan habe. Das tue ich nicht. Ich bin ein Heuchler. Sind wir alle. Ich glaube an das Rechtsstaatsprinzip und bin kein großer Freund der Selbstjustiz. Aber so betrachte ich das, was ich manchmal tue, nicht. Ich betrachte es eher so, als wäre die Welt eine Bar, in der ich mitbekomme, wie ein Mann eine Frau zusammenschlägt, sie verhöhnt, sie auslacht, und sie dann anfleht, sie solle ihm noch eine Chance geben. Fast wie Lucy, die den Football für Charlie Brown hält, nur um ihn dann, nachdem sie ihm ein wenig Hoffnung gemacht hat, wieder wegzuziehen – so wie immer. Ich betrachte es so, als wäre ich auf einen kurzen Besuch zu einer Freundin gefahren und hätte dort mitbekommen, wie ihr Freund ihre vierjährige Tochter sexuell missbraucht.

Kocht dir das Blut?

Darf eine größere räumliche und zeitliche Distanz es abkühlen?

Also gehe ich dazwischen. Ich setze dem ein Ende. Ich mache mir keine Illusionen. Ich habe beschlossen, das Gesetz zu brechen, und wenn man mich erwischt, werde ich dafür bestraft.

Ich gebe zu, dass das keine gute Rechtfertigung ist, aber das ist mir ziemlich egal.

Ich fahre Richtung Westen nach Pennsylvania. Natürlich ist die Wahrscheinlichkeit ziemlich hoch, dass Simon Fraser nicht in seiner Kanzlei ist. In diesem Fall werde ich ihn zu Hause besuchen, oder wo immer er sonst sein mag. Natürlich könnte ich ihn verpassen. Natürlich könnte er sich weigern, mich zu empfangen. Aber so ist das mit der Ermittlungsarbeit. Man macht einfach weiter, auch wenn das, was man da tut, eine gewaltige Zeit- und Energieverschwendung zu sein scheint.

Auf der Fahrt denke ich an dich. Mein Problem ist das folgende: An meine ersten achtzehn Lebensjahre habe ich keinerlei Erinnerung, die nicht in irgendeiner Form mit dir verbunden ist. Erst haben wir uns eine Gebärmutter geteilt, dann ein Zimmer. Es gab wirklich nichts, was wir nicht geteilt hätten. Ich habe dir alles erzählt. *Alles.* Nichts habe ich dir verheimlicht. Es gab nichts, was ich dir nicht erzählt hätte, wofür ich mich geschämt hätte, was mir peinlich gewesen wäre, weil ich wusste, dass du mich trotzdem lieben würdest. Bei jedem anderen setzt man eine mehr oder weniger undurchschaubare Fassade auf. Das muss man. Aber zwischen dir und mir gab es das nicht.

Ich habe dir nichts – gar nichts – vorenthalten. Aber manchmal frage ich mich: Hast du das getan?

Hattest du Geheimnisse vor mir, Leo?

Eine Stunde später, ich bin immer noch unterwegs, rufe ich im Büro von Dr. Beth Fletcher, geborene Lashley, an. Ich nenne der Arzthelferin meinen Namen und bitte sie, mich mit Dr. Fletcher zu verbinden. Die Arzthelferin erklärt mir, dass Dr. Fletcher im Moment nicht im Haus ist. Sie sagt das in diesem müden, genervten Tonfall, den nur Arzthelferinnen perfekt beherrschen. Dann fragt sie mich, worum es geht.

»Ich bin ein alter Freund von der Highschool.« Ich nenne

meinen Namen und gebe ihr meine Handynummer. Dann füge ich so eindringlich wie möglich hinzu: »Es ist wirklich wichtig, dass ich mit ihr spreche.«

Die Arzthelferin beeindruckt das nicht. »Ich hinterlasse ihr eine Nachricht.«

»Außerdem bin ich bei der Polizei.«

Nichts.

»Bitte piepen Sie Dr. Fletcher an und sagen Sie ihr, dass es wichtig ist.«

Die Arzthelferin legt auf, ohne zu bestätigen, dass sie das tun wird.

Dann rufe ich Augie an. Er meldet sich beim ersten Klingeln: »Ja?«

»Ich weiß, dass du dich aus der Sache raushalten willst«, sage ich.

Keine Antwort.

»Aber könntest du deinen Leuten sagen, dass sie nach Hank Ausschau halten sollen?«

»Ihn zu finden sollte kein Problem sein«, sagt Augie. »Er geht jeden Tag denselben Weg.«

»Heute Morgen nicht.«

Ich erzähle Augie von meinem vergeblichen Observierungsversuch am Pfad. Außerdem berichte ich von meinem Besuch beim Pickup-Basketball gestern Abend. Augie schweigt einen Moment. Dann sagt er: »Du weißt, dass es Hank nicht, äh, gut geht, oder?«

»Natürlich.«

»Was genau könnte er dir also erzählen?«

»Ich habe keinen Schimmer«, sage ich.

Wieder schweigt er. Ich bin drauf und dran, mich dafür zu entschuldigen, dass ich urplötzlich etwas aufgedeckt habe, was er mit aller Macht verbergen wollte, habe aber keine Lust auf

Plattitüden und glaube auch nicht, dass Augie welche hören will.

»Ich sag meinen Leuten, sie sollen sich melden, wenn sie ihn sehen.«

»Danke«, sage ich, aber er hat schon aufgelegt.

Die Kanzlei von Elbe, Baroche und Fraser befindet sich in einem nichtssagenden Hochhaus mit Glasfassade inmitten eines Gebäudekomplexes aus nichtssagenden Hochhäusern mit Glasfassaden, dem man den Namen »Country Club Campus« gegeben hat, was vermutlich ironisch zu verstehen ist. Ich stelle den Wagen auf einen Parkplatz von der Größe eines europäischen Fürstentums und gehe zu Reynolds, die mich am Eingang erwartet. Sie trägt einen Blazer über einem grünen Rollkragenpullover.

»Simon Fraser ist hier«, sagt sie.

»Woher wissen Sie das?«

»Ich beobachte das Gebäude, seit ich Sie angerufen habe. Ich habe gesehen, wie er hineingegangen ist, ich habe ihn nicht wieder herauskommen sehen, und sein Wagen steht noch auf dem Parkplatz. Aufgrund dieser Beobachtungen habe ich geschlussfolgert, dass Simon Fraser hier ist.«

»Sie sind gut«, sage ich.

»Lassen Sie sich von meinen Fähigkeiten als Gesetzeshüterin nur nicht ins Bockshorn jagen.«

Die Lobby ist so farblos und kalt wie die Höhle von Mr. Freeze. Im Gebäude befinden sich mehrere Anwaltskanzleien und Investmentfirmen und sogar eins dieser Möchtegern-Colleges, das einzig und allein der Abschreibung von Betriebsgewinnen dient. Wir fahren mit dem Fahrstuhl in den sechsten Stock. Der dünne Bursche an der Rezeption trägt einen Zwei-Tage-Bartschatten, eine modische Brille und ein Headset mit

Mikrofon. Er hebt einen Finger, um uns zu signalisieren, dass er noch einen Moment Zeit braucht.

Dann: »Was kann ich für Sie tun?«

Reynolds zieht ihre Marke heraus. »Wir sind hier, um mit Simon Fraser zu sprechen.«

»Haben Sie einen Termin?«

Kurz glaube ich, dass Reynolds faucht: »Mit dieser Marke brauche ich keinen Termin«, was mich, wie ich zugeben muss, enttäuscht hätte. Stattdessen verneint sie und betont, dass wir es aber zu schätzen wüssten, wenn Mr Fraser sich einen Moment Zeit für uns nehmen würde. Der dünne Bursche drückt eine Taste und flüstert etwas. Dann bittet er uns, Platz zu nehmen. Wir setzen uns. Es gibt keine Zeitschriften, nur Hochglanzbroschüren von Anwaltskanzleien. Ich blättere in einer und stoße auf ein Foto und den Lebenslauf von Simon Fraser. Er ist vom Scheitel bis zur Sohle ein Mann aus Pennsylvania. Nach dem Besuch der örtlichen Highschool zog es ihn in den Westen des Bundesstaats, wo er an der University of Pittsburgh seinen Bachelor machte, um dann ganz im Osten des Staats in Philadelphia an der University of Pennsylvania Jura zu studieren und seinen Abschluss zu machen. Inzwischen ist er ein »landesweit anerkannter Anwalt für Familienrecht«. Allmählich trübt sich vor Langeweile mein Blick, als ich weiterlese, um zu erfahren, dass er den Vorsitz in diesem und jenem Komitee innehatte, in diesem und jenem Medium dies und jenes veröffentlicht hat, im Vorstand dieser und jener Firma saß und ihm in der von ihm gewählten Fachdisziplin diese und jene Auszeichnung verliehen wurde.

Eine große Frau in einem grauen Bleistiftrock kommt auf uns zu. »Hier entlang, bitte.«

Wir folgen ihr den Flur entlang in einen Sitzungsraum, dessen Glaswand wohl einen atemberaubenden Blick auf den

Parkplatz und die in etwas größerer Entfernung dahinter liegenden Wendy's- und Olive-Garden-Restaurants präsentieren soll. In der Mitte des Raums steht ein langer Konferenztisch, auf dem eins dieser Freisprechgeräte steht, das wie eine graue Tarantel aussieht.

Reynolds und ich warten eine Viertelstunde, dann kommt die große Frau zurück.

»Lieutenant Reynolds?«

»Ja?«

»Ein Anruf für Sie auf Leitung drei.«

Die große Frau geht. Reynolds sieht mich mit gerunzelter Stirn an. Sie legt den Zeigefinger über die Lippen, um mir mitzuteilen, dass ich den Mund halten soll, und drückt den Knopf am Freisprechgerät.

»Reynolds«, sagt sie.

Eine Männerstimme antwortet: »Stacy?«

»Ja?«

»Was zum Henker haben Sie in Simon Frasers Büro zu suchen, Stacy?«

»Ich bearbeite einen Fall, Captain.«

»Um welchen Fall handelt es sich?«

»Den Mord an Officer Rex.«

»Den Ihre Dienststelle nicht bearbeitet, weil die Bezirkspolizei die Zuständigkeit an sich gezogen hat.«

Das wusste ich bisher nicht.

»Ich gehe nur einer Spur nach«, sagt Reynolds.

»Nein, Stacy, Sie gehen keiner Spur nach. Sie behelligen einen angesehenen Mitbürger, der mit mindestens zwei Richtern im Ort befreundet ist. Beide Richter haben mich angerufen und mir mitgeteilt, dass eine meiner Lieutenants einen aktiven Rechtsanwalt von der Arbeit abhält, der sich bereits auf seine anwaltliche Schweigepflicht berufen hat.«

Reynolds sieht mich mit einem »Da sehen Sie mal, womit ich mich herumschlagen muss«-Blick an. Mit einem Nicken zeige ich mein Verständnis.

»Soll ich fortfahren, Stacy?«

»Nein, Captain, ich hab schon verstanden. Ich bin hier raus.«

»Oh, und man sagte mir, Sie wären in Begleitung. Wer könnte...«

»Bis später.«

Reynolds legt auf. Wie aufs Stichwort öffnet die große Frau die Tür zum Sitzungsraum und wartet auf uns. Wir stehen auf und folgen ihr den Flur entlang. Als wir in den Fahrstuhl steigen, entschuldigt Reynolds sich: »Tut mir leid, dass ich Sie gebeten habe, den ganzen Weg hier raufzufahren.«

»Ja«, antworte ich. »Jammerschade.«

Als wir das Gebäude verlassen, sagt Reynolds: »Ich mach mich auf den Weg ins Revier und klär das mit meinem Captain.«

»Gute Idee.«

Wir schütteln uns die Hände. Sie dreht sich um und geht.

»Fahren Sie direkt zurück nach Westbridge?«, fragt sie.

Ich zucke die Achseln. »Vielleicht gehe ich vorher noch was essen. Wie ist das Olive Garden?«

»Was glauben Sie?«

Ich gehe nicht ins Olive Garden. Ein Teil des Parkplatzes ist reserviert. Ich entdecke ein Schild mit der Aufschrift »Reserviert für Simon Fraser, Esq«, auf dem derzeit ein glänzender Tesla steht. Ich runzle die Stirn, versuche aber, kein übereiltes Urteil zu fällen. Der Platz links neben dem Tesla, der für »Benjamin Baroche, Esq« reserviert ist, ist frei.

Gut.

Ich gehe zurück zu meinem Wagen. Dabei begegnet mir ein Mittvierziger, der eine Zigarette raucht. Er trägt einen Geschäftsanzug und einen Ehering – und aus irgendeinem Grund ist der Ehering mir wichtig.

»Hören Sie bitte mit dem Rauchen auf«, sage ich.

Der Mann mustert mich mit diesem Blick – einer Mischung aus Verwirrung und Entrüstung –, mit dem ich fast immer bedacht werde, wenn ich das tue. »Was?«

»Es gibt Menschen, die Sie brauchen«, sage ich. »Ich will nur nicht, dass Sie krank werden oder sterben.«

»Kümmern Sie sich um Ihren eigenen Scheiß«, faucht er, wirft die Kippe auf den Boden, als hätte sie ihn beleidigt und stürmt wieder ins Gebäude.

Aber irgendwie denke ich: *Wer weiß – vielleicht war das die letzte Zigarette, die er je geraucht hat.*

Und da heißt es, ich wäre kein Optimist.

Ich blicke zum Eingang. Von Simon Fraser ist nichts zu sehen. Ich steige in meinen Wagen, fahre zum »Baroche«-Parkplatz und stellte mich so nah neben den Tesla, dass meine Beifahrertür nur gut eine Handbreit von der Fahrertür entfernt ist. Ausgeschlossen, dass Simon Fraser sich dazwischenquetscht und die Tür erreicht – öffnen kann er sie auf keinen Fall.

Ich warte. Warten kann ich gut. Es macht mir nichts aus. Echte Observierungsarbeit ist hier eigentlich gar nicht erforderlich – er hat keine Chance, schnell in seinen Wagen zu steigen –, also nehme ich den Roman aus der Tasche, den ich mir mitgebracht habe, stelle die Rückenlehne meines Sitzes weit zurück und fange an zu lesen.

Es dauert nicht lange.

Um 12:15 Uhr sehe ich im Rückspiegel, dass Simon Fraser das Gebäude verlässt. Ich stecke das Lesezeichen zwischen die Seiten 312 und 313, lege das Buch auf den Beifahrersitz und warte weiter. Simon unterhält sich angeregt am Handy. Er kommt näher. Er wühlt mit der freien Hand in der Hosentasche herum und zieht den Schlüssel heraus. Ich höre das leise Piepsen, als die Tür entriegelt wird. Ich warte weiter.

Als er wie angewurzelt stehen bleibt, weiß ich, dass er das Parkproblem entdeckt hat. Ich höre ein gedämpftes: »Was zum Teufel…?«

Ich halte mein Handy ans Ohr und tue so, als würde ich telefonieren. Die andere Hand habe ich am Türgriff.

»Hey… hey, Sie da!«

Ich ignoriere Simon Fraser und lasse das Handy am Ohr. Er wird wütend. Er kommt auf meine Seite und klopft mit etwas Hartem, vermutlich mit seinem College-Ring, ans Seitenfenster.

»Hey, Sie dürfen hier nicht parken.«

Ich drehe mich zu ihm um und gestikuliere mit dem Handy, um ihm zu zeigen, dass ich beschäftigt bin. Sein Gesicht läuft rot an. Simon Fraser klopft mit seinem Ring lauter gegens Fenster. Wieder lege ich die Hand auf den Türgriff.

»Hören Sie, Sie Arschlo…«

Ich stoße die Autotür auf, sodass er sie ins Gesicht bekommt. Simon Fraser kippt nach hinten. Sein Handy fällt ihm aus der Hand und knallt auf den Asphalt. Ich weiß nicht, ob es kaputt ist. Bevor er sich aufrappeln kann, steige ich aus und sage: »Ich habe auf Sie gewartet, Simon.«

Langsam führt Simon Fraser die Hand zum Gesicht, als wollte er prüfen, ob er…

»Kein Blut«, sage ich. »Noch nicht.«

»Ist das eine Drohung?«

»Ja, schon möglich.« Ich strecke die Hand aus, um ihm hoch zu helfen. »Kommen Sie, ich helfe Ihnen hoch.«

Er starrt auf meine Hand, als wäre sie mit Scheiße beschmiert. Ich lächle ihm zu. Dann sehe ich ihn mit dem irren »Mir ist das alles scheißegal«-Blick an. Er kriecht ein Stück weg.

»Ich bin hergekommen, um Ihre Karriere zu retten, Simon.«

Dieser ganze Auftritt dient nicht so sehr dazu, ihm wehzutun oder ihn zu verletzen, ich will ihn eher verwirren und aus dem Konzept bringen. Dieser Mann ist es gewohnt, dass er alles unter Kontrolle hat, dass es klare Regeln und Grenzen gibt und dass er Probleme aus der Welt schaffen kann, indem er mit gezielt ausgewählten Personen telefoniert. Mit Kontrollverlusten und ausufernden Konflikten kennt er sich nicht aus, und wenn ich es richtig angehe, kann ich das ausnutzen.

»Ich ... ich rufe die Polizei.«

»Nicht nötig«, sage ich und breite die Arme aus. »Ich bin Cop. Was kann ich für Sie tun?«

»Sie sind Polizist?«

»Bin ich.«

Sein Gesicht wird noch einen Tick röter. »Ihre Dienstmarke sind Sie so gut wie los.«

»Wegen Falschparkens?«

»Wegen Körperverletzung.«

»Die Autotür? Das war ein Unfall, entschuldigen Sie. Aber nur zu, rufen wir noch ein paar Cops dazu. Versuchen Sie, mir die Dienstmarke abnehmen zu lassen, weil ich eine Autotür geöffnet habe, und ich ...«, ich zeige mit dem Daumen auf mich, »... werde versuchen, Ihnen die Zulassung als Anwalt entziehen zu lassen.«

Simon Fraser sitzt immer noch auf dem Boden. Ich stehe so nah vor ihm, dass er kaum ohne meine Hilfe aufstehen kann. Ein recht banales Machtspiel. Wieder strecke ich die Hand aus. Falls er etwas versucht – was in dieser Phase durchaus möglich wäre –, bin ich bereit. Er ergreift meine Hand, und ich ziehe ihn hoch.

Simon Fraser wischt seine Kleidung ab. »Ich gehe«, verkündet er.

Er geht zu seinem Handy, hebt es auf und wischt auch das vorsichtig ab, als wäre es ein kleiner Hund. Ich sehe das zerbrochene Display. Jetzt, da er ein paar Meter entfernt steht, wirft er mir einen bösen Blick zu.

»Den Schaden bezahlen Sie.«

Ich lächle ihm zu. »Ach was.«

Er sieht zu seinem Auto hinüber, aber meins blockiert immer noch die Fahrertür. Ich sehe, dass er die Vor- und Nachteile abwägt, die es mit sich bringt, auf der Beifahrerseite einzusteigen, rüberzukrabbeln und wegzufahren.

»Sie erzählen mir, was ich wissen muss«, sage ich, »und die Sache bleibt unter uns.«

»Und wenn ich es Ihnen nicht erzähle?«

Ich zucke die Achseln. »Dann zerstöre ich Ihre Karriere.«

Er kichert. »Und Sie glauben wirklich, dass Sie das könnten?«

»Ehrlich gesagt bin ich mir da nicht sicher. Aber ich werde nicht ruhen, bis ich es geschafft habe. Ich habe nichts zu verlieren, Simon. Mir ist es egal, ob ich …«, ich male mit den Fingern Anführungszeichen in die Luft, »… ›meine Dienstmarke los bin‹. Ich bin Single. Ich habe keine gesellschaftliche Position. Was, wie schon erwähnt, bedeutet, dass ich nichts zu verlieren habe.«

Ich trete einen Schritt näher an ihn heran.

»Sie hingegen, tja, Sie haben eine Familie, einen guten Ruf und genießen …«, wieder die Anführungszeichen mit den Fingern, »… ›ein hohes Ansehen‹ in der Gemeinde.«

»Sie können mir nicht drohen.«

»Das habe ich doch gerade. Ach, und falls es mir aus irgendeinem Grunde doch nicht gelingt, Ihren Ruf zu zerstören, komme ich einfach vorbei und trete Ihnen in den Arsch. Ganz simpel. Auf die altmodische Art.«

Er sieht mich entsetzt an.

»Mein Bruder ist tot, Simon. Womöglich stehen Sie mir auf der Suche nach seinem Mörder im Weg.« Ich gehe etwas näher an ihn heran. »Sehe ich aus wie jemand, der das einfach hinnimmt?«

Er räuspert sich. »Falls das Ganze etwas mit der Arbeit zu tun hat, die Officer Rex für unsere Kanzlei erledigt hat…«

»Das hat es tatsächlich.«

»…dann kann ich Ihnen nicht helfen. Wie ich schon erklärt habe, unterliegt das der anwaltlichen Schweigepflicht.«

»Nicht wenn Sie ihn mit einem Verbrechen beauftragt haben, Simon.«

Schweigen.

»Haben Sie je von Anstiftung zu einer Straftat gehört?«

Wieder räuspert er sich, dieses Mal weniger selbstsicher. »Was um alles in der Welt wollen Sie damit sagen?«

»Sie haben Officer Rex Canton dafür bezahlt, dass er Ex-Ehemännern Schmutz anhängt, damit Ihre Mandantinnen davon profitieren.«

Simon fällt in den Anwalt-Modus. »Erst einmal würde ich Officer Cantons Arbeit nicht so charakterisieren. Und zweitens ist es weder illegal noch in irgendeiner Weise anrüchig, jemanden dafür zu bezahlen, den Background der Gegenpartei auszuleuchten.«

»Seine Aufgabe bestand nicht darin, ihren Background auszuleuchten, Simon.«

»Sie können nicht beweisen…«

»Natürlich kann ich das. Pete Corwick, Randy O'Toole und Nick Weiss. Sagen Ihnen die Namen etwas?«

Schweigen.

»Hat es Ihnen die Sprache verschlagen, Herr Anwalt?«

Noch mehr Schweigen.

»Dank eines erstaunlichen Zufalls ist es Officer Rex Canton gelungen, jeden dieser drei Männer wegen Alkohol am Steuer anzuhalten. Dank eines ähnlich erstaunlichen Zufalls hat Ihre Kanzlei die Ehefrauen jedes dieser drei Männer in Sorgerechtsverfahren vertreten, als diese angehalten wurden.«

Ich grinse.

Er versucht es noch einmal: »Das ist kein Beweis für ein Verbrechen.«

»Hmm. Was meinen Sie, werden die Medien das auch so sehen?«

»Wenn auch nur ein einziges Wort dieser unbegründeten Anschuldigungen an die Medien gelangt...«

»Bin ich meine Dienstmarke so gut wie los, schon klar. Hören Sie, ich stelle Ihnen jetzt zwei Fragen. Wenn Sie mir darauf ehrliche Antworten geben, ist die Sache gegessen. Ihr kurzer Albtraum, den ich hier verkörpere, ist zu Ende. Wenn Sie diese Fragen jedoch nicht beantworten, werde ich mich an die Presse und an die Rechtsanwaltskammer wenden und alles, was ich weiß, auf Facebook posten oder was die Jugend heutzutage sonst bevorzugt. Alles klar?«

Simon Fraser spricht es nicht aus, seine Schultern sinken jedoch herab, daher weiß ich, dass er klein beigeben wird.

»Erste Frage: Was wissen Sie über die Frau, die Rex bei diesen abgekarteten Alkoholtests unterstützt hat?«

»Nichts.«

Die Antwort kommt wie aus der Pistole geschossen.

»Sie wissen aber, dass er mit einer Frau zusammengearbeitet hat, die die Männer zum Trinken verleitet hat, oder?«

»Männer, die in Bars mit Frauen flirten.« Simon Fraser zuckt die Achseln und versucht, etwas von seiner üblichen Blasiertheit auszustrahlen. »Das Gesetz interessiert sich nicht für den Grund des Trinkens, sondern nur für die Menge.«

»Also, wer ist sie?«

»Keine Ahnung«, sagt er. Es klingt glaubhaft. »Meinen Sie wirklich, dass sich irgendjemand in meiner Kanzlei mit solchen Details beschäftigt? Ich selbst schon gar nicht.«

Nein. Eigentlich habe ich das auch nicht erwartet. Trotzdem muss ich es versuchen. »Zweite Frage.«

»*Letzte* Frage«, entgegnet er.

»Wer hat den Auftrag erteilt, in der Nacht, in der Rex Canton ermordet wurde, so einen abgekarteten Alkoholtest durchzuführen?«

Simon Fraser zögert. Er überlegt. Ich lasse ihm Zeit. Sein Gesicht ist nicht mehr rot, sondern eher aschfahl.

»Wollen Sie damit andeuten, dass Officer Cantons, äh, Tätigkeit für unsere Kanzlei zu seiner Ermordung geführt hat?«

»Mehr als nur andeuten.«

»Und das können Sie beweisen?«

»Der Mörder ist genau zu diesem Zweck mit dem Flugzeug angereist. Er hat sich einen Mietwagen genommen und ist zu dieser Bar gefahren. Er hat so getan, als würde er sich mit Rex' Partnerin betrinken. Er hat abgewartet, bis er von Officer Rex Canton angehalten wurde. Dann hat er ihn erschossen.«

Simon Fraser wirkt betroffen.

»Es war eine Falle, Simon. Ganz einfach.«

So weit hätte es nicht kommen dürfen – dass ich auf einem Parkplatz herumstehe und Drohungen ausstoße. Ich glaube, auch Simon Fraser hat das inzwischen erkannt. Er wirkt noch benommener als in dem Moment, als er die Tür an den Kopf bekommen hat.

»Ich besorg Ihnen den Namen.«

»Gut.«

»Nach dem Mittagessen kann ich die Rechnungen durchsehen«, sagt er und sieht auf die Uhr. »Ich bin schon zu spät für einen Lunch-Termin mit einem Mandanten.«

»Simon?«

Er sieht mich an.

»Vergessen Sie den Lunch. Gehen Sie jetzt gleich ins Büro und besorgen Sie den Namen.«

Ich verdränge alles, was mit Maura zu tun hat.

Das mache ich aus mehreren Gründen. Vor allem wohl, damit ich mich auf den Fall konzentrieren kann. Gefühle bringen einen da nicht weiter. Offensichtlich gehe ich diesen Fall mit größerem Ehrgeiz an als gewöhnlich, aufgrund meiner persönlichen Verbindung zu dir, Leo, und zu Maura. Ich darf aber nicht zulassen, dass diese persönliche Verbindung mir das Hirn vernebelt oder die Gedanken verzerrt.

Kurz gesagt: Ich kann nichts daran ändern, sondern nur hoffen.

Es besteht die Möglichkeit – auch wenn sie noch so klein sein mag –, dass es eine vernünftige Antwort auf all die Fragen gibt, die sich hier auftun, und dass, wenn Maura und ich uns wiedersehen... wenn ich an diesen Augenblick denke, wandern meine Gedanken in Richtungen, die sie nicht einschlagen dürften: Ich denke an eine gemeinsame Zukunft, an lange Spaziergänge, Hand in Hand, noch längere Nächte im Bett, dann wandern sie weiter zu Kindern, der Renovierung der Veranda und der Trainertätigkeit bei einem Little-League-Baseballteam, und ja, natürlich weiß ich, wie albern das alles klingt, und ich würde auch niemals jemandem davon erzählen, aber andererseits verstehst du vielleicht, was mir ohne dich im Leben fehlt.

Ist doch so schon verrückt genug, dass ich mit meinem toten Bruder rede, oder?

Wir setzen uns in Simon Frasers Büro. Die große Frau reicht Simon eine Akte. Er öffnet sie. Dann mustert er die Akte überrascht.

»Was ist?«, frage ich.

»Ich habe Rex Canton seit über einem Monat keinen Auftrag erteilt.« Simon Fraser sieht mich an. »Ich weiß nicht, wer ihn an dem Abend beauftragt hat, aber ich war es nicht.«

»Vielleicht jemand anders aus Ihrer Kanzlei?«

Simon räuspert sich kurz. »Das würde mich überraschen.«

»Hat Rex ausschließlich für Sie gearbeitet?«

»Das weiß ich nicht, aber in dieser Kanzlei, na ja, ich bin Seniorpartner und der Einzige, der Familienrecht macht, daher...«

Er beendet den Satz nicht, aber ich verstehe. Rex war *sein* Mann. Die Kollegen würden es nicht wagen, ohne Simon Frasers Zustimmung Kontakt zu ihm aufzunehmen.

Mein Handy klingelt. Auf dem Display steht: »Polizei Westbridge«. Ich bitte um Entschuldigung und drehe mich zur Seite.

»Hallo?«

Augie ist am Apparat. »Ich glaube, ich weiß, wie wir Hank finden.«

ZWÖLF

Als ich am nächsten Morgen ins Revier in Westbridge komme, erwartet Augie mich mit Jill Stevens, seinem Neuzugang frisch von der Polizeischule. Auch ich bin anfangs hier Streife gegangen, und arbeite immer noch als eine Art Hybridermittler für den Bezirk und die Stadt. Augie hat mich hergeholt und dann die Karriereleiter hinaufgeschoben. Ich mag diese Position – der bedeutende Bezirksermittler mit einem Hauch Kleinstadt-Cop. Ich habe nicht das geringste Interesse an Geld oder Ruhm. Das ist keine falsche Bescheidenheit. Ich bin glücklich, wo ich bin. Ich löse die Fälle und überlasse anderen die Anerkennung. Ich will weder degradiert noch weiterbefördert werden. Hier lässt man mich im Großen und Ganzen in Ruhe, außerdem gerate ich nicht in den Treibsand politischer Intrigen, der so viele nach unten zieht.

Ich bin genau da, wo ich hingehöre.

Das Revier befindet sich in einem alten Bankgebäude mitten in der Old Westbridge Road. Vor acht Jahren wurde das gerade neu eröffnete Hightech-Revier an der North Elm Street bei einem Sturm überflutet. Da während der Reparatur- und Renovierungsarbeiten nichts anderes frei war, wurden ein paar leer stehende Räume in der Westbridge Savings Bank angemietet, die ihre besten Tage hinter sich hatte. Das vom griechisch-römischen Baustil inspirierte Bankhaus aus dem Jahr 1924 besaß noch alles, was man von einem Haus aus dieser Zeit erwarten konnte: Marmorboden, hohe Decken und dunkle Eichenholztresen. Der altmodische Tresor war zur Arrestzelle umgebaut worden. Offiziell lässt der Stadtrat immer noch verlauten, dass die Polizei wieder ins Revier an der North Elm Street zieht, allerdings wurde nach knapp acht Jahren immer noch nicht mit den Bauarbeiten begonnen.

Wir drei setzen uns in Augies Büro im ersten Stock, in dem früher der Leiter der Bank saß. Die Wand hinter Augie ist leer – dort hängen weder Kunstwerke, noch Flaggen, Zertifikate oder Zeitungsausschnitte, wie man sie sonst aus Büros von Polizeichefs kennt. Es stehen auch keine Fotos auf dem Schreibtisch. Für Außenstehende sieht es fast aus, als hätte Augie schon angefangen, sein Büro für den Ruhestand auszuräumen, aber so ist mein Mentor nun einmal. Auszeichnungen und Zeitungsausschnitte sind für ihn nur Prahlerei. Kunst würde etwas über ihn preisgeben, was er lieber für sich behalten möchte. Fotos... tja, selbst wenn Augie eine Familie hätte, würde er sie nicht mit zur Arbeit nehmen wollen.

Augie sitzt hinter seinem Schreibtisch. Jill Stevens sitzt rechts von mir und hält einen Laptop und eine Akte parat.

Augie sagt: »Hank war vor drei Wochen hier im Revier und hat Anzeige erstattet. Jill hat die Anzeige aufgenommen.«

Wir sehen Jill an. Sie räuspert sich und schlägt die Akte auf. »Der Anzeigenerstatter wirkte sehr aufgeregt, als er das Revier betrat.«

Augie sagt: »Jill.«

Sie blickt auf.

»Vergessen Sie die Formalitäten. Sie sind hier unter Freunden.«

Sie nickt und schließt die Akte. »Ich habe Hank in der Stadt gesehen. Natürlich kennen wir hier alle seinen Ruf. Aber ich habe das überprüft. Hank war vorher noch nie im Revier. Oder, um es genauer zu sagen, er war vorher noch nie *frei-*

willig im Revier. Wenn er zu aufdringlich wurde, haben wir ihn gelegentlich eingesammelt und einfach ein paar Stunden hierbehalten, bis er sich wieder beruhigt hatte. Nicht in der Arrestzelle. Er saß einfach unten im Büro auf einem Stuhl. Was ich meine, ist, dass er nie hergekommen ist, um Anzeige zu erstatten.«

Ich versuche, die Sache zu beschleunigen. »Sie sagten, er hätte aufgeregt gewirkt?«

»Ich habe schon ein paarmal gesehen, wie er in Rage geraten ist, daher habe ich ihm am Anfang einfach gut zugeredet. Ich dachte, er müsste nur ein bisschen Luft ablassen und würde sich dann beruhigen. Das hat er aber nicht. Er sagte, die Leute hätten ihn bedroht, ihn angeschrien und beschimpft.«

»Was haben sie gesagt?«

»Das habe ich nicht richtig verstanden, aber er schien wirklich Angst zu haben. Er sagte, die Leute würden Lügen über ihn erzählen. Zwischendurch hat er immer wieder in einem eigenartigen gelehrten Tonfall über Beleidigung und Verleumdung gesprochen, als wäre er sein eigener Anwalt oder so etwas. Das war alles ziemlich bizarr. Bis er uns dann das Video gezeigt hat.«

Jill rückt ihren Stuhl etwas zu mir herüber und klappt den Laptop auf.

»Es hat eine ganze Weile gedauert, bis Hank sich soweit beruhigt hatte, dass er sich verständlich ausdrücken konnte, und dann hat er mir dies hier gezeigt.« Sie reicht mir den Laptop. Jill hat eine Facebook-Seite aufgerufen. Ein Video zeigt ein Standbild. Ich erkenne es nicht genau, meine aber, einen Wald zu sehen. Bäume mit grünen Blättern. Mein Blick wandert weiter nach oben. Der Titel des Videos gibt an, wo es veröffentlicht wurde.

»Shame-A-Perv?«, sage ich laut. »Stellt man da Perverse an den Pranger?«

»Das Internet«, sagt Augie, als würde das alles erklären. Er lehnt sich zurück und faltet die Hände auf seinem Bauch.

Jill klickt auf die Play-Taste.

Die ersten Bilder sind ziemlich verwackelt. Man sieht nur einen schmalen, senkrechten Streifen mit verschwommenen Rändern, was bedeutet, dass das Video mit einem hochkant gehaltenen Smartphone aufgenommen wurde. In der Ferne steht ein Mann alleine hinter dem Fangnetz eines Baseballfelds.

»Das ist Sloane Park«, sagt Jill.

Ich habe es bereits erkannt. Es ist das Baseballfeld neben der Benjamin Franklin Middle School.

Das Video zoomt etwas ruckartig an den Mann heran. Wie erwartet, ist es Hank. Er sieht aus wie jemand, den man früher einen Penner genannt hat. Er ist unrasiert. Seine Jeans hängt locker herab und ist so stark ausgebleicht, dass sie fast weiß wirkt. Unter dem offenen Flanellhemd sieht man das einst weiße, wahrscheinlich – oder sollte man sagen hoffentlich – mottenzerfressene Unterhemd.

Ein oder zwei Sekunden lang geschieht nichts. Die Kamera scheint ihre Angst zu verlieren, hört auf zu zittern, und das Bild wird scharf. Dann flüstert eine Frau – wahrscheinlich diejenige, die das Video aufgenommen hat: »Dieser dreckige Perverse hat sich vor meiner Tochter entblößt.«

Ich sehe Augie kurz an, der keine Reaktion zeigt. Dann konzentriere ich mich wieder auf den Laptop.

Das Auf und Ab und der größer werdende Hank deuten darauf hin, dass die filmende Frau auf ihn zugeht.

»Was wollen Sie hier?«, ruft die Frau. »Was haben Sie hier zu suchen?«

Hank Stroud dreht sich zu ihr um. Seine Augen weiten sich.

»Warum entblößen Sie sich vor Kindern?«

Hanks Blick irrt herum wie ein verängstigter Vogel, der einen Landeplatz sucht.

»Warum erlaubt die Polizei, dass Perverse wie Sie unsere Gemeinde in Gefahr bringen?«

Für einen Moment hält Hank sich die Hände über die Augen, als wollte er ein helles Licht abschirmen, das jedoch nicht vorhanden ist.

»Antworten Sie!«

Hank rennt davon.

Die Kamera versucht, ihm zu folgen. Hanks Hose beginnt zu rutschen. Er hält sie mit einer Hand fest und rennt weiter in Richtung Wald.

»Wenn Sie irgendetwas über diesen Perversen wissen«, sagt die Frau, die das Video aufnimmt, »posten Sie es bitte. Wir müssen unsere Kinder schützen!«

Damit endet das Video.

Ich sehe Augie an. »Hat sich jemand über Hank beschwert?«

»Die Leute beschweren dich dauernd über Hank.«

»Darüber, dass er sich entblößt?«

Augie schüttelt den Kopf. »Ihnen gefällt einfach sein Aussehen nicht, dass er so ungepflegt durch die Stadt läuft, dass er riecht und Selbstgespräche führt. Du kennst das doch.«

Das tue ich. »Aber es gab keine Beschwerden darüber, dass er sich entblößt hat?«

»Nein, das nicht.« Augie deutet mit dem Kinn auf den Laptop. »Guck dir den Zähler unter dem Video an, wie viele Leute es sich angeguckt haben.«

Mir fällt die Kinnlade herunter: 3 789 452 Klicks. »Holla.«

»Es ist viral geworden«, sagt Jill. »Als Hank hier war, stand es erst einen Tag im Netz. Und da hatte es schon eine halbe Million Klicks.«

»Und was sollten Sie Hanks Meinung nach dagegen unternehmen?«, frage ich.

Jill öffnet den Mund, überlegt, schließt ihn wieder. »Er sagte nur, dass er Angst hat.«

»Sie sollten ihn schützen?«

»Ja, ich denke schon.«

»Und was haben Sie getan?«

Augie sagt: »Nap.«

»Was hätte ich denn machen sollen? Er hat sich so unklar ausgedrückt. Ich habe ihn gebeten wiederzukommen, wenn es eine konkrete Bedrohung gibt.«

»Haben Sie überprüft, wer das Video gepostet hat?«

»Äh, nein.« Jill sieht Augie mit weit aufgerissenen Augen an. »Ich habe die Akte auf Ihren Schreibtisch gelegt, Captain. Hätte ich noch etwas tun sollen?«

»Nein, das war gut so, Jill. Ich kümmere mich jetzt darum. Lassen Sie den Laptop hier. Danke.«

Jill sieht mich an, als müsste ich etwas sagen, um ihr Absolution zu erteilen. Ich mache ihr zwar keinen Vorwurf dafür, wie sie die Sache gehandhabt hat, habe aber auch keine Lust, sie einfach so vom Haken zu lassen. Ich sage nichts, als sie geht. Als wir alleine sind, sieht Augie mich stirnrunzelnd an.

»Sie ist im ersten Jahr, verdammt noch mal.«

»In diesem Video wirft jemand Hank ein ziemlich schweres Verbrechen vor.«

»Dann gib mir die Schuld«, sagt Augie.

Ich verziehe das Gesicht und winke ab.

»Ich bin der Captain. Meine Untergebene hat mir die Akte auf den Schreibtisch gelegt. Ich hätte sie besser durchsehen müssen. Wenn du unbedingt jemandem einen Vorwurf machen willst, dann mir.«

Egal, ob er recht hatte, darauf wollte ich nicht hinaus. »Ich will niemandem einen Vorwurf machen.«

Ich klicke auf den Play-Button und sehe mir das Video noch einmal an. Dann sehe ich es mir ein drittes Mal an.

»Die Hose sitzt ziemlich locker«, sage ich zu Augie.

»Glaubst du, dass sie runtergerutscht ist?«

Ich glaube das nicht. Und er auch nicht.

»Guck dir die Kommentare an«, sagt Augie.

Ich scrolle nach unten. »Das sind mehr als fünfzigtausend.«

»Klick einfach auf ›Top-Kommentare‹ und lies ein paar davon.«

Ich tue, was er gesagt hat. Und wie immer, wenn ich solche Internet-Kommentare lese, schwindet mein Vertrauen in die Menschheit:

MAN SOLLTE DEN TYP MIT EINEM ROSTIGEN NAGEL KASTRIEREN...

ICH WÜRDE DIESEN PERVERSEN HINTEN AN MEINEN PICKUP KETTEN UND SEINEN ARSCH...

DA SIEHT MAN WIEDER, WAS IN AMERIKA FALSCH LÄUFT. WARUM LÄUFT DIESER PÄDO NOCH FREI RUM...

ER HEISST HANK STROUD! ICH HAB GESEHEN, WIE ER AUF DEN PARKPLATZ VOM STARBUCKS IN WESTBRIDGE GEPISST HAT...

WARUM SOLLEN MEINE STEUERGELDER DAFÜR VERSCHWENDET WERDEN, DASS DER ABARTIGE IM KNAST SITZT? LASST DIESEN HANK EINFACH VERSCHWINDEN, WIE MAN ES MIT EINEM TOLLWÜTIGEN HUND MACHEN WÜRDE...

ICH HOFFE, DIE MISSGEBURT LÄUFT DURCH MEINEN GARTEN. HAB EIN NEUES GEWEHR, DAS ICH UNBEDINGT AUSPROBIEREN WILL...

MAN SOLLTE IHM DIE HOSE RUNTERZIEHEN UND DANN SOLL ER SICH VORBEUGEN, DAMIT...

Sie verstehen, was ich meine. Zu viele Posts fangen mit »Man sollte...« an, worauf diverse irrsinnige, auf krankhafte Weise kreative Foltermethoden folgen, bei denen jeder spanische Inquisitor vor Neid erblasst wäre.

»Nett, nicht?«, sagt Augie.

»Wir müssen ihn finden.«

»Ich habe eine Suchmeldung rausgegeben.«

»Vielleicht sollten wir es bei seinem Vater versuchen.«

»Bei Tom?« Augie sieht mich überrascht an. »Tom Stroud ist doch schon vor Ewigkeiten weggezogen.«

»Es gibt Gerüchte, dass er zurückgekommen ist«, sage ich.

»Wirklich?«

»Ich hab gehört, dass er in der Wohnung seiner Exfrau in Cross Creek Point wohnt.«

»Was?«, sagt Augie.

»Wieso wundert dich das?«

»Wir waren früher ziemlich gut befreundet. Tom und ich. Nach seiner Scheidung ist er in den Westen gezogen. Nach Cheyenne, Wyoming. Wir sind noch mal mit ein paar Leuten hingefahren und haben da eine Angeltour mit ihm gemacht. Fliegenfischen. Ach, aber das muss auch schon an die zwanzig Jahre her sein.«

»Wann hast du ihn das letzte Mal gesehen?«

»Damals bei diesem Besuch. Du weißt doch, wie das läuft.

Wenn jemand auf die andere Seite des Landes zieht, verliert man den Kontakt.«

»Trotzdem«, sage ich. »Du sagtest gerade, ihr wärt ziemlich gute Freunde gewesen.«

Ich sehe ihn an. Augie versteht, worauf ich hinauswill. Er sieht hinunter ins Erdgeschoss des Reviers. Wie üblich ist nicht viel los.

»Okay«, sagt er, seufzt und geht zur Tür. »Du fährst.«

DREIZEHN

Wir fahren ein paar Minuten lang schweigend. Ich will Augie etwas sagen, ich will mich dafür entschuldigen, genau die Dinge wieder ans Tageslicht gezerrt zu haben, die er so tief wie möglich vergraben wollte. Ich will ihm sagen, dass ich umkehren, ihn am Revier absetzen und die Sache allein regeln kann. Ich will ihm sagen, er soll Yvonne anrufen, es noch einmal versuchen und vergessen, dass ich etwas über seine tote Tochter gesagt habe.

Doch das tue ich nicht.

Stattdessen sage ich: »Meine Theorie stimmt nicht mehr richtig.«

»Wieso?«

»Meine Theorie – wenn man es denn so bezeichnen will – besagte, dass die ganze Sache etwas mit dem zu tun hat, was mit Leo und Diana passiert ist.«

Aus dem Augenwinkel sehe ich, wie Augie in sich zusammensackt. Ich fahre fort.

»Ich dachte, es hätte etwas mit diesem Conspiracy Club zu tun. Sechs potenzielle Mitglieder, von denen wir wissen – Leo und Diana …«

»Wir wissen nicht, ob Diana Mitglied war.« Seine Stimme klingt aggressiv, was ich vollkommen verstehe. »Im Jahrbuch trägt sie keine von diesen albernen Anstecknadeln.«

»Das stimmt«, sage ich langsam und behutsam. »Darum habe ich von potenziellen Mitgliedern gesprochen.«

»Okay, ist ja auch egal.«

»Wenn du nicht willst, dass ich darüber rede...«

»Tu mir einen Gefallen, Nap. Erzähl mir einfach, was an deiner Theorie nicht stimmt, okay?«

Ich nicke. Mit dem Alter haben sich unsere Positionen immer mehr angeglichen. Augie ist aber immer noch der Mentor, und ich bin sein Schützling. »Sechs mögliche Mitglieder«, wiederhole ich. »Diana und Leo...«

»...sind tot«, sagt er. »Rex auch. Es bleiben also noch Maura, die am Tatort von Rex' Ermordung war, diese Kardiologin im Westen...«

»Beth Fletcher, geborene Lashley.«

»Und Hank«, sagt Augie.

»Und genau der ist das Problem«, sage ich.

»Inwiefern?«

»Vor drei Wochen, also vor Rex' Ermordung, hat jemand dieses Video von Hank gepostet. Dann ist Hank verschwunden. Und Rex wird umgebracht. Ich weiß nicht, welche Verbindung es da gibt. Wer auch immer das Video gepostet hat – das waren bestimmt die Eltern irgendwelcher Schüler hier. Das kann doch nicht mit der alten Raketenbasis oder dem Conspiracy Club zusammenhängen, oder?«

»Klingt unwahrscheinlich.« Er reibt sich mit der rechten Hand das Kinn. »Soll ich dir sagen, was mir dabei auffällt?«

»Schieß los.«

»Du bist zu eifrig bei der Sache, Nap.«

»Und du interessierst dich kein Stück dafür«, schieße ich zurück, was eine wirklich dumme Bemerkung ist.

Ich erwarte, dass er dagegenhält. Stattdessen gluckst Augie nur. »Jedem anderen hätte ich dafür eine aufs Maul gehauen.«

»Das war daneben«, sage ich. »Tut mir leid.«

»Ich versteh das, Nap, selbst wenn du es nicht tust.«

»Wovon sprichst du?«

»Dir geht's bei dieser Sache nicht nur um Leo und Diana«, sagt er. »Dir geht es um Maura.«

Ich sage nichts und warte, dass das Stechen nachlässt, das diese Worte in mir ausgelöst haben.

»Wenn Maura nicht abgehauen wäre, hättest du Leos Tod überwunden. Du hättest natürlich viele Fragen gehabt, genau wie ich. Aber genau das ist der Unterschied. Ganz egal, wie die Antwort aussieht, selbst wenn sie alles verändert, was wir über Leo und Diana wissen, ändert das für mich eigentlich nichts. Die Leiche meiner Tochter wird weiterhin auf dem Friedhof verrotten. Aber für dich…«, in Augies Stimme liegt tiefe Trauer, und ich glaube, dass es Mitleid mit mir sein könnte, »…für dich geht es um Maura.«

Wir kommen ans Tor zur Eigenheim-Siedlung. Ich schiebe den Gedanken beiseite. Schluss damit. Konzentrier dich.

Man kann sich leicht über solche Siedlungen lustig machen – die völlige Gleichförmigkeit, das Fehlen jeder persönlichen Note, die baukastenartige Struktur, die zu stark durchgeplante Landschaftsgestaltung – allerdings überlege ich, seit ich erwachsen bin, ob ich nicht auch in eine solche Siedlung ziehen soll. Mir gefällt der Gedanke, eine monatliche Gebühr für die Instandhaltung zu bezahlen und dafür keine Außenarbeiten erledigen zu müssen. Ich kann Rasen mähen nicht ausstehen, mache nicht gern Gartenarbeit, grille nicht gerne und mag auch die anderen typischen Hausbesitzerrituale nicht. Es würde mich nicht im Geringsten stören, wenn mein Haus von außen genauso aussieht wie das meines Nachbarn. Ich empfinde nicht einmal eine besondere Verbindung zu dem Gebäude, in dem wir aufgewachsen sind.

Du, Leo, würdest auf jeden Fall bei mir bleiben, ganz egal, wo ich wohne.

Warum ziehe ich dann nicht um?

Ein Psychiater hätte sicher viel Freude an dieser Frage, ich glaube aber nicht, dass es darauf eine wirklich tiefgreifende Antwort gibt. Wahrscheinlich ist es schlicht einfacher, dort zu bleiben, wo ich bin. Ein Umzug macht Arbeit. Klassische Naturwissenschaft: Ein ruhender physikalischer Körper verharrt im Ruhezustand. So ganz überzeugt mich diese Erklärung nicht, aber es ist die beste, die ich habe.

Der Wachmann der Wohnsiedlung trägt nicht einmal einen Schlagstock. Ich zeige ihm meine Dienstmarke und sage: »Wir wollen Tom Stroud sprechen.«

Er sieht sich die Marke an und gibt sie mir zurück. »Erwartet Mr Stroud Sie?«

»Nein.«

»Hätten Sie etwas dagegen, wenn ich ihn anrufe und ihm sage, dass Sie hier sind? Na ja, das ist hier eigentlich Vorschrift.«

Ich sehe Augie an. Der nickt. Ich sage: »Kein Problem.«

Der Wachmann ruft an. Er legt auf, beschreibt den Weg – die zweite links und an den Tennisplätzen vorbei – und klebt einen Parkausweis an die Windschutzscheibe. Ich bedanke mich und fahre weiter.

Als wir ankommen, erwartet Tom Stroud uns vor der offenen Tür. Es ist seltsam, wenn man die Ähnlichkeit zum Sohn im Vater sieht. Zweifelsohne ist er Hanks Vater, aber auf eine bizarre Art. Natürlich ist er älter, aber er ist auch besser gekleidet, rasiert und frisiert. Hanks Haare stehen ab, als handele es sich bei ihnen um ein fehlgeschlagenes wissenschaftliches Experiment. Sein Vater ist ordentlich gekämmt, die grauen Haare sind geglättet und wie von einem höheren Wesen gescheitelt.

Als wir die Autotüren öffnen, ringt Tom Stroud die Hände.

Er schwankt vor und zurück. Seine Augen sind zu weit aufgerissen. Ich sehe Augie an. Dieser Mann erwartet schlechte Nachrichten, die denkbar schlechtesten Nachrichten. Wir haben beide schon solche Nachrichten überbracht – und sie natürlich auch erhalten.

Tom Stroud tritt unsicher einen Schritt vor. »Augie?«

»Wir wissen nicht wo Hank ist«, sagt Augie. »Deshalb sind wir hier.«

Erleichterung breitet sich auf seinem Gesicht aus. Sein Sohn ist nicht tot. Tom Stroud beachtet mich nicht, geht auf Augie zu und umarmt seinen alten Freund. Augie zögert einen Moment, zuckt vor Schmerz fast zurück, bevor er sich entspannt und die Umarmung erwidert.

»Schön, dich zu sehen, Augie«, sagt Tom Stroud.

»Gleichfalls, Tom.«

Als sie die Umarmung lösen, fragt Augie: »Weißt du, wo Hank ist?«

Tom Stroud schüttelt den Kopf und fragt: »Wollt ihr nicht reinkommen?«

Tom Stroud macht uns Kaffee in einer French Press.

»Doris hat immer eine von diesen Kapsel-Maschinen benutzt, aber ich finde, der Kaffee daraus schmeckt nach Plastik.« Er reicht erst mir, dann Augie eine Tasse. Ich trinke einen Schluck. Er ist übrigens ausgezeichnet – oder meine frankophile Ader macht sich wieder bemerkbar. Augie und ich setzen uns auf die Hocker in der kleinen Küche. Tom Stroud bleibt stehen. Er blickt aus dem Fenster auf ein Haus, das genauso aussieht wie seins.

»Doris und ich haben uns scheiden lassen, als Hank zehn Jahre alt war. Wir beide waren zusammen, seit wir fünfzehn waren. Das ist zu jung. Wir waren noch auf dem College, als wir geheiratet haben. Irgendwann habe ich angefangen, für meinen Vater zu arbeiten. Er hat Gewindenägel für Paletten und Heftklammern hergestellt. Mit mir in der dritten Generation. Früher, vor den Rassenunruhen, war die Fabrik noch in Newark. Dann haben wir die Produktion ins Ausland verlagert. Ich hatte den langweiligsten Job der Welt. Das dachte ich damals jedenfalls.«

Ich sehe Augie an, rechne damit, dass er die Augen verdreht, aber entweder gibt Augie vor, aufmerksam zuzuhören, damit Tom weiterredet, oder die Geschichte seines alten Freundes rührt ihn wirklich.

»Ich war jedenfalls Anfang dreißig, habe meinen Job gehasst, finanziell lief es nicht besonders gut, ich bin frühzeitig gealtert, habe mich mies gefühlt und... na ja, es war alles meine Schuld. Die Scheidung meine ich. Irgendwann steht man am Abgrund, man steigt aus, und dann gibt es kein Halten mehr. Doris und ich haben immer gestritten. Wir haben angefangen, uns zu hassen. Auch Hank, mein ›undankbarer‹ Sohn, hat angefangen, mich zu hassen. Also dachte ich, zur Hölle mit ihnen. Ich bin weit weggezogen. Habe einen Waffen- und Angelladen mit einem Schießstand eröffnet. Ein paarmal bin ich auch hergekommen und habe Hank besucht. Aber wenn ich hier war, war er immer mies drauf. Eine echte Nervensäge. Wieso also sollte ich mich um ihn kümmern? Ich habe dann noch mal geheiratet, aber das ging nicht lange gut. Sie hat mich verlassen, aber diesmal gab es keine Kinder, und es war keine große Sache. Wir hatten wohl beide nicht erwartet, dass die Beziehung den Rest unseres Lebens hält...«

Seine Stimme verklingt.

»Tom?«

»Ja, Augie.«

»Warum bist du zurückgekommen?«

»Ich war da draußen in Cheyenne. Ich hab mein Leben gelebt, mein Ding gemacht. Plötzlich ruft Doris an und erzählt mir, dass sie Krebs hat.«

Jetzt hat er Tränen in den Augen. Ich sehe Augie an. Auch seine Augen sind etwas feucht.

»Ich bin mit der nächsten Maschine hergekommen. Als ich wieder hier war, haben Doris und ich nicht mehr gestritten. Wir haben nicht über die Vergangenheit geredet. Wir haben das, was passiert ist, nicht aufgearbeitet, nicht einmal darüber gesprochen, warum ich zurückgekommen bin. Ich bin einfach wieder eingezogen. Mir ist klar, dass das alles keinen Sinn ergibt.«

»Doch, das tut es«, sagt Augie.

Tom schüttelt den Kopf. »Was für eine Verschwendung. Ein ganzes Leben.«

Es wird still. Ich will, dass es vorangeht, aber im Moment gibt Augie den Takt vor.

»Wir hatten noch ein halbes Jahr, in dem sie mehr oder weniger gesund war, dann ein halbes, in dem sie das nicht mehr war. Ich nenne sie nicht ›gute‹ und ›schlechte‹ Phasen. Sie sind alle gut, wenn man das Richtige tut. Verstehst du, was ich meine?«

»Ja«, sagt Augie. »Ich verstehe, was du meinst.«

»Ich habe dafür gesorgt, dass Hank hier war, als Doris gestorben ist. Wir waren beide an ihrer Seite.«

Augie rückt auf dem Hocker nach hinten. Ich verhalte mich ganz still. Schließlich wendet Tom Stroud sich vom Fenster ab.

»Ich hätte dich anrufen sollen, Augie.«

Augie winkt ab.

»Das wollte ich auch. Wirklich. Ich wollte anrufen, aber …«

»Du brauchst dich nicht zu entschuldigen, Tom.« Augie räuspert sich. »Kommt Hank gelegentlich vorbei?«

»Ja, manchmal schon. Ich habe schon überlegt, ob ich das Haus verkaufen soll und von dem Geld ein Treuhandkonto für ihn einrichte. Aber ich glaube, das Haus gibt Hank einen Hauch von Stabilität. Ich versuche auch, Hilfe für ihn zu bekommen. Manchmal... manchmal ist es okay mit ihm. Was das Ganze fast noch schlimmer macht. Als würde er einen flüchtigen Blick darauf erhaschen, wie sein Leben sein könnte, und dann wird es ihm wieder genommen.«

Tom Stroud sieht mich zum ersten Mal an. »Sie sind mit Hank auf die Highschool gegangen?«

»Das bin ich, ja.«

»Dann wissen Sie es vielleicht schon. Hank ist krank.«

Ich nicke kurz.

»Die Leute verstehen nicht, dass das eine Krankheit ist. Sie erwarten von Hank, dass er sich auf eine gewisse Art benimmt, dass er darüber hinwegkommt, sich zusammenreißt oder sonst irgendetwas – aber das ist, als würde man einen Mann mit zwei gebrochenen Beinen auffordern, über einen Platz zu sprinten. Er kann das einfach nicht.«

»Wann haben Sie Hank das letzte Mal gesehen?«, frage ich.

»Das ist schon ein paar Wochen her. Es ist aber auch nicht so, dass er regelmäßig herkommt.«

»Also haben Sie sich keine Sorgen gemacht?«

Tom Stroud zögert einen Moment. »Einerseits schon, andererseits nicht.«

»Soll heißen?«

»Das soll heißen, dass ich selbst wenn ich besorgt gewesen wäre, nicht gewusst hätte, was ich tun soll. Hank ist ein erwachsener Mann. Er wurde nicht zwangseingewiesen. Was hätten Sie denn getan, wenn ich auf dem Revier angerufen hätte?«

Die Frage brauche ich nicht zu beantworten. Es ist offensichtlich.

»Hat Hank Ihnen das Video gezeigt, das jemand im Park von ihm gemacht hat?«

»Welches Video?«

Ich ziehe mein Smartphone heraus und zeige es ihm.

Als es zu Ende ist, fasst er sich an den Kopf. »Mein Gott… wer hat das gepostet?«

»Das wissen wir nicht.«

»Kann ich… ich weiß nicht… kann ich eine Vermisstenanzeige für Hank aufgeben oder so etwas?«

»Das können Sie«, sage ich.

»Dann lass uns das machen, Augie?«

Augie sieht ihn an.

»Findet meinen Jungen, okay?«

Augie nickt langsam. »Wir geben unser Bestes.«

Bevor wir gehen, führt Tom Stroud uns in ein Zimmer, das seine Exfrau für Hank eingerichtet hat.

»Er schläft nie hier. Ich glaube, seit ich zurückgekommen bin, hat Hank dieses Zimmer nie betreten.«

Als er die Tür öffnet, riecht man die abgestandene Luft. Wir treten ein, und als ich die Wand sehe, drehe ich mich um und warte auf Augies Reaktion.

Die ganze Wand ist bedeckt mit Schwarz-Weiß-Fotos, Zeitungsausschnitten und Luftbildern der Nike-Raketenbasis in ihren besten Jahren. Das meiste ist alt, die Ecken der Fotos krümmen sich, die Zeitungsausschnitte sind vergilbt wie die Zähne eines Kettenrauchers. Ich lasse den Blick darüber schweifen, suche nach etwas Neuerem oder etwas, das ich nicht auch im Internet finden würde, entdecke aber nichts Besonderes.

Tom sieht, dass wir die Wand anstarren. »Ja, Hank war wohl fast schon besessen von der alten Basis.«

Wieder sehe ich Augie an. Der zeigt immer noch keine Reaktion.

»Hat Hank je etwas dazu gesagt?«, frage ich.

»Wozu genau?«

Ich zucke die Achseln. »Zu allem, was damit zu tun hat.«

»Nichts Sinnvolles.«

»Und Sinnloses?«

Tom Stroud sieht Augie an. »Glaubst du, die Raketenbasis hat etwas mit seinem…«

»Nein«, sagt Augie.

Tom dreht sich wieder zu mir um. »Das war nur Gerede. Wirres Zeug – die würden da Geheimnisse verbergen, sie wären böse und würden Hirnexperimente machen.« Er lächelt traurig. »Schon komisch.«

»Was?«, frage ich.

»Na ja, nicht komisch, aber irgendwie skurril. Hank war, wie gesagt, wirklich besessen von der Raketenbasis. Schon als Kind.«

Er zögert. Augie und ich schweigen.

»Jedenfalls hat Doris oft gescherzt, dass Hank recht haben könnte – vielleicht hätten die da oben in einem Geheimlabor tatsächlich seltsame Experimente gemacht. Vielleicht wäre Hank, als er klein war, eines Abends den Pfad hinaufgegangen, wo ihn einer der bösen Männer geschnappt und irgendetwas mit seinem Gehirn gemacht hätte. Dass er dadurch so geworden wäre.«

Es ist still im Raum. Tom versucht, es mit einem Lachen abzutun.

»Das war nur ein Witz«, sagt Tom. »Galgenhumor. Wenn so etwas mit deinem Kind passiert, greift man nach jedem Strohhalm.«

VIERZEHN

Rektorin Deborah Keren ist schwanger. Mir ist klar, dass es nicht unbedingt dem guten Ton entspricht, eine Schwangerschaft so direkt zu erwähnen, sie ist aber – abgesehen vom Bauch – eine sehr zierliche Frau, die sich ganz in Orange gekleidet hat, was eine seltsame Wahl ist, es sei denn, sie will sich absichtlich im Kürbis-Look präsentieren. Das Aufstehen bereitet ihr Mühe, und sie stützt sich auf die Armlehnen ihres Stuhls. Ich sage ihr, dass sie sitzen bleiben kann, sie hat aber schon über die Hälfte der Strecke geschafft, und man bräuchte einen Kran, um die Bewegung abzubremsen und sie sicher wieder auf ihren Stuhl herunterzulassen.

»Ich bin im achten Monat«, sagt Keren. »Ich sage Ihnen das, weil plötzlich alle Angst haben, dass sie mit der Frage ›Sind Sie schwanger‹ falsch liegen und deshalb Schwierigkeiten bekommen oder so etwas.«

»Moment mal«, sage ich. »Sie sind schwanger?«

Keren lächelt schwach. »Nein, ich habe eine Bowlingkugel verschluckt.«

»Ich hatte eher an einen Wasserball gedacht.«

»Sehr witzig, Nap.«

»Ist das Ihr erstes Kind?«

»Ja.«

»Das ist wundervoll. Glückwunsch.«

»Danke.« Sie kommt auf mich zu. »Sind Sie fertig damit oder wollen Sie mich weiter mit Komplimenten bezirzen?«

»Wie war ich?«

»So charmant, dass ich spätestens jetzt schwanger wäre. Was kann ich für Sie tun, Nap?«

Wir kennen uns nicht sehr gut, aber wir wohnen beide in Westbridge, und als Schulrektorin und örtlicher Cop läuft man sich gelegentlich bei der einen oder anderen der vielen Stadtversammlungen über den Weg. Sie watschelt den Flur entlang. Ich begleite sie und achte darauf, dass ich sie nicht unbewusst nachahme. Die Flure sind so leer, wie es nur Schulflure während des Unterrichts sein können. Seit damals hat sich hier nicht viel verändert, Leo – gefliese Fußböden, rechts und links stehen die Spinde der Schüler, und die Wand darüber ist in Schwefelgelb gestrichen. Die größte Veränderung, die eigentlich gar keine ist, besteht in der Perspektive. Man sagt, Schulen würden mit zunehmendem Alter kleiner wirken. Das stimmt. Vielleicht ist es diese veränderte Perspektive, die die alten Geister im Zaum hält.

»Es geht um Hank Stroud«, sage ich.

»Interessant.«

»Warum sagen Sie das?«

»Sie wissen sicher, dass viele Eltern sich ständig über ihn beschweren.«

Ich nicke.

»Ich habe ihn allerdings seit Wochen nicht gesehen. Ich glaube, dieses Video hat ihn verscheucht.«

»Sie wissen von dem Video?«

»Ich versuche, mich über das, was in meiner Schule vorgeht, auf dem Laufenden zu halten...«, sie blickt durch ein kleines, rechteckiges Fenster in einen Klassenraum, geht zur nächsten Tür, blickt auch dort hinein, »... aber, na ja, seien wir ehrlich, das halbe Land kennt das Video.«

»Haben Sie gesehen, wie Hank sich entblößt hat?«

»Sie dürfen davon ausgehen, dass ich bei Ihnen angerufen hätte, wenn ich das gesehen hätte.«

»Das heißt, nein?«

»Das heißt, nein.«

»Glauben Sie dennoch, dass er das getan hat?«, frage ich.

»Dass er sich entblößt hat?«

»Ja.«

Wir gehen weiter. Sie blickt in weitere Klassenräume. Jemand im Raum muss sie gesehen haben, sie winkt kurz. »Was Hank betrifft, bin ich zwiegespalten.« Eine Schülerin kommt um die Ecke, sieht uns, bleibt wie angewurzelt stehen. Rektorin Keren fragt: »Wohin willst du, Cathy?«

Cathys Blick wandert überallhin, nur nicht zu uns. »Zu Ihnen.«

»Okay. Geh in mein Büro und warte dort. Ich komme in ein paar Minuten nach.«

Cathy schiebt sich wie ein verängstigtes Hausmädchen an uns vorbei. Ich sehe Keren fragend an, doch das ist nicht meine Sache. Sie hat sich wieder auf den Weg gemacht.

»Sie sind zwiegespalten, was Hank betrifft«, sage ich, um aufs Thema zurückzukommen.

»Das da draußen ist öffentlicher Grund«, sagt sie. »Den kann jeder nutzen. Das ist die Rechtslage. Hank hat dasselbe Recht, sich dort aufzuhalten, wie jeder andere. Da laufen auch täglich Jogger vorbei. Unter anderem Kimmy Konisberg. Die haben Sie doch bestimmt auch schon mal gesehen, oder?«

Kimmy Konisberg ist, in Ermangelung eines besseren Begriffs, die MILF der Stadt. Sie hat's, und Junge, Junge, sie zeigt auch, was sie hat. »Wer?«

»Schon okay. Kimmy joggt also im engsten nichts stützenden Lycra, das man sich nur vorstellen kann, hier vorbei. Wenn ich ein bestimmter Typ Mensch wäre, würde ich behaupten, sie legt es darauf an, von diesen pubertierenden Jungs angestarrt zu werden.«

»Hätte dieser Typ Mensch recht?«

»Gute Frage. Und diese Stadt ist an sich schon eine scheinheilige, schützende Blase. Ich versteh auch, wieso das so ist. Ich verstehe, dass die Menschen hier rausziehen, um Familien zu gründen. Damit sie in Sicherheit sind. Verdammt...«, sie legt die Hand auf den Bauch, »...ich will auch, dass meine Kinder in einer sicheren Umgebung aufwachsen. Aber man kann auch zu behütet leben. Das ist nicht gesund. Ich bin in Brooklyn groß geworden. Ich werde Ihnen nicht vorjammern, wie schwer ich es hatte. Wir sind täglich an sechs Hanks vorbeigekommen. Vielleicht können unsere Kinder so lernen, Mitgefühl zu empfinden. Hank ist ein Mensch und nicht etwas, auf das man herabblickt. Vor ein paar Monaten haben die Kids mitbekommen, dass Hank hier zur Schule gegangen ist. Und ein Schüler – kennen Sie Cory Mistysyn?«

»Ich kenne die Familie. Nette Leute.«

»Genau. Sind auch schon lange in der Stadt. Jedenfalls hat Cory ein altes Jahrbuch der Middle School ausgegraben. Aus Hanks letztem Jahr.« Sie bleibt stehen und dreht sich zu mir um. »Sie und Hank waren zur selben Zeit hier, stimmt's?«

»Stimmt.«

»Dann wissen Sie das ja. Die Kids waren schockiert. Hank ist wie sie gewesen – war in der Tanzgruppe, hat den Forschungswettbewerb gewonnen und war sogar Kassenwart seines Jahrgangs. Das hat die Kids ins Grübeln gebracht.«

»Wir sind alle auf Gottes Gnade angewiesen.«

»So ist es.« Sie geht zwei Schritte weiter. »Verdammt, ich hab dauernd Hunger, und sobald ich etwas esse, wird mir schlecht. Der achte Monat nervt einfach. Im Moment hasse ich übrigens alle Männer.«

»Ich werd's mir merken.« Dann sage ich: »Sie sagten, Sie wären zwiegespalten.«

»Wie bitte?«

»Was Hank betrifft. Sie sagten, Sie wären zwiegespalten. Wie ist denn Ihre andere Sichtweise?«

»Oh.« Sie geht wieder los, den Bauch voraus. »Also, einerseits hasse ich es, dass psychisch Kranke stigmatisiert werden – das versteht sich von selbst –, andererseits gefällt es mir auch nicht, dass Hank hier herumhängt. Ich glaube zwar nicht, dass Gefahr von ihm ausgeht, ich kann mir aber auch nicht sicher sein, ob das nicht doch der Fall ist. Manchmal fürchte ich, dass ich mich ihm gegenüber politisch so korrekt verhalten will, dass ich meine Schüler nicht ausreichend schütze. Verstehen Sie, was ich meine?«

Ich ließ sie wissen, dass ich das tue.

»Es gefällt mir also nicht, dass Hank hier herumlungert. Aber was soll ich machen? Es gefällt mir nicht, dass Mike Ingas Mutter ihren Sohn immer in der Halteverbotszone vor der Schule absetzt. Es gefällt mir nicht, dass Lisa Vances Vater seiner Tochter ganz offensichtlich bei ihren Kunstprojekten hilft. Es gefällt mir nicht, dass Andrew McDades Eltern immer hereinstürmen, wenn es Zeugnisse gegeben hat, und die Zensuren ihres Jungen nachverhandeln wollen. Mir gefällt vieles nicht.« Sie bricht ab und legt mir eine Hand auf den Arm. »Aber wissen Sie, was mir am wenigsten gefällt?«

Ich sehe sie an.

»Bloßstellungen im Internet. Das ist Selbstjustiz der übelsten Art. Hank ist dafür das beste Beispiel.

Letztes Jahr hat jemand ein Foto von einem Jugendlichen gepostet und den Text daruntergesetzt: ›Dieser Wichser hat mein iPhone geklaut, dabei aber vergessen, dass alle damit gemachten Fotos in meine Cloud geladen werden. Wenn

Sie ihn kennen, antworten Sie bitte.‹ Der angebliche Wichser war Evan Ober, einer von unseren Schülern. Kennen Sie ihn?«

»Der Name sagt mir nichts.«

»Muss er auch nicht. Evan ist ein guter Junge.«

»Hat er das iPhone geklaut?«

»Nein, natürlich nicht. Das meine ich ja. Er ging mit Carrie Mills. Carries Ex, Danny Turner, war fuchsteufelswild.«

»Also hat Turner das Bild gepostet.«

»Ja, aber ich kann das nicht beweisen. Wegen dieser beschissenen Anonymität im Internet. Haben Sie das Mädchen gesehen, das gerade an uns vorbeigegangen ist?«

»Das, das Sie in Ihr Büro geschickt haben?«

»Ja, das ist Cathy Garrett. Sie ist in der sechsten Klasse. In der sechsten Klasse, Nap. Vor ein paar Wochen hat Cathy versehentlich ihr Handy in der Toilette liegen lassen. Ein anderes Mädchen hat es gefunden. Daraufhin hat dieses andere Mädchen das Handy genommen, eine Nahaufnahme ihres, äh, Intimbereichs gemacht, und dieses Foto an Cathys sämtliche Kontakte gesendet, einschließlich ihrer Eltern und ihrer Großeltern... an alle.«

Ich verziehe das Gesicht. »Das ist krank.«

»Schon klar, ich weiß.« Sie zieht eine Grimasse und stützt beide Hände in den Rücken.

»Alles in Ordnung?«

»Ich bin im achten Monat, wissen Sie noch?«

»Okay.«

»Ich habe das Gefühl, als stünde ein Schulbus auf meiner Blase.«

»Haben Sie das Mädchen erwischt, das die Fotos gemacht hat?«

»Nein. Wir haben etwa fünf, sechs Verdächtige, lauter zwölfjährige Mädchen, könnten das aber nur überprüfen, indem wir ...«

Ich hebe die Hand. »Schon klar.«

»Cathy ist von der ganzen Sache so traumatisiert, dass sie fast jeden Tag zu mir ins Büro kommt. Wir reden, sie beruhigt sich etwas, dann geht sie zurück in den Unterricht.«

Keren bleibt stehen und sieht über ihre Schulter nach hinten. »Ich muss jetzt zu Cathy.«

Wir machen uns auf den Rückweg.

»Sie sprechen von Anonymität und Bloßstellungen im Internet«, sage ich. »Wollen Sie mir auf diese Art mitteilen, dass Sie nicht glauben, dass Hank sich entblößt hat?«

»Nein, das will ich nicht. Das Entscheidende ist etwas ganz anderes.«

»Und das wäre?«

»Ich weiß es nicht, weil ich es nicht wissen kann. Genau da liegt das Problem bei solchen Vorwürfen. Man möchte sie gern als unbegründet abtun. Manchmal kann man das aber nicht. Vielleicht hat Hank es getan, vielleicht auch nicht. Aber ich bekomme den Gedanken nicht mehr aus dem Kopf, und, Entschuldigung, das ist falsch.«

»Sie haben sich dieses Video von Hank angesehen, oder?«

»Ja.«

»Irgendeine Idee, wer es aufgenommen hat?«

»Auch da habe ich keine Beweise.«

»Ich brauche keine Beweise.«

»Ich will nicht ohne jeden Beweis eine falsche Anschuldigung in die Welt setzen, Nap. Das wäre das Gleiche wie eine Bloßstellung im Internet.«

Wir kommen zu ihrem Büro. Sie sieht mich an. Ich sehe sie an. Dann stößt sie einen langen Seufzer aus.

»Ich kann Ihnen aber sagen, dass wir hier eine Achtklässlerin namens Maria Hanson haben. Meine Sekretärin kann Ihnen ihre Adresse geben. Ihre Mutter Suzanne war regelmäßig bei mir, um sich über Hank zu beschweren. Wenn ich ihr sage, dass man juristisch nichts unternehmen kann, reagiert sie äußerst aufgebracht.«

Rektorin Keren sieht Cathy durch die Glasscheibe an. Tränen schießen ihr in die Augen.

»Ich muss zu ihr«, sagt sie.

»Okay.«

»Mist.« Sie wischt sich mit den Fingern die Tränen aus den Augen und sieht mich an. »Alles trocken?«

»Ja.«

»Der achte Monat«, sagt sie. »Meine Hormone sind auf Crack.«

Ich nicke. »Wird es ein Mädchen?«

Sie lächelt mir zu. »Wie haben Sie das erraten?«

Sie watschelt davon. Ich sehe durch die Scheibe zu, wie sie Cathy in den Arm nimmt und dem jungen Mädchen erlaubt, sich an ihrer Schulter auszuweinen.

Dann mache ich mich auf die Suche nach Suzanne Hanson.

FÜNFZEHN

In Westbridge gibt es keine armen Viertel. Es gibt allenfalls einen armen Straßenzug.

Der befindet sich in der Nähe des Stadtzentrums zwischen einem Ford-Autohändler und dem Dick's-Sportgeschäft. Dort steht auch die Gruppe alternder Dreifamilienhäuser, in denen Maura und ihre Mutter im Sommer vor unserem letzten Highschool-Jahr gewohnt haben. Nachdem Mauras Vater sich mit sämtlichen Ersparnissen aus dem Staub gemacht hatte, waren sie zur Untermiete in eine Zweizimmerwohnung gezogen. Mauras Mutter hatte mehrere Teilzeitjobs und trank zu viel.

Die Hansons wohnen ebenfalls dort – schräg gegenüber von Mauras alter Behausung –, im Erdgeschoss eines rostbraunen Gebäudes. Die hölzerne Stufe stöhnt auf, als ich sie betrete. Ich klingele, und ein dicker Mann in einem Mechaniker-Overall öffnet die Tür. Auf der Brusttasche steht: »Joe«. Joe wirkt nicht erfreut, mich zu sehen.

»Wer sind Sie?«, fragt Joe.

Ich zeige ihm meine Marke. Hinter ihm erscheint eine Frau, vermutlich Suzanne. Als sie meine Marke sieht, weiten sich auch ihre Augen, wahrscheinlich aus elterlicher Sorge. Ich beruhige sie sofort.

»Es ist alles in Ordnung«, sage ich.

Joe bleibt misstrauisch. Er tritt vor seine Frau und sieht mich mit zusammengekniffenen Augen an. »Was wollen Sie von uns?«

Ich stecke die Marke ein. »Einige besorgte Bürger haben Beschwerden gegen einen gewissen Hank Stroud zu Protokoll gegeben. Ich gehe der Sache nach.«

»Siehst du, Joe?«, sagt die Frau, die ich für Suzanne halte. Sie schiebt sich vor ihren Mann und stößt die Tür weiter auf. »Kommen Sie herein, Officer.«

Wir gehen durchs vordere Zimmer in die Küche. Sie bietet mir einen Platz an einem runden Kunststofftisch an. Ich setze mich auf einen abgewetzten Windsor-Stuhl. Der Fußboden ist aus Resopal. Auf der Uhr über der Tür sind die Zahlen als rote Würfel dargestellt. Sie trägt die Inschrift »Fabulous Las Vegas«. Auf dem Tisch liegen ein paar Toastkrümel. Suzanne wischt sie mit einer Hand über den Rand in die Handfläche der anderen. Sie wirft die Krümel in die Spüle und lässt etwas Wasser nachlaufen.

Einzig und allein zu Showzwecken hole ich einen Block und einen Stift heraus. »Wissen Sie, wer Hank Stroud ist?«

Suzanne setzt sich mir gegenüber. Joe stellt sich hinter sie, legt ihr eine Hand auf die Schulter und sieht mich weiterhin an, als wäre ich hier, um etwas zu klauen oder seine Frau zu verführen. »Das ist der schreckliche Perverse, der immer an der Schule herumhängt«, sagt sie.

»Dann haben Sie ihn mehr als einmal gesehen?«, sage ich.

»Er ist fast jeden Tag da. Er starrt alle Mädchen an, auch meine Tochter Maria. Sie ist erst vierzehn!«

Ich nicke und probiere es mit einem freundlichen Lächeln. »Haben Sie das selbst gesehen?«

»Oh, natürlich. Es ist schrecklich. Und es wird langsam Zeit, dass die Polizei sich um ihn kümmert. Wir haben hart gearbeitet und lange gespart, damit wir in eine hübsche Stadt wie Westbridge ziehen können. Und, na ja, da erwartet man schon, dass die Kinder sicher sind, oder?«

»Auf jeden Fall«, sage ich.

»Und was finden wir hier vor? Einen Penner. Sagt man noch Penner?«

Ich lächle und breite die Hände aus. »Warum nicht?«

»Genau. Ein Penner. Er lungert bei den Kindern herum. Da zieht man in eine Stadt wie diese und sieht täglich diesen Penner – das ist er nämlich, ich weiß, dass man das Wort eigentlich nicht mehr benutzen soll –, der um unsere Kinder herumschleicht. Das ist, als würde ein riesiges, schreckliches Unkraut in einem wundervollen Blumenbeet stehen, wissen Sie?«

Ich nicke. »Wir müssen dieses Unkraut herausreißen.«

»Genau.«

Ich tue so, als würde ich mir ein paar Notizen machen. »Haben Sie gesehen, dass Mr Stroud noch mehr tut, als die Kinder nur anzustarren?«

Sie will etwas herausposaunen, aber ich sehe, wie die Hand auf der Schulter sich kurz zusammenzieht, um sie zum Schweigen zu bringen. Ich sehe zu Joe hoch. Er sieht mich an. Er weiß, warum ich hier bin. Ich weiß, dass er es weiß, und er weiß, dass ich es weiß.

Kurz gesagt. Das Spiel ist aus. Oder es fängt gerade erst an.

»Sie haben ein Video von Hank Stroud ins Internet gestellt, nicht wahr, Mrs Hanson?«

Ihre Augen lodern auf. Sie wischt Joes Hand von ihrer Schulter. »Das können Sie nicht wissen.«

»Doch, das weiß ich«, sage ich. »Wir haben bereits eine Sprachanalyse gemacht. Außerdem haben wir die IP-Adresse ermittelt, von der das Video ursprünglich gepostet wurde.« Ich warte einen Moment, damit meine Worte Wirkung zeigen. »Beide bestätigen, dass Sie, Mrs Hanson, das Video aufgenommen und gepostet haben.«

Das ist natürlich gelogen. Ich habe weder eine Sprachanalyse gemacht, noch die IP-Adresse ermitteln lassen.

»Und was wäre, wenn sie es getan hätte?«, fragt Joe. »Ich sage nicht, dass sie es getan hat oder nicht, aber es gibt doch kein Gesetz, das das verbietet, oder?«

»Das interessiert mich nicht«, sage ich. »Ich bin hier, um herauszufinden, was passiert ist, weiter nichts.« Ich sehe ihr direkt in die Augen. Sie senkt kurz den Blick, dann sieht sie mich wieder an. »Sie haben Hank gefilmt. Und wenn Sie es weiterhin leugnen, verärgern Sie mich nur. Also erzählen Sie mir, was Sie gesehen haben.«

»Er ... er hat seine Hose runtergezogen«, sagt sie.

»Wann?«

»Meinen Sie jetzt das Datum oder so?«

»Für den Anfang, natürlich.«

»Das war vor ungefähr einem Monat.«

»Vor der Schule? Danach? Wann?«

»Vor der Schule. Da sehe ich ihn immer. Ich setze meine Tochter täglich um Viertel vor acht dort ab. Dann warte ich, bis sie auch wirklich drin ist, weil ... na ja ... würden Sie das nicht tun? Sie setzen ihre vierzehnjährige Tochter vor dieser schönen Schule ab, und gegenüber steht dieser unheimliche Perverse. Ich verstehe nicht, warum die Polizei nichts dagegen tut.«

»Erzählen Sie mir genau, was passiert ist.«

»Das hab ich schon. Er hat seine Hose runtergezogen.«

»Ihre Tochter ist gegangen, und er hat seine Hose runtergezogen?«

»Ja.«

»Im Video ist die Hose oben.«

»Er hat sie wieder hochgezogen.«

»Verstehe. Er hat also seine Hose runtergezogen und sie dann wieder hochgezogen.«

»Ja.« Sie sieht nach links. Ich vergesse immer, ob das bedeutet, dass darauf eine Lüge folgt, oder ob sie nach Erinnerungen sucht. Spielt aber auch keine Rolle. Ich glaube sowieso nicht recht an diesen Kram. »Er hat gesehen, wie ich an meinem Handy herumgefummelt habe und ist in Panik geraten. Daher hat er sie wieder hochgezogen.«

»Wie lange war die Hose denn unten?«

»Ich weiß nicht. Woher soll ich das wissen?«

Joe ergänzt: »Glauben Sie etwa, sie hätte eine Stoppuhr dabeigehabt oder so was?«

»Lang genug, so viel kann ich Ihnen sagen.«

Ich verkneife mir den naheliegenden Witz und sage: »Fahren Sie fort.«

Suzanne sieht mich verwirrt an. »Was meinen Sie mit ›Fahren Sie fort?‹«

»Er hat seine Hose runtergezogen, er hat sie wieder hochgezogen.« Ich zeige mich sehr unbeeindruckt. »War das alles?«

Joe gefällt das nicht. »Wieso? Reicht Ihnen das etwa nicht?«

»Woher wissen Sie, ob ihm die Hose nicht einfach heruntergerutscht ist?«, frage ich.

Wieder senkt Suzanne kurz den Blick, bevor sie ihn wieder hebt und mir in die Augen sieht. Ich weiß, dass sie jetzt lügen wird. Sie enttäuscht mich nicht. »Er hat seine Hose runtergezogen«, wiederholt sie. »Dann hat er meiner Tochter hinterhergeschrien, sie soll mal gucken, dies wäre sein... Dann hat er ihn gestreichelt und alles.«

Ach, die menschliche Natur. Manchmal ist sie einfach unglaublich vorhersehbar. Ich erlebe das oft, Leo. Du hörst, wie dir ein Zeuge etwas erzählt, von dem er hofft, dass es dich schockiert. Wenn ich, der Ermittler, dann pomadig reagiere, nimmt ein ehrlicher Mensch das hin. Ein Lügner fängt an, die Story auszuschmücken, sie aufzubauschen, damit ich seine

Entrüstung teile. Ich benutze das Wort »aufbauschen«, aber eigentlich handelt es sich schlicht und ergreifend um Lügen. Manche Leute können einfach nicht anders.

Ich weiß also Bescheid und will hier keine Zeit mehr verschwenden. Also komme ich direkt auf den Punkt.

Schau zu und lern, Leo.

»Sie lügen«, sage ich.

Suzannes Mund formt ein erschrockenes, nahezu perfektes O.

Joe läuft rot an. »Bezeichnen Sie meine Frau als Lügnerin?«

»Welcher Teil von ›Sie lügen‹ hat daran irgendwelche Zweifel aufkommen lassen, Joe?«

Wenn Suzanne eine Perlenkette getragen hätte, würde sie sich jetzt daran klammern. »Wie können Sie es wagen?«

Ich lächle ihr zu. »Ich weiß, dass es eine Lüge ist«, sage ich, »weil ich gerade mit Maria gesprochen habe.«

Ihre Wut wächst.

»Was haben Sie?«, ruft Suzanne.

»Es hat eine Weile gedauert, bis Ihre Tochter sich dazu geäußert hat«, sagte ich, »doch dann hat Maria zugegeben, dass das nie passiert ist.«

Beide sind vor Wut rot angelaufen. Ich versuche, mich nicht darüber zu freuen.

»Das dürfen Sie überhaupt nicht!«

»Was darf ich nicht?«

»Sie dürfen nicht mit unserer Tochter sprechen, ohne dass wir Ihnen das erlaubt haben«, sagt sie. »Ihre Dienstmarke sind Sie so gut wie los.«

Ich runzle die Stirn. »Warum sagt das jeder?«

»Was?«

»Diese Drohung. ›Ihre Dienstmarke sind Sie so gut wie los.‹ Das ist aus irgendeiner Fernsehserie, oder?«

Joe macht einen Schritt auf mich zu. »Es gefällt mir nicht, wie Sie mit meiner Frau sprechen.«

»Mir egal. Setzen Sie sich hin, Joe.«

Er sieht mich höhnisch an. »Jetzt spielen Sie den harten Burschen. Nur weil Sie eine Dienstmarke haben.«

»Schon wieder die Dienstmarke.« Ich seufze, ziehe meine Dienstmarke heraus, schiebe sie über den Tisch. »Hier, wollen Sie sie? Sie können sie haben.« Ich stehe auf und baue mich ganz nah vor Joes Gesicht auf. »Kann's jetzt losgehen?«

Joe tritt einen Schritt zurück. Ich folge ihm. Er versucht, mir in die Augen zu sehen, kann meinem Blick aber nicht standhalten.

»Sie sind es nicht wert«, murmelt er.

»Was haben Sie gesagt?«

Joe antwortet nicht. Er geht um den Tisch und setzt sich neben seine Frau.

Ich mustere Suzanne Hanson mit einem finsteren Blick. »Wenn Sie mir nicht die Wahrheit sagen, werde ich eine umfassende Untersuchung einleiten und Sie wegen zweier Vergehen gegen das Bundes-Internet-Gesetz, Paragraf 418 anklagen, was bei einer Verurteilung eine Strafe in Höhe von einhunderttausend Dollar und vier Jahren Haft nach sich ziehen kann.«

Das ist pure Fantasie. Ich glaube nicht, dass es ein Bundes-Internet-Gesetz gibt. Es macht sich aber gut, den genauen Paragrafen zu nennen, findest du nicht, Leo?

»Der Penner dürfte nicht hier sein!«, beharrt sie. »Und Ihre Leute tun ja nichts dagegen!«

»Also haben Sie das selbst in die Hand genommen«, sage ich.

»Man sollte ihm verbieten, so nah an die Schule heranzukommen!«

»Er hat einen Namen. Der lautet Hank Stroud. Und er wird vermisst.«

»Was?«

»Er wurde nicht mehr gesehen, seit Sie Ihr Video gepostet haben.«

»Gut«, sagt sie.

»Wie war das?«

»Vielleicht hat das Video ihm Angst eingejagt.«

»Und Sie fühlen sich gut dabei, ja?«

Suzanne öffnet den Mund, dann schließt sie ihn wieder. »Ich wollte nur meine Tochter schützen. Und die anderen Kinder auf der Schule auch.«

»Es wäre besser, wenn Sie mir jetzt alles von Anfang an erzählen.«

Das tat sie.

Suzanne gab zu, die ganze Geschichte stark übertrieben – oder besser erfunden – zu haben. Hank hatte sich nicht entblößt. Müde und enttäuscht von dem, was sie als einen Mangel an Entschlossenheit von Seiten der Schule und der Gesetzeshüter betrachtete, hatte Suzanne Hanson die Initiative ergriffen und das getan, was sie für richtig hielt.

»Es ist nur eine Frage der Zeit, bis er irgendetwas Furchtbares tut. Ich wollte das verhindern.«

»Wie edelmütig«, sage ich so verächtlich, wie ich nur kann.

Suzanne wollte »den Ort vom Schmutz befreien«, indem sie sich die Realität der Stadt, in der sie lebt, so zurechtbog, dass sie der himmlischen Idylle entsprach, die sie ihrer Ansicht nach sein sollte. Hank war einfach nur Unrat, den man am besten irgendwo in den Straßengraben warf, damit ihn jemand wegschaffte, sodass man ihn nicht mehr sehen und riechen musste.

Eigentlich hätte ich Suzanne Hanson gern einen Vortrag über ihren Mangel an Mitgefühl gehalten, aber was hätte das schon gebracht? Ich weiß noch, wie wir – wir müssen ungefähr zehn Jahre alt gewesen sein, Leo – durch ein heruntergekommenes Viertel in Newark gefahren sind. Eltern erzählen ihren Kindern immer, dass sie aus dem Fenster gucken und für das, was sie haben, dankbar sein sollen. Unser Dad ist mit dieser Situation anders umgegangen. Er hat nur einen Satz gesagt, der sich in mein Gedächtnis eingebrannt hat:

»Jeder Mensch hat Träume und Hoffnungen.«

Daran versuche ich immer zu denken, wenn ich einem Mitmenschen begegne. Gilt das auch für degenerierte Arschlöcher wie Trey? Selbstverständlich. Auch er hat Träume und Hoffnungen. Das ist auch in Ordnung. Wenn unsere Träume und Hoffnungen allerdings die Träume und Hoffnungen anderer Menschen …

Ich fange schon wieder an, mich zu rechtfertigen. Die Treys dieser Welt interessieren mich nicht. So einfach ist das. Vielleicht sollten sie das. Aber sie tun es nicht. Aber vielleicht ist das auch nur das Bellen eines getroffenen Hundes.

Was meinst du, Leo?

Als ich ihr spießiges Haus schließlich verlasse – und Joe die Tür hinter mir zuknallt, um doch noch einmal irgendwie Stellung zu beziehen, zumindest für sich selbst –, atme ich tief durch. Ich sehe hinüber zu dem Haus, in dem Maura früher gewohnt hat. Sie hat mich nie mitgenommen, und ich war auch nur einmal dort. Das war ungefähr zwei Wochen, nachdem du und Diana umgekommen wart. Jetzt drehe ich mich um und betrachte einen Baum auf der anderen Straßenseite. Dort hatte ich mich versteckt und gewartet. Erst war die vietnamesische Familie herausgekommen. Eine Viertelstunde danach war Mauras Mutter in einem schlecht sitzenden

Sommerkleid herausgetorkelt. Es gelang ihr, im Zickzack die Bushaltestelle zu erreichen.

Als sie außer Sicht war, bin ich ins Haus eingebrochen.

Die Frage nach dem Warum liegt wohl auf der Hand. Ich habe nach Hinweisen gesucht, wohin Maura gegangen sein könnte. Vorher hatte ich ihre Mutter schon einmal bedrängt, die mir daraufhin erzählte, Maura wäre auf eine Privatschule gewechselt. Ich habe sie gefragt auf welche, aber sie wollte es mir nicht sagen.

»Es ist vorbei, Nap«, sagte Mrs Wells mit einem Atem, der nach Alkohol roch. »Maura ist weitergezogen. Und du musst das auch.«

Aber ich habe ihr nicht geglaubt. Also bin ich in die Wohnung eingebrochen. Ich habe sämtliche Schränke und Schubladen durchwühlt. Ich bin in Mauras Zimmer gegangen. Ihre Kleidung und ihr Rucksack waren noch da. Hatte sie irgendetwas mitgenommen? Es sah nicht so aus.

Außerdem habe ich meine Mannschaftsjacke gesucht.

Obwohl Maura immer die Augen verdreht hatte, weil dem Sport in der Stadt so große Bedeutung beigemessen wurde und das außerdem mit einem altbackenen und quasi-sexistischen Gehabe einherging, war sie ganz versessen auf meine Mannschaftsjacke gewesen, die sie bei jeder sich bietenden Gelegenheit getragen hatte. Vielleicht betrachtete sie es als eine Art Retro-Chic. Oder es war ironisch gemeint. Ich weiß es nicht. Vielleicht war das aber auch gar kein Gegensatz. Maura war schon sehr reif für ihr Alter.

Also habe ich meine Mannschaftsjacke gesucht, die grüne mit den weißen Ärmeln, den gekreuzten Eishockeyschlägern auf dem Rücken, meinem Namen und dem Wort »Captain« auf der Brust.

Aber ich habe sie nicht gefunden.

Hatte Maura die Jacke mitgenommen? Die Frage habe ich mir seitdem immer wieder gestellt. Warum war die Jacke nicht in ihrem Zimmer gewesen?

Ich wende mich ab und sehe in die Ferne. Ich habe noch ein paar Minuten. Ich weiß, wohin ich will. Ich gehe über die Straße und weiter zu den Bahngleisen. Ich weiß, dass es verboten ist, daran entlangzugehen, aber im Moment genieße ich das Leben am Rande der Gesetzlosigkeit und lasse es einfach drauf ankommen. Ich folge den Gleisen aus dem Stadtzentrum hinaus, zur Downing Road und Coddington Terrace hinauf, an den Self-Storage-Lagern und der ehemaligen Fabrik vorbei, in der sich jetzt Fitnessstudios und Clubs angesiedelt haben.

Ich bin abseits der Zivilisation, hoch oben auf dem Hügel zwischen den Bahnhöfen von Westbridge und Kasselton. Ich gehe um zerbrochene Bierflaschen herum und erreiche den Hang. Von hier aus sehe ich unter mir den Turm der Westbridge Presbyterian Church. Er wird täglich ab 19 Uhr angestrahlt, also gehe ich davon aus, dass du ihn in jener Nacht gesehen hast. Oder warst du zu bekifft oder betrunken, um ihn zu bemerken? Ich weiß, dass du damals etwas zu viel Gefallen an Freizeitdrogen und Alkohol gefunden hattest. Rückblickend hätte ich dich wohl bremsen müssen, aber damals schien es mir keine große Sache zu sein. Fast alle haben mitgemacht – du, Maura, wie auch die meisten unserer Freunde. Einzig mein Training hat mich davon abgehalten, mich daran zu beteiligen.

Wieder atme ich tief durch.

Wie ist das damals abgelaufen, Leo? Warum wart ihr hier, auf der anderen Seite von Westbridge, und habt nicht im Wald bei der alten Nike-Raketenbasis abgehangen? Wolltest du mit Diana allein sein? Habt ihr versucht, euren Freunden vom Conspiracy Club aus dem Weg zu gehen? Habt ihr euch absichtlich von der alten Basis ferngehalten?

Warum wart ihr hier? Was habt ihr hier auf den Bahngleisen gemacht?

Ich warte darauf, dass du antwortest. Doch du antwortest nicht.

Ich warte noch einen Moment, weil ich weiß, dass es nicht mehr lange dauern wird. Um diese Tageszeit fährt die Main Line stündlich. Ich warte, bis ich das Pfeifen höre, als der Zug im Bahnhof Westbridge abfährt. Er ist nicht mehr weit weg. Etwas in mir will sich auf die Gleise stellen. Nein, ich will mein Leben nicht beenden. Ich hege keine Selbstmordgedanken. Aber ich will wissen, wie es für dich war. Ich will die Nacht rekonstruieren, damit ich weiß, wie du dich gefühlt hast. Ich beobachte den über den Horizont heranrasenden Zug. Die Gleise vibrieren so stark, dass es nahezu unglaublich erscheint, dass sie nicht brechen. Hast du die Vibrationen unter deinen Füßen gespürt? Hat Diana es? Oder standst du seitlich neben den Gleisen, so wie ich? Habt ihr beide zum Kirchturm hinuntergeblickt, habt euch umgedreht und dann beschlossen, im letzten Moment vor dem Zug über die Gleise zu springen?

Jetzt sehe ich den ganzen Zug. Er kommt näher. Hast du ihn in jener Nacht gesehen? Hast du ihn gehört? Gespürt? Du musst ihn gespürt haben. Er rattert mit unfassbarer Kraft über das Gleis. Ich trete noch einen Schritt zurück. Als er vorbeirast, bin ich zehn Meter vom Zug entfernt, trotzdem sehe ich mich gezwungen, die Augen zu schließen und die Hände schützend vors Gesicht zu halten. Die Druckwelle wirft mich fast um. Die schiere Macht der Lokomotive, das Produkt aus Masse und Geschwindigkeit, ist faszinierend, überwältigend, unaufhaltsam.

Wie das Herz tun auch die Gedanken, was sie wollen. Daher kommt mir in den Sinn, wie der harte Stahlgrill menschliches Fleisch zerfetzt. Ich stelle mir vor, wie diese ratternden Räder Knochen zu Staub zermalmen.

Ich öffne die Augen einen Spalt und betrachte den vorbeirasenden Zug. Es scheint ewig zu dauern, bis er vorbei ist, das Rattern, Rütteln und Mahlen scheint kein Ende zu nehmen. Ich sehe direkt auf ihn, versuche aber nicht, den Blick zu fokussieren, sondern starre in die Ferne, sodass er verschwimmt. Mir tränen die Augen.

Ich habe die entsetzlichen, blutigen Tatortfotos aus dieser Nacht gesehen, doch seltsamerweise berühren sie mich kaum. Die Schäden waren so immens, die Körper so verunstaltet, dass ich entweder keine Verbindung zwischen den unförmigen, wachsartigen Klumpen zu dir und Diana herstellen kann, oder, was wahrscheinlicher ist, dass mein Gehirn es einfach nicht zulässt.

Als der Zug schließlich vorbeigefahren ist, als langsam wieder Ruhe einkehrt, lasse ich den Blick schweifen. Selbst jetzt, so viele Jahre danach, suche ich noch nach Hinweisen, Indizien, irgendetwas, was übersehen worden sein könnte. Es ist eigenartig, hier oben zu sein. Der Schrecken ist allgegenwärtig, aber er hat auch etwas Heiliges, und es kommt mir irgendwie richtig vor, dass ich an dem Ort bin, an dem du deinen letzten Atemzug gemacht hast.

Als ich mich auf den Rückweg mache und den Hügel hinabgehe, checke ich mein Handy. Keine Nachricht von unserer alten Schulkameradin Beth Fletcher, geborene Lashley. Ich rufe noch einmal in ihrer Praxis in Ann Arbor an. Wieder weicht die Arzthelferin den Fragen aus, also werde ich konkreter. Bald darauf habe ich eine Frau in der Leitung, die sich als Cassie vorstellt und als »Praxis-Managerin« bezeichnet.

»Dr. Fletcher ist im Moment nicht erreichbar.«

»Cassie, ich habe keine Lust, mich weiter hinhalten zu lassen. Ich bin Polizist. Ich muss sie sprechen.«

»Ich kann das nur an sie weiterleiten.«

»Wo ist sie?«

»Das weiß ich nicht.«

»Einen Moment, Sie wissen nicht, wo sie ist?«

»Es geht mich nichts an. Sie können mir gerne Ihren Namen und die Telefonnummer geben. Soll ich ihr die Nachricht übermitteln?«

Wer A sagt, muss auch B sagen. »Haben Sie einen Stift, Cassie?«

»Den habe ich.«

»Sagen Sie Dr. Fletcher, dass unser alter Freund Rex Canton ermordet wurde. Sagen Sie ihr, dass Hank Stroud vermisst wird. Sagen Sie ihr, dass Maura Wells zwar kurz wieder aufgetaucht ist, seitdem aber auch vermisst wird. Sagen Sie der guten Frau Doktor, dass alles auf den Conspiracy Club deutet. Sagen Sie ihr, dass sie mich anrufen soll.«

Stille. Dann: »War der Name Laura mit L oder Maura mit M?«

Vollkommen unbeeindruckt.

»Maura mit M.«

»Ich leite das an Dr. Fletcher weiter.«

Sie legt auf.

Mir gefällt das nicht. Vielleicht kann ich die Polizei in Ann Arbor anrufen und sie bitten, einen Officer zu Beth' Praxis und ihrer Wohnung zu schicken. Ich gehe weiter. Wieder denke ich über die vielen Stränge nach – deinen und Dianas »Unfall«, Rex' Ermordung, bei der Maura am Tatort war, Hank und das virale Video, den Conspiracy Club. Ich zermartere mir das Gehirn, suche nach Bezügen, bemühe mich, Verbindungslinien zu ziehen und Schnittmengen zu bilden. Mir gelingt weder das eine noch das andere.

Vielleicht gibt es keine. Das würde Augie vermutlich sagen. Wahrscheinlich hätte er recht, aber diese potenzielle Realität anzuerkennen brächte mich natürlich nicht weiter.

Als die Westbridge Memorial Library vor mir auftaucht, kommt mir eine Idee. Die Fassade ist aus diesem roten Backstein, aus dem vor hundert Jahren viele Schulen gebaut wurden. Der Rest des Gebäudes ist modern und elegant. Ich gehe immer noch gern in Bibliotheken. Ich mag die Kombination aus alten, vergilbten Büchern und moderner Computertechnik. Mich erinnern Bibliotheken immer an Kathedralen – Zufluchtsorte mit gedämpfter Atmosphäre, in denen dem Lernen gehuldigt wird, in denen wir, die Bürger, Bücher und Gelehrsamkeit zu einer Art Religion erheben. Als wir klein waren, sind wir samstagmorgens oft mit Dad hergekommen. Er hat uns, unter strenger Ermahnung, uns zu benehmen, in der Kinder- und Jugendbuchabteilung abgesetzt. Ich habe in diversen Büchern herumgeblättert. Du hast dir eins genommen – meistens eins für ältere Leser –, dich in die Ecke auf einen der Sitzsäcke gesetzt und das ganze Buch gelesen.

Ich gehe die zwei Etagen in den düsteren Keller hinunter. Hier ist alles noch ganz altmodisch – ein Aluminiumregal über dem anderen, alle voller Bücher, von denen die meisten für den Gelegenheitsleser nicht mehr von Interesse sind. Dazu ein paar mit Stellwänden abgetrennte Arbeitsplätze für Schüler, die sich richtig in ihre Hausaufgaben vertiefen wollen. Hinten in der Ecke ist der Raum, den ich suche. Neben der Tür hängt ein Schild mit der Aufschrift »Stadtgeschichte«. Ich stecke den Kopf hinein und klopfe gegen den Holzrahmen.

Als Dr. Jeff Kaufman zu mir aufblickt, rutscht ihm die Lesebrille von der Nase. Da sie an einer Kette hängt, baumelt sie schließlich vor seiner Brust. Dr. Kaufman trägt eine dicke Strickjacke, die über dem Bauch zugeknöpft ist. Er hat eine Glatze, aus der seitlich ein paar graue Haarbüschel herausstehen, als versuchten sie, seiner Kopfhaut zu entfliehen.

»Hey, Nap.«

»Hey, Dr. Kaufman.«

Er runzelt die Stirn. Dr. Kaufman war hier schon Bibliothekar und Stadthistoriker, bevor wir nach Westbridge zogen, und wenn man eine Autoritätsperson als Kind »Doktor« oder auch nur »Mister« genannt hat, ist es schwer, sich an die Verwendung des Vornamens zu gewöhnen. Ich trete in den voll gestellten Raum und frage Dr. Kaufman, was er mir über die alte Nike-Raketenbasis sagen kann, die sich oberhalb der Middle School befindet.

Kaufmans Augen beginnen zu leuchten. Er nimmt sich einen Moment Zeit, um seine Gedanken zu ordnen, dann bietet er mir einen Platz ihm gegenüber am Tisch an. Auf dem Tisch liegen lauter uralte Schwarz-Weiß-Fotos. Ich lasse den Blick darüber schweifen, in der Hoffnung, eins von der alten Basis zu entdecken, finde aber keins.

Er räuspert sich und legt los: »Die Nike-Raketenbasen wurden Mitte der Fünfziger im Norden New Jerseys errichtet. Das war auf dem Höhepunkt des Kalten Krieges. Damals wurden, so unglaublich es auch klingt, in den Schulen Übungen durchgeführt, in denen die Kinder lernten, sich bei einem Atomangriff unter ihre Schreibtisch zu ducken. Als ob das etwas genützt hätte. Die Basis hier in Westbridge wurde 1954 gebaut.«

»Die Army hat diese Basen einfach mitten in den Vororten errichtet?«

»Klar, wieso nicht? Auch auf landwirtschaftlich genutzten Flächen. In New Jersey gab es damals sehr viele Farmen.«

»Und wozu genau dienten die Nike-Raketen?«, frage ich.

»Es handelte sich um Boden-Luft-Raketen. Im Prinzip waren sie der Kern eines Luftverteidigungssystems, das entwickelt worden war, um sowjetische Flugzeuge abzuschießen, vor allem die Tupolew Tu-95, die mit einer Tankfüllung zehntausend Kilometer fliegen konnte. Die Abschussrampen befanden sich in rund einem Dutzend Basen im nördlichen New Jersey. In Sandy Hook kann man die Überreste besichtigen, falls Sie das interessiert. Die Basis in Livingston ist inzwischen eine Künstlerkolonie. Ausgerechnet. Weitere Abschussrampen befanden sich in Franklin Lakes, East Hanover und in Morristown.«

Es ist kaum zu glauben. »An all diesen Orten waren Nike-Raketen stationiert?«

»Ganz richtig. Erst handelte es sich um die kleineren Nike-Ajax-Raketen, aber auch die waren neun Meter lang. Sie wurden auf unterirdischen Abschussrampen gelagert und auf ähnliche Art an die Oberfläche transportiert wie Autos auf einer Hebebühne in der Werkstatt.«

»Das versteh ich nicht«, sage ich. »Wie konnte die Regierung so etwas geheim halten?«

»Das hat sie nicht«, sagt Kaufman. »Zu Anfang wenigstens nicht.«

Er wartet einen Moment, lehnt sich zurück und legt die Hände auf dem Bauch zusammen.

»Anfangs wurden diese Basen regelrecht bejubelt. Als ich sieben war – also 1960 –, habe ich mit meiner Pfadfindergruppe doch tatsächlich eine Führung durch die Basis erhalten. Der Gedanke, dass die nette Nachbarschafts-Raketenbasis dich vor den Langstreckenbombern der Sowjetunion beschützt, sollte dazu beitragen, dass die Menschen ruhig schlafen.«

»Aber das hat sich irgendwann geändert?«

»Ja.«

»Wann war das?«

»Anfang der Sechziger.« Kaufman seufzt und steht auf. Er öffnet einen großen Aktenschrank. »Na ja, da wurden die Nike-Ajax-Raketen durch die größeren Nike Hercules ersetzt.« Er zieht zwei Fotos einer angsteinflößenden weißen Rakete mit der Aufschrift »US Army« aus der Akte. »Sie waren zwölf Meter fünfzig lang und erreichten dreifache Schallgeschwindigkeit, also rund viertausendachthundert Kilometer pro Stunde. Die Reichweite betrug einhundertzwanzig Kilometer.«

Er setzte sich wieder und legte die Hände vor sich auf den Tisch. »Die größte Veränderung an den Nike-Hercules-Raketen – der Hauptgrund dafür, dass das Programm dann totgeschwiegen wurde –, betraf die Sprengladungen.«

»Soll heißen?«

»Die Raketen waren mit W31-Atomsprengköpfen bestückt.«

Es war kaum zu begreifen. »Hier waren Atomwaffen stationiert, mitten in…«

»Hier, mitten in der Stadt, ja. Scharfe Atomsprengköpfe. Es gab sogar ein paar Berichte über Beinaheunfälle. Eine Rakete war von einem Transporter gerutscht, als sie den Berg hinaufgebracht werden sollte. Sie ist auf den Beton gefallen, der Sprengkopf ist zerbrochen, und es ist Rauch aufgestiegen. Damals hat das natürlich niemand erfahren. Alles wurde unter den Teppich gekehrt. Das Nike-Programm lief dann jedenfalls bis in die frühen Siebziger. Das Kontrollzentrum in Westbridge wurde als eins der letzten geschlossen. Das war 1974.«

»Und was war dann?«, frage ich. »Ich meine, was ist mit den Basen passiert, nachdem sie geschlossen worden waren?«

»In den Siebzigern bestand kein großes Interesse an Dingen, die mit dem Militär zusammenhingen. Der Vietnamkrieg näherte sich seinem Ende. Daher lagen sie einfach brach. Die meisten sind verfallen. Irgendwann wurden sie dann verkauft. In East Hanover wurde zum Beispiel eine Wohnsiedlung darauf errichtet. Eine Straße dort heißt Nike Drive.«

»Und was war mit der Basis in Westbridge?«

Jeff Kaufman lächelt. »Die Geschichte unserer Basis«, sagt er, »ist etwas undurchsichtiger.«

Ich warte.

Er beugt sich vor und stellt mir eine Frage, mit der ich schon viel früher gerechnet hatte. »Würden Sie mir verraten, woher Ihr plötzliches Interesse an dieser ganzen Sache rührt?«

Ich will etwas erfinden oder erwidern, dass ich ihm das lieber nicht sagen würde, finde dann aber, dass es eigentlich nichts schaden kann. »Es geht um einen Fall, an dem ich arbeite.«

»Was für ein Fall ist das, wenn ich fragen darf?«

»Es ist alles sehr vage«, sage ich. »Außerdem ist es Jahre her.«

Jeff Kaufman sieht mir in die Augen. »Sprechen Sie vom Tod Ihres Bruders?«

Ka-wumm.

Ich sage nichts – zum einen, weil ich gelernt habe, zu schweigen und andere die Stille füllen zu lassen, zum anderen, weil mir nichts einfällt.

»Unsere Väter waren befreundet«, sagt er. »Das wussten Sie doch, oder?«

Es gelingt mir zu nicken.

»Und Leo ...«, Kaufman schüttelt den Kopf und lehnt sich zurück. Sein Gesicht ist etwas blasser geworden. »Er hat sich auch nach der Geschichte der Raketenbasis erkundigt.«

»Leo war bei Ihnen?«

»Ja.«

»Wann?«

»So genau weiß ich das nicht mehr. Ein paarmal. Das muss während des letzten Jahres vor seinem Tod gewesen sein. Leo war fasziniert von der Basis. Es waren auch ein paar Freunde von ihm dabei.«

»Erinnern Sie sich an ihre Namen?«

»Nein, tut mir leid.«

»Was haben Sie ihnen erzählt?«

Er zuckt die Achseln. »Das, was ich auch Ihnen gerade erzähle.«

Mir schwirrt der Kopf. Wieder fühle ich mich völlig verloren.

»Ich habe Ihnen auf Leos Trauerfeier die Hand geschüttelt. Ich nehme nicht an, dass Sie sich daran erinnern. Es waren so viele Leute da, und Sie wirkten vollkommen schockiert. Also habe ich es Ihrem Vater erzählt.«

Seine Worte holen mich zurück. »Was haben Sie meinem Vater erzählt?«

»Dass Leo öfter hier war und sich nach der Basis erkundigt hat.«

»Das haben Sie meinem Vater erzählt?«

»Natürlich.«

»Was hat er gesagt?«

»Er schien dankbar zu sein. Leo war klug und wissbegierig. Ich habe gedacht, Ihr Vater würde sich freuen, das zu hören, weiter nichts. Ich bin nie auf den Gedanken gekommen, dass ein Zusammenhang zwischen seinem Tod und... also, ich kann es mir immer noch nicht vorstellen. Aber jetzt sitzen Sie auch hier, Nap. Und Sie sind auch nicht dumm.« Er sieht mich an. »Also verraten Sie es mir. Besteht ein Zusammenhang?«

Statt seine Frage zu beantworten, sage ich: »Ich muss den Rest der Geschichte hören.«

»Okay.«

»Was ist mit der Basis in Westbridge nach der Beendigung des Nike-Programms passiert?«

»Offiziell? Offiziell wurde die Basis vom Landwirtschaftsministerium übernommen.«

»Und inoffiziell?«

»Sind Sie als Jugendlicher je da oben gewesen?«

»Ja.«

»Ich war auch dort, als ich in dem Alter war. Wir haben uns durch ein Loch im Zaun reingeschlichen. Einmal waren wir so betrunken, dass ein Soldat uns in einem Army-Jeep nach Hause gebracht hat. Ich habe drei Wochen Hausarrest bekommen.« Er lächelt schwach. »Wie nah sind Sie an die Basis herangekommen?«

»Nicht sehr.«

»Genau.«

»Was wollen Sie damit sagen?«

»Die Sicherheitsmaßnahmen für diese Außenstelle des Landwirtschaftsministeriums waren strenger als die des Kontrollzentrums für Atomraketen.« Kaufman legt den Kopf schräg. »Was könnte der Grund dafür gewesen sein?«

Ich antworte nicht.

»Überlegen Sie mal. Sie haben diese leer stehenden Militärbasen. Die Sicherheitseinrichtungen sind noch intakt. Stellen Sie sich eine Regierungsstelle vor, die unauffällig bleiben will, etwas tun will, von dem die Öffentlichkeit nichts erfahren darf, denken Sie an die Regierungsagenturen mit drei Buchstaben, die sich so gern – vor jedermanns Augen – verstecken. Wäre schließlich nicht das erste Mal. Um die alte Air-Force-Station in Montauk ranken sich auch Dutzende Gerüchte.«

»Was für Gerüchte?«

»Nazi-Wissenschaftler, Gedankenkontrolle, LSD-Experimente, UFOs und jede Menge anderes verrücktes Zeug.«

»Und Sie glauben das? Sie glauben, dass die Regierung der Vereinigten Staaten in Westbridge Nazis und Außerirdische versteckt hat?«

»Himmelherrgott, Nap, die Regierung hat hier Atomwaffen versteckt.« Kaufmans Augen funkeln jetzt. »Ist der Gedanke wirklich so unvorstellbar, dass sie hier auch noch etwas anderes versteckt hat?«

Ich antworte nicht.

»Es müssen ja keine Nazis oder Außerirdische sein. Vielleicht haben sie eine zukunftsweisende Technologie getestet – zum Beispiel die DARPA, die Defense Advanced Research Projects Agency. Dann könnte es um Laser, Drohnen, Wettermanipulation oder Internet-Hacking gegangen sein. Ist Ihnen das zu weit hergeholt, wenn man sich die ganzen Sicherheitseinrichtungen da oben ansieht?«

Nein, ist es nicht.

Jeff Kaufman steht auf und geht hin und her. »Ich bin ein verdammt guter Historiker«, sagt er. »Ich habe damals recht intensive Nachforschungen angestellt. Ich bin sogar nach Washington D.C. gefahren, um mir dort die zugehörigen Protokolle und Archive anzusehen. Das Einzige, was ich gefunden habe, waren endlose Aufzeichnungen über unverfängliche Mais- und Nutztier-Studien.«

»Und das haben Sie auch meinem Bruder erzählt?«

»Ihm und seinen Freunden, ja.«

»Wie viele waren es?«

»Was?«

»Wie viele Jugendliche haben Leo begleitet?«

»Fünf oder sechs, das weiß ich nicht mehr.«

»Jungs oder Mädchen?«

Er überlegt. »Ich glaube, es waren zwei Mädchen dabei, beschwören könnte ich das aber nicht. Vielleicht war es auch nur eins.«

»Sie wissen, dass Leo nicht alleine gestorben ist?«

Er nickt. »Natürlich. Diana Styles war bei ihm. Die Tochter des Captains.«

»War Diana eins der Mädchen, die mit meinem Bruder bei Ihnen waren?«

»Nein.«

Ich weiß nicht recht, was ich davon halten soll oder ob es überhaupt von Bedeutung ist. »Fällt Ihnen noch etwas ein, das mir weiterhelfen könnte?«

»Weiterhelfen wobei, Nap?«

»Nehmen wir an, Sie hätten recht. Nehmen wir an, in der Basis wäre irgendetwas streng Geheimes vorgegangen und die Jugendlichen hätten das herausbekommen. Was wäre mit ihnen geschehen?«

Jetzt ist er derjenige, der schweigt.

»Was haben Sie noch erfahren, Dr. Kaufman?«

»Nur zwei weitere Dinge.« Er räuspert sich und setzt sich wieder hin. »Ich habe den Namen eines Kommandanten herausbekommen. Andy Reeves. Angeblich war er ein Landwirtschaftsexperte von der Michigan State University, aber als ich mir seinen Lebenslauf angesehen habe, war er ziemlich … na ja, sagen wir, es gab ein paar Ungereimtheiten.«

»CIA?«

»Das würde ins Muster passen. Außerdem wohnt er immer noch in der Gegend.«

»Haben Sie mit ihm darüber gesprochen?«

»Ich habe es versucht.«

»Und?«

»Er sagte nur, auf der Basis wäre es um langweiligen landwirtschaftlichen Kram gegangen. Sie hätten Rinder gezählt und Getreideerträge gewogen, wie er es ausdrückte.«
»Was haben Sie noch erfahren?«
»Die Basis wurde geschlossen.«
»Okay, wann war das?«
»Vor fünfzehn Jahren«, sagt Kaufman. »Drei Monate nachdem Ihr Bruder und Augies Tochter tot aufgefunden worden waren.«

Auf dem Rückweg zu meinem Wagen rufe ich Augie an.
»Ich habe mich gerade mit Jeff Kaufman unterhalten.«
Ich meine, einen Seufzer zu hören. »Na toll.«
»Er hat mir ein paar interessante Dinge über die alte Basis erzählt.«
»Das kann ich mir vorstellen.«
»Kennst du Andy Reeves?«
»Ich kannte ihn.«
Ich nehme eine Abkürzung durch die Stadt. »Wieso?«
»Du wirst dich erinnern, dass ich hier seit dreißig Jahren Leiter der Polizeidienststelle bin. Er war Leiter der Basis, als dort landwirtschaftliche Studien durchgeführt wurden.«
Ich gehe an einem neuen Fast-Food-Restaurant vorbei, in dem ausschließlich Chicken Wings in allen erdenklichen Varianten verkauft werden. Allein vom Geruch verhärten sich meine Arterien.
»Hast du ihm das abgenommen?«, frage ich.
»Was abgenommen?«
»Dass sie dort landwirtschaftliche Studien durchgeführt haben.«
»Natürlich nehme ich ihm das ab«, sagt Augie. »Ich finde es sehr viel einleuchtender als diese Gerüchte über Gedanken-

kontrolle und so etwas. Als ich Polizeichef war, habe ich alle Kommandeure der Basis kennengelernt. Und mein Vorgänger kannte deren Vorgänger.«

»Kaufman sagte, die Basis wäre früher eine Kontrollstation für Atomraketen gewesen.«

»Das habe ich auch gehört.«

»Und dann sagte er, als die zuständige Regierungsstelle wechselte, seien die Sicherheitsmaßnahmen verstärkt und die Geheimhaltung erhöht worden.«

»Nichts gegen Kaufman, aber da übertreibt er ein bisschen.«

»Inwiefern?«

»Anfangs waren die Nike-Basen für jedermann sichtbar. Das hat Kaufman dir doch auch erzählt, oder?«

»Ja.«

»Wenn man sich dann plötzlich verbarrikadiert und abgeschirmt hätte, als sie mit Atomsprengköpfen ausgerüstet wurden, hätten die Leute Verdacht geschöpft. Die Sicherheitsmaßnahmen wurden damals tatsächlich massiv verschärft, aber eben sehr unauffällig.«

»Und als die Raketenbasen geschlossen wurden?«

»Gut möglich, dass die Sicherheitsmaßnahmen danach noch einmal verschärft wurden. Das war dann aber einfach auf die normale Modernisierung und die neue Technologie zurückzuführen. Der neue Besitzer hat sich beim Einzug einfach einen besseren Zaun gebaut.«

Ich überquere die Oak Street, Westbridges Restaurantmeile. Mir werden – in dieser Reihenfolge – japanische, thailändische, französische und italienische Küche, Dim-Sum und etwas, das sich »California-Fusion« nennt, angeboten. Dann kommt eine Reihe Bankfilialen. Ich weiß nicht, wozu. Man sieht nie Kunden in Bankfilialen, außer an den Geldautomaten.

»Ich würde diesen Andy Reeves gern sprechen«, sage ich zu Augie. »Kannst du das hinbekommen?«

Ich erwarte, dass er das ablehnt, aber das tut er nicht. »Okay, ich arrangiere das für dich.«

»Du versuchst nicht, mich zu bremsen?«

»Nein«, sagt Augie. »Wie's aussieht, brauchst du das.«

Damit legt er auf. Als ich mein Auto erreiche, klingelt mein Handy wieder. Ich sehe im Display, dass es Ellie ist.

»Hey«, sage ich.

»Wir brauchen dich beim Frauenhaus.«

Ihr Tonfall gefällt mir nicht. »Was ist los?«

»Nichts. Sieh einfach zu, dass du so schnell wie möglich vorbeikommst, okay?«

»Okay.«

Sie legt auf. Ich steige in den Wagen und greife nach meinem magnetischen Blaulicht. Ich nutze es fast nie, aber dies scheint ein guter Zeitpunkt zu sein. Ich klatsche es aufs Dach und rase los.

Zwölf Minuten später bin ich am Frauenhaus. Ich gehe zügig hinein, wende mich nach links und laufe den Flur entlang. Ellie erwartet mich vor ihrem Büro. Ihr Gesichtsausdruck verrät mir, dass es um etwas Wichtiges geht.

»Was ist?«, frage ich.

Ellie antwortet nicht, sondern deutet auf ihr Büro. Ich drehe den Knauf, stoße die Tür auf und sehe hinein.

Im Büro sitzen zwei Frauen.

Die linke kenne ich nicht. Die andere... ich brauche einen Moment, um das zu verarbeiten. Sie ist gut gealtert – viel besser, als ich erwartet hätte. Die fünfzehn Jahre haben ihr gutgetan. Ich frage mich, ob sich ihr Leben in diesen Jahren um Abstinenz und Yoga oder zumindest Ähnliches gedreht hat. Auf mich macht es jedenfalls diesen Eindruck.

Unsere Blicke treffen sich. Einen Moment lang sage ich nichts. Ich stehe nur da und sehe sie an.

»Ich habe gewusst, dass Sie mich erkennen«, sagt sie.

Ich denke an den Moment zurück, als sie im schlecht sitzenden Kleid auf der anderen Straßenseite vor der Häuserreihe stand, um dann im Zickzack die Straße entlangzutorkeln. Es ist Lynn Wells.

Mauras Mutter.

SECHZEHN

Ich vergeude keine Zeit. »Wo ist Maura?«
»Schließen Sie die Tür«, sagt die andere Frau. Sie hat karottenfarbene Haare und trägt einen dazu passenden Lippenstift, ein maßgeschneidertes, graues Kostüm und ein Rüschenhemd. Ich bin kein Modeexperte, aber es sieht teuer aus.
»Und Sie sind?«
Ich drehe mich um und greife nach der Tür. Als ich sie schließe, nickt Ellie mir kurz zu.
»Ich heiße Bernadette Hamilton. Ich bin Lynns Freundin.«
Ich verstehe das so, dass sie mehr als nur Freundinnen sind, was mich aber nicht weiter interessiert. Mein Herz schlägt so heftig, dass ich mir einbilde, sie könnten es durch mein Hemd sehen. Ich wende mich wieder an Mrs Wells, will meine Frage mit mehr Nachdruck wiederholen, bremse mich dann aber.
Immer mit der Ruhe, fordere ich mich auf.
Natürlich habe ich tausend Fragen an sie, mir ist aber auch bewusst, dass die besten Vernehmungstechniken eine beinahe übernatürliche Geduld erfordern. Schließlich ist Mrs Wells an mich herangetreten, nicht umgekehrt. Sie hat mich ausfindig gemacht. Sie hat sogar Ellie als Mittelsfrau benutzt, sodass sie nicht bei mir zu Hause oder im Büro auftauchen musste und auch keine telefonische Spur hinterlassen hat. So etwas ist ziemlich aufwendig.
Naheliegende Schlussfolgerung?
Sie will etwas von mir.

Also muss ich sie reden lassen. Ich muss sie dazu bringen, etwas zu verraten, ohne dass ich danach frage. Bleib ruhig. Außerdem ist das meine normale Vorgehensweise. Es gibt keinen Grund, das zu ändern, nur weil es um etwas Privates geht. Also schweige ich. Ich frage nicht. Ich gebe keine Stichworte und stelle keine Forderungen.

Noch nicht. Lass dir Zeit. Plane.

Eins ist allerdings klar, Leo: Mrs Wells wird diesen Raum auf keinen Fall verlassen, ohne mir zu erzählen, wo Maura ist.

Ich bleibe stehen und warte auf ihren ersten Zug.

Schließlich sagt Mrs Wells etwas: »Die Polizei war bei mir.«

Ich schweige.

»Sie sagten, Maura könnte in den Mord an einem Polizisten verwickelt sein.« Als ich immer noch nicht antworte, fragt sie: »Stimmt das?«

Ich nicke. Ihre Freundin Bernadette streckt die Hand aus und legt sie auf die ihrer Freundin.

»Glaubst du wirklich, dass Maura in einen Mord verwickelt sein könnte?«, fragt Lynn Wells.

»Wahrscheinlich schon, ja«, sage ich.

Ihre Augen weiten sich ein wenig. Bernadette drückt ihre Hand etwas fester.

»Maura würde niemanden töten. Das weißt du doch.«

Ich verkneife mir eine sarkastische Erwiderung und schweige.

»Die Polizistin, die bei mir war, Lieutenant Reynolds, kam irgendwo aus Pennsylvania. Sie sagte, du würdest sie bei den Ermittlungen unterstützen?«

Mrs Wells betont das wie eine Frage. Wieder schnappe ich nicht nach dem Köder.

»Das begreife ich nicht, Nap. Warum wirst du in die Mordermittlung eines anderen Bundesstaats einbezogen?«

»Hat Lieutenant Reynolds Ihnen den Namen des Opfers genannt?«

»Ich glaube nicht. Sie sagte nur, es handele sich um einen Polizisten.«

»Er hieß Rex Canton.« Ich sehe sie an. Nichts. »Der Name sagt Ihnen nichts?«

Sie überlegt. »Nein, eigentlich nicht.«

»Rex war mit uns auf der Highschool.«

»Auf der Westbridge High?«

»Ja.«

Die Farbe weicht aus ihrem Gesicht.

Zum Henker mit der Geduld. Manchmal kann man sein Gegenüber auch mit einer unerwarteten Frage aus dem Konzept bringen: »Wo ist Maura?«

»Das weiß ich nicht«, sagt Lynn Wells.

Ich ziehe die rechte Augenbraue hoch und mustere sie mit meinem ungläubigsten Gesichtsausdruck.

»Ich weiß es wirklich nicht. Deshalb bin ich zu dir gekommen.« Sie sieht zu mir hoch. »Ich hatte gehofft, dass du mir helfen kannst.«

»Ihnen helfen, Maura zu finden?«

»Ja.«

Meine Stimme ist belegt. »Ich habe Maura nicht mehr gesehen, seit ich achtzehn war.«

Das Telefon auf dem Schreibtisch klingelt. Wir beachten es alle nicht. Ich sehe Bernadette an, aber sie hat nur Augen für Lynn Wells.

»Wenn ich Ihnen bei der Suche nach Maura helfen soll«, sage ich und versuche, ruhig, professionell, pragmatisch zu klingen, während mir das Herz rast, »müssen Sie mir alles erzählen, was Sie wissen.«

Stille.

Lynn Wells sieht Bernadette an. Die schüttelt den Kopf. »Er kann uns nicht helfen«, sagt Bernadette.

Lynn Wells nickt. »Das war ein Fehler.« Beide Frauen stehen auf. »Wir hätten nicht kommen sollen.«

Beide gehen zur Bürotür.

»Wohin wollen Sie?«, frage ich.

Lynn Wells sagt mit fester Stimme: »Wir gehen jetzt.«

»Nein«, sage ich.

Bernadette ignoriert mich und will um mich herum Richtung Tür gehen. Ich trete ihr in den Weg.

»Lassen Sie mich durch«, sagt sie.

Ich sehe Lynn Wells an. »Maura steckt da bis über beide Ohren drin.«

»Du weißt gar nichts.«

Als Bernadette nach dem Türknauf greifen will, stehe ich immer noch vor ihr.

»Wollen Sie uns hier mit Gewalt festhalten?«

»Ja.«

Das ist kein Bluff. Seit ich erwachsen bin, suche ich nach Antworten auf bestimmte Fragen, und ich werde diese Antworten jetzt, wo sie vor mir stehen, nicht einfach so hinausspazieren lassen. Auf keinen Fall. Niemals. Ich werde Lynn Wells hierbehalten, bis sie mir alles gesagt hat, was sie weiß. Ganz egal, was mich das kostet.

Lynn Wells wird diesen Raum nicht verlassen, bis sie mir alles erzählt hat.

Ich rühre mich nicht von der Stelle.

Ich versuche es mit dem irren Blick, kriege ihn aber nicht hin. Ich zittere innerlich, bebe vor Erregung und glaube, dass sie das sehen können.

»Wir können ihm nicht trauen«, sagt Bernadette.

Ich beachte sie nicht und konzentriere mich auf Mrs Wells.

»Vor fünfzehn Jahren«, fange ich an, »bin ich von einem Eishockeyspiel nach Hause gekommen. Ich war achtzehn Jahre alt. In meinem letzten Highschool-Jahr. Ich hatte einen tollen besten Freund – meinen Zwillingsbruder. Und ich hatte eine Freundin, die ich für die Liebe meines Lebens hielt. Ich habe am Küchentisch gesessen und darauf gewartet, dass mein Bruder nach Hause kommt…«

Lynn Wells mustert mein Gesicht. Ich sehe etwas, das ich nicht ganz verstehe. Sie bekommt feuchte Augen. »Ich weiß. Unser beider Leben haben sich in dieser Nacht für immer verändert.«

»Lynn…«

Mit einer kurzen Geste fordert sie Bernadette zum Schweigen auf.

»Was ist passiert?«, frage ich. »Warum ist Maura untergetaucht?«

Bernadette faucht: »Wie wäre es, wenn Sie uns das erzählen?«

Die Reaktion verwirrt mich, aber Lynn legt Bernadette eine Hand auf die Schulter. »Warte draußen.«

»Ich lass dich hier nicht allein.«

»Ich muss Nap unter vier Augen sprechen.«

Bernadette protestiert, hat aber keine Chance, diese Auseinandersetzung zu gewinnen. Ich trete einen halben Schritt zur Seite. Ich bin noch immer nicht bereit, ein Risiko einzugehen. Ich öffne die Tür gerade so weit, dass Bernadette hindurchpasst. Ich bin tatsächlich so bekloppt, dass ich Mauras Mom die ganze Zeit im Auge behalte, als könnte auch sie losstürmen und versuchen, sich durch den Spalt zu zwängen. Sie tut es nicht. Als Bernadette schließlich durch die Tür schlüpft, wirft sie mir noch einen bösen Blick zu.

Mauras Mutter und ich sind allein.

»Setzen wir uns«, sagt sie.

»Du weißt bestimmt, dass Maura und ich damals ein schwieriges Verhältnis hatten.«

Wir haben die beiden Stühle vor Ellies Schreibtisch umgedreht, sodass wir uns ansehen können. Ich entdecke den Ehering an Lynn Wells' linker Hand. Beim Sprechen spielt sie immer wieder damit.

Da sie auf eine Antwort wartet, sage ich: »Ja, das weiß ich.«

»Es war schwierig. Und das war meine Schuld. Zumindest zum größten Teil. Ich habe zu viel getrunken. Ich fand es furchtbar, dass ich als alleinstehende Mutter nicht so viel unternehmen konnte… wobei ich gar nicht weiß, was ich hätte machen wollen. Wahrscheinlich hätte ich einfach noch mehr getrunken. Das Timing hätte auch kaum schlechter sein können – schließlich war Maura ein Teenager und kämpfte mit ihren eigenen Problemen. Außerdem war sie von Natur aus rebellisch. Aber das weißt du ja. Vermutlich hat dich das ja auch angezogen. Wenn das alles zusammenkommt, kann es leicht zu einer…«

Sie ballt die Fäuste und breitet dann die Finger aus, um eine Explosion darzustellen.

»Finanziell waren wir auch nicht gut gestellt. Ich hatte zwei Jobs. Verkäuferin bei Kohl's und Kellnerin bei Bennigan's. Maura hat eine Weile in Teilzeit in Jenson's Zoohandlung gearbeitet. Das weißt du noch, oder?«

»Ja.«

»Weißt du auch noch, warum sie gekündigt hat?«

»Sie sagte etwas von einer Hundeallergie.«

Lynn Wells lächelt freudlos. »Mike Jenson hat ihr dauernd den Hintern betatscht.«

Selbst jetzt, nach all den Jahren, spüre ich, wie mir heiß wird. »Ist das Ihr Ernst?«

Natürlich ist es das. »Maura sagte, du seist ein Hitzkopf. Sie befürchtete, wenn sie es dir erzählt hätte ... ist ja auch egal. Wir haben damals noch in Irvington gewohnt, durch Mauras Arbeit in der Zoohandlung konnten wir kurz in Westbridge reinschnuppern. Eine Kollegin von Kohl's hat mich dann auf eine Idee gebracht. Sie sagte, ich sollte in die billigste Wohnung in einem Ort mit einer guten Schule ziehen. ›Auf die Art bekommt deine Tochter die bestmögliche Bildung‹, sagte sie. Das klang logisch. Natürlich kann man über Maura viel sagen, auf jeden Fall aber war sie blitzgescheit. Also haben wir das gemacht. Kurz darauf habt ihr beide euch dann kennengelernt.«

Lynn Wells verstummt.

»Ich schinde gerade Zeit«, sagt sie.

»Dann überspringen Sie alles andere und erzählen Sie von jener Nacht«, sage ich.

Sie nickt. »Maura ist nicht nach Hause gekommen.«

Ich sage nichts.

»Ich habe das nicht sofort mitbekommen. Nach der Spätschicht bei Bennigan's bin ich noch mit ein paar Freunden weggegangen. Natürlich waren wir etwas trinken. Ich bin dann nicht vor vier Uhr nach Hause gekommen. Oder sogar noch später. Ich weiß es nicht. Kann mich nicht mehr erinnern. Ich glaube auch nicht, dass ich in ihrem Zimmer nachgeguckt habe. Tolle Mutter, was? Es hätte aber wohl auch nichts geändert. Was hätte ich schon anderes machen sollen, wenn mir aufgefallen wäre, dass Maura nicht da war? Wahrscheinlich nichts. Vermutlich hätte ich angenommen, dass sie bei dir ist. Oder vielleicht, dass sie in die Stadt gefahren ist. Sie hat oft Freunde in Manhattan besucht. Seit ihr beide zusammen wart, allerdings seltener. Tja, und als ich schließlich aufgewacht bin und Maura nicht da war, da war es schon fast Mittag. Ich dachte, sie wäre schon wieder weg. Eigentlich logisch, oder? Also habe ich mir nicht viel dabei gedacht. Dann bin ich wieder zur Arbeit gegangen. Eine Doppelschicht bei Bennigan's. Am Abend, kurz vor Küchenschluss, hat der Barkeeper mich zu sich gewinkt und gesagt, es wäre jemand für mich am Telefon. Das war seltsam. Und der Manager hat mich böse angeguckt. Das war dann Maura.«

Mein Handy vibriert in der Tasche. Ich ignoriere es.

»Was hat sie gesagt?«

»Na ja, ich war besorgt. Weil sie, wie schon gesagt, nie bei der Arbeit anrief. Also bin ich ans Telefon und habe gefragt: ›Alles okay mit dir, Schatz?‹, worauf sie nur gesagt hat: ›Mom, ich bin eine Zeit lang weg. Falls jemand fragt… das, was passiert ist, hat mich total mitgenommen, und ich wechsle die Schule.‹ Dann hat sie noch gesagt: ›Sprich nicht mit der Polizei.‹« Sie atmet tief durch. »Weißt du, was ich darauf gesagt habe?«

»Was?«

Wieder lächelt sie traurig. »Ich habe sie gefragt, ob sie high ist. Das war das Erste, was ich meine Tochter gefragt habe, als sie mich anrief und Hilfe brauchte. Ich habe gefragt: ›Bist du high oder so?‹«

»Was hat sie geantwortet?«

»Nichts. Sie hat aufgelegt. Ich weiß nicht einmal, ob sie die Frage noch gehört hat. Und ich hab auch gar nicht kapiert, was sie damit meinte, dass sie das alles zu sehr mitgenommen hätte. Verstehst du, Nap, ich war vollkommen ahnungslos. Ich hatte noch nicht einmal was vom Tod deines Bruders und der jungen Styles gehört. Also habe ich weitergearbeitet, es waren ja noch Gäste da. Zwei Tische hatten sich schon beschwert. Und dann habe ich an einem Tisch gegenüber vom Tresen eine Bestellung aufgenommen – du weißt doch, wie das eingerichtet war, mit den Fernsehern, die überall liefen?«

Ich nicke.

»Na ja, normalerweise lief da immer Sport, aber irgendjemand hatte auf den Nachrichtensender umgeschaltet. Da habe ich es dann gesehen...« Sie schüttelt den Kopf. »Herrgott, war das furchtbar. Es wurden aber keine Namen genannt, daher wusste ich nicht, dass es um deinen Bruder ging oder um wen auch immer. Es wurde nur gesagt, dass zwei Schüler aus Westbridge vom Zug überfahren worden waren. Dadurch ergab Mauras Anruf immerhin ein bisschen Sinn. Ich dachte, deshalb wäre sie so mitgenommen, dass sie für ein paar Tage die Stadt verlassen wollte, um sich zu sammeln. Ich wusste nicht, was ich tun sollte, hatte aber im Lauf des Lebens ein paar Dinge gelernt. Dazu gehört, nicht übereilt zu reagieren. Ich bin nicht die Klügste. Aber wenn man die Wahl zwischen zwei Wegen hat, ist es oft besser zu bleiben, wo man ist, bis man sich orientiert hat. Also habe ich in aller Ruhe meine Schicht beendet. Schließlich ergab das ja, wie schon gesagt, einen gewissen Sinn. Außer vielleicht, na ja, warum sollte ich nicht mit der Polizei sprechen? Das kam mir seltsam vor, aber ich musste mich um meine Arbeit kümmern und habe mir darüber nicht groß den Kopf zerbrochen. Nach meiner Schicht bin ich dann raus zu meinem Auto gegangen. Ursprünglich war ich noch mit einem Mann verabredet, mit dem ich damals öfter mal ausgegangen bin, aber das hatte ich abgesagt. Ich wollte nur noch nach Hause und mich verkriechen. Also bin ich zum Parkplatz gegangen. Er war schon ziemlich leer. Und da haben diese Männer auf mich gewartet.«

Sie wendet sich ab und blinzelt.

»Männer?«, frage ich.

»Sie waren zu viert.«

»Meinen Sie Polizisten oder so etwas?«

»So haben sie sich vorgestellt. Sie haben mir auch Dienstmarken gezeigt.«

»Was wollten sie?«

»Sie wollten wissen, wo Maura ist.«

Ich stelle mir die Szene vor. Bennigan's hat schon vor Jahren zugemacht und ist durch die Filiale einer anderen Restaurantkette namens Marconi Grill ersetzt worden. Den Parkplatz kenne ich aber.

»Was haben Sie denen erzählt?«

»Ich habe gesagt, dass ich es nicht weiß.«

»Okay.«

»Sie waren sehr höflich. Der Anführer, also der, der geredet hat, hatte ganz blasse Haut und so eine Flüsterstimme. Da ist es mir kalt den Rücken heruntergelaufen. Außerdem hatte er sehr lange Fingernägel. Das mag ich bei Männern nicht. Er sagte, Maura würde nicht in Schwierigkeiten stecken. Er sagte, wenn sie sich direkt melden und eine Aussage machen würde, wäre alles in Ordnung. Er war da sehr deutlich.«

»Aber Sie wussten nicht, wo Maura war.«

»Richtig.«

»Und was ist dann passiert?«

»Und dann…« Tränen schießen ihr in die Augen, und sie legt die Hand in einer verzweifelten Geste an ihren Hals. »Ich weiß gar nicht, wie ich das jetzt erzählen soll.«

Ich strecke meine Hand aus und lege sie auf ihre. »Das ist schon in Ordnung.«

Etwas im Raum hat sich verändert. Man spürt es, wie eine elektrische Ladung.

»Was ist dann passiert, Mrs Wells?«

»Was als Nächstes passiert ist…« Sie bricht ab und zuckt die Achseln. »Als Nächstes war es eine Woche später.«

Ich schweige. Dann sage ich: »Das verstehe ich nicht.«

»Ich auch nicht. Das Nächste, an das ich mich erinnere, ist, dass jemand laut an meine Hintertür klopft. Ich mache die

Augen auf und liege in meinem Bett. Ich spähe durchs Rollo, um nachzusehen, wer da ist.«

Sie sieht mich an.

»Das warst du, Nap.«

Daran erinnere ich mich natürlich. Ich weiß, dass ich zu ihrer Wohnung gegangen bin und an die Hintertür gehämmert habe, auf der Suche nach Maura, die sich seit dem Tod meines Bruders nicht mehr bei mir gemeldet hatte, außer um mir kurz mitzuteilen, dass die Nachricht vom Schicksal meines Bruders so furchtbar gewesen sei, dass sie die Stadt verlassen werde.

Und dass es aus sei zwischen uns.

»Ich habe nicht aufgemacht«, sagt sie.

»Ich weiß.«

»Das tut mir leid.«

Ich winke ab. »Sie sagten, das wäre eine Woche später gewesen?«

»Genau das ist das Problem. Weißt du, ich dachte, es wäre der nächste Morgen, aber es war eine ganze Woche vergangen. Ich hatte keine Ahnung, was ich tun sollte. Ich habe dann versucht, dahinterzukommen, was passiert ist. Das Wahrscheinlichste war ja wohl, dass ich extrem viel getrunken und einen ausgedehnten Filmriss hatte, oder? Ich nahm an, dass der blasse Mann mit der Flüsterstimme sich für meine Hilfe bedankt und gesagt hatte, dass ich mich melden solle, sobald ich etwas von Maura höre. Daraufhin bin ich dann wohl in mein Auto gestiegen und auf Sauftour gegangen.« Sie legt den Kopf auf die Seite. »Klingt doch logisch, oder, Nap?«

Es schien schlagartig kühler geworden zu sein.

»Ich glaube aber nicht, dass es so abgelaufen ist.«

»Was ist denn Ihrer Ansicht nach passiert?«, frage ich.

»Ich glaube, dass der blasse Mann mit der Flüsterstimme irgendetwas mit mir gemacht hat.«

Ich höre meine Atemzüge, als würde ich mir Muscheln an die Ohren pressen. »Und was, zum Beispiel?«

»Ich glaube, sie haben mich irgendwo hingebracht und dort noch einmal nachgefragt, wo Maura ist. Direkt nach dem Aufwachen hatte ich eigenartige, vage Erinnerungen. Schlimme Erinnerungen. Aber die sind dann verschwunden, wie ein Traum. Kennst du das? Man wacht auf, erinnert sich an den Albtraum, den man gerade noch hatte, denkt, dass man ihn nie vergessen wird, aber dann lösen sich die Bilder einfach auf.«

Ich höre mich antworten: »Ja.«

»So ist es da auch gewesen. Ich weiß nur noch, dass es schlimm war. Wie ein schlimmer Albtraum. Aber wenn ich versuche, mir Einzelheiten ins Gedächtnis zu rufen, ist es, als würde ich mit den Händen nach einer Rauchwolke greifen.«

Ich nicke, vor allem um überhaupt irgendetwas zu tun, um irgendwie auf diese Tiefschläge zu reagieren. »Und was haben Sie dann getan?«

»Ich habe einfach…« Lynn Wells zuckt die Achseln. »Ich bin zur Arbeit gefahren, zu Kohl's. Ich dachte, ich würde einen Riesenärger bekommen, weil ich einfach nicht zur Arbeit erschienen bin, aber sie sagten, ich hätte mich krankgemeldet.«

»Aber daran erinnern Sie sich auch nicht?«

»Nein. Bei Bennigan's war es das Gleiche. Auch die sagten, ich hätte mich krankgemeldet.«

Ich lehne mich zurück und versuche, das Ganze zu verstehen.

»Ich… ich bin dann auch paranoid geworden. Ich habe mich dauernd verfolgt gefühlt. Sobald ich einen Mann gesehen habe, der Zeitung liest, war ich davon überzeugt, dass er mich beobachtet. Und du bist auch immer wieder bei uns vorbeigekommen, Nap. Ich weiß noch, dass ich dich angeblafft habe, dass du verschwinden sollst. Auf die Dauer konnte das aber nicht so weitergehen. Ich musste irgendetwas tun, bis Maura sich bei mir melden und mir erzählen würde, was los war. Also habe ich das getan, was sie mir aufgetragen hatte. Ich habe dir die Lüge von ihrem Schulwechsel erzählt. Ich habe auch bei der Westbridge High angerufen. Ich habe ihnen erzählt, dass wir umziehen und uns wieder melden, sobald wir wissen, wohin sie Mauras Unterlagen schicken sollten. Und sie haben nicht weiter nachgefragt. Wahrscheinlich waren viele von euren Mitschülern völlig fertig und hatten sich ein paar Tage freigenommen.«

Wieder greift Lynn Wells sich an den Hals. »Ich brauche einen Schluck Wasser.«

Ich stehe auf und gehe um den Schreibtisch herum. Ellie hat einen kleinen Kühlschrank unter dem Fenstersims. Ich überlege, warum Mrs Wells über Ellie an mich herangetreten ist, es gibt aber dringendere Fragen. Als ich den Kühlschrank öffne, sehe ich die pedantisch aufgereihten Wasserflaschen, nehme eine heraus und gebe sie ihr.

»Danke«, sagt sie.

Sie schraubt sie auf und nimmt einen kräftigen Zug wie, tja, eine Alkoholikerin. »Sie haben aufgehört zu trinken?«, frage ich.

»Einmal Alkoholiker, immer Alkoholiker«, sagt sie. »Aber, ja, seit meinem letzten Drink sind dreizehn Jahre vergangen.«

Ich nicke anerkennend, obwohl sie das nicht nötig hat.

»Das habe ich Bernadette zu verdanken. Sie ist mein Fels in der Brandung. Wir haben uns kennengelernt, als ich ganz unten war. Wir haben vor zwei Jahren geheiratet.«

Ich weiß nicht, was ich darauf sagen soll – ich will wieder aufs Thema zurückkommen –, also sage ich einfach: »Okay.« Dann frage ich: »Wann haben Sie das nächste Mal von Maura gehört?«

Sie trinkt noch einen Schluck und schraubt den Verschluss wieder auf die Flasche.

»Tage vergingen. Dann Wochen. Immer wenn das Telefon geklingelt hat, bin ich sofort aufgesprungen. Ich habe überlegt, ob ich irgendjemandem davon erzählen soll. Aber wem? Maura hatte ja gesagt, dass ich nicht zur Polizei gehen soll, und nach meinen Erfahrungen mit dem blassen Typen… Tja, wie ich schon sagte, wenn man nicht sicher ist, ob man den einen oder den anderen Weg nehmen soll, bleibt man lieber, wo man ist. Aber ich hatte Angst. Ich hatte schreckliche Träume. Und ich hatte auch ständig diese schreckliche Flüsterstimme im Ohr, die mich fragte: ›Wo ist Maura?‹ Die ganze Stadt hat um deinen Bruder und Diana getrauert. Auch Dianas Vater, der Polizeichef, war irgendwann bei mir. Auch er hat sich nach Maura erkundigt.«

»Was haben Sie ihm gesagt?«

»Das Gleiche wie allen anderen auch. Maura sei vollkommen erledigt von dem, was passiert ist. Ich habe gesagt, sie sei für eine Weile zu meinem Cousin nach Milwaukee gefahren, danach würde sie die Schule wechseln.«

»Gab es einen Cousin in Milwaukee?«

Sie nickt. »Er hat mir versprochen, mich nicht zu verraten.«

»Und wann haben Sie wieder etwas von Maura gehört?«

Sie starrt die Wasserflasche an, hat eine Hand am weißen Verschluss, die andere unten am Boden. »Drei Monate später.«

Ich stehe da und versuche, mir meine Verblüffung nicht anmerken zu lassen. »Dann haben Sie drei Monate lang…?«

»Ich hatte keine Ahnung, wo sie war. Wir hatten keinen Kontakt. Nichts.«

Ich weiß nicht, was ich sagen soll. Wieder vibriert mein Handy.

»Ich habe mir ständig Sorgen gemacht, die ganze Zeit über. Ich dachte, der blasse Mann mit der Flüsterstimme hätte sie gefunden und umgebracht. Ich habe versucht, ruhig zu bleiben. Was hätte ich denn tun sollen? Zur Polizei konnte ich auch nicht gehen, was hätte ich denen schon sagen können? Wer hätte mir die denn Geschichte von der verschwundenen Woche geglaubt? Oder überhaupt irgendetwas? Wer auch immer diese Männer waren, entweder hatten sie Maura schon umgebracht – oder ich hätte ihnen womöglich geholfen, sie umzubringen, weil ich zu viel Staub aufgewirbelt hätte. Verstehst du, dass ich nichts tun konnte? Es hätte ihr nicht geholfen, wenn ich zur Polizei gegangen wäre. Entweder schaffte sie es alleine, oder …«

»Oder sie war schon tot«, sage ich.

Lynn Wells nickt.

»Und wo haben Sie sie schließlich gesehen?«

»In einem Starbucks in Ramsey. Ich bin auf die Toilette gegangen, und plötzlich stand sie hinter mir.«

»Moment? Sie hat Sie nicht vorher angerufen?«

»Nein.«

»Sie ist da einfach aufgetaucht?«

»Ja.«

Ich versuche, das zu begreifen.

»Und wie ging's dann weiter?«

»Sie sagte, sie sei in Gefahr, aber sie komme schon klar.«

»Was noch?«

»Nichts.«

»Das war alles, was sie gesagt hat?«

»Ja.«

»Und Sie haben sie nicht gefragt …?«

»Natürlich habe ich sie gefragt.« Lynn Wells erhebt zum ersten Mal die Stimme. »Ich habe ihren Arm gepackt und ihn verzweifelt umklammert. Ich habe sie angefleht, mir mehr zu sagen. Ich habe mich für alles entschuldigt, was ich falsch gemacht habe. Sie hat mich umarmt und dann weggestoßen. Sie ist durch die Tür und nach hinten raus. Ich bin ihr gefolgt, aber ... du verstehst das nicht.«

»Dann erklären Sie es mir.«

»Als ich aus der Toilette kam ... da waren diese Männer wieder da.«

Ich warte einen Moment, um mich zu vergewissern, dass ich mich nicht verhört habe. »Dieselben Männer?«

»Nein, nicht genau dieselben, aber ... einer ist auch durch die Hintertür raus. Ich bin zu meinem Auto gegangen und dann ...«

»Was dann?«

Als Lynn Wells aufblickt – als ich sehe, wie ihr Tränen in die Augen schießen und sie die Hand wieder zum Hals führt –, kommt es mir vor, als würde mein Herz in einen tiefen Schacht fallen. »Man könnte annehmen, dass ich die Spannung, die sich aufgebaut hatte, als ich meine Tochter nach so langer Zeit wiedergesehen habe, nur durch eine weitere Sauftour abbauen konnte.«

Ich nehme ihre Hand. »Wie lange war es diesmal?«

»Drei Tage. Aber du verstehst jetzt, was ich meine, oder?«

Ich nicke. »Und Maura hat das alles gewusst.«

»Ja.«

»Sie hat gewusst, dass man Sie verhören würde. Vielleicht mithilfe von Drogen. Vielleicht mit harten Methoden. Und wenn Sie nichts wussten ...«

»Konnte ich nichts verraten.«

»Mehr noch«, sage ich.

»Was meinst du?«

»Maura hat Sie beschützt«, sage ich ihr. »Ganz egal, aus

welchem Grund sie geflohen war, wenn Sie etwas von der Sache gewusst hätten, wären Sie auch in Gefahr gewesen.«

»O mein Gott...«

Ich versuche, mich zu konzentrieren.

»Und wie ging's dann weiter?«

»Ich weiß es nicht.«

»Wollen Sie sagen, dass Sie Maura seit diesem Tag bei Starbucks nicht mehr gesehen haben?«

»Doch, ich habe sie sechs Mal gesehen.«

»In den letzten fünfzehn Jahren?«

Lynn Wells nickt. »Immer wie zufällig. Es war jedes Mal nur eine ganz kurze Begegnung, in der sie mir mitgeteilt hat, dass es ihr gut geht. Eine Zeit lang hatte sie ein E-Mail-Konto für uns beide eingerichtet. Wir haben nie etwas geschickt. Wir haben beide die Nachrichten einfach als Entwürfe gespeichert. Wir kannten beide das Passwort. Sie hat ein VPN verwendet, damit es anonym bleibt. Aber irgendwann ist ihr auch das zu riskant geworden. Und seltsamerweise hatte sie mir so gut wie nichts zu sagen. Ich habe ihr von meinem Leben erzählt. Dass ich Bernadette kennengelernt und aufgehört habe zu trinken. Aber von ihrem Leben hat sie mir nie etwas mitgeteilt. Für mich war das eine Qual.« Sie umklammert die Wasserflasche etwas zu fest. »Ich habe keine Ahnung, wo sie war oder was sie gemacht hat.«

Wieder vibriert mein Handy.

Dieses Mal sehe ich aufs Display. Es ist Augie. Ich führe das Handy zum Ohr.

»Hallo?«

»Wir haben Hank gefunden.«

SIEBZEHN

Erinnerst du dich an die Feier zu Hanks zehntem Geburtstag, Leo?

Es war eins der Jahre, in denen Laser-Tags, NERF-Wars und Sport-Themenpartys ganz groß waren. Eric Kuby hatte damals zu dieser Fußballparty in einer Traglufthalle eingeladen. Alex Cohen hat ihren Geburtstag in diesem Einkaufszentrum mit Minigolfplatz und dem Regenwald-Café gefeiert. Bei Michael Stotter gab's Videospiele und virtuelle Achterbahnen. Wir wurden festgeschnallt, die Sitze haben gewackelt, und wir haben gekreischt. Wir hatten wirklich das Gefühl, dass wir in einer Achterbahn sitzen. Dir ist sogar übel geworden.

Hanks Party war anders – genau wie Hank. Sie fand in einem wissenschaftlichen Labor an der Reston University statt. Ein Mann mit einer dicken Brille und einem weißen Laborkittel hat mit uns diverse Experimente durchgeführt. Wir haben aus Boraxpulver und flüssigem Klebstoff Slime hergestellt. Wir haben Flummis hergestellt, die enorm hoch gesprungen sind, und riesige Eismurmeln gebastelt. Es ging um chemische Reaktionen, Feuer und statische Elektrizität. Die Party war viel unterhaltsamer, als ich erwartet hatte – ein Nerd-Paradies, in dem sogar die Sportskanonen Spaß hatten. Am besten erinnere ich mich aber an Hanks Gesichtsausdruck, die weit aufgerissenen Augen und das verträumte, leicht idiotische Lächeln, das er gar nicht mehr aus dem Gesicht bekam. Schon damals, schon als Zehnjähriger, habe ich verstanden, wie glücklich Hank war, wie sehr er in seinem Element (ha, ha) war und wie selten einer von uns ein solches Hochgefühl erlebte. Schon damals hätte ich – ohne dass ich es hätte in Worte fassen können – gerne die Zeit für ihn angehalten. Damit er länger in diesem Augenblick, in diesem Raum hätte verweilen können, mit seinen Freunden und seiner Leidenschaft – länger als diese Dreiviertelstunde Unterhaltung und die anschließende Viertelstunde gemeinsames Kuchenessen. Ich denke gerade zurück an diese Party, an die reine Glückseligkeit, die Hank damals empfunden hat, an die verschiedenen Wege, die unsere Leben eingeschlagen haben. Ich überlege, was in der Zeit zwischen dieser Party und dem gegenwärtigen Moment geschehen ist, welche Verbindung zwischen dem glücklichen Jungen mit dem idiotischen Lächeln und der nackten, verstümmelten Leiche besteht, die vor mir an einem Strick im Baum hängt.

Selbst wenn ich dieses Gesicht ansehe – aufgequollen, verzerrt, sogar schon leicht verwest – habe ich noch den kleinen Jungen auf der Party vor Augen. Schon seltsam, dass es einem bei Menschen, mit denen man aufgewachsen ist, oft so geht. Die anderen weichen einen Schritt zurück, als ihnen der Gestank in die Nase steigt, aus irgendeinem Grund stört er mich nicht. Ich habe schon viele Leichen gesehen. Hanks nackter Körper sieht aus, als hätte ihm jemand die Knochen herausgerissen, wie eine Marionette, die nur an einem Faden hängt. Sein Rumpf ist übersät mit Schnittwunden, die vermutlich von einer scharfen Klinge stammen, die größte Wunde fällt allen jedoch sofort ins Auge.

Hank wurde kastriert.

Ich bin von zwei meiner Vorgesetzten umgeben. Rechts von mir steht Loren Muse, die Staatsanwältin von Essex County. Links steht Augie. Wir starren die Leiche schweigend an.

Muse dreht sich zu mir um. »Ich dachte, du hättest ein paar

Tage Urlaub beantragt, um private Angelegenheiten zu erledigen.«

»Jetzt nicht mehr. Ich will diesen Fall.«

»Du kanntest das Opfer, oder?«

»Das ist Jahre her.«

»Trotzdem. Keine Chance.« Muse ist eine dieser kleinen Frauen, die viel Stärke ausstrahlen. Sie deutet auf den Mann, der den Hügel herunterkommt. »Manning übernimmt das.«

Augie hat immer noch kein Wort gesagt. Auch er hat in seinem Leben viele Leichen gesehen, ist aber aschfahl. Für Mordfälle ist das County zuständig. Die Polizei aus Westbridge – Augies Abteilung – unterstützt es nur. Meine Aufgabe wird darin bestehen, die Verbindung zwischen den beiden Dienststellen aufrechtzuerhalten.

Muse dreht sich um und mustert die Straße auf dem Hügel. »Hast du die vielen Übertragungswagen gesehen?«

»Ja.«

»Weißt du auch, warum es so viele sind?«

Das weiß ich. »Das virale Video.«

Muse nickt. »Ein Mann wird durch einen Akt von Selbstjustiz im Internet als Sexualtäter geoutet. Das Video wurde so etwa drei oder vier Millionen Mal angeklickt. Jetzt wird dieser Mann aufgehängt an einem Baum im Wald gefunden. Wenn herauskommt, dass er kastriert wurde…«

Sie braucht nicht weiterzureden. Wir verstehen, was sie meint. Die Scheiße würde uns bis zum Hals stehen. Jetzt bin ich fast froh, dass ich die Ermittlung nicht leite.

Alan Manning geht an uns vorbei, als wären wir gar nicht da. Neben Hanks leicht schaukelnder Leiche bleibt er stehen und untersucht sie ziemlich theatralisch. Ich kenne Manning. Er ist kein schlechter Detective. Aber eben auch kein guter.

Muse tritt einen Schritt zurück. Augie und ich folgen ihr.

»Augie meinte, du hättest mit der Mutter gesprochen, die das Video gepostet hat?«, sagt sie zu mir.

»Suzanne Hanson.«

»Was hat sie gesagt?«

»Dass sie gelogen hat. Hank hat sich nicht entblößt.«

Muse dreht sich langsam zu mir um. »Wie bitte?«

»Mrs Hanson passte es einfach nicht, dass ein Störenfried in der Nähe der Schule herumlungerte.«

»Und jetzt ist er tot«, sagt Muse und schüttelt den Kopf.

Ich antworte nicht.

»Ignoranz, Dummheit...« Wieder schüttelt sie den Kopf. »Ich guck mal, ob wir etwas finden, für das wir sie vor Gericht stellen können.«

Ich habe damit kein Problem.

»Glaubst du, Mrs Hanson könnte in die Sache verwickelt sein?«, fragt Muse.

Nein, denke ich. Und ich will ehrlich sein. Ich will keine falsche Spur legen, um Manning zu verwirren, aber ich will auch das Beste für den Fall – was eine leichte Verwirrung beinhalten kann. Also antworte ich: »Wahrscheinlich wäre es nicht schlecht, wenn Manning bei den Hansons anfängt.«

Wieder starren wir zur Leiche hinauf. Manning umkreist sie von unten mit nachdenklicher Miene. Er führt sich zu theatralisch auf, fast wie ein Kommissar im Fernsehen. Gleich zieht er ein riesiges Vergrößerungsglas aus der Tasche, wie Sherlock Holmes.

Augie starrt die Leiche immer noch an. »Ich kenne Hanks Vater.«

»Dann ist es vielleicht am besten, wenn du die schlechte Nachricht überbringst«, sagt Muse. »Und zwar so schnell wie möglich, wenn man sich anguckt, wie viel Presse hier schon herumschwirrt.«

»Hast du etwas dagegen, wenn ich ihn begleite?«, frage ich.

Sie zuckt die Achseln. »Wenn du meinst.«

Wir machen uns auf den Weg. Franco Cadeddu, der Gerichtsmediziner des Countys und ein netter Kerl, ist gerade angekommen. Als wir an ihm vorbeigehen, nickt er ernst. Am Tatort ist Franco vollkommen vertieft in seine Arbeit. Ich nicke zurück. Augie nicht. Wir gehen weiter. Die Kollegen von der Spurensicherung kommen uns in Ganzkörperanzügen und mit Mundschutz entgegen. Augie würdigt sie keines Blickes. Er stapft mit starrer Miene auf die ihm bevorstehende, schwere Aufgabe zu.

»Das ergibt keinen Sinn«, sage ich.

Es dauert einen Moment, bis Augie entgegnet: »Was genau?«

»Hanks Gesicht.«

»Was ist damit?«

»Es ist nicht blau angelaufen, hat nicht einmal einen dunkleren Farbton als der Rest der Leiche.«

Augie antwortet nicht.

»Also wurde er nicht stranguliert, und sein Hals ist auch nicht gebrochen«, sage ich.

»Franco wird das feststellen.«

»Und noch etwas: der Geruch – das ist mehr als ranzig. Man sieht schon eine leichte Verwesung.«

Augie geht weiter.

»Hank ist vor drei Wochen verschwunden«, sage ich. »Ich nehme an, dass er schon so lange tot ist.«

»Lass uns einfach auf Francos Ergebnisse warten.«

»Wer hat die Leiche gefunden?«

»David Elefant«, sagt Augie. »Er ist mit seinem Hund spazieren gegangen. Der Hund war nicht angeleint, ist irgendwann abgehauen und hat angefangen zu jaulen.«

»Wie oft macht Elefant das?«

»Was?«

»Hier mit seinem Hund spazieren gehen? Diese Schlucht liegt zwar etwas abseits, wirklich abgeschieden ist sie aber auch nicht.«

»Keine Ahnung. Wieso?«

»Nehmen wir mal an, dass ich richtig liege. Nehmen wir an, dass Hank schon seit drei Wochen tot ist.«

»Okay.«

»Wenn Hanks Leiche die ganze Zeit da oben im Baum gehangen hätte, meinst du nicht, dass ihn vorher jemand gesehen hätte? Oder gerochen, bei dem Gestank? So weit sind wir ja schließlich auch nicht von der Zivilisation entfernt.«

Augie antwortet nicht.

»Augie?«

»Ich hab's gehört.«

»Irgendwas stimmt hier nicht.«

Schließlich bleibt er stehen, dreht sich um und betrachtet den Tatort aus der Entfernung. »Ein Mann wurde kastriert und in einen Baum gehängt«, sagt er. »Natürlich stimmt hier etwas nicht.«

»Ich glaube nicht, dass es dabei um dieses virale Video geht«, sage ich.

Augie antwortet nicht.

»Ich glaube, es geht dabei um den Conspiracy Club und die alte Militärbasis. Ich glaube, es geht um Rex, Leo und Diana.«

Als ich den Namen seiner Tochter nenne, zuckt er zusammen.

»Augie?«

Er dreht sich um und geht weiter. »Später«, sagt er.

»Was ist?«

»Wir sprechen später darüber«, sagt Augie. »Erst mal muss ich Tom erzählen, dass sein Junge tot ist.«

Tom Stroud starrt auf seine Hände. Seine Unterlippe zittert. Er hat nichts gesagt, kein einziges Wort, seit er die Tür geöffnet hat. Er wusste es. Sofort. Er hat unsere Gesichter gesehen und wusste Bescheid. So ist das oft. Oft heißt es, die erste Phase im Trauerprozess sei die Verleugnung. Als regelmäßiger Überbringer niederschmetternder Nachrichten habe ich die Erfahrung gemacht, dass das Gegenteil zutrifft: Die erste Phase ist das sofortige vollständige Verstehen. Man hört die Nachricht und realisiert sofort, wie verheerend sie ist, dass es kein Entrinnen gibt, dass der Tod endgültig ist, dass deine bisherige Welt in Schutt und Asche liegt und niemals wieder dieselbe sein wird. Man erkennt das innerhalb weniger Sekunden. Die Erkenntnis durchströmt deine Adern und überwältigt dich. Dir bricht das Herz. Du bekommst weiche Knie. Jeder Körperteil will aufgeben und den Dienst quittieren. Du willst dich zu einer Kugel zusammenrollen. Du willst dich fallen lassen, einen unendlich tiefen Schacht einfach hinabstürzen, ohne dass es jemals aufhört.

Erst dann setzt die Verleugnung ein.

Die Verleugnung rettet dich. Sie errichtet einen Schutzzaun. Das Nichtwahrhabenwollen packt dich, bevor du über die Kante springst. Deine Hand liegt auf einer heißen Herdplatte. Die Verleugnung zieht sie für dich weg.

Die Erinnerungen an jene Nacht bestürmen mich, als wir Tom Strouds Haus betreten, und auch in mir sehnt sich etwas nach diesem Schutzzaun. Ich hielt es für eine gute Idee mitzukommen, aber zu sehen, wie Augie eine schlechte Nachricht übermittelt – die denkbar schlechteste Nachricht, genau wie er das in jener Nacht getan hat, in der du gestorben bist –, macht mir mehr zu schaffen, als ich erwartet habe. Ich blinzle, und Tom Stroud hat sich irgendwie in Dad verwandelt. Genau wie Dad damals starrt er auf den Tisch. Auch er zuckt, als würden Schläge auf ihn einprasseln. Augies Stimme – eine Mischung aus Härte, Zartheit, Mitgefühl und Distanziertheit – ruft in mir mehr und deutlichere Bilder hervor als jeder visuelle Eindruck oder Geruch: ein albtraumhaftes Déjà-vu, als er ein weiteres Mal einem Vater die Nachricht vom Tod seines Sohnes überbringt.

Die beiden älteren Männer setzen sich in die Küche. Ich bleibe hinter Augie stehen, knapp drei Meter von ihm entfernt, bin bereit, als Ersatzmann einzuspringen, hoffe aber, dass der Trainer mich nicht braucht. Ich habe weiche Knie. Ich versuche, mir das Ganze irgendwie zusammenzureimen, es ergibt aber immer weniger Sinn. Ich bin sicher, dass sich die offiziellen Ermittlungen des Countys, die Manning leitet, auf das virale Video konzentrieren werden. Sie werden es als eine zusammenhängende Kette von Ereignissen betrachten: Das virale Video wird gepostet, die Öffentlichkeit ist aufgebracht, irgendjemand nimmt die Angelegenheit selbst in die Hand.

Es passt. Es ist logisch. Es könnte sogar stimmen.

Die andere Theorie ist diejenige, die ich verfolgen werde. Irgendjemand bringt die Mitglieder des alten Conspiracy Clubs um. Von den sechs potenziellen Mitgliedern wurden vier getötet, bevor sie fünfunddreißig Jahre alt waren. Wie wahrscheinlich ist es, dass da keine Verbindung besteht? Zuerst Leo und Diana. Dann Rex. Jetzt Hank. Wo Beth ist, weiß ich nicht. Und dann ist da natürlich noch Maura, die in jener Nacht etwas gesehen hat, was sie veranlasste, für immer unterzutauchen.

Es sei denn...

Warum gerade jetzt? Sagen wir, die Mitglieder des Clubs hätten in jener Nacht alle irgendetwas gesehen, das sie nicht hätten sehen dürfen. Auch das mag jetzt paranoid klingen, selbst wenn sie sich Conspiracy Club nannten, aber ich muss die Theorie durchspielen.

Angenommen, sie alle hätten in jener Nacht etwas gesehen.

Vielleicht sind sie weggerannt – und die Bösen haben... nur Leo und Diana erwischt? Okay, bleiben wir fürs Erste dabei. Aber wie ging es weiter? Haben sie Leo und Diana zu den Bahngleisen auf der anderen Seite der Stadt gebracht und dann einen Unfall mit dem Zug vorgetäuscht? Okay, möglich. Angenommen, die anderen wären abgehauen. Maura haben sie nicht zu fassen bekommen. So weit, so gut.

Aber was ist mit Rex, Hank und Beth?

Die haben sich nicht versteckt. Sie sind weiter auf die Highschool gegangen und haben mit den anderen ihren Abschluss gemacht.

Warum haben die Bösen von der Basis sie nicht umgebracht?

Warum haben sie damit fünfzehn Jahre gewartet?

Und wo wir gerade über die zeitliche Abfolge der Ereignisse sprechen – warum haben die Bösen Hank in etwa zum selben Zeitpunkt umgebracht, zu dem das Video viral gegangen ist? Ergibt das irgendeinen Sinn?

Nein.

Wie passt das virale Video da dann überhaupt hinein?

Ich muss irgendetwas übersehen.

Schließlich fängt Tom Stroud an zu weinen. Sein Kinn sackt auf seine Brust. Seine Schultern zucken. Augie legt seine Hand auf Toms Oberarm. Es ändert nichts. Augie rückt näher zu ihm. Tom beugt sich vor, lehnt den Kopf an Augies Schulter und fängt an, haltlos zu schluchzen. Jetzt sehe ich Augie im Profil. Er schließt die Augen. Ich sehe den Schmerz in seinem Gesicht. Toms Schluchzen wird lauter. Die Zeit vergeht. Keiner bewegt sich. Das Schluchzen nimmt allmählich ab. Schließlich verklingt es ganz. Tom Stroud löst sich von Augies Schulter und sieht ihm in die Augen.

»Danke, dass du persönlich Bescheid gesagt hast«, sagt Tom Stroud.

Augie gelingt es zu nicken.

Tom Stroud wischt sich mit dem Ärmel übers Gesicht und ringt sich eine Art Lächeln ab. »Jetzt haben wir etwas gemeinsam.«

Augie sieht ihn fragend an.

»Na ja, etwas Schreckliches«, fährt Tom fort. »Wir haben beide unsere Kinder verloren. Jetzt kann ich deinen Schmerz nachempfinden. Das ist… das ist, als wären wir beide Mitglieder im schlimmsten Club, den man sich vorstellen kann.«

Jetzt zuckt Augie, als würden Schläge auf ihn einprasseln.

»Glaubst du, dass das abscheuliche Video etwas damit zu tun hat?«, fragt Tom.

Ich warte darauf, dass Augie antwortet, doch der wirkt völlig abwesend. Also übernehme ich das.

»Die Ermittler werden dem sicher nachgehen«, sage ich.

»Das hat Hank nicht verdient. Selbst wenn er sich entblößt hat…«

»Hat er nicht.«

Tom sieht mich an.

»Es war eine Lüge. Einer Mutter hat es nicht gefallen, dass Hank sich in der Nähe der Schule aufhält.«

Tom Strouds Augen werden groß. Wieder denke ich an die Trauerphasen. Verleugnung kann schnell in Zorn umschlagen. »Sie hat es erfunden?«

»Ja.«

Sein Gesichtsausdruck verändert sich nicht, man spürt aber, dass seine Körpertemperatur ansteigt. »Wie heißt sie?«

»Das dürfen wir Ihnen nicht sagen.«

»Glauben Sie, dass sie es war?«

»Ob ich glaube, dass sie Hank umgebracht hat?«

»Ja.«

Ich gebe eine ehrliche Antwort. »Nein.«

»Wer dann?«

Ich erkläre, dass die Ermittlungen gerade erst begonnen haben, und bringe auch die klassischen »Wir tun, was wir können«-Plattitüden. Ich frage ihn, ob er jemanden hat, den er anrufen kann, der sich um ihn kümmert. Das hat er – einen Bruder. Augie sagt kaum ein Wort, hält sich am Türrahmen fest und schwankt auf den Hacken vor und zurück. Ich beruhige Tom, so gut ich kann, meine Aufgabe ist es aber nicht, hier den Babysitter zu spielen. Augie und ich waren lange genug hier.

»Danke, noch mal«, sagt Tom Stroud an der Tür.

Nur für den Fall, dass ich womöglich noch nicht genug Banalitäten von mir gegeben habe, stammele ich: »Mein Beileid.«

Augie geht als Erster und stapft den Weg entlang. Ich muss mich beeilen, um ihn einzuholen.

»Was ist los?«

»Nichts.«

»Du bist da drinnen auf einmal ganz still geworden. Ich dachte schon, du hättest auf dem Handy neue Informationen bekommen oder so was.«

»Nein.«

Wir sind am Auto, und Augie entriegelt die Türen. Wir steigen ein.

»Also, was ist los?«, frage ich.

Augie starrt mit finsteren Blicken auf Tom Strouds Haus. »Hast du gehört, was er zu mir gesagt hat?«

»Meinst du Tom Stroud?«

Er starrt weiter auf die Haustür. »Wir beide, er und ich, hätten jetzt etwas gemeinsam.« Sein Gesicht zuckt. »Er könne meinen Schmerz nachempfinden.«

Seine Stimme trieft vor Verachtung. Sein Atem geht schwer und schleppend. Ich weiß nicht, was ich tun oder darauf sagen soll, also warte ich ab.

»Ich habe eine schöne, strahlende, siebzehnjährige Tochter verloren, ein Mädchen, dem die Welt offenstand. Sie war mein Ein und Alles, Nap. Verstehst du das? Sie war mein Leben.«

Er starrt mich immer noch mit demselben finsteren Blick an. Ich sehe ihm in die Augen und rühre mich nicht.

»Ich habe Diana morgens geweckt, wenn sie Schule hatte. Ich habe ihr jeden Mittwoch Pfannkuchen mit Schokostückchen gemacht. Als sie klein war, bin ich jeden Samstagmorgen mit ihr zum Armstrong Diner gefahren, nur wir beide, dann sind wir zu Silverman's gegangen und haben Haargummis oder Neon-Zopfbänder oder diese Schildpatt-Haarspangen gekauft. Sie hat diesen Krimskrams für die Haare gesammelt. Ich war nur der ignorante Dad, der keine Ahnung von solchen Dingen hatte. Das Zeug war noch da, als ich ihr Zimmer ausgeräumt habe. Ich hab das alles weggeworfen. Als sie in der siebten Klasse rheumatisches Fieber bekam, habe ich acht Nächte hintereinander im Saint Barnabas auf einem Stuhl geschlafen. Ich habe im Krankenhaus gesessen, sie angesehen und Gott angefleht, ihr niemals etwas anzutun. Ich bin zu jedem Feldhockeyspiel gegangen, zu jedem Schulkonzert, jeder Tanzvorführung, jeder Zeugnisfeier, jedem Elternsprechtag. Als sie ihr erstes Date hatte, bin ich ihr und ihrem Verehrer heimlich ins Kino gefolgt, weil ich so unruhig war. Wenn sie abends unterwegs war, habe ich wach gelegen, bis ich wusste, dass sie sicher wieder nach Hause gekommen war. Ich habe ihr beim Schreiben der Essays für die College-Bewerbungen geholfen, die am Ende niemand gelesen hat, weil sie vorher gestorben ist. Ich habe das Mädchen jeden einzelnen Tag von ganzem Herzen geliebt, und er…«, Augie spuckt das

Wort fast in Richtung von Tom Strouds Haus, »… glaubt, wir hätten jetzt etwas gemeinsam? Er, ein Mann, der seinen Sohn im Stich gelassen hat, als es nicht mehr so gut lief, glaubt, er könne meinen Schmerz nachempfinden?«

Beim Wort »meinen« schlägt er sich auf die Brust. Dann fängt er sich und wird ganz still. Er schließt die Augen.

Einen kurzen Moment lang will ich etwas Versöhnliches sagen, ihm zu bedenken geben, dass Tom Stroud gerade seinen Sohn verloren hat und wir deshalb nicht so streng mit ihm sein dürfen. Andererseits verstehe ich genau, was Augie meint, und habe nicht das Gefühl, mich so großherzig geben zu müssen.

Als Augie die Augen wieder öffnet, starrt er weiter auf das Haus. »Vielleicht müssen wir das auch noch einmal aus einem anderen Blickwinkel betrachten«, sagt er.

»Und der wäre?«

»Wo war Tom Stroud all die Jahre?«

Ich sage nichts.

»Er behauptet, er wäre im Westen gewesen«, fährt Augie fort, »und hätte dort einen Waffen- und Angelladen geführt.«

»Mit einem Schießstand«, ergänze ich.

Jetzt starren wir beide auf das Haus.

»Er hat auch behauptet, dass er gelegentlich zurückgekommen wäre. Dass er versucht hätte, Kontakt zu seinem Sohn aufzunehmen, der ihn aber zurückgewiesen hätte.«

»Und?«

Augie antwortet einen Moment lang nicht. Dann stößt er einen langen Atemzug aus und sagt: »Vielleicht ist er ja auch schon vor fünfzehn Jahren zurückgekommen.«

»Klingt ziemlich unwahrscheinlich«, sage ich.

»Das stimmt«, gibt Augie zu. »Trotzdem könnte es eine gute Idee sein festzustellen, wo er wann war.«

ACHTZEHN

Als ich zu Hause ankomme, sind die Walshes in ihrem Garten. Ich begrüße sie mit einem breiten Smiley-Lächeln. Seht nur, wie harmlos dieser alleinstehende Mann ist. Sie winken zurück.

Natürlich kennen alle deine tragische Geschichte. Sie ist hier in der Gegend schon fast eine Legende. Erstaunlich nur, dass keiner von Westbridges Möchtegern-Springsteens die »Ode an Leo und Diana« oder etwas Ähnliches geschrieben hat. Trotzdem glauben alle, dass ihnen so etwas nicht passieren kann. So sind die Menschen. Dass sie danach lechzen, alle Einzelheiten ganz genau zu erfahren, hat nicht nur mit ihrem Hang zum Morbiden zu tun – wobei das zweifelsohne mit hineinspielt –, sondern vielmehr damit, dass sie ganz sicher gehen wollen, dass ihnen das auf keinen Fall passieren kann. Diese Teenager haben sich betrunken. Sie haben Drogen genommen. Sie haben sich extrem riskant verhalten. Ihre Eltern haben sie nicht richtig erzogen. Sie haben nicht aufgepasst. Was auch immer. Uns kann das jedenfalls nicht passieren.

Nicht nur die Trauernden neigen zur Verleugnung.

Beth Lashley hat sich immer noch nicht auf meinen Anruf gemeldet. Das gefällt mir nicht. Ich rufe die Polizei in Ann Arbor an, stelle mich vor, bitte darum, mit einem Detective sprechen zu dürfen und werde mit Carl Legg verbunden. Ich erkläre ihm, dass ich eine Kardiologin namens Beth Fletcher, geborene Lashley, suche, und von ihren Praxismitarbeitern von Pontius zu Pilatus geschickt werde.

»Wird sie in Verbindung mit einem Verbrechen gesucht?«, fragt Legg.

»Nein. Aber ich muss sie sprechen.«

»Ich fahre persönlich zur Praxis rüber.«

»Danke.«

»Kein Problem. Sobald ich etwas in Erfahrung gebracht habe, rufe ich Sie an.«

Es ist ruhig im Haus, die Geister schlafen. Ich gehe in den ersten Stock und ziehe am Griff. Die Dachbodenleiter gleitet herunter. Ich steige sie hinauf und versuche mich zu erinnern, wann ich zum letzten Mal hier oben war. Wahrscheinlich als ich geholfen habe, deine Sachen hier raufzubringen – falls ich das überhaupt getan habe. Ich erinnere mich nicht mehr daran. Vielleicht wollte Dad es mir ersparen und hat es alleine gemacht. Dein Tod kam unerwartet. Dads nicht. Wir hatten genug Zeit, uns zu verabschieden. Er hat sein Schicksal akzeptiert, selbst wenn ich es verleugnet habe. Als sein Körper schließlich aufgab, hatte Dad sich – also vor allem mich – von seinen weltlichen Besitztümern entlastet. Er hatte seine Kleidung selbst weggegeben. Er hatte sein Zimmer selbst entrümpelt.

Er hat aufgeräumt, bevor der Sensenmann ihn geholt hat, damit ich das nicht tun musste.

In der Mansarde ist es, wie nicht anders zu erwarten, heiß und muffig. Das Atmen fällt mir schwer. Ich rechne damit, auf stapelweise Kartons und einen Haufen alte Koffer zu stoßen, wie man es aus Filmen kennt, finde aber nur sehr wenig. Dad hat nur ein paar Holzplanken ausgelegt, mehr nicht, der Rest des Fußbodens besteht aus rosa Dämmstoff. Daran erinnere ich mich am besten. Als Kinder waren wir beide oft hier oben und haben gespielt, dass wir auf den Planken bleiben mussten, weil wir beim Betreten des rosa Materials durchbrechen und auf dem Fußboden im ersten Stock landen würden. Ich weiß nicht, ob das stimmt, Dad hat es uns jedenfalls immer erzählt. Ich erinnere mich, dass ich als Kind Angst vor dem Isoliermaterial hatte, als wäre es eine Art Treibsand, der mich verschlingen und nie wieder freigeben würde.

Im wahren Leben hat man es nie mit Treibsand zu tun, oder? Schon seltsam, dass man nie von jemandem hört, der in Treibsand versunken oder gar darin umgekommen ist, wenn man bedenkt, wie allgegenwärtig dieses Motiv in Film und Fernsehen ist.

Solche Gedanken gehen mir durch den Kopf, als ich den Karton in der Ecke entdecke. Mehr nicht. Einen Karton, Leo. Wie du weißt, war Dad kein großer Freund materieller Güter. Deine Kleidung ist verschwunden. Deine Spielsachen sind verschwunden. Das Loslassen ist ein Teil des Trauerprozesses, ich weiß aber nicht mehr genau, zu welcher Phase es gehört. Vielleicht zur Akzeptanz, wobei Akzeptanz eigentlich der letzte Schritt sein soll, und auch Dad musste nach dem Loslassen noch einiges durchstehen. Dad war natürlich auch ein sehr emotionaler Mensch, aber sein Schluchzen, das den ganzen Körper erschütterte – die Brust hob sich, und die Schultern zitterten, während er durchdringende Klagelaute ausstieß –, hat mir Angst eingejagt. Zwischenzeitlich dachte ich, sein Körper würde zerplatzen, die unablässige Pein würde seinen Rumpf in Stücke reißen oder so etwas.

Und nein, von Mom haben wir nichts gehört.

Hat Dad Kontakt zu ihr aufgenommen und es ihr mitgeteilt? Ich weiß es nicht. Ich habe nicht gefragt. Und er hat es mir nicht erzählt.

Ich öffne den Karton, um nachzusehen, was Dad aufbewahrt hat. Jetzt fällt mir etwas ein, auf das ich bis zu diesem Augenblick noch nicht gekommen bin: Dad wusste, dass du diesen Karton nicht mehr öffnen würdest, und ihm war auch klar, dass er selbst ihn nicht mehr öffnen würde, also muss alles, was sich darin befindet, was er hineingepackt hat, für mich wertvoll sein. Alles, was er aufbewahrt hat, hat er für mich aufbewahrt, weil er glaubte, dass ich es eines Tages haben wollen würde.

Der Karton ist mit Klebeband verschlossen. Es lässt sich nur schwer ablösen. Ich ziehe einen Schlüssel aus der Tasche und fahre damit die Rille entlang. Dann klappe ich die Laschen auf und blicke in den Karton. Ich weiß nicht, was ich erwarte. Ich kenne dich. Ich kenne dein Leben. Wir haben uns dein ganzes Leben lang ein Zimmer geteilt. Es ist nicht so, dass es größere klärungsbedürftige Leerstellen gäbe.

Doch als ich das Foto sehe, das ganz oben liegt, ist das Gefühl der Verlorenheit sofort wieder da. Es ist ein Schnappschuss von uns vieren – du und Diana, Maura und ich. Natürlich erinnere ich mich, wann und wo es entstanden ist. Es war bei Diana im Garten. An ihrem siebzehnten – ihrem letzten – Geburtstag. Es war ein lauer Oktoberabend. Wir hatten den Tag unten im Six-Flags-Great-Adventure-Freizeitpark verbracht. Ein Freund von Augie, ein pensionierter Polizist, der für einen wichtigen Sponsoren des Parks arbeitete, hatte uns Armbänder besorgt, mit denen wir einen unbegrenzten Schnellzugang zu den Attraktionen hatten. Keine Schlangen an den Achterbahnen, Leo. Weißt du noch? Eigentlich habe ich nur wenige Erinnerungen an diesen Tag mit dir und Diana. Wir haben uns getrennt. Ihr beide habt den größten Teil des Tages im Spielhallen-Bereich verbracht – jetzt fällt mir ein, dass du einen Plüschpikachu für sie gewonnen hast –, und ich bin mit Maura zu den wildesten Achterbahnen gegangen.

Maura hat ein Bustier getragen, bei dessen Anblick ich einen trockenen Mund bekommen habe. Ihr habt da noch so ein komisches Foto mit einer der Looney-Tunes-Figuren gemacht. Welche war es noch? Ich wette es ist… ja, das zweite Foto. Ich nehme es in die Hand. Diana steht links und du rechts von Tweety vor dem Six-Flags-Springbrunnen.

Zwei Wochen danach wart ihr tot.

Ich sehe mir das Foto von uns vieren noch etwas länger an. Auf dem Foto ist es Nacht. Hinter uns sind weitere Partygäste zu sehen. Vermutlich sind wir müde – es war ein langer Tag. Maura sitzt auf meinem Schoß, und wir beide hielten uns auf eine Art umschlungen, wie es wohl nur verliebte Teenager können. Du sitzt neben Diana. Sie lächelt nicht. Du siehst aus, als wärst du bekifft. Deine Augen sind glasig, dein Blick ist völlig vernebelt. Außerdem wirkst du… am ehesten wohl bekümmert. Damals ist mir das nicht aufgefallen. Ich war wohl mit meinem eigenen Kram beschäftigt: Maura, Eishockey und der Bewerbung für ein erstklassiges College. Das Schicksal, da war ich mir sicher, würde für mein zukünftiges Glück sorgen, obwohl ich keinen echten Plan oder auch nur eine Idee hatte, was ich werden wollte. Ich wusste nur, dass ich unglaublich erfolgreich sein würde.

Es klingelt an der Tür.

Ich lege das Foto zurück in den Karton und stehe auf, aber die Decke ist zu niedrig. Gebückt gehe ich zur Luke. Als ich die Leiter hinunterklettere, klingelt es wieder. Dann noch einmal. Ungeduldig.

»Ich komme«, rufe ich.

Ich stapfe die Treppe hinunter und erkenne durchs Fenster, dass es mein alter Schulkamerad David Rainiv ist. Sein hochwertiger Anzug sieht aus, als wäre er von einem höheren Wesen geschneidert worden. Ich öffne die Tür. Sein Gesicht ist aschfahl und eingefallen, obwohl seine Hermès-Krawatte in einem perfekten Windsorknoten gebunden ist.

»Ich hab das von Hank gehört.«

Ich frage nicht, woher er das weiß. Der alte Spruch, dass schlechte Nachrichten sich schnell verbreiten, war nie zutreffender als im Internet-Zeitalter.

»Stimmt das?«

»Ich darf wirklich nichts darüber sagen.«

»Es heißt, er hätte an einem Baum gehangen.«

Die Trauer ist ihm tief ins Gesicht gebrannt. Mir fällt wieder ein, dass er helfen wollte, als ich mich am Basketballplatz nach Hank erkundigt habe. Sinnlos, ihm gegenüber hart zu bleiben. »Mein Beileid.«

»Hat Hank sich selbst erhängt?«, fragt David, »oder wurde er ermordet?«

Erst will ich wieder antworten, dass ich nicht darüber sprechen darf, aber ich sehe diese eigenartige Verzweiflung in seinem Gesicht. Ich frage mich, ob er nur zu mir gekommen ist, um sich das Gerücht bestätigen zu lassen, oder ob er noch weitere Gründe hat.

»Ermordet«, sage ich.

Er schließt die Augen.

»Weißt du etwas darüber?«, frage ich.

Seine Augen bleiben geschlossen.

»David?«

»Ich kann es nicht genau sagen«, erwidert er schließlich. »Es wäre aber möglich.«

NEUNZEHN

Die Rainivs wohnen ganz am Ende einer schicken, neuen Sackgasse in einem dieser geschmacklosen, zu groß geratenen Häuser mit Indoor-Pool, Tanzsaal, etwa achthundert Bädern und hunderttausend Quadratmetern ungenutzter Fläche. Alles schreit »neureich«. Das Zufahrtstor ist als übertrieben verschnörkelte Metallskulptur gestaltet, auf der Kinder dargestellt sind, die Drachen steigen lassen. Alles soll sehr alt aussehen, indem es sehr neu aussieht. Aufgesetzt, zu bemüht, protzig. Aber das ist nur meine persönliche Meinung. Ich kenne David schon lange. Er war immer ein guter Mensch. Er spendet großzügig an Wohltätigkeitsorganisationen. Er investiert viel Zeit und Geld in die Stadt. Ich habe ihn mit seinen Kindern gesehen. Er versucht sich nicht in der Pose des perfekten Vaters – du kennst diese Typen, die ein Riesentamtam machen, wenn sie sich im Einkaufszentrum oder im Park um ihre Kinder kümmern, sodass man im ersten Moment denkt: *Wow, was für ein fürsorglicher Vater*, dann aber schnell erkennt, dass das nur für die Augen der Öffentlichkeit bestimmt ist. So ist David nicht. Ich habe sein bestürztes Gesicht vor Augen und erinnere mich daran, wie er mir seine Freundschaft mit Hank geschildert hat. Diese Loyalität zeigt die wahre Natur eines Menschen. Mir gefällt also sein Geschmack, was Häuser betrifft, nicht – oder der seiner Frau. Wen kratzt das? Nimm dich nicht so wichtig. Hör auf, alle und jeden zu bewerten.

Wir fahren in eine Garage in der Größe einer Universitäts-

Sporthalle – ist das schon eine Wertung? – und parken dort. Er führt mich durch einen Nebeneingang hinab in die Räume, die man bei normalen Häusern als Keller bezeichnet. Hier befinden sich jedoch ein Privatkino und ein Weinlager; wir brauchen also einen neuen Begriff – vielleicht Tiefgeschoss? Er geht in ein kleines Zimmer und drückt einen Schalter. In der hinteren, rechten Ecke steht ein knapp ein Meter fünfzig hoher, altmodischer Tresor mit einer großen Einstellscheibe.

»Du ermittelst nicht aktiv in diesem Fall, oder?«

Diese Frage stellt David jetzt zum dritten Mal. »Nein. Wieso ist das so wichtig?«

Er beugt sich vor und fummelt an der Einstellscheibe herum. »Hank hat mich gebeten, etwas für ihn aufzubewahren.«

»Vor Kurzem?«

»Nein. Vor acht, neun Jahren. Er sagte, wenn er je ermordet werden sollte, soll ich es jemandem zukommen lassen, dem ich vertraue. Er hat mich davor gewarnt, es jemandem zu geben, der für eine Strafverfolgungsbehörde arbeitet oder an der Ermittlung beteiligt ist.« David sieht mich an. »Du verstehst mein Problem?«

Ich nicke. »Ich arbeite für eine Strafverfolgungsbehörde.«

»Genau. Aber das ist, wie gesagt, acht oder neun Jahre her. Hank war damals schon ziemlich durch den Wind. Ich dachte, es steckt nicht viel dahinter, es wäre nur die Ausgeburt eines verwirrten Hirns. Er hat aber darauf bestanden. Also habe ich ihm das Versprechen gegeben, dass ich tun werde, was er für richtig hält, sollte er je ermordet werden. Ich habe nie so recht darüber nachgedacht, was das Ganze zu bedeuten hat, denn … na ja … schließlich war es nur das unzusammenhängende Gerede eines verwirrten Hirns, verstehst du? Aber inzwischen …«

Er dreht ein letztes Mal am Einstellrad, dann ertönt ein Klicken. Er legt die Hand an den Griff, dreht sich um und sieht mich an. »Ich vertraue dir, Nap. Du arbeitest zwar in der Strafverfolgung, aber irgendwie glaube ich, Hank wäre damit einverstanden gewesen, dass ich dir das gebe.«

Er öffnet den Tresor, greift tief hinein, wühlt zwischen ein paar Dingen herum – ich sehe nicht genau hin – und zieht eine Videokassette heraus, bei deren Anblick ich sofort ein Déjà-vu habe und mir schwindelig wird. Mir fällt wieder ein, dass Dad dir im ersten Highschool-Jahr einen digitalen Canon-PV1-Camcorder geschenkt hatte. Du bist vor Freude fast durchgedreht. Eine Zeit lang hast du alles und jeden gefilmt. Du wolltest Regisseur werden, Leo. Du hast gesagt, dass du einen Dokumentarfilm drehen würdest. Wieder packt mich der Schmerz, als ich daran denke.

Die Kassette, die David mir reicht, steckt in einer roten Plastikhülle mit der Aufschrift »Maxell, 60 Minutes« – genau die hast du damals auch benutzt. Du warst natürlich nicht der Einzige, der Maxell-Kassetten benutzt hat. Die waren weit verbreitet. Aber genau so eine nach all den Jahren zu sehen...

»Hast du dir das Video angeguckt?«, frage ich.

»Hank hat es mir verboten.«

»Irgendeine Idee, was drauf sein könnte?«

»Nicht die geringste.«

Ich starre die Kassette noch einen Moment lang an.

»Wahrscheinlich hat es nichts mit seinem Tod zu tun«, sagt David. »Ich habe etwas von einem viralen Video gehört, auf dem er sich entblößt haben soll.«

»Das war eine Lüge.«

»Eine Lüge? Warum sollte jemand so etwas tun?«

Er ist Hanks Freund. Ich bin ihm etwas schuldig. Also gebe ich ihm eine kurze Zusammenfassung von Suzanne Hansons dummen und niederträchtigen Motiven. David nickt, schließt den Tresor, dreht das Einstellrad.

»Ich nehme mal an, dass du nichts im Haus hast, was solche Kassetten abspielt«, sage ich.

»Nein, wohl nicht.«

»Dann lass uns irgendwohin fahren, wo es so etwas gibt.«

Ellie sagt am Telefon: »Bob hat im Keller eine alte Canon gefunden. Er glaubt, die funktioniert noch, der Akku muss aber vermutlich erst geladen werden.«

Das überrascht mich nicht. Ellie und Bob werfen nichts weg. Außerdem – und das ist noch verstörender – ist bei ihnen alles so gut sortiert, dass sogar eine alte Videokamera, die seit mindestens zehn Jahren kein Tageslicht mehr gesehen hat, perfekt beschriftet neben dem Ladekabel liegt.

»Ich kann in zehn Minuten bei euch sein.«

»Bleibst du zum Abendessen?«

»Kommt drauf an, was auf dem Video ist«, sage ich.

»Oh, ja klar, logisch.« Ellie hat etwas aus meiner Stimme herausgehört – sie kennt mich zu gut. »Ist ansonsten alles in Ordnung?«

»Das bereden wir später.«

Ich lege als Erster auf.

David Rainiv fährt – er hat beide Hände am Lenkrad in der Zehn-vor-zwei-Position. »Ich will das nicht an die große Glocke hängen«, sagt er, »aber falls es keine nahen Verwandten gibt, könntet ihr die Leiche, nachdem ihr mit ihr fertig seid, von Feeney's Funeral Home abholen lassen und denen mitteilen, dass sie die Rechnung an mich schicken sollen?«

»Sein Vater ist wieder in der Stadt«, erinnere ich ihn.

»Ach ja, richtig«, sagt David stirnrunzelnd. »Das hatte ich vergessen.«

»Du glaubst nicht, dass er dafür aufkommt?«

Er zuckt die Achseln. »Der Typ hat sich sein ganzes Leben lang nicht um Hank gekümmert. Ich wüsste nicht, warum wir davon ausgehen sollten, dass er jetzt die Verantwortung übernimmt.«

Guter Punkt. »Ich erkundige mich und melde mich bei dir.«

»Wenn's geht, würde ich das gern anonym machen und die Jungs vom Basketball einladen, damit sie ihm die letzte Ehre erweisen können. Hank hat das verdient.«

Ich weiß nicht, was Menschen verdient haben oder nicht, erkläre mich aber einverstanden.

»Es würde ihm viel bedeuten«, fährt David fort. »Die Toten zu ehren war Hank wichtig: seine Mutter…«, er spricht leiser, »…deinen Bruder, Diana.«

Ich sage nichts. Wir fahren weiter. Ich halte das Video in der Hand. Dann denke ich über das nach, was er gerade gesagt hat, und frage: »Was meinst du damit?«

»Womit?«

»Dass Hank die Toten geehrt hat? So wie meinen Bruder und Diana?«

»Meinst du das ernst?«

Ich sehe ihn an.

»Hank war völlig am Ende, nachdem das mit Leo und Diana passiert ist.«

»Das ist nicht dasselbe, wie sie ›zu ehren‹.«

»Weißt du es wirklich nicht?«

Ich antworte nicht, da ich es für eine rhetorische Frage halte.

»Hank ist doch fast jeden Tag den gleichen Weg gegangen. Das wusstest du aber, oder?«

»Ja«, sage ich. »Er ist immer am Pfad an der Middle School losgegangen.«

»Aber du weißt auch, wo er hingegangen ist?«

Plötzlich kommt es mir vor, als würde ein kalter Finger meinen Nacken herabfahren.

»An die Bahngleise«, sagt David. »Das Ende von Hanks Weg ist genau da, wo ... tja, du weißt schon.«

Mir klingeln die Ohren. Meine Worte scheinen von sehr weit weg zu kommen. »Also ist Hank jeden Tag von der alten Raketenbasis ...«, ich bemühe mich, ruhig zu sprechen, »... zu der Stelle gegangen, an der Leo und Diana umgekommen sind?«

»Ich dachte, das hättest du gewusst.«

Ich schüttele den Kopf.

»Manchmal hat er dabei die Zeit gestoppt«, fährt David fort. »Und gelegentlich ... also das war eigenartig.«

»Was?«

»Er hat mich gebeten, ihn zu fahren, damit er stoppen kann, wie lange die Fahrt mit dem Auto dauert.«

»Wie lange die Fahrt mit dem Auto von der Raketenbasis zu den Bahngleisen auf der anderen Seite der Stadt dauert?«

»Ja.«

»Warum?«

»Das hat er mir nie verraten. Er hat Berechnungen in einem Notizbuch angestellt und vor sich hin gemurmelt.«

»Was für Berechnungen?«

»Keine Ahnung.«

»Aber er war damit beschäftigt zu bestimmen, wie lange es dauert, von einem Ort zum anderen zu kommen?«

»Er war nicht nur damit beschäftigt ...«, David überlegt kurz, dann fährt er fort, »... ich würde fast sagen, er war davon besessen. An den Bahngleisen habe ich ihn vielleicht drei oder vier Mal gesehen, als ich den Zug in die Stadt genommen habe und wir an ihm vorbeigefahren sind. Da hat er immer geweint. Es war ihm wichtig, Nap. Er hat die Toten geehrt.«

Ich versuche zu verarbeiten, was David mir erzählt. Ich frage nach weiteren Einzelheiten, mehr weiß er aber nicht. Ich frage ihn, ob er mehr über die Verbindung zwischen Hank und Leo weiß, über die Verbindung zwischen Hank und dem Conspiracy Club, zwischen Hank und Rex, zwischen Maura und Beth, zwischen Hank und irgendwelchen anderen Geschehnissen in der Vergangenheit. Doch auch da kann er mir nicht helfen.

David Rainiv hält vor Ellies und Bobs Haus. Ich bedanke mich bei ihm, und wir schütteln uns die Hände. Er erwähnt noch einmal, dass er sich gerne beteiligt, damit Hank ein ordentliches Begräbnis bekommt. Ich nicke. Ich sehe, dass er noch eine Frage stellen will, aber dann schüttelt er den Kopf.

»Ich muss nicht wissen, was auf dem Video ist«, sagt er.

Ich steige aus und blicke ihm hinterher, als er wegfährt.

Ellies und Bobs Rasen ist so perfekt maniküre, als sollte morgen ein Profi-Golfturnier darauf stattfinden. Die Blumenkästen an den Fenstern sind absolut symmetrisch bepflanzt, sodass die rechte Hälfte des Hauses das perfekte Spiegelbild der linken ist. Bob öffnet die Tür und empfängt mich mit einem breiten Lächeln und einem kräftigen Händedruck.

Bob arbeitet für ein Immobilienunternehmen, ich weiß allerdings nicht genau, in welcher Funktion. Er ist ein klasse Typ, und ich würde mich für ihn in die Flugbahn einer Kugel werfen. Wir haben ein paarmal versucht, zu zweit loszuziehen, so haben wir uns unter anderem in Yag's Sports Bar die Finalspiele der College-Meisterschaft und der Eishockey-Playoffs angeguckt – Männerabende eben –, wenn ich ehrlich bin, muss ich aber eingestehen, dass unsere Freundschaft ohne Ellie schnell ins Stocken gerät. Wir kommen beide damit klar.

Gelegentlich hört man, dass ein Mann und eine Frau ohne eine sexuelle Komponente nicht befreundet sein können, aber auf die Gefahr hin, entsetzlich politisch korrekt zu klingen, das ist Unfug.

Ellie kommt argwöhnischer als gewöhnlich auf mich zu und gibt mir einen Wangenkuss. Seit dem Treffen mit Lynn Wells wissen wir wohl beide, dass wir noch ein paar Dinge klären müssen, im Moment habe ich allerdings Wichtigeres zu tun.

»Die Videokamera ist draußen in der Werkstatt«, sagt Bob. »Der Akku ist noch nicht voll, aber wenn du den Stecker drin lässt, läuft sie.«

»Danke.«

»Onkel Nap!«

Ihre beiden Mädchen, die neunjährige Leah und die siebenjährige Kelsi, schießen um die Ecke, wie es nur kleine Mädchen können. Beide umarmen mich, wie es nur kleine Mädchen können, und werfen mich dabei fast um. Für Leah und Kelsi würde ich mich nicht nur in die Flugbahn einer Kugel werfen – ich würde erbarmungslos zurückschießen.

Als Patenonkel beider Kinder – und im Prinzip ohne eigene Familie – liebe ich Leah und Kelsi abgöttisch und verwöhne sie so sehr, dass Ellie und Bob mich oft zur Zurückhaltung ermahnen müssen. Ich erkundige mich kurz, wie es in der Schule läuft, und sie berichten voller Begeisterung. Ich bin nicht blöd. Ich weiß, dass sie älter werden und bald nicht mehr so um die Ecke geschossen kommen, aber damit komme ich klar. Man kann sich fragen, ob ich nicht ein bisschen eifersüchtig bin, weil ich keine eigene Familie habe, oder ob es mir nicht fehlt, der leibliche Onkel deiner Kinder zu sein, Leo.

Wir wären tolle Onkel für die Kinder des anderen gewesen, Leo.

Ellie versucht, mir etwas Luft zu verschaffen. »Okay, ihr

beiden, das reicht jetzt. Onkel Nap muss in der Werkstatt etwas mit Daddy erledigen.«

»Was macht er da?«, fragt Kelsi.

»Er will da arbeiten«, antwortet Bob.

Leah: »Was arbeitet er da?«

Kelsi: »Ist das Polizistenarbeit, Onkel Nap?«

Leah: »Jagst du Verbrecher?«

»So dramatisch ist es nicht«, sage ich. Dann frage ich mich, ob sie das Wort »dramatisch« kennen, außerdem gefällt es mir nicht, da »nicht so dramatisch« eine Lüge sein könnte, also füge ich hinzu: »Ich muss mir bloß dieses Video angucken.«

»Oh, können wir mitgucken?«, fragt Leah.

Ellie erlöst mich von ihnen: »Ganz sicher nicht. Los jetzt, geht den Tisch decken.«

Sie jammern nur ganz kurz, dann ziehen sie los und machen sich an ihre Aufgabe. Bob und ich gehen zur Garage, in der sich die Werkstatt befindet. Über der Tür hängt ein Holzschild mit der Aufschrift »Bobs Werkstatt«. Es ist eine Schnitzarbeit, und jeder Buchstabe hat eine andere Farbe. Wie nicht anders zu erwarten, könnte man in Bobs Werkstatt Schulungsvideos für Heimwerker drehen. Die Werkzeuge sind nach Größe sortiert in gleichmäßigen Abständen aufgehängt. Leisten und Rohre lehnen in perfekter Pyramidenform an der Wand. Von der Decke hängen fluoreszierende Halterungen herab. Nägel, Schrauben, Befestigungselemente und Stecker werden in ordentlich beschrifteten Plastikbehältern aufbewahrt. Der Boden ist mit zusammengesteckten Gummimatten ausgelegt und der Raum farblich neutral und angenehm eingerichtet. Weder Dreck noch Sägemehl oder irgendetwas in dieser Art stören die relative Ruhe des Ortes.

Ich kann zwar keinen Nagel gerade in die Wand schlagen, verstehe aber, warum Bob sich gerne hier aufhält.

Die Kamera auf der Werkbank ist identisch mit deiner, Leo – eine Canon PV1 –, und ich überlege kurz, ob es vielleicht sogar deine sein könnte. Wie schon gesagt, hat Dad den größten Teil deiner Sachen verschenkt. Wer weiß, vielleicht ist der Camcorder irgendwie bei Ellie und Bob gelandet? Die Canon PV1 steht senkrecht, das Okular nach oben. Bob dreht sie um und drückt die Eject-Taste. Er streckt mir die Hand entgegen, damit ich ihm die Kassette gebe. Das tue ich. Er steckt sie hinein und schließt die Klappe.

»Sie ist bereit«, sagt Bob. »Du brauchst nur die Play-Taste zu drücken...«, er zeigt darauf, »...und kannst es hier ansehen.« Er zieht an etwas, woraufhin seitlich ein kleiner Bildschirm herausklappt.

Jede Bewegung erinnert mich an dich, Leo. Und zwar keinesfalls auf eine angenehme Art.

»Falls du Hilfe brauchst, bin ich in der Küche«, sagt Bob.
»Danke.«

Bob verlässt die Werkstatt und schließt die Tür hinter sich. Es hat keinen Sinn, die Sache in die Länge zu ziehen. Ich drücke die Play-Taste. Am Anfang sehe ich etwas Schneegestöber begleitet von statischem Rauschen. Dann folgt Dunkelheit. Ich sehe nur die Zeit- und Datumsangabe oben in der Ecke.

Es wurde eine Woche vor deinem und Dianas Tod aufgenommen.

Das Bild wackelt gleichmäßig, als würde derjenige, der den Camcorder in der Hand hält, gehen. Dann wird es noch wackliger, so als würde er jetzt rennen. Man sieht immer noch nichts. Alles ist schwarz. Ich meine, etwas zu hören, es ist aber sehr leise.

Ich suche den Lautstärkeregler und drehe ihn voll auf.

Das Bild wackelt nicht mehr, ist aber immer noch so dunkel,

dass ich nichts erkennen kann. Ich spiele am Helligkeitsregler herum, was nichts ändert. Also schalte ich das Licht in der Werkstatt aus, um einen stärkeren Kontrast zu erhalten. Die Garage wirkt plötzlich bedrohlich mit all den Werkzeugen dort im Halbdunkel. Ich starre auf den kleinen Bildschirm.

Dann höre ich, wie eine Stimme aus der Vergangenheit sagt: »Läuft er, Hank?«

Mir stockt das Herz.

Es ist deine Stimme.

Hank antwortet: »Ja, er läuft.«

Dann eine andere Stimme: »Richte ihn mal nach oben, Hank.«

Das ist Maura. Das stillstehende Herz explodiert in meiner Brust.

Ich lege eine Hand auf die Werkbank, um mich festzuhalten. Maura klingt erregt. Ich habe diesen Tonfall noch genau im Ohr. Dann wird der Camcorder nach oben gerichtet, und ich sehe die Lichter der Raketenbasis.

Wieder deine Stimme, Leo: »Hört ihr es noch?«

»Ich schon. Aber nur sehr leise.«

Das klingt nach Rex.

Du: »Okay, still jetzt.«

Dann sagt Maura: »Du heilige Scheiße, guckt mal! Genau wie letzte Woche.«

»Mein Gott.« Du wieder. »Du hattest recht, Maura.«

Jetzt schnappen mehrere Stimmen nach Luft und plappern aufgeregt durcheinander. Ich versuche, sie zu erkennen – du bist dabei, Maura, Rex, Hank... eine weitere Frauenstimme. Diana? Beth? Ich muss nachher zurückspulen und noch einmal ganz genau hinhören. Ich starre auf den Bildschirm, weil ich sehen will, was sie so überrascht.

Dann sehe ich es auch – vom Himmel schwebt etwas ins

Sichtfeld der Kamera. Ich schnappe im Einklang mit den anderen nach Luft.

Ein Hubschrauber.

Ich versuche, die Lautstärke zu erhöhen, damit ich das Laufgeräusch des Rotors höre, aber sie ist schon voll aufgedreht. Als hätte er meine Gedanken gelesen, erklärt Hank mir im Video, was los ist.

»Sikorsky Black Hawk«, sagt er. »Ein Tarnkappen-Hubschrauber. Man hört ihn kaum.«

»Einfach unglaublich.« Das klingt wie Beth.

Der Bildschirm ist winzig, und obwohl ich das Licht in Bobs Werkstatt ausgeschaltet habe, kann ich kaum erkennen, was genau da passiert. Eins ist aber sicher: Über der alten Raketenbasis schwebt ein Hubschrauber.

Als er zur Landung ansetzt, flüstert Maura: »Lasst uns näher rangehen.«

Rex: »Dann sehen sie uns.«

Maura: »Na und?«

Beth: »Ich weiß nicht...«

Maura: »Los, komm, Hank.«

Die Kamera wackelt wieder, als Hank offenbar in Richtung Basis geht. Er stolpert und fällt hin. Die Kamera ist nach unten gerichtet. Dann erscheint eine Hand im Bild, die ausgestreckt wird, um ihm aufzuhelfen, und dann... dann sehe ich den weißen Ärmel meiner Mannschaftsjacke. Hank hebt die Kamera auf, dann richtet er sie direkt auf Mauras Gesicht. Ich zucke zusammen. Ihr perfekt zerzaustes schwarzes Haar, die vor Aufregung leuchtenden Augen, ihr Hammerlächeln mit diesem Hauch von Wahnsinn.

»Maura...«

Ich sage das laut.

Im Minilautsprecher sagst du: »Psst, stehen bleiben.«

Der Hubschrauber landet. Ich kann kaum etwas erkennen, der Rotor dreht sich aber noch. Er ist unglaublich leise. Mir ist immer noch nicht ganz klar, was ich da sehe – eventuell wird eine Schiebetür geöffnet. Dann erscheint ein grelloranger Fleck. Es könnte eine Person sein. Was sonst.

Das grelle Orange erinnert an Häftlingskleidung.

Dann klingt es, als wäre jemand auf einen Zweig getreten. Hank reißt die Kamera nach rechts. Rex ruft: »Lasst uns abhauen!«

Das Bild wird schwarz.

Ich drücke die Taste für den schnellen Vorlauf, aber das war alles. Der Rest der Kassette ist leer. Ich spule wieder zurück und sehe mir die Hubschrauberszene noch einmal an. Dann ein drittes Mal. Es wird nicht leichter, deine Stimme anzuhören und Mauras Gesicht zu sehen.

Beim vierten Durchgang kommt mir ein neuer Gedanke. Ich füge mich selbst in die Zeitachse ein. Wo war ich in dieser Nacht? Ich war kein Mitglied des Conspiracy Clubs. Ehrlich gesagt habe ich damals nicht viel davon gehalten – dieser »Geheimbund« war irgendetwas zwischen niedlich und kindisch. Ich fand das alles zwar eher harmlos, gelegentlich aber auch (vor allem, wenn ich gereizt war) ziemlich erbärmlich. Das waren deine Spiele und Geheimnisse. Das verstehe ich.

Aber wie konntet ihr mir ein solches Geheimnis vorenthalten?

Früher hast du mir immer alles erzählt.

Ich gehe in der Zeit rückwärts. Wo war ich in der Nacht? Es muss ein Freitag gewesen sein, genau wie die Nacht, in der du gestorben bist. Freitagabends waren immer unsere Eishockeyspiele. Gegen wen haben wir an diesem Tag gespielt? Ich kann mich nicht erinnern. Haben wir gewonnen? Habe ich dich gesehen, als ich nach Hause kam? Auch daran kann ich mich nicht erinnern. Ich weiß noch, dass ich mich später mit Maura getroffen habe. Wir sind zur Lichtung im Wald gegangen. Ich sehe sie noch vor mir, mit ihren zerzausten Haaren, dem Wahnsinnslächeln, den vor Aufregung leuchtenden Augen, aber irgendetwas war anders in dieser Nacht, es war noch elektrisierender als sonst, als wir uns geliebt haben. Ich glaube nicht, dass ich damals darüber nachgedacht habe, warum das so war – Maura liebte das Risiko –, wahrscheinlich habe ich es einfach ganz egomanisch auf meine Herrlichkeit zurückgeführt. So war ich, der erfolgreiche Sportler, in meiner eigenen Welt gefangen.

Und mein Zwillingsbruder?

Mir kommt das Foto vom Dachboden wieder in den Sinn. Das mit uns vieren. Dein bekiffter, abwesender Gesichtsausdruck. Irgendetwas hat mit dir nicht gestimmt, Leo. Wahrscheinlich war es wichtig und wäre leicht zu erkennen gewesen, weil ich aber ein egozentrischer Mistkerl war, habe ich es übersehen und du bist gestorben.

Ich ziehe den Stecker aus der Kamera. Bob hat bestimmt nichts dagegen, wenn ich sie mitnehme. Aber ich muss über das Ganze nachdenken. Ich will nicht überhastet handeln. Hank hat das Video versteckt, weil er – trotz seiner Probleme – seine Bedeutung erkannt hat. Er war paranoid und wahrscheinlich auch geistig nicht ganz auf der Höhe, aber was auch passiert, ich werde versuchen, seine Wünsche zu respektieren.

Was kann ich also tun?

Soll ich damit zur Polizei gehen? Soll ich Loren Muse oder Alan Manning davon in Kenntnis setzen? Oder Augie?

Eins nach dem anderen. Mach eine Kopie. Verwahre das Original an einem sicheren Ort.

Ich lasse mir das Ganze durch den Kopf gehen, versuche zu

verstehen, wie das alles zusammenpasst. Die alte Nike-Raketenbasis stand damals auch weiterhin unter Regierungsverwaltung, und um ihren wahren Zweck zu verschleiern, wurde sie als harmlose Landwirtschaftseinrichtung ausgegeben. Okay, das habe ich begriffen. Ich habe sogar begriffen, dass ihr in der Nacht etwas gesehen habt, das eine öffentliche Untersuchung dieser Einrichtung hätte nach sich ziehen können.

Ich wäre sogar bereit, noch einen Schritt weiterzugehen. Ich könnte akzeptieren, dass es einen Grund gab, warum »sie« – und damit meine ich einfach »die Bösen«, die in der Basis gearbeitet haben – dich und Diana zum Schweigen bringen wollten, obwohl ich Dianas Stimme im Video gar nicht gehört habe. War sie dabei? Ich weiß es nicht. Auf jeden Fall wart ihr beiden eine Woche später tot.

Frage: Warum waren die anderen noch am Leben?

Mögliche Antwort: »Sie« wussten nichts von Rex, Hank und Beth. »Sie« wussten nur von dir und Diana. Okay, das ergibt zumindest ein bisschen Sinn. Nicht viel. Aber für den Anfang reicht mir dieses Bisschen. Außerdem kann ich so Maura in der Gleichung unterbringen. Anscheinend wussten »sie« auch von Maura. Deshalb ist sie abgehauen und untergetaucht. Im Video merkt man, dass ihr beide, Maura und du, eindeutig die Anführer seid. Womöglich wart ihr später noch einmal dort und habt etwas Unvorsichtiges getan. Du wurdest erwischt, sie ist weggerannt.

Das klingt alles halbwegs logisch.

Trotzdem: Was war mit den anderen? Rex, Hank und Beth haben ihr Leben fortgesetzt. Sie sind nicht untergetaucht. Vielleicht haben »sie« sich fünfzehn Jahre später noch einmal damit befasst. Vielleicht ist fünfzehn Jahre später etwas passiert, das dazu führte, dass »sie« plötzlich Bescheid wussten.

Aber was könnte das sein?

Keine Ahnung. Vielleicht hatte Augie den richtigen Riecher, als er fragte, wann genau Tom Stroud nach Westbridge zurückgekommen ist. Ich muss das herausfinden.

Schluss mit den Spekulationen. Mir fehlt immer noch etwas. Außerdem muss ich eine Sache sofort erledigen.

Ich muss Ellie zur Rede stellen.

Es kann kein Zufall sein, dass Mauras Mutter über Ellie mit mir in Kontakt getreten ist. Ellie weiß etwas. Am liebsten würde ich diese Erkenntnis ignorieren. Ich habe heute schon genug Tiefschläge abbekommen, besten Dank, aber wenn ich Ellie nicht trauen kann – wenn Ellie mich belügt und mir nicht den Rücken freihält –, was bleibt mir dann noch?

Ich atme tief durch und öffne die Werkstatttür. Zuerst höre ich Leahs und Kelsis Lachen. Mir ist klar, dass diese Familie in meiner Schilderung etwas unwirklich und zu perfekt erscheint, aber ich beschreibe nur das, was ich sehe. Ich habe Ellie einmal gefragt, wie sie und Bob das machen, worauf sie sagte: »Wir haben beide einige Kriege ausgefochten, jetzt kämpfen wir darum, das Erreichte zu erhalten.« Vielleicht verstehe ich, was sie meint, sicher bin ich mir aber nicht. Ellie hat lange unter der späten Scheidung ihrer Eltern gelitten. Vielleicht spielt das mit hinein, aber auch das weiß ich nicht genau. Oder wir kennen uns doch nicht so gut.

Ich suche nach den Flickarbeiten in Ellies und Bobs Leben. Dass ich nichts sehe, bedeutet nicht, dass es sie nicht gibt. Und Ellie und Bob sind nicht weniger wunderbar oder menschlich, weil sie versuchen, das zu verbergen.

Zitat Dad: Jeder Mensch hat Träume und Hoffnungen.

Ich gehe in die Küche, aber Ellie ist nicht da. Ein Stuhl ist frei. Bob sieht mich an und sagt: »Ellie musste dringend los. Sie hat einen Teller für dich hingestellt.«

Durchs Fenster sehe ich, dass Ellie zu ihrem Wagen geht.

Ich entschuldige mich hastig und folge ihr. Sie hat gerade die Autotür geöffnet und will einsteigen, als ich rufe: »Weißt du, wo Maura ist?«

Sie hält inne und dreht sich zu mir um. »Nein.«

Ich sehe ihr in die Augen. »Ihre Mutter hat sich an dich gewandt, um mit mir Kontakt aufzunehmen.«

»Ja.«

»Warum an dich, Ellie?«

»Ich habe ihr versprochen, dass ich niemandem etwas verrate.«

»Wem?«

»Maura.«

Ich hatte damit gerechnet, dass sie diesen Namen nennt, trotzdem trifft er mich wie ein Schlag ins Gesicht. »Du...«, ich brauche einen Moment, »...du hast es Maura versprochen?«

Mein Handy klingelt. Augie. Ich gehe nicht ran. Egal, was jetzt passiert – egal, was Ellie mir jetzt erzählt –, mir ist klar, dass es zwischen uns nie wieder so sein wird, wie es war. In meiner Welt gibt es nicht viel, an dem ich mich festhalten kann. Ich habe keine Familie. Ich lasse nur wenige Menschen an mich heran.

Der Mensch, den ich am liebsten mag, hat mir, wenn man so will, gerade den Rettungsring entrissen.

»Ich muss los«, sagt Ellie. »Ein Notfall im Frauenhaus.«

»All die Jahre«, sage ich, »hast du mich belogen?«

»Nein.«

»Aber du hast es mir nie erzählt.«

»Ich habe es versprochen.«

Ich versuche, nicht zu verletzt zu klingen. »Ich dachte, du wärst meine beste Freundin.«

»Das bin ich. Aber nur weil ich deine Freundin bin, heißt das nicht, dass ich alle anderen hintergehe.«

Mein Handy vibriert schon wieder. »Wie konntest du mir das vorenthalten?«

»Wir erzählen uns nicht alles«, sagt sie.

»Was redest du da? Ich würde mein Leben in deine Hände legen.«

»Und trotzdem erzählst auch du mir nicht alles, oder, Nap?«

»Natürlich tu ich das.«

»Blödsinn.« Das Wort ist ein überraschter Flüsterschrei, wie es bei Erwachsenen manchmal klingt, wenn sie wütend sind, die Kinder aber nicht wecken wollen. »Du enthältst mir vieles vor.«

»Was redest du da?«

Ihre Augen blitzen auf. »Möchtest du mir von Trey erzählen?«

Ich will schon fragen: »*Von wem?*«, so sehr bin ich auf die Ermittlungen fixiert, auf die Möglichkeit, die Wahrheit über jene Nacht zu erfahren, und ich bin schockiert, weil ich ausgerechnet von der Frau, die mir von allen Menschen am nächsten steht, betrogen wurde. Doch dann fallen mir der Baseballschläger und die Tracht Prügel wieder ein, die ich ihm verpasst habe.

Ellie starrt mich an.

»Ich habe dich nicht belogen«, sage ich.

»Du hast mir bloß nichts davon erzählt.«

Ich schweige.

»Glaubst du, ich wüsste nicht, dass du es warst, der Trey krankenhausreif geschlagen hat?«

»Das hat nichts mit dir zu tun«, sage ich.

»Ich bin deine Komplizin.«

»Nein, bist du nicht. Das ist ganz allein meine Sache.«

»Bist du wirklich so begriffsstutzig? Es gibt eine Grenze

zwischen Richtig und Falsch, Nap. Du hast mich auf die andere Seite gezogen. Du hast das Gesetz gebrochen.«

»Um Abschaum zu bestrafen«, sage ich. »Um einem Opfer zu helfen. Ist das nicht unsere Aufgabe?«

Ellie schüttelt den Kopf, ihre Wangen sind vor Wut rot angelaufen. »Du verstehst das offenbar wirklich nicht. Als die Polizei bei uns im Haus war, weil sie glaubten, es könnte eine Verbindung zwischen dem verletzten Mann und der misshandelten Frau geben, musste ich sie belügen. Das ist dir schon klar, oder? Ob es dir also gefällt oder nicht, ich bin deine Komplizin. Du hast mich da reingezogen und besitzt nicht einmal den Anstand, mir die Wahrheit zu sagen.«

»Ich habe dir nichts gesagt, um dich nicht in Gefahr zu bringen.«

Ellie schüttelt den Kopf. »Bist du sicher, dass das der Grund ist, Nap?«

»Worauf willst du hinaus?«

»Vielleicht erzählst du es mir nicht, weil ich dich davon abhalten würde. Vielleicht erzählst du es mir nicht, weil das, was du tust, falsch ist. Ich habe das Frauenhaus aufgebaut, um den Misshandelten zu helfen, nicht um an den Tätern Selbstjustiz zu üben.«

»Das ist nicht deine Sache«, wiederhole ich. »Ich bin derjenige, der diese Entscheidung trifft.«

»Wir alle treffen Entscheidungen.« Sie spricht jetzt ruhiger. »Du hast entschieden, dass Trey Prügel verdient. Ich habe entschieden, mich an das Versprechen zu halten, das ich Maura gegeben habe.«

Ich schüttele den Kopf, als mein Handy erneut vibriert. Schon wieder Augie.

»Das durftest du mir nicht vorenthalten, Ellie.«

»Lass gut sein«, sagt sie.

»Was meinst du?«

»Du hast mir angeblich nichts von Trey erzählt, um mich zu schützen.«

»Und?«

»Vielleicht habe ich für dich ja das Gleiche getan.«

Mein Handy vibriert immer noch. Ich muss rangehen. Als ich es zum Ohr führe, steigt Ellie schnell ins Auto. Ich will sie aufhalten, sehe dann aber, dass Bob in der Haustür steht und uns mit einem seltsamen Gesichtsausdruck mustert.

Es muss warten.

»Was ist denn los?«, schreie ich ins Handy.

»Ich habe Andy Reeves endlich erreicht«, sagt Augie.

Den »landwirtschaftlichen« Kommandeur der Militärbasis.

»Und?«

»Kennst du die Rusty Nail Tavern?«

»Das ist so eine Spelunke in Hackensack, oder?«

»Das war sie bis vor Kurzem. Er erwartet dich da in einer Stunde.«

ZWANZIG

Ich kopiere das Video auf die technisch am wenigsten ausgefeilte, im Moment aber schnellstmögliche Art, indem ich es einfach auf dem kleinen Bildschirm abspiele und mit meinem Smartphone abfilme. Die Qualität ist nicht so kläglich, wie ich erwartet hatte, aber einen Filmpreis bekommt man dafür nicht. Ich lade eine Kopie des Videos in meine Cloud, und dann, um auf Nummer sicher zu gehen, schicke ich es noch an eine meiner anderen E-Mail-Adressen.

Soll ich noch jemandem eine Kopie zum Aufbewahren schicken?

Ja. Aber wem? Ich denke an David Rainiv, aber falls jemand die Sache zurückverfolgt – ja, ich bin paranoid –, will ich ihn nicht in Gefahr bringen. Ich überlege, es Ellie zu schicken, aber da besteht das gleiche Problem. Außerdem muss ich mir das Geschehen erst einmal durch den Kopf gehen lassen. Ich muss mir genau überlegen, wie ich mich bei unserer nächsten Begegnung verhalte.

Am einfachsten wäre es, wenn ich es an Augie schicke, aber auch da fragt sich, ob ich das so ohne jede Vorwarnung tun soll?

Ich rufe Augie an.

»Bist du schon im Rusty Nail?«, fragt Augie.

»Bin auf dem Weg. Ich maile dir ein Video.«

Ich erzähle ihm von David Rainivs Besuch und dem, was sich daraus ergeben hat. Er hört schweigend zu. Als ich fertig bin, frage ich, ob er noch dran ist.

»Mail es nicht an die Arbeit«, sagt er.
»Okay.«
»Hast du meine private E-Mail-Adresse?«
»Ja.«
»Okay, dann schick's da hin.« Er schweigt eine Weile. Dann räuspert er sich und sagt: »Diana... du sagtest, sie wäre im Video nicht zu sehen?«

Ich höre jedes Mal an seinem Tonfall, dass er über Diana spricht, noch bevor er ihren Namen nennt. Ich habe dich verloren. Einen Bruder. Einen Zwillingsbruder. Niederschmetternd, natürlich. Aber Augie hat sein einziges Kind verloren. Dianas Name kommt nur heiser und schmerzerfüllt heraus, als würde ihn jemand schlagen, wenn er ihn ausspricht. Mit jeder Silbe kommt das Leid erneut zum Vorschein.

»Ich habe Diana weder gesehen noch gehört«, sage ich, »die Qualität ist aber auch nicht sehr gut. Vielleicht entdeckst du etwas, das mir nicht aufgefallen ist.«

»Ich glaube immer noch, dass du auf dem Holzweg bist.«
Ich überlege einen Moment. »Ich auch.«
»Aber?«
»Aber das ist der einzige Weg, den ich habe. Also werde ich weitergehen und sehen, wohin er mich bringt.«
»Klingt nach einem Plan.«
»Allerdings nicht nach einem besonders guten.«
»Nein, nicht nach einem guten«, pflichtet Augie mir bei.
»Was hast du Andy Reeves gesagt?«, frage ich.
»Über dich?«
»Über den Grund meines Besuchs, ja.«
»Nichts. Was hätte ich ihm auch sagen sollen? Ich kenne ihn ja nicht einmal.«
»Ist alles Teil meines Plans«, sage ich. »Dem nicht besonders guten.«

»Ist wahrscheinlich besser, als gar keinen zu haben. Ich guck mir das Video an. Wenn mir was auffällt, ruf ich dich an.«

Das Rusty Nail ist ein umgebautes Wohnhaus mit einer Schindel-Imitat-Verkleidung aus Kunststoff und einer roten Tür. Ich parke zwischen einem gelben Ford Mustang mit dem Kennzeichen EBNY-IVRY und einer Mischung aus Kleinbus und Transporter mit der Aufschrift »Bergen County Senior Center«. Ich weiß nicht, was Augie meinte, als er sagte, es sei bis vor Kurzem eine Spelunke gewesen. Äußerlich sieht es immer noch so aus. Mir fällt nur eine Veränderung auf: Neben der Treppe verläuft eine breite Rollstuhlrampe. Die war vorher nicht da. Ich gehe die Stufen hinauf und öffne die schwere, rote Tür.

Erster Eindruck: Die Gäste sind alt.

Sehr alt. Der Durchschnitt liegt schätzungsweise bei knapp achtzig. Wahrscheinlich sind sie vom Seniorenheim herübergekommen. Interessant. Senioren machen Ausflüge zu Supermärkten, Rennbahnen und Spielcasinos.

Warum also nicht in eine Kneipe?

Das Zweite, was mir auffällt: In der Mitte des Raums steht ein protziger, weißer Flügel mit Silberbeschlägen und einem Trinkgeldbehälter auf dem Deckel – ein Instrument, das Liberace vermutlich zu aufdringlich gewesen wäre. Sieht aus, als wäre er einem Billy-Joel-Song entsprungen. Der »Real Estate Novelist«, »Davy from the Navy« oder eine andere Figur aus seinen Songs könnten hier vor ihren Drinks sitzen, aber ich sehe niemanden, auf den die Beschreibungen passen. Stattdessen entdecke ich diverse Rollatoren, Gehstöcke und Rollstühle.

Der Pianist hämmert *Sweet Caroline* heraus. *Sweet Caroline* gehört inzwischen zu den Songs, die bei jeder Hochzeit und auf jedem Sportereignis gespielt werden, weil Kinder und

Senioren ihn gleichermaßen lieben. Die alten Gäste singen begeistert mit. Sie singen falsch und können die Töne nicht halten, was sie aber nicht stört. Es ist ein schöner Anblick.

Ich weiß nicht, wer Andy Reeves ist. Eigentlich erwarte ich einen Mitsechziger mit kurz geschorenen Haaren und militärisch strammer Haltung. Ein paar der älteren Männer entsprechen diesem Bild. Ich gehe weiter in den Raum hinein. Dann fallen mir mehrere kräftige, junge Männer auf, deren Blicke hin und her schießen wie die argwöhnischer Wachleute. Vielleicht sind es Barkeeper oder die Pfleger der Senioren.

Der Pianist hebt den Blick und nickt mir zu. Er hat weder kurz geschorene Haare, noch sitzt er in strammer Haltung auf seinem Hocker. Er trägt einen blonden Fransenpony und hat diesen wächsernen Teint, bei dem ich immer unwillkürlich an ein chemisches Peeling denken muss. Mit einer kurzen Kopfbewegung fordert er mich auf, beim Piano Platz zu nehmen, als die Menge zu einem gewaltigen »Bah-bah-bah, good times never seems so good« anhebt.

»So good, so good, so good…«

Ich setze mich. Einer der älteren Männer legt mir den Arm um die Schulter und drängt mich zum Mitsingen. Ich steure ein sehr desinteressiertes »I've been inclined« bei und warte darauf, dass jemand – vorzugsweise Andy Reeves – auf mich zukommt. Das geschieht jedoch nicht. Ich sehe mich um. Hinten an der Wand hängt ein Poster mit vier der glücklichsten und gesündesten Senioren, die man – außerhalb der Viagra-Werbung – je gesehen hat. Es trägt die Aufschrift »Dienstagnachmittag: Bingo – Drinks 3$«. Am Tresen gießen ein paar der Männer, die ich für Pfleger-Barkeeper halte, eine rote Flüssigkeit in die bereitgestellten Plastikbecher.

Als *Sweet Caroline* zu Ende ist, applaudieren die Alten jubelnd und grölend. Fast freue ich mich auf den nächsten Song, genieße die relative Normalität, doch der Pianist mit dem Fransenpony steht auf und kündigt eine »kurze Pause« an.

Die Senioren verleihen ihrer Enttäuschung hörbar Ausdruck.

»Nur fünf Minuten«, sagt der Pianist. »Ihre Drinks stehen auf dem Tresen. Überlegen Sie sich, was ich für Sie spielen soll, okay?«

Das beruhigt sie etwas. Der Pianist nimmt das Geld aus dem Glas, das wie ein übergroßer Cognacschwenker aussieht, kommt auf mich zu und sagt: »Officer Dumas?«

Ich nicke.

»Ich bin Andy Reeves.«

Eins fällt mir sofort auf: Wenn er spricht, klingt er etwas heiser.

Eine Flüsterstimme.

Er setzt sich auf den Stuhl neben mir. Ich versuche, sein Alter zu schätzen. Selbst wenn ich die seltsame kosmetische Behandlung einberechne, die seinem Gesicht diesen Glanz verliehen hat, kann er höchstens Mitte fünfzig sein. Andererseits wurde die Militärbasis erst vor fünfzehn Jahren geschlossen. Warum sollte er also älter sein?

Ich sehe mich um. »Der Laden hier«, sage ich.

»Was ist damit?«

»Ist eine etwas andere Welt als das Landwirtschaftsministerium.«

»Das ist mir klar.« Er breitet die Hände aus. »Was soll ich dazu sagen. Ich brauchte eine Luftveränderung.«

»Dann arbeiten Sie nicht mehr für die Regierung?«

»Ich bin vor, äh, sieben Jahren in den Ruhestand gegangen. Habe fünfundzwanzig Jahre für das Landwirtschaftsministerium der Vereinigten Staaten gearbeitet. Ich erhalte eine hübsche Pension und fröne jetzt meiner Leidenschaft.«

»Dem Klavierspielen?«

»Ja. Also, hier eigentlich nicht. Dies ist ... na ja ... irgendwo muss man ja schließlich anfangen, was?«

Ich betrachte sein Gesicht. Der Teint stammt aus einer Flasche oder aus dem Solarium, jedenfalls nicht von der Sonne. Am Haaransatz sehe ich ein wenig von seiner sehr hellen Haut. »Natürlich«, sage ich.

»Im Büro in Westbridge hatten wir auch ein Klavier. Ich hab da dauernd gespielt. Zur Entspannung, wenn die Arbeit zu stressig wurde.« Reeves rutscht etwas nach vorne und präsentiert große, weiße Zähne, die ohne Weiteres als Klaviertasten herhalten könnten. »Also, was kann ich für Sie tun, Detective?«

Ich komme sofort zur Sache. »An was habt ihr Jungs da auf der Militärbasis gearbeitet?«

»Militärbasis?«

»Das war es früher«, sage ich. »Ein Kontrollzentrum für Nike-Raketen.«

»Oh, schon klar.« Er schüttelt ehrfürchtig den Kopf. »Tja, das Gelände hat eine tolle Geschichte, was?«

Ich sage nichts.

»Aber das war alles Jahre, bevor wir da eingezogen sind. Wir haben das nur als Bürokomplex genutzt, nicht als Militärbasis.«

»Als Bürokomplex für das Landwirtschaftsministerium«, sage ich.

»Genau. Unsere Aufgabe bestand darin, auf der Basis bestmöglicher Öffentlichkeitsarbeit, modernster Forschung und effizienten Managements eine Führungsposition in den Bereichen Nahrung, Agrikultur und natürliche Rohstoffe einzunehmen sowie zur Entwicklung des ländlichen Raumes beizutragen.«

Es klingt wie einstudiert, was vermutlich daran liegt, dass es das ist.

»Warum gerade da?«, frage ich.

»Wie bitte?«

»Der Sitz des Landwirtschaftsministeriums befindet sich in Washington D.C.«

»Die Zentrale, ja. Wir waren eine Außenstelle.«

»Aber warum gerade da, so versteckt im Wald?«

»Warum nicht?«, sagt er und hebt die Hände. »Es war ein wunderbarer Standort. Einige der Studien, an denen wir da gearbeitet haben, waren, na ja, ich will ja nicht angeben oder es aufregender machen, als es war, aber viele unserer Studien unterlagen strengster Geheimhaltung.« Er beugt sich vor. »Kennen Sie den Film *Die Glücksritter*?«

»Mit Eddie Murphy, Dan Aykroyd und Jamie Lee Curtis?«, frage ich.

Er ist sehr erfreut darüber, dass ich den Film kenne. »Genau den. Dann erinnern Sie sich bestimmt auch daran, dass die Duke-Brüder darin versuchen, sich das Monopol auf dem Orangensaftmarkt zu sichern?«

»Natürlich.«

»Wissen Sie noch, wie die dabei vorgegangen sind?« Reeves lächelt, als er mir ansieht, dass ich es weiß. »Die Dukes bestechen einen Regierungsbeamten, um Einblick in den noch unveröffentlichten Erntebericht des Landwirtschaftsministeriums zu bekommen. Des *Landwirtschaftsministeriums*, Detective Dumas. Das waren wir. Viele unserer Studien waren wichtig. Wir brauchten Ruhe und strenge Sicherheitsmaßnahmen.«

Ich nicke. »Deshalb also der Zaun und all die Betreten-Verboten-Schilder?«

»Genau.« Wieder breitet Reeves die Hände aus. »Wo hätten wir unsere Tests ungestörter durchführen können als in einer ehemaligen Militärbasis?«

»Sind diese Schilder je missachtet worden?«

Zum ersten Mal scheint die Strahlkraft seines Lächelns etwas abzunehmen. »Was meinen Sie damit?«

»Sind je Unbefugte aufs Gelände gelangt?«

»Vereinzelt«, sagt Reeves so beiläufig, wie er kann. »Jugendliche sind im Wald herumgestreunt, um heimlich Alkohol zu trinken oder Hasch zu rauchen.«

»Und was dann?«

»Was meinen Sie?«

»Haben die Jugendlichen die Warnschilder missachtet?«

»Manchmal schon.«

»Und was haben diese Jugendlichen dann getan?«

»Nichts weiter. Sie sind nur an den Schildern vorbeigegangen.«

»Und was haben Sie dagegen unternommen?«

»Nichts.«

»Nichts?«

»Womöglich haben wir ihnen mitgeteilt, dass sie sich auf Privatgelände befinden.«

»Womöglich?«, frage ich. »Oder ist das wirklich passiert?«

»Es gab wohl ein paar Situationen, in denen wir das getan haben.«

»Und wie genau ist das abgelaufen?«

»Wie bitte?«

»Erklären Sie es mir. Schritt für Schritt. Ein Jugendlicher geht am Schild vorbei. Wie haben Sie reagiert?«

»Warum fragen Sie?«

»Bitte beantworten Sie meine Frage«, erwidere ich leicht schnippisch.

»Wir haben ihn aufgefordert umzukehren. Wir haben ihn darauf hingewiesen, dass er unbefugt Privatgelände betreten hat.«

»Wer hat ihn darauf hingewiesen?«, frage ich.

»Die Frage verstehe ich nicht.«

»Haben Sie das getan?«

»Nein, natürlich nicht.«

»Wer dann?«

»Einer von den Wachleuten.«

»Die haben den Wald bewacht?«

»Was?«

»Die ersten Schilder standen etwa fünfzig Meter vom Zaun entfernt.«

Andy Reeves überlegt. »Nein, die Wachleute waren nicht so weit draußen. Sie haben das eigentliche Gelände bewacht.«

»Ein Eindringling wurde also normalerweise erst dann entdeckt, wenn er bis an den Zaun kam, ist das richtig?«

»Ich verstehe nicht, wieso das von Bedeutung…«

»Wie hätten Sie einen Jugendlichen entdeckt, der unbefugt das Gelände betritt?«, frage ich und lege sofort nach: »Haben Sie sich auf die Augen der Wachleute verlassen, oder hatten Sie Überwachungskameras?«

»Ich glaube, wir haben wohl ein paar gehabt…«

»Sie *glauben*, Sie hätten Kameras gehabt? Sie erinnern sich nicht?«

Ich stelle seine Geduld auf die Probe. Das mache ich keineswegs unabsichtlich. Reeves tippt jetzt mit einem Fingernagel auf den Tisch. Mit einem langen Fingernagel, wie mir auffällt. Dann lächelt er wieder, zeigt seine weißen Zähne und flüstert: »Ich bin wirklich nicht in Stimmung, mich noch viel länger von Ihnen belästigen zu lassen, Detective.«

»Ja, okay, entschuldigen Sie«, sage ich. Ich lege den Kopf schräg. »Dann will ich eine andere Frage stellen: Warum sollte nachts bei einem ›Bürokomplex des Landwirtschaftsministeriums‹«, ich male mit den Fingern Anführungszeichen in die Luft, »ein Tarnkappen-Hubschrauber landen?«

Funkstille, wie eine meiner Patentöchter gesagt hätte.

Damit hatte Andy Reeves nicht gerechnet. Sein Unterkiefer klappt nach unten, wo er allerdings nicht lange bleibt. Sein Blick wird starr. Sein gerade noch so breites Lächeln verwandelt sich in etwas Hinterlistiges und deutlich Verkniffeneres.

»Ich habe keine Ahnung, wovon Sie reden«, flüstert er.

Ich versuche, ihn niederzustarren, er hat aber kein Problem mit intensivem Augenkontakt. Das gefällt mir nicht. Wir neigen alle dazu, Augenkontakt für ein Zeichen von Ehrlichkeit zu halten, wie bei den meisten Dingen deutet zu viel davon allerdings häufig auf ein Problem hin.

»Das ist fünfzehn Jahre her, Reeves.«

Er hört nicht auf, mich anzustarren.

»Es ist mir völlig egal, was Sie da gemacht haben.« Ich versuche, nicht zu flehen. »Ich muss nur wissen, was mit meinem Bruder passiert ist.«

Genau dieselbe Lautstärke, genau derselbe Tonfall, genau dieselben Worte: »Ich habe keine Ahnung, wovon Sie reden.«

»Mein Bruder hieß Leo Dumas.«

Er gibt vor, darüber nachzudenken, in irgendwelchen hinteren Winkeln seines Gedächtnisses nach dem Namen zu stöbern.

»Er ist zusammen mit einem Mädchen namens Diana Styles vor einen Zug geraten.«

»Ach, mit Augies Tochter.« Andy Reeves schüttelt den Kopf, wie die Menschen es tun, wenn sie über Tragödien anderer sprechen. »Ihr Bruder war der junge Mann, der mit ihr zusammen getötet wurde.«

Er weiß es. Ich weiß es. Er weiß, dass ich es weiß.

»Mein Beileid.«

Herablassung trieft aus seiner Stimme wie Ahornsirup von einem Stapel Pfannkuchen. Natürlich in voller Absicht. Er schlägt zurück.

»Ich habe Ihnen schon gesagt, dass mir egal ist, was Sie

auf der Basis getrieben haben«, versuche ich es noch einmal. »Wenn Sie also wollen, dass ich aufhöre, weiter in diese Richtung zu ermitteln, brauchen Sie mir nur die Wahrheit zu sagen. Es sei denn...«

»Es sei denn, was?«

»Es sei denn, Sie haben meinen Bruder getötet«, sage ich.

Reeves beißt nicht an. Stattdessen sieht er theatralisch auf seine Uhr. Er hebt den Blick und sieht die alten Leute an, die langsam wieder ihre Plätze in der Nähe des Klaviers einnehmen. »Meine Pause ist zu Ende.«

Er steht auf.

»Einen Moment noch«, sage ich.

Ich ziehe mein Handy heraus. Ich starte das Video an der Stelle, an der der Hubschrauber zum ersten Mal erscheint. Ich berühre die Play-Taste und halte das Handy so, dass er das Display sehen kann. Selbst die falsche Bräune verschwindet jetzt aus seinem Gesicht.

»Ich weiß nicht, was das sein soll«, sagt er, bekommt es aber nur stockend heraus.

»Natürlich wissen Sie das. Es ist ein Sikorsky-Black-Hawk-Tarnhubschrauber über einem Gelände, auf dem sich Ihren Worten zufolge ein Bürokomplex des Landwirtschaftsministeriums befindet. Im weiteren Verlauf des Videos sieht man, wie der Hubschrauber landet. Dann steigt ein Mann in einem orangefarbenen Häftlings-Overall aus diesem Hubschrauber.«

Das ist zwar leicht übertrieben – eigentlich sieht man nur einen orangefarbenen Fleck –, aber diese leichte Übertreibung reicht.

»Sie können nicht belegen...«

»Natürlich kann ich das. Das Video hat eine Datums- und Zeitanzeige. Die Eigenheiten der Gebäude und der Landschaft sind erkennbar. Ich habe den Ton ausgeschaltet, es gibt aber einen Kommentar zu den Geschehnissen.« Noch eine Übertreibung. »Die Teenager, die das Video gemacht haben, erläutern eingehend, wo sie sind und was sie dort sehen.«

Sein finsterer Blick ist wieder da.

»Eins noch«, sage ich.

»Was?«

»Im Video hört man die Stimmen von drei männlichen Teenagern. Alle drei sind unter mysteriösen Umständen umgekommen.«

Einer der alten Männer ruft: »Hey, Andy, kann ich mir *Livin' on a Prayer* wünschen?«

»Ich kann Madonna nicht ausstehen«, sagt ein anderer.

»Das ist *Like a Prayer*, du Blödmann. *Livin' on a Prayer* ist von Bon Jovi.«

»Wen nennst du hier einen Blödmann?«

Andy Reeves beachtet sie nicht. Er sieht mich an. Die Fassade hat er abgelegt. Sein Flüstern klingt härter. »Ist das die einzige Kopie?«

»Ja«, sage ich und sehe ihn mit großen, unschuldigen Augen an. »Ich war so dumm herzukommen, ohne Kopien davon zu machen.«

Er presst die Worte zwischen den Zähnen hervor. »Falls das Video tatsächlich zeigt, was Sie behaupten – und ich möchte das *falls* noch einmal betonen –, wäre eine Veröffentlichung ein Kapitalverbrechen, das mit Gefängnis bestraft wird.«

»Andy?«

»Was ist?«

»Sehe ich verängstigt aus?«

»Es wäre Hochverrat, das zu verbreiten.«

Ich deute auf mein Gesicht, um noch einmal darauf hinzuweisen, dass mir seine Drohung in keinster Weise, Art oder Form Angst einjagt.

»Wenn Sie es wagen, es irgendjemandem vorzuführen...«

»Ich muss Sie jetzt kurz unterbrechen, Andy. Damit Sie sich nicht unnötig Ihren hübschen Kopf darüber zerbrechen: Wenn Sie mir nicht sagen, was ich wissen will, werde ich es auf jeden Fall zeigen. Ich werde es auf Twitter und auf Facebook posten und dabei Ihren Namen erwähnen.« Ich tue so, als hätte ich Stift und Papier in der Hand und wollte etwas notieren. »Schreibt man Reeves mit Doppel-e oder mit ea?«

»Ich hatte nichts mit Ihrem Bruder zu tun.«

»Und was ist mit meiner Freundin? Sie heißt Maura Wells. Wollen Sie mir sagen, dass Sie auch mit ihr nichts zu tun hatten?«

»Mein Gott.« Andy Reeves schüttelt langsam den Kopf. »Sie haben nicht den geringsten Schimmer, oder?«

Mir gefällt nicht, wie er das sagt – er klingt plötzlich so selbstbewusst. Ich weiß nicht, was ich darauf antworten soll, also sage ich einfach: »Dann erzählen Sie es mir.«

Ein anderer Gast ruft: »Spiel *Don't Stop Believin'*, Andy. Da stehen wir drauf.«

»Sinatra!«

»Journey!«

Beipflichtendes Murmeln. Ein Mann fängt an zu singen: »Just a small town girl«, die anderen antworten: »Livin' in a lonely world.«

»Einen Moment noch, Leute.« Reeves winkt und lächelt, ganz der nette Nachbar, der es genießt, mal im Mittelpunkt zu stehen. »Spart euch die Energie.«

Andy Reeves dreht sich wieder um, beugt sich tief zu mir herunter, bis sein Mund neben meinem Ohr ist, und flüstert: »Wenn Sie das Video veröffentlichen, Detective Dumas, werde ich Sie und alle, die Sie lieben, umbringen. Habe ich mich klar ausgedrückt?«

»Kristallklar.« Ich nicke. Dann strecke ich die Hand aus, packe seine Eier und drücke zu.

Sein Schrei hallt durch das Rusty Nail.

Ein paar alte Männer springen vor Schreck auf. Als ich gehe, liegt Reeves zuckend auf dem Boden wie ein Fisch auf einem Anleger.

Die jüngeren Männer, die Pfleger, reagieren schnell. Sie kommen auf mich zu. Ich weiche zurück und ziehe meine Marke.

»Bleiben Sie, wo Sie sind«, warne ich sie. »Es handelt sich um eine Polizeiangelegenheit.«

Den Alten gefällt das nicht. Drei Pflegern auch nicht. Sie kommen näher heran und kreisen mich ein. Ich ziehe mein Handy heraus und mache ein paar schnelle Fotos. Die Alten schreien mich an.

»Was denken Sie, was Sie hier tun?... Wenn ich zehn Jahre jünger wäre... Das können Sie doch nicht einfach machen... *Livin' on a Prayer*!«

Einer kniet sich hin und kümmert sich um den verwundeten Reeves. Die Pfleger kommen mir immer näher.

Ich muss die Sache sofort beenden.

Ich zeige den näher kommenden Pflegern die Pistole in meinem Hüftholster. Ich ziehe sie nicht, aber der Anblick reicht aus, um sie zu stoppen.

Ein alter Mann schüttelt die Faust und schreit: »Wir zeigen Sie an!«

»Tun Sie, was Sie nicht lassen können«, sage ich.

»Sie sollten zusehen, dass Sie hier rauskommen.«

Er hat recht. Fünf Sekunden später stehe ich vor der Tür.

EINUNDZWANZIG

Ich mache mir keine großen Sorgen, dass ich für diese Aktion angezeigt werde. Andy Reeves wird sich erholen, und dann wird er vermutlich kaum wollen, dass jemand den Vorfall meldet.

Reeves' Drohung bereitet mir da schon größere Bauchschmerzen. Vier Menschen – du, Diana, Rex und Hank – wurden ermordet. Ja, ab jetzt werde ich dieses Wort verwenden. Die Behauptung, es hätte sich um einen Unfall oder Selbstmord gehandelt, kann man getrost vergessen. Du wurdest ermordet, Leo. Und ich will verdammt sein, wenn ich das einfach so durchgehen lasse.

Ich rufe Ellie an. Sie geht nicht ran, was mich ankotzt. Ich sehe mir auf dem Handy das Foto an, das ich von Reeves gemacht habe. Er liegt zwar auf dem Boden, und seine Miene ist schmerzverzerrt, aber das Foto ist halbwegs scharf geworden. Ich schreibe eine kurze Mail und schicke sie mit dem Foto an Ellie. Die Mail lautet:

Frag Mauras Mutter, ob sie ihn erkennt.

Ich will mich gerade auf den Heimweg machen, als mir auffällt, dass ich noch nichts gegessen habe. Ich biege rechts ab und fahre zum Armstrong Diner. Es ist rund um die Uhr geöffnet. Durchs Fenster sehe ich, dass Bunny arbeitet. Als ich einparke, klingelt mein Handy. Ellie.

»Hey«, sagt sie.

»Hey.«

Das ist wohl unsere Art, uns einzugestehen, dass wir zu weit gegangen sind.

»Wo bist du?«, fragt sie.

»Im Armstrong.«

»Ich bin in einer halben Stunde da.«

Sie legt auf. Ich steige aus und mache mich auf den Weg ins Diner. Zwei junge Frauen, beide wohl um die zwanzig, stehen rauchend draußen und unterhalten sich. Eine ist blond, die andere brünett. Beide sehen aus wie »Internet-Models« oder Möchtegern-Stars aus einer Realityshow. Ist wohl derzeit der angesagte Look. Als ich an ihnen vorbeigehe, nehmen sie einen tiefen Zug von ihren Zigaretten. Ich bleibe stehen und drehe mich zu ihnen um. Ich starre sie so lange an, bis sie meinen Blick spüren. Sie unterhalten sich noch einen Moment, wobei sie mich taxieren. Ich rühre mich nicht von der Stelle. Schließlich verstummen sie.

Die Blondine zieht eine Grimasse. »Gibt's irgendein Problem?«

»Wahrscheinlich sollte ich einfach reingehen«, sage ich. »Ich sollte mich um meine eigenen Angelegenheiten kümmern. Allerdings möchte ich Ihnen vorher noch etwas sagen.«

Beide mustern mich mit einem Blick, der normalerweise Verrückten vorbehalten ist.

»Bitte hören Sie auf zu rauchen«, sage ich.

Die Brünette stemmt die Hände in die Hüften. »Kennen wir uns?«

»Nein«, sage ich.

»Sind Sie ein Cop oder so was?«

»Bin ich, aber das hat damit nichts zu tun. Mein Vater ist an Lungenkrebs gestorben, weil er geraucht hat. Also könnte ich einfach an Ihnen vorbeigehen – oder ich kann versuchen, Ihnen das Leben zu retten. Wahrscheinlich werden Sie nicht auf mich hören, aber wenn ich das häufig genug mache, wird vielleicht – nur ganz vielleicht, und selbst wenn es nur ein einziges Mal ist – jemand innehalten, nachdenken oder sogar aufhören. Daher bitte ich Sie – ich flehe Sie gewissermaßen an –, hören Sie auf zu rauchen.«

Das ist alles.

Ich gehe rein. Stavros steht an der Kasse. Er klatscht mich zur Begrüßung ab und nickt in Richtung eines Ecktischs. Ich bin ein Single, der nicht gerne kocht, daher komme ich oft zum Abendessen. Wie in den meisten Diners in New Jersey hat die Speisekarte fast den Umfang der Bibel. Bunny gibt mir nur die Karte mit den Tages- und Wochenangeboten. Sie tippt auf den Lachs mit Couscous und zwinkert mir zu.

Ich blicke aus dem Fenster. Die beiden rauchenden jungen Frauen sind noch da. Die Brünette, die mit dem Rücken zu mir steht, hält eine Zigarette zwischen den Fingern. Die Blondine mustert mich finster, hat aber keine Zigarette in der Hand. Ich hebe beide Daumen in ihre Richtung. Sie wendet sich ab. Wahrscheinlich hat sie schon aufgeraucht, aber ich freue mich auch über die kleinen Siege.

Ich esse gerade den letzten Bissen, als Ellie durch die Tür kommt. Stavros fängt an zu strahlen. Es ist zwar ein Klischee zu sagen, es wird heller im Raum, wenn eine bestimmte Person hereinkommt, aber dass das Niveau an Güte, Anstand und Tugend im Raum steigt, wenn Ellie eintritt, ist nicht zu bezweifeln.

Dies ist das erste Mal, dass ich das nicht einfach als Selbstverständlichkeit hinnehme.

Sie rutscht mir gegenüber in die Nische, zieht einen Fuß hoch und setzt sich darauf.

»Hast du Mauras Mutter das Foto geschickt?«, frage ich.
Ellie nickt. »Sie hat aber noch nicht geantwortet.«
Sie blinzelt, um ein paar Tränen zu verstecken.
»Ellie?«
»Es gibt noch etwas, das ich dir nie erzählt habe.«
»Was?«
»Vor zwei Jahren, als ich einen Monat lang in Washington war...«

Ich nicke. »... bei dieser Konferenz über Obdachlosigkeit.«
Sie schnaubt kurz. »Eine Konferenz...«, sie nimmt eine Serviette und wischt sich über die Augen, »... die einen Monat dauert?«

Ich weiß nicht, was ich dazu sagen soll, also sage ich nichts.
»Das hat übrigens nichts mit Maura zu tun. Ich wollte bloß...«

Ich lege ihr die Hand auf den Arm. »Was ist los?«
»Du bist der beste Mensch, den ich kenne, Nap. Ich würde dir mein Leben anvertrauen. Aber ich hab's dir nicht erzählt.«
»Was hast du mir nicht erzählt?«
»Bob...«
Ich bin absolut still.
»Da war diese Frau auf der Arbeit. Bob ist oft länger geblieben. Eines Nachts hab ich ihn dann überrascht. Die beiden haben...«

Mir stockt das Herz. Ich weiß nicht, was ich sagen soll, und glaube auch nicht, dass sie eine Antwort von mir erwartet, also drücke ich ihren Arm nur etwas fester. Ich will ihr ein bisschen Trost zusprechen. Aber die Gelegenheit habe ich verpasst.

Eine Konferenz, die einen Monat dauert. Mann.
Meine beste Freundin hat furchtbar gelitten. Und ich habe es nicht gemerkt.
Toller Detektiv.

Ellie wischt sich noch einmal über die Augen und ringt sich ein Lächeln ab. »Inzwischen ist es wieder in Ordnung. Wir haben reinen Tisch gemacht.«

»Willst du darüber reden?«

»Im Moment nicht, nein. Ich bin hier, um mit dir über Maura zu reden. Über das Versprechen, das ich ihr gegeben habe.«

Bunny kommt herüber, legt ihr eine Speisekarte hin und zwinkert ihr zu. Als sie wieder geht, weiß ich nicht, wie ich fortfahren soll. Offenbar geht es Ellie genauso. Also sage ich: »Du hast Maura ein Versprechen gegeben.«

»Richtig.«

»Wann?«

»In der Nacht, in der Leo und Diana gestorben sind.«

Noch ein Tiefschlag.

Bunny kommt wieder herüber und fragt Ellie, ob sie etwas bestellen will. Ellie nimmt einen koffeinfreien Kaffee. Ich bestelle einen Pfefferminztee. Bunny fragt, ob einer von uns die Bananen-Mousse probieren möchte. Sie sei unwiderstehlich. Wir lehnen ab.

»In jener Nacht«, sage ich. »Hast du Maura gesehen, bevor oder nachdem Leo und Diana gestorben sind?«

Ihre Antwort bringt mich wieder ins Schleudern. »Sowohl als auch.«

Ich weiß nicht, was ich sagen soll – oder vielleicht habe ich auch Angst vor dem, was ich sagen könnte. Sie blickt aus dem Fenster auf den Parkplatz.

»Ellie?«

»Ich werde das Versprechen brechen, das ich Maura gegeben habe«, sagt sie. »Aber so viel solltest du wissen, Nap.«

»Was?«

»Es wird dir nicht gefallen.«

»Ich werde mit dem ›nachdem‹ anfangen«, sagt Ellie.

Das Diner leert sich, aber das stört uns nicht. Bunny und Stavros schicken die Neuankömmlinge auf die andere Seite, sodass wir uns ungestört unterhalten können.

»Maura ist zu mir nach Hause gekommen«, sagt sie.

Ich warte, dass Ellie fortfährt. Das tut sie nicht.

»In jener Nacht?«

»Ja.«

»Wann?«

»Um drei Uhr morgens. Meine Eltern hatten sich getrennt, und Dad… er wollte, dass ich glücklich bin, daher hat er mir die Garage zum Schlafzimmer umgebaut, was für einen Teenager einfach fantastisch war. So konnten zu jeder Tages- und Nachtzeit Freunde vorbeikommen, weil man in mein Zimmer konnte, ohne jemanden im Haus zu wecken.«

Ich hatte Gerüchte gehört, dass Ellies Hintertür damals immer offen stand, das war aber, bevor Ellie und ich uns näher kennenlernten, bevor mein Bruder und Ellies beste Freundin Diana bei den Bahngleisen gefunden wurden. Jetzt frage ich mich, was es zu bedeuten hat, dass die beiden stabilsten Freundschaften, die ich als Erwachsener habe, meine Freundschaften zu Ellie und Augie, aus jener tragischen Nacht hervorgegangen sind.

»Als ich das Klopfen hörte, habe ich mir zuerst nicht viel dabei gedacht. Die Leute wussten, dass sie bei mir pennen konnten, wenn sie noch nicht nach Hause wollten – weil sie zu betrunken waren oder so etwas.«

»War Maura vorher schon einmal bei dir gewesen?«, frage ich.

»Nein, nie. Ich weiß, dass ich dir schon mehrmals erzählt habe, dass ich Maura gegenüber immer eine gewisse Ehrfurcht empfunden habe. Sie war einfach… ich weiß nicht…

cooler als wir anderen. Reifer und weltgewandter. Verstehst du, was ich meine?«

Ich nicke. »Und was wollte sie bei dir?«

»Das habe ich sie später auch gefragt, aber als sie ankam, war sie vollkommen fertig, hat die ganze Zeit geweint, war fast hysterisch. Was mir, wie schon gesagt, seltsam vorkam, weil sie doch immer über allem zu stehen schien. Es hat mindestens fünf Minuten gedauert, bis ich sie halbwegs beruhigt hatte. Sie war völlig verdreckt. Erst dachte ich, sie wäre überfallen worden oder so was. Ich habe auch ihre Kleidung gecheckt, um festzustellen, ob etwas zerrissen war. Das hatte ich in einem Kurs über Krisenintervention und Vergewaltigungstraumata aufgeschnappt. Na ja, als sie sich dann etwas beruhigt hatte, ging es mir fast zu schnell. Ich kann es nicht anders ausdrücken. Als hätte ihr jemand eine Ohrfeige gegeben und gesagt: ›Reiß dich zusammen!‹«

»Was hast du gemacht?«

»Ich habe eine Flasche Fireball-Whisky-Likör unter dem Bett hervorgeholt, die ich dort versteckt hatte.«

»Du?«

Sie schüttelt den Kopf. »Du glaubst wirklich, du wüsstest alles über mich, was?«

Ganz offensichtlich nicht, denke ich.

»Maura wollte aber keinen Alkohol, weil sie, wie sie sagte, einen klaren Kopf bewahren musste. Sie hat gefragt, ob sie eine Weile bei mir bleiben kann. ›Natürlich‹, habe ich geantwortet. Ehrlich gesagt habe ich mich geschmeichelt gefühlt, dass sie ausgerechnet zu mir gekommen war.«

»Und das war um drei Uhr morgens?«

»Gegen drei, ja.«

»Also hast du das von Leo und Diana noch nicht gewusst«, sage ich.

»Richtig.«

»Hat Maura es dir erzählt?«

»Nein. Sie sagte nur, sie bräuchte einen Ort, an dem sie sich verstecken kann.« Ellie beugte sich vor. »Dann hat sie mir direkt in die Augen gesehen und hat mir das Versprechen abgenommen. Du weißt ja, wie eindringlich sie sein konnte. Ich musste versprechen, nie irgendjemandem zu erzählen, dass sie bei mir war, niemals, nicht einmal dir.«

»Sie hat mich direkt erwähnt?«

Ellie nickt. »Ehrlich gesagt dachte ich zuerst, ihr beide hättet einen Riesenkrach gehabt, aber dafür war sie zu verängstigt. Ich glaube, sie ist zu mir gekommen, weil, na ja, ich bin eben die verlässliche Ellie, richtig? Sie hatte jede Menge Leute, die ihr näherstanden. Immer wieder habe ich mich gefragt: ›Warum ich?‹ Jetzt weiß ich's.«

»Was weißt du?«

»Warum sie zu mir gekommen ist. Du hast doch gehört, was ihre Mutter gesagt hat. Sie wurde gesucht. Das habe ich damals nicht gewusst. Aber Maura muss geahnt haben, dass diejenigen, die ihr nahestanden, überwacht oder vernommen werden würden.«

Ich nicke. »Daher konnte sie nicht nach Hause gehen.«

»Genau. Und sie ist vermutlich davon ausgegangen, dass sie auch dich überwachen oder deinen Dad vernehmen. Schließlich war es naheliegend, dass sie bei Freunden Hilfe suchen würde.«

Jetzt begreife ich. »Und eigentlich gehörtest du gar nicht zu ihren Freundinnen.«

»So ist es. Sie hat gehofft, dass sie bei mir nicht suchen.«

»Aber was wollten diese Leute von ihr? Warum waren sie hinter ihr her?«

»Keine Ahnung.«

»Du hast sie nicht gefragt?«

»Ich habe sie gefragt. Aber sie hat es mir nicht gesagt.«

»Und das hast du einfach akzeptiert?«

Ellie lächelt fast. »Schon vergessen, wie überzeugend Maura sein konnte?«

Nein, ich weiß genau, was sie meint.

»Später habe ich begriffen, dass Maura mir aus dem gleichen Grund nichts erzählt hat, aus dem sie ihrer Mutter nichts erzählt hat.«

»Um dich nicht in Gefahr zu bringen.«

»Ja.«

»Wenn du nichts wusstest«, fahre ich fort, »konntest du ihnen nichts verraten.«

»Sie hat mich dazu gezwungen, ihr dieses Versprechen zu geben. Ich musste schwören, dass ich niemandem etwas verrate, bis sie von sich aus wieder zurückkommt. Ich habe versucht, mein Versprechen zu halten, Nap. Ich weiß, dass du deshalb sauer bist. Aber etwas daran, wie Maura es gesagt hat... ich wollte mein Wort halten. Und ich hatte wirklich Angst, dass eine Katastrophe eintritt, wenn ich mein Versprechen breche. Ehrlich gesagt, glaube ich noch immer, dass ich das Falsche tue. Eigentlich wollte ich es dir nicht erzählen.«

»Und wieso hast du es dir anders überlegt?«

»Es sterben zu viele Leute, Nap. Und ich frage mich, ob Maura nicht auch dazugehört.«

»Du glaubst, dass sie tot ist?«

»Ihre Mutter und ich... natürlich hat uns das irgendwie zusammengeschweißt. Sie hat dir doch von Mauras erstem Anruf im Bennigan's erzählt. Ich habe Maura damals geholfen, den Kontakt herzustellen. Lynn hat das nicht erwähnt, um mich zu schützen.«

Ich weiß nicht, was ich dazu sagen soll. »Du hast mich all die Jahre belogen?«

»Du warst besessen.«

Wieder dieses Wort. Ellie sagt, ich wäre besessen. David Rainiv sagte, Hank wäre besessen gewesen.

»Woher hätte ich wissen sollen, wie du reagierst, wenn ich dir von diesem Versprechen erzähle?«

»Es stand dir nicht zu, meine Reaktion zu bewerten.«

»Schon möglich. Aber es stand mir auch nicht zu, ein Versprechen zu brechen.«

»Ich begreife das immer noch nicht. Wie lange ist Maura bei dir geblieben?«

»Zwei Nächte.«

»Und dann?«

Ellie zuckt die Achseln. »Sie war einfach weg, als ich nach Hause kam.«

»Keine Nachricht, nichts?«

»Nichts.«

»Und seitdem?«

»Weiterhin nichts. Ich habe sie seitdem weder gesehen noch von ihr gehört.«

Irgendetwas passt hier nicht ganz. »Moment mal. Wann hast du von Leos und Dianas Tod erfahren?«

»Einen Tag nachdem sie gefunden wurden. Ich habe bei Diana angerufen, ihre Mutter war am Telefon, und als ich nach ihr gefragt habe...«, wieder treten ihr Tränen in die Augen, »...ihre Mutter... Herrje, ihre Stimme.«

»Audrey Styles hat es dir am Telefon erzählt?«

»Nein. Sie hat mich gebeten vorbeizukommen. Aber ich habe es gleich gewusst. Ich bin den ganzen Weg gerannt. Sie hat mir gesagt, ich solle mich setzen. In der Küche. Nachdem sie es mir erzählt hatte, bin ich nach Hause gegangen, um Maura zu fragen, was sie darüber weiß. Da war sie verschwunden.«

Es passt immer noch nicht richtig zusammen. »Aber... du

musst dir doch gedacht haben, dass da ein Zusammenhang besteht, oder?«

Sie antwortet nicht.

»Maura ist in der Nacht zu dir gekommen, in der Leo und Diana gestorben sind«, sage ich. »Da musst du doch auf den Gedanken gekommen sein, dass zwischen diesen Ereignissen eine Verbindung besteht.«

Ellie nickt langsam. »Richtig. Ich habe gedacht, das kann kein Zufall sein.«

»Und trotzdem hast du es niemandem erzählt?«

»Ich hatte es ihr versprochen, Nap.«

»Deine beste Freundin war umgekommen«, sage ich. »Wie kann es angehen, dass du niemandem etwas darüber erzählst?«

Ellie senkt den Kopf. Ich warte einen Moment.

»Du warst das verantwortungsbewussteste Mädchen in der Schule«, sage ich. »Ich kann nachvollziehen, dass du ein Versprechen hältst. Das klingt logisch. Aber als du erfahren hast, dass Diana tot ist…«

»Wir haben es doch alle für einen Unfall gehalten, oder? Vielleicht noch für einen seltsamen Doppel-Selbstmord – obwohl ich das nie geglaubt habe. Ich bin nicht davon ausgegangen, dass Maura etwas damit zu tun haben könnte.«

»Komm schon, Ellie, so naiv bist du nicht. Wie kommt es, dass du es niemandem erzählt hast?«

Wieder senkt sie den Kopf. Jetzt bin ich mir sicher, dass sie mir etwas verheimlicht.

»Ellie?«

»Ich habe es jemandem erzählt.«

»Wem?«

»Aber rückblickend war das ein Teil von Mauras Genialität. Was konnte ich schon erzählen? Ich hatte keine Ahnung, wo sie war.«

»Wem hast du es erzählt?«

»Dianas Eltern.«

Ich erstarre. »Du hast es Augie und Audrey erzählt?«

»Ja.«

»Augie...« Ich dachte, meine Verblüffung könnte sich nicht noch steigern, aber... »Augie weiß, dass Maura bei dir zu Hause war?«

Sie nickt, und wieder wird mir schwindelig. Kann man in dieser Welt irgendjemandem vertrauen, Leo? Ellie hat mich belogen. Augie hat mich belogen. Wer noch? Mom natürlich. Als sie sagte, sie würde bald zurückkommen.

Hat Dad mich auch belogen?

Und du?

»Was hat Augie gesagt?«, frage ich.

»Er hat sich bedankt. Dann hat er mich aufgefordert, mein Versprechen zu halten.«

Ich muss mit Augie sprechen. Ich muss zu ihm fahren und herausbekommen, was zum Henker hier los ist. Doch dann fällt mir ein, dass Ellie noch etwas gesagt hat.

»Du sagtest: ›Vorher und nachher‹.«

»Was?«

»Als ich dich gefragt habe, ob du Maura gesehen hast, bevor oder nachdem Leo und Diana gestorben sind, sagtest du: ›Sowohl als auch‹.«

Ellie nickt.

»Vom Nachher hast du mir gerade berichtet. Was ist mit dem Vorher?«

Sie wendet den Blick ab.

»Was ist?«, frage ich.

»Das ist der Teil«, sagt Ellie, »der dir nicht gefallen wird.«

ZWEIUNDZWANZIG

Sie steht gegenüber dem Armstrong Diner und beobachtet die beiden durchs Fenster.

Vor fünfzehn Jahren, nachdem die Schüsse die ruhige Nacht erschüttert hatten, war sie weggerannt und hatte sich zwei Stunden lang versteckt. Als sie sich wieder herausgewagt und die Wagen mit den Männern am Straßenrand gesehen hatte, wusste sie, dass sie sie suchten. Sie machte sich auf den Weg zur Bushaltestelle. Sie wollte einfach in den nächsten Bus steigen. Sie musste den Abstand vergrößern. Von Westbridge fuhren die Busse nach Newark oder nach New York City. Dort konnte sie sich Freunde und Hilfe suchen. Aber es war spät. Um diese Zeit fuhren nur sehr wenige Busse. Und was noch schlimmer war, am Karim Square in der Nähe des Bahnhofs fielen ihr auch geparkte Autos mit Männern darin ins Auge. Die nächsten beiden Nächte verbrachte sie bei Ellie. Drei weitere Tage versteckte sie sich in Livingston im Kelleratelier von Hugh Warner, ihrem Kunstlehrer. Mr Warner war Single, trug einen Pferdeschwanz und roch immer nach Haschpfeife. Dann verließ sie die Stadt. Mr Warner hatte einen Freund in Manhattans Alphabet City. Sie blieb zwei Tage bei ihm, schnitt sich die Haare ab und färbte sie blond. Zwei Wochen lang mischte sie sich im Central Park unter ausländische Touristengruppen und klaute ihnen Bargeld, merkte aber, dass sie damit aufhören musste, als sie fast von einem Polizisten aus Connecticut geschnappt wurde, der die Stadt besichtigte. Ein Bettler erzählte ihr von einem Typen in Brooklyn, der falsche Ausweise herstellte. Sie kaufte sich vier neue Namen. Die Ausweise waren nicht perfekt, aber gut genug, um damit ein paar Aushilfsjobs zu bekommen. In den folgenden drei Jahren zog sie herum. Fast pausenlos. In Cincinnati bediente sie in einem Schnellrestaurant. In Birmingham saß sie in einem Piggly-Wiggly-Supermarkt an der Kasse. In Daytona Beach trug sie einen Bikini und verkaufte Timesharings für Ferienwohnungen, was ihr schmutziger vorkam als das Beklauen der Touristen. Sie schlief auf der Straße, in Parks, in den Motels der billigen Ketten (die waren immer sauber), in Wohnungen fremder Männer. Sie wusste, dass sie in Sicherheit war, solange sie in Bewegung blieb. Schließlich konnten sie sie nicht zur Fahndung ausschreiben oder Fahndungsfotos verteilen. Sie suchten sie, aber ihre Möglichkeiten waren begrenzt. Sie konnten die Öffentlichkeit nicht um Hilfe bitten. Sie trat diversen religiösen Gruppierungen bei, täuschte Ehrerbietung für die Egomanen vor, die dort als Priester tätig waren, und suchte auf diese Weise Unterkunft, Nahrung und Schutz. Sie tanzte in abgelegenen »Gentlemen's Clubs« – eine eigenartige Umschreibung, da sie weder das eine noch das andere waren –, verdiente dort gutes Geld, zog aber zu viel Aufmerksamkeit auf sich. Sie wurde zweimal beraubt, zusammengeschlagen, und eines Nachts wuchs ihr die Situation völlig über den Kopf. Sie verdrängte es und machte weiter. Seitdem hatte sie immer ein Messer dabei. In der Nähe von Denver wurde sie auf einem Parkplatz von zwei Männern angegriffen. Sie stieß einem das Messer in den Bauch. Blut floss aus seinem Mund. Sie floh. Womöglich war er gestorben. Sie erfuhr es nicht. Manchmal hielt sie sich auf dem Gelände von Community Colleges auf, wo die Sicherheitsmaßnahmen nicht allzu streng waren, und gelegentlich besuchte sie sogar Seminare. In der Nähe von Milwaukee versuchte sie, sich für eine Weile niederzulassen, hatte sich sogar eine Lizenz als Immobilienmaklerin besorgt, doch dann fiel einem Anwalt im Zuge eines Vertragsabschlusses auf, dass mit ihrem Ausweis etwas nicht stimmte. In Dallas bearbeitete sie Einkommensteuerbescheide im Ladenbüro einer Buchhaltungskette – die Kette gab vor, ausgebildete Steuerberater zu beschäftigen, ihre gesamte Ausbildung bestand allerdings aus einem dreiwöchigem Kurs in einem Courtyard-Marriott-Hotel –, bei dem sie zum ersten Mal eine echte Freundschaft mit einer Kollegin schloss, wohl weil die Einsamkeit sie zu ersticken drohte. Sie hieß Ann Hannon, war warmherzig und witzig, und nach einer kurzen Kennenlernphase zogen sie zusammen. Sie verabredeten sich zu Doppel-Dates, gingen gemeinsam ins Kino und machten sogar zusammen einen Kurzurlaub in San Antonio. Ann Hannon war der erste Mensch, zu dem sie so viel Vertrauen hatte, dass sie ihr die Wahrheit erzählt hätte, was sie natürlich – ihrer beider Sicherheit zuliebe – nicht tat. Als sie eines Tages aus der Mittagspause zurückkam, fielen ihr schon von draußen zwei Männer ins Auge, die im Wartebereich Zeitung lasen. Es saßen oft Leute im Wartebereich. Aber diese Männer sahen falsch aus. Sie sah auch Ann durchs Fenster. Ihre immer lächelnde Freundin lächelte nicht. Also floh sie wieder. Einfach so. Sie rief Ann nicht ein einziges Mal an, um sich zu verabschieden. Im Sommer arbeitete sie in einer Konservenfabrik in Alaska. Dann verkaufte sie drei Monate lang auf einem Kreuzfahrtschiff zwischen Skagway und Seattle Tagesausflüge. Es waren ein paar nette Männer unterwegs. Die meisten waren jedoch nicht nett. Die meisten waren alles andere als nett. Im Lauf der Jahre begegnete sie zweimal Personen, die sie als Maura Wells erkannten – einmal in Los Angeles und einmal in Indianapolis. Rückblickend war es nicht verwunderlich, dass das passierte. Wenn man sein Leben auf der Straße und an öffentlichen Orten verbrachte, musste einem irgendwann ein Bekannter begegnen. Im Endeffekt war es kein großes Problem. Sie tat nicht so, als hätten die Personen sich geirrt, und behauptete auch nicht, jemand anderes zu sein. Sie hatte Storys parat, normalerweise erzählte sie etwas von einem Graduiertenprogramm. Sobald die Person außer Sichtweite war, tauchte Maura ab. Sie hatte immer einen Plan B, wusste immer, wo die nächste Fernfahrer-Raststätte war, weil das, wenn man aussah wie sie, die einfachste Möglichkeit war, eine Mitfahrgelegenheit zu bekommen. Männer nahmen sie fast immer mit. Wenn sie früh genug am Rasthof war, beobachtete sie die Männer beim Essen, bei ihren Gesprächen und ihrem Umgang mit anderen Menschen und versuchte herauszubekommen, wer von ihnen am wenigsten einem Raubtier glich. Man konnte es erkennen. Man konnte sich auch irren. Fahrerinnen bat sie nie um eine Mitfahrgelegenheit, selbst die nicht, die freundlich wirkten, weil Frauen, die diesen Job ausübten, gelernt hatten, misstrauisch zu sein, und sie hatte Angst, dass sie sie anzeigen könnten. Sie besaß inzwischen diverse Perücken und mehrere Brillen. Das reichte als Verkleidung, wenn jemand etwas erzählen würde.

Es gibt diverse Theorien, die zu erklären versuchen, warum die Jahre mit zunehmendem Alter schneller zu vergehen scheinen. Die beliebteste ist auch die naheliegendste: Wenn man älter wird, macht ein Jahr einen geringeren Anteil des Lebens aus. Wenn man zehn ist, sind es zehn Prozent. Wenn man fünfzig ist, nur zwei Prozent. Sie hatte jedoch eine andere Theorie gelesen, die diese Erklärung für falsch hielt. Sie besagte, dass die Zeit schneller vergeht, wenn wir uns auf eingefahrenen Bahnen bewegen, wenn wir nichts Neues lernen, wenn wir bestimmten Routinen nachgehen. Der Schlüssel zur Verlangsamung der Zeit besteht darin, immer wieder neue Erfahrungen zu machen. Man sagt gerne, die Woche Ferien sei viel zu schnell verflogen, aber wenn man darüber nachdenkt, scheint die Woche eigentlich viel länger gewesen zu sein als die, in der man seinem langweiligen Alltagsjob nachgegangen ist. Man beklagt sich, weil man so viel Spaß hatte, nicht weil man tatsächlich den Eindruck hatte, dass die Zeit schneller vergangen ist. Auch umgekehrt hielt diese Theorie der Überprüfung stand: Wenn du willst, dass die Tage länger dauern, verändere etwas. Besuch exotische Gegenden. Mach einen Kurs.

In gewisser Weise war ihr Leben so verlaufen.

Bis Rex auftauchte. Bis weitere Schüsse fielen. Bis Hank starb.

Durch das Fenster sieht sie die Spuren der Zeit in Naps Gesicht. Sie sieht ihn das erste Mal seit fünfzehn Jahren. Das größte Was-wäre-Wenn ihres Lebens. Der Weg, der nicht eingeschlagen wurde. Sie lässt den Gefühlen eine Weile ihren Lauf. Sie kämpft nicht dagegen an.

Eine Zeit lang tritt sie sogar aus dem Schatten heraus.

Sie stellt sich auf dem Parkplatz unter eine Laterne, direkt in sein Blickfeld, bleibt reglos stehen, um dem Schicksal eine Möglichkeit zu eröffnen, falls Nap sich zur Seite dreht, aus dem Fenster guckt und...

Sie gibt ihm zehn Sekunden. Nichts. Sie gibt ihm weitere zehn Sekunden.

Doch Nap guckt nicht aus dem Fenster.

Maura dreht sich um und verschwindet wieder in der Dunkelheit.

DREIUNDZWANZIG

»Diana und ich hatten Pläne geschmiedet«, sagt Ellie.
Es sind nur noch zwei weitere Tische besetzt, und die befinden sich auf der andern Seite des Tresens. Ich gebe mir Mühe, nicht vorschnell zu urteilen, erst zuzuhören, bevor ich irgendwelche Schlüsse ziehe, erst einmal alles in mich aufzunehmen und es dann zu verarbeiten.

»Wenn man darauf zurückblickt, entsprechen wir wahrscheinlich genau irgendwelchen albernen Klischeevorstellungen. Ich war Präsidentin der Studierendenvertretung. Diana war Vizepräsidentin. Außerdem waren wir erste und zweite Mannschaftsführerin des Frauen-Fußballteams. Unsere Eltern waren eng befreundet. Sie waren sogar schon zu viert essen gegangen.« Sie sieht mich an. »Geht Augie öfter mit Frauen aus?«

»Eigentlich nicht.«

»Du hast doch erzählt, dass er vor Kurzem mit einer Freundin runter in den Süden gefahren ist.«

»Mit Yvonne. Nach Hilton Head.«

»Ist das in Georgia?«

»Es ist eine Insel vor der Küste von South Carolina.«

»Wie ist es gelaufen?«, fragt Ellie.

Wie hatte Augie sich ausgedrückt? »Ich glaube nicht, dass es was wird.«

»Tut mir leid für ihn.«

Ich sage nichts.

»Er sollte mit jemandem zusammen sein. Diana würde es nicht gefallen, dass ihr Vater so alleine ist.«

Ich nehme Blickkontakt mit Bunny auf, aber sie wendet sich ab, will unsere Privatsphäre nicht stören. Jemand hat eine der alten Jukeboxen angestellt. Tears for Fears erinnern uns in ihrem Song daran, dass *Everybody Wants to Rule the World*.

»Du sagtest, du hättest Maura gesehen, bevor Leo und Diana gestorben sind«, versuche ich wieder aufs Thema zurückzukommen.

»Darauf komme ich gleich.«

Ich warte.

»Diana und ich waren also in der Schulbibliothek. Wahrscheinlich erinnerst du dich nicht mehr – warum solltest du auch? –, aber eine Woche später sollte der große Herbstball stattfinden. Diana war Leiterin des Planungskomitees, ich ihre Stellvertreterin.«

Sie hat recht. Ich erinnere mich nicht daran. Der jährliche Herbstball. Maura hätte sowieso nicht hingehen wollen. Mir war er egal.

»Irgendwie erzähle ich das nicht richtig«, sagt Ellie.

»Schon okay.«

»Für Diana war der Ball jedenfalls eine große Sache. Sie hatte über einen Monat daran gearbeitet. Sie hatte zwei Mottos, ›Klassische Strandpromenade‹ und ›Es war einmal ein Bilderbuch‹, konnte sich aber nicht entscheiden, also hat sie vorgeschlagen, dass wir einfach beide nehmen.« Ellie blickt zur Seite, ein schwaches Lächeln umspielt ihre Lippen. »Ich war absolut dagegen. Ich habe zu Diana gesagt, wir müssen – *müssen* – uns für ein Motto entscheiden, weil sonst Anarchie ausbrechen würde... Und weil ich eine dumme, erbärmliche, kleine Perfektionistin war, ist dieser Streit über das Motto für den Herbstball das letzte Gespräch, das meine beste Freundin und ich geführt haben.«

Ellie verstummt. Ich lasse ihr Zeit, sich zu sammeln.

»Also stritten wir darüber, und es wurde ein wenig hitzig... da kam Maura herein und begann ein Gespräch mit Diana. Ich habe noch wegen der Idee mit den beiden Mottos geschmollt, daher habe ich am Anfang nicht genau zugehört. Auf jeden Fall wollte Maura, dass Diana am Abend irgendwohin mitkommt. Diana hat das abgelehnt und gesagt, dass sie genug davon hätte.«

»Wovon hatte sie genug?«, frage ich.

»Das hat sie nicht gesagt. Doch schließlich hat Diana doch etwas erzählt...«

Wieder verstummt Ellie und sieht mich an.

»Was?«

»Sie sagte, sie hätte genug von der ganzen Gruppe.«

»Und mit Gruppe meinte sie...?«

»Wie schon gesagt, Nap, eigentlich war es mir in dem Moment vollkommen schnuppe. Mein Ärger über die Schnapsidee mit den zwei Mottos hat mich völlig in Anspruch genommen, und wie sollte man ›Klassische Strandpromenade‹, ein Motto, das mir gefiel, bei dem mir Jahrmarkt, geröstete Erdnüsse und Popcorn in den Sinn kamen, mit ›Es war einmal ein Bilderbuch‹ verbinden, einem Motto, das ich gar nicht verstanden hatte. Was zum Henker sollte damit gemeint sein? Aber inzwischen, nachdem wir die Anstecknadeln im Jahrbuch gesehen haben, kann ich mir vorstellen, dass Diana den Conspiracy Club meinte. Ganz sicher bin ich mir nicht. Aber das war auch noch nicht der Teil, der dir nicht gefallen wird.«

»Sondern?«

»Das, was Diana dann sagte.«

»Und was war das?«

»Diana wollte noch zwei Wochen warten, bis nach dem Herbstball, weil, tja, sie war die Vorsitzende und für die Planung zuständig. Aber Diana sagte, sie hätte genug von deinem Bruder und seinen Freunden. Sie hat uns zur Verschwiegenheit verpflichtet, sagte aber, sie würde mit Leo Schluss machen.«

Ich reagiere rein intuitiv. »Das ist doch Quatsch.«

Ellie schweigt.

»Diana und Leo hatten eine stabile Beziehung«, sage ich. »Ich meine, na ja, es war eine Highschool-Liebe, aber…«

»Er hatte sich verändert, Nap.«

Ich schüttele den Kopf.

»Leo war launisch geworden. Hat Diana gesagt. Er soll sie angeschnauzt haben. Du weißt doch, dass viele Jugendliche im letzten Jahr herumexperimentiert haben. Sie haben viel gefeiert und dabei auch…«

»Genau das hat er auch getan, und weiter nichts. Mit Leo war alles in Ordnung.«

»Nein, Nap, mit ihm war nicht alles in Ordnung.«

»Wir haben uns ein Zimmer geteilt. Ich kannte ihn in- und auswendig.«

»Und trotzdem wusstest du nicht, was im Conspiracy Club passierte. Du wusstest nicht, dass er und Diana eine schwere Zeit durchmachten. Das ist nicht deine Schuld. Du hattest Maura und dein Eishockey. Du warst nur ein Jugendlicher…«

Ihre Stimme versagt, als sie meinen Gesichtsausdruck sieht.

»Was auch immer in der Nacht passiert ist…«, meint Ellie.

Ich unterbreche sie. »Was soll das denn jetzt heißen? Es gab ein Geheimnis auf der alten Militärbasis. Leo, Maura und… ich weiß nicht… ein paar von den anderen haben irgendwie herausbekommen, was es war. Es spielt überhaupt keine Rolle, ob Leo high war oder dass Diana vielleicht… vielleicht… überlegt hat, eine Woche später mit ihm Schluss zu machen.

Sie haben etwas gesehen. Und inzwischen kann ich das auch beweisen.«

»Ich weiß«, sagt Ellie leise. »Ich bin auf deiner Seite.«

»Klingt aber nicht so.«

»Nap?«

Ich sehe sie an.

»Vielleicht solltest du das auf sich beruhen lassen«, sagt sie schließlich.

»Ja. Aber das wird nicht passieren.«

»Vielleicht will Maura gar nicht gefunden werden.«

»Ich mache das nicht für Maura«, sage ich. »Ich mach das für Leo.«

Aber als wir dann draußen auf dem Parkplatz sind, als ich Ellie auf die Wangen geküsst und gewartet habe, bis sie sicher in ihrem Auto sitzt, steigt eine Idee aus der Asche auf, die nicht so ohne Weiteres wieder verschwindet: Vielleicht hat Ellie recht. Vielleicht sollte ich die Sache auf sich beruhen lassen.

Ich beobachte Ellie beim Ausparken. Sie dreht sich nicht um und winkt auch nicht zum Abschied. Früher hat sie immer noch kurz gewinkt. Blöd, dass mir so etwas auffällt, aber was soll man machen? Ich frage mich, wie das passieren konnte. Gut möglich, dass es ein Versprechen war, jedenfalls hat sie fünfzehn Jahre lang ein Geheimnis bewahrt. Man sollte meinen, jetzt wo sie sich von dieser Last befreit hat, wäre das Vertrauen zwischen uns gestärkt.

Danach sieht es aber nicht aus.

Ich lasse den Blick über den Parkplatz schweifen, suche nach den rauchenden jungen Frauen, doch die sind längst weg. Trotzdem habe ich das Gefühl, beobachtet zu werden. Keine Ahnung, von wem. Ist mir auch egal. Ellies Worte bohren sich wie Krallen in mein Gehirn.

Vielleicht solltest du die Sache auf sich beruhen lassen. Vielleicht will Maura gar nicht gefunden werden.

Was genau tue ich hier eigentlich?

Zu behaupten, ich würde in meinem Kampf für die Gerechtigkeit vor nichts zurückschrecken, mag ehrenwert und furchtlos klingen Richtiger wird es dadurch nicht. Wie viele Menschen müssen noch sterben, bevor ich die Finger davon lasse? Bringe ich Maura in Gefahr, indem ich sie aus ihrem Versteck scheuche? Und dazu noch ein paar andere Menschen?

Ich bin ein Dickkopf. Und ich bin fest entschlossen. Aber ich bin nicht waghalsig oder gar lebensmüde.

Soll ich die Sache auf sich beruhen lassen?

Ich habe immer noch den Eindruck, beobachtet zu werden, also drehe ich mich um. Bei Jersey Mike's Sandwichladen ein Stück die Straße hinab steht jemand hinter einem Baum. Ist vermutlich nicht weiter wichtig, allerdings bin ich im Moment auch ziemlich paranoid. Ich lege die Hand auf die Waffe im Hüftholster. Ich ziehe sie nicht. Ich will nur wissen, wer das ist.

Als ich auf den Baum zugehen will, vibriert mein Handy. Die Nummer ist unterdrückt. Ich gehe zu meinem Wagen.

»Hallo?«

»Detective Dumas?«

»Ja.«

»Hier ist Carl Legg vom Ann Arbor Police Department. Sie haben mich gebeten, eine Kardiologin namens Dr. Fletcher aufzusuchen.«

»Haben Sie sie gefunden?«

»Nein«, sagt Legg. »Mir sind aber ein paar Sachen zu Ohren gekommen, die ich Ihnen mitteilen wollte. Hallo, sind Sie noch da?«

Ich setze mich in den Wagen. »Ja, ich höre Sie.«

»Entschuldigen Sie, aber es klang für einen Moment so, als ob wir unterbrochen worden wären. Ich bin also zu Dr. Fletchers Büro gefahren und habe mit der Praxis-Managerin gesprochen.«

»Cassie.«

»Ja«, sagt Legg. »Kennen Sie sie?«

»Sie war am Telefon nicht sehr kooperativ.«

»Sie war auch im persönlichen Gespräch nicht die charmanteste Person, der ich je begegnet bin, aber ich habe etwas eindringlicher nachgefragt.«

»Vielen Dank, Carl.«

»Na ja, Kollege mit Dienstmarke oder so. Jedenfalls hat Dr. Fletcher letzte Woche aus heiterem Himmel in der Praxis angerufen und Cassie darüber informiert, dass sie ein Sabbatjahr nimmt. Sie hat sämtliche Termine abgesagt und viele davon an einen Dr. Paul Simpson weitervermittelt. Das ist ihr Partner.«

Ich sehe zum Baum hinüber. Da rührt sich nichts. »Hat sie so etwas früher schon einmal getan?«

»Nein. Cassie zufolge lebt Dr. Fletcher sehr zurückgezogen, widmet sich aber hingebungsvoll ihren Patienten. Diese kurzfristigen Terminabsagen sind eigentlich gar nicht ihre Art. Dann habe ich mich noch mit ihrem Mann unterhalten.«

»Was hat er gesagt?«

»Er sagte, dass sie sich getrennt hätten und er nicht wüsste, wo sie sei. Sie habe ihn angerufen und ihm das Gleiche über das Sabbatjahr mitgeteilt, was sie auch Cassie gesagt hatte. Er stimmte zu, dass dieses Verhalten eigentlich nicht ihre Art sei, fügte dann allerdings hinzu, dass sie seit ihrer Trennung – ich zitiere – ›zu sich selbst gefunden‹ habe.«

Ich lasse meinen Wagen an und fahre vom Parkplatz. »Okay, Carl, danke.«

»Sie könnten natürlich den nächsten Schritt gehen. Ihre Telefonverbindungsdaten anfordern, die Kreditkartenauszahlungen und so weiter.«

»Ja, das könnte ich tun.«

Was jedoch einen Haufen Formalitäten mit sich bringen würde, unter anderem müsste ich mir einen Gerichtsbeschluss besorgen. Ich weiß nicht recht, ob ich das durchziehen will. Ich bedanke mich noch einmal bei Carl Legg und lege auf. Dann mache ich mich auf den Weg zu Augies Wohnung in der Oak Street. Ich fahre langsam, weil ich den Kopf freibekommen und darüber nachdenken muss.

Augie weiß also, dass Maura in jener Nacht zu Ellie gegangen ist und sich dort versteckt hat.

Aber was genau bedeutete das? Ich habe keine Ahnung. Ist Augie der Sache nachgegangen? Hat er irgendetwas mit dieser Information gemacht?

Und vor allem, warum hat Augie mir nichts davon gesagt?

Wieder vibriert mein Handy, und dieses Mal ist es meine Chefin, Loren Muse.

»Morgen früh«, sagt Muse. »Neun Uhr. Mein Büro.«

»Worum geht's?«

»Neun Uhr.«

Sie legt auf.

Na toll. Jetzt frage ich mich, ob die alten Knacker im Rusty Nail den Angriff auf Andy Reeves' Hoden doch angezeigt haben. Aber es bringt nichts, mir darüber den Kopf zu zerbrechen. Ich wähle Augies Nummer. Er geht nicht ran. Ich bin überrascht, dass er sich nicht bei mir gemeldet hat, seit ich ihm die Kopie von Hanks Video geschickt habe.

Inzwischen habe ich die Abzweigung zur Oak Street erreicht. So viel dazu, den Kopf freizubekommen. Ich fahre auf den Parkplatz hinter den Backstein-Apartments und mache den Motor aus. Ich bleibe sitzen und starre aus dem Fenster ins Nichts – was nichts nützt. Ich steige aus und gehe außen herum zur Vorderseite des Gebäudes. Das Licht ist schwach und bernsteinfarben. Hundert Meter vor mir führt eine ältere Frau einen riesigen Hund aus. Eine Dänische Dogge oder etwas in der Art. Ich erkenne nur ihre Silhouette. Als ich in ihrer Hand etwas entdecke, das wie eine Zigarette aussieht, seufze ich und überlege, ob ich sie ansprechen soll.

Nein. Ich bin eine neugierige Nervensäge, aber kein Kreuzritter.

Doch als sie sich mit der Plastiktüte in der Hand bückt, um den Haufen aufzuheben, fällt mir etwas ins Auge.

Ein gelbes Auto.

Es wirkt zumindest gelb. Allerdings machen diese bernsteinfarbenen Straßenlampen mit Farben wie Weiß, Beige und sogar hellen Metalliclackierungen manchmal die komischsten Dinge. Ich trete auf den Gehweg und gehe schnell darauf zu. Als ich an der älteren Frau vorbeikomme, denke ich, dass es nichts schadet, nicht total scheinheilig zu sein.

»Bitte hören Sie auf zu rauchen«, sage ich.

Die Frau sieht mir nach, als ich vorbeieile, was für mich vollkommen in Ordnung ist. Ich habe schon jede erdenkliche Reaktion erlebt. Ein Raucher war Veganer, der mir einen Vortrag gehalten hat, dass meine Essgewohnheiten viel schlimmer seien, als alles, was Tabak und Nikotin mir antun könnten. Durchaus möglich.

Das Auto ist gelb. Außerdem ist es ein Ford Mustang.

Genau wie der Wagen, der auf dem Parkplatz am Rusty Nail stand.

Ich bleibe davor stehen und sehe das Kennzeichen: EBNY-IVRY. Beim ersten Mal habe ich nicht darüber nachgedacht, aber jetzt verstehe ich es.

EBONY und IVORY. Ebenholz und Elfenbein. Schwarz und weiß. Klavier-Terminologie.

Der gelbe Ford Mustang gehört Andy Reeves.

Wieder lege ich die Hand auf die Pistole. Ich weiß nicht recht, warum. Das mache ich gelegentlich. Ich frage mich kurz, wo Andy Reeves sein könnte, aber die Antwort liegt wohl auf der Hand:

Bei Augie.

Ich gehe zurück zu Augies Wohnung. Als ich an der alten Frau vorbeikomme, sagt sie: »Danke.«

Ihre Stimme klingt rauchig und verschleimt. Ich bleibe stehen.

»Mir hilft das nicht mehr, dafür ist es zu spät«, sagt sie, und ich sehe eine gewisse Schwermut in ihren Augen. »Trotzdem vielen Dank für die Unterstützung. Machen Sie so weiter.«

Mir fällt Verschiedenes ein, was ich erwidern könnte, nichts davon ist von Belang, und alles würde die wehmütige Atmosphäre zerstören, also nicke ich nur und gehe weiter.

Die Siedlung ist altmodisch und zweckmäßig, daher tragen die Häuser auch keine hochtrabenden Namen. Haus A, B und C stehen nebeneinander an der Straße. Die Häuser D, E und F bilden die Reihe dahinter. Die Häuser G, H und I… du verstehst schon. In jedem Haus befinden sich vier Wohnungen, zwei im Erdgeschoss (Apartment 1 und 2) und zwei im ersten Stock (Apartment 3 und 4). Augie wohnt in Haus G, Apartment 2. Ich renne den Weg entlang und wende mich nach links.

Und wäre fast in ihn hineingerannt.

Andy Reeves kommt gerade aus Augies Wohnung. Er hat mir den Rücken zugewandt und schließt die Tür hinter sich. Ich laufe den Weg zurück. Bis ich außer Sichtweite bin. Dann wird mir klar, dass er vermutlich auch diesen Weg nehmen und mich sehen wird.

Ich verlasse den gepflasterten Weg und ducke mich hinter einen Busch. Als ich zur Seite blicke, sehe ich, dass eine schwarze Frau mit hochtoupierten Haaren aus dem Fenster – Haus E, Wohnung 1 – auf mich hinabstarrt.

Na wunderbar.

Ich lächle ihr beruhigend zu. Sie wirkt nicht beruhigt.

Ich verschwinde in Richtung Haus D. Eigentlich mache ich mir keine großen Sorgen, dass jemand den Notruf wählt. Bis hier jemand ankommt, ist das längst ausgestanden. Außerdem bin ich Polizist, und Augie ist unser Captain.

Andy Reeves kommt wirklich den Weg entlanggeschlendert, auf dem ich gerade noch war. Wenn er nach rechts blickt, könnte er mich vielleicht entdecken, ein Großteil meines Körpers ist allerdings vom Pfahl einer defekten Laterne verdeckt. Ich ziehe mein Handy heraus und wähle noch einmal Augies Nummer. Ich lande direkt bei der Mailbox.

Das gefällt mir nicht.

Angenommen, Andy Reeves hätte Augie etwas angetan. Soll ich ihn dann einfach laufen lassen?

Mir schwirrt der Kopf. Ich habe zwei Möglichkeiten: Nachschauen, ob es Augie gut geht, oder Andy Reeves aufhalten. Entschieden: Ich renne um Haus D herum und gehe zu Augies Wohnung. Ich sehe das folgendermaßen: Wenn ich jetzt hineinplatze und Augie vorfinde... in welchem Zustand auch immer... habe ich entweder noch genug Zeit, um zurückzurennen und den schlendernden Andy Reeves abzufangen, bevor er in sein Auto steigt – und wenn nicht, wenn ich etwas zu spät komme, versucht der Mann in einem neongelben Ford Mustang zu fliehen. Noch Fragen?

Die Fenster in Augies Wohnung sind dunkel, was bedeutet, dass das Licht aus ist. Auch das gefällt mir nicht. Ich laufe zur Tür und hämmere kräftig dagegen.

»Wow, immer mit der Ruhe. Es ist offen.«

Erleichterung durchflutet mich. Es ist Augies Stimme.

Ich drehe den Knauf und stoße die Tür auf. Es brennt kein Licht. Augie sitzt mit dem Rücken zu mir im Dunkeln. Ohne sich umzudrehen, sagt er: »Was hast du dir dabei gedacht?«

»Wobei?«

»Bist du wirklich auf Reeves losgegangen?«

»Es ist nicht ausgeschlossen, dass ich ihm die Eier gequetscht habe.«

»Herrje, bist du übergeschnappt?«

»Er hat mich bedroht. Und dich übrigens auch.«

»Was hat er gesagt?«

»Dass er mich und alle, die ich liebe, umbringt.«

Augie seufzt. Er hat sich noch immer nicht umgedreht. »Setz dich, Nap.«

»Können wir etwas Licht anmachen? So ist das ein bisschen unheimlich.«

Augie streckt die Hand aus und stellt eine Tischlampe an. Sehr hell wird es nicht, aber es reicht. Ich gehe zum üblichen Sessel und setze mich. Augie bleibt sitzen.

»Woher weißt du vom Griff in die Eier?«, frage ich.

»Reeves war gerade hier. Er ist wirklich wütend.«

»Das kann ich mir vorstellen.«

Jetzt sehe ich, dass Augie ein Glas in der Hand hält. Augie sieht, dass ich das sehe. »Schenk dir einen ein«, sagt er.

»Danke, ist schon okay so.«

»Das Video, das du mir geschickt hast«, sagt er. »Mit diesem Hubschrauber. Das die Kids gemacht haben.«

»Was ist damit?

»Du darfst es niemandem zeigen.«

Die Frage nach dem Warum erübrigt sich, also versuche ich es anders: »Hast du es dir angeguckt?«

»Ja.«

»Ich würd gern wissen, was du davon hältst.«

Augie seufzt tief. »Ein Trupp Teenager hat offizielle ›Betreten Verboten‹-Schilder missachtet und gefilmt, wie ein Hubschrauber an einem Regierungsstandort landet.«

»Das ist alles?«

»Hab ich was übersehen?«

»Hast du raushören können, wer in dem Video gesprochen hat?«, frage ich.

Er überlegt kurz. »Die einzige Stimme, die ich sicher erkannt habe, war die deines Bruders.«

»Was ist mit Diana?«

Augie schüttelt den Kopf. »Diana war nicht im Video.«

»Du scheinst dir ziemlich sicher zu sein.«

Augie hebt das Glas an die Lippen, hält inne, überlegt es sich anders, stellt es wieder auf den Tisch. Er starrt ins Leere – an mir vorbei in die Vergangenheit. »Am Wochenende vor ihrem Tod war Diana in Philadelphia und hat sich mehrere Colleges angesehen. Wir waren zu dritt dort – Diana, Audrey und ich. Wir haben uns Villanova, Swarthmore und Haverford angesehen. Sie haben uns alle gefallen, Diana meinte allerdings, Haverford sei ein bisschen klein und Villanova ein bisschen groß. Als wir am Sonntagabend wieder zu Hause waren, überlegte sie, ob sie die erste Bewerbung an Swarthmore oder Amherst schicken sollte, das wir uns im Sommer angesehen hatten.« Er starrt immer noch ins Leere und spricht mit vollkommen emotionsloser Stimme. »Falls sie noch zu einer Entscheidung gekommen ist, hatte sie nicht mehr die Gelegenheit, sie mir mitzuteilen. In der Nacht, in der sie starb, lagen beide Bewerbungen noch auf ihrem Schreibtisch.«

Er nimmt einen kräftigen Schluck aus seinem Glas. Ich warte einen Moment.

»Augie, die haben da oben auf der Basis irgendwas vertuscht.«

Ich erwarte, dass er es abstreitet, doch er nickt. »Sieht so aus.«

»Es überrascht dich nicht?«

»Dass die abgelegene, mit Stacheldrahtzaun geschützte Regierungseinrichtung eine Tarnung war? Nein, Nap, das überrascht mich nicht.«

»Ich gehe davon aus, dass Andy Reeves dich nach dem Video gefragt hat«, sage ich.

»Ja.«

»Und?«

»Er sagte, ich solle dafür sorgen, dass du es nicht veröffentlichst. Er sagte, es würde als Hochverrat gewertet, weil es eine Angelegenheit der nationalen Sicherheit betreffe.«

»Es muss etwas mit Leo und Diana zu tun haben.«

Er schließt die Augen und schüttelt den Kopf.

»Komm schon, Augie. Sie entdecken dieses Geheimnis, und eine Woche später sind sie tot.«

»Nein«, sagt Augie. »Es gibt keine Verbindung. Zumindest nicht so, wie du sie siehst.«

»Ist das dein Ernst? Du hältst das alles für einen gewaltigen Zufall?«

Augie sieht in sein Glas, als könnte er am Grund die Antwort auf diese Frage finden. »Du bist ein großartiger Ermittler, Nap. Und das sage ich nicht nur deshalb, weil ich dich ausgebildet habe. Dein Geist ... du bist in vieler Hinsicht brillant. Du siehst Dinge, die andere nicht sehen. Aber manchmal musst du dich wieder auf das besinnen, was du sicher weißt. Greif nicht vor. Halt dich an die Fakten. Bleib bei dem, was wir wirklich wissen.«

Ich warte.

»Erstens: Leo und Diana wurden viele Kilometer von der Militärbasis entfernt tot am Bahngleis aufgefunden.«

»Das lässt sich erklären.«

Er unterbricht mich, indem er die Hand hebt. »Ich bin überzeugt, dass du das könntest. Aber lass uns für den Moment einfach die Fakten festhalten. Ohne Spekulationen. Er hebt einen Finger. Fakt eins: Die Leichen wurden kilometerweit von der Militärbasis entfernt gefunden. Fakt zwei…«, ein zweiter Finger, »…der Gerichtsmediziner ist zu dem Ergebnis gekommen, dass beide an stumpfen Traumata gestorben sind, die von einem fahrenden Zug verursacht wurden, weiter nichts. Bevor ich fortfahre, sind wir uns bis hierhin einig?«

Ich nicke, allerdings nicht, weil ich ihm hundertprozentig zustimme – der Aufprall des Zugs war so gewaltig, dass er vorherige Traumata überdeckt haben könnte –, sondern weil ich hören will, was er noch zu sagen hat.

»Dann lass uns über das Video sprechen, das du gefunden hast. Wenn wir davon ausgehen, dass es echt ist – und ich sehe keinen Grund, das anzuzweifeln –, hat einer der Verstorbenen, Leo, einen Hubschrauber über der Basis gesehen. Wie ich vermute, lautet deine Theorie, dass er deshalb sterben musste. Aber Diana war nicht bei ihnen, als dieses Video entstanden ist.«

»Leo hätte es ihr erzählt«, entgegne ich.

»Nein«, sagt er.

»Nicht?«

»Halt dich auch hier an die Fakten, Nap. Wenn du das tust, wirst du, so wie ich, zu dem Ergebnis kommen, dass Diana nichts davon gewusst hat.«

»Ich kann dir nicht folgen«, sage ich.

»Es ist ganz einfach.« Er sieht mir in die Augen. »Hat Leo dir von dem Hubschrauber erzählt?«

Ich öffne den Mund und erstarre. Ich merke, worauf er hinauswill. Langsam schüttele ich den Kopf.

»Was ist mit deiner Freundin, Maura? Sie war auch auf dem Video, oder?«

»Ja.«

»Hat Maura es dir erzählt?«

»Nein«, sage ich.

Augie lässt das einen Moment sacken, bevor er fortfährt. »Und dann ist da noch der toxikologische Befund.«

Ich weiß, was im Bericht stand – sie hatten Halluzinogene, Alkohol und Cannabinoide im Blut. »Was ist damit?«, frage ich.

Augie bemüht sich, neutral zu sprechen, ganz analytisch »nur die Fakten« vorzubringen, kann den Schmerz in seiner Stimme aber nicht verbergen. »Du kanntest meine Tochter ziemlich lange.«

»Ja.«

»Man könnte sogar sagen, dass ihr befreundet wart.«

»Ja.«

»Genau genommen...«, jetzt klingt er ein bisschen wie ein Anwalt beim Kreuzverhör, »... hast du Diana und Leo zusammengebracht.«

Das ist nicht ganz richtig. Sie haben sich durch mich kennengelernt – ich habe sie nicht aktiv zusammengebracht –, aber dies ist nicht der Moment für Wortklaubereien. »Worauf willst du hinaus, Augie?«

»Wenn es um ihre kleinen Mädchen geht, sind alle Väter naiv. Da war ich wohl keine Ausnahme. Ich dachte, dieses kleine Mädchen wäre der Grund dafür, dass die Sonne Tag für Tag auf- und wieder untergeht. Im Herbst hat Diana Fußball gespielt. Im Winter war sie bei den Cheerleadern. Außerdem hat sie sich mit großem Engagement an jeder Menge außerschulischer Aktivitäten beteiligt, oft sogar in leitender Position.« Er beugt sich vor, sodass sein Gesicht von der Lampe beschienen wird. »Ich bin Polizist, kein Narr. Ich weiß, dass all das keineswegs bedeutet, dass dein Kind keine Drogen nimmt oder nicht in Schwierigkeiten gerät, aber würdest du sagen, dass Diana so etwas wie ein Partylöwe war?«

Ich brauche nicht lange zu überlegen. »Nein.«

»Nein«, wiederholt er. »Du kannst auch Ellie fragen. Frag sie, wie oft Diana Drogen genommen oder getrunken hat, bevor...« Er bricht ab und schließt die Augen. »An dem Abend bin ich zu Hause, als Leo sie abholen kommt. Ich öffne ihm die Tür. Ich schüttele ihm die Hand, und ich sehe es.«

»Was siehst du?«

»Er ist high. Und zwar nicht das erste Mal. Ich will etwas sagen. Ich will sie davon abhalten, das Haus zu verlassen. Aber Diana sieht mich nur mit diesem flehenden Blick an. Du kennst diesen Blick, der sagt: ›Mach jetzt bloß keine Szene, Dad.‹ Also habe ich sie gehen lassen.«

Er durchlebt die Szene, während er sie erzählt. Er schüttelt dir die Hand, Leo, blickt seine Tochter an, sieht ihren Gesichtsausdruck. Dieses Was-wäre-Wenn, diese Qual, hat ihn nie losgelassen.

»So, nachdem wir jetzt also die Fakten kennen, Nap, beantworte mir eine Frage: Ist eine große Verschwörung mit CIA-Agenten, die... was weiß ich... zwei Jugendliche entführt haben, weil einer von ihnen eine Woche zuvor einen Hubschrauber gefilmt hat, wirklich wahrscheinlich? Ist es wahrscheinlich, dass die sie durch die ganze Stadt zu den Eisenbahngleisen geschleppt und dort, na ja, vor einen heranrasenden Zug gestoßen haben? Wenn sie davon wussten, warum haben sie dann eine Woche gewartet, bis sie ihn umgebracht haben? Ist nicht viel eher davon auszugehen, dass eine junge Frau mit einem jungen Mann ausgegangen ist, der gerne gekifft hat. Dass die beiden wild gefeiert haben und ihnen die Geschichte von Jimmy Riccio in den Sinn kam, woraufhin sie gemeinsam – völlig high – versucht haben, vor dem Zug über die Gleise zu springen, und dabei einfach ein bisschen zu langsam waren?«

Er sieht mich erwartungsvoll an.

»Du hast eine ganze Menge weggelassen«, sage ich.

»Nein, Nap. Du fügst jede Menge Kram hinzu.«

»Wir haben Rex. Wir haben Hank…«

»Fünfzehn Jahre später.«

»… und du weißt auch, dass Maura sich in jener Nacht versteckt hat. Ellie hat es dir erzählt. Warum hast du mir nichts davon gesagt?«

»Wann hätte ich dir das sagen sollen? Du warst ein achtzehnjähriger Jugendlicher. Hätte ich es dir sagen sollen, als du neunzehn warst? Als du deinen Abschluss auf der Polizeiakademie gemacht hast? Als du befördert wurdest und beim County angefangen hast? Wann hätte ich dir etwas so Unbedeutendes erzählen sollen, wie: ›Deine ehemalige Freundin wollte nicht nach Hause gehen, also ist sie bei Ellie geblieben‹?«

Ist das sein Ernst? »Maura war vollkommen verängstigt und hat sich versteckt«, sage ich und bemühe mich, nicht zu schreien. »Und zwar vor etwas, das sich in der Nacht ereignet hat, in der Leo und Diana getötet wurden.«

Er schüttelt den Kopf. »Du musst die Finger davon lassen. Uns allen zuliebe.«

»Ja, das sagt man mir immer wieder.«

»Ich liebe dich, Nap. Das meine ich ernst. Ich liebe dich… nein, ich werde nicht sagen, wie meinen eigenen Sohn. Das wäre vermessen. Außerdem wäre es eine Beleidigung für deine

Beziehung zu deinem Vater, der ein wunderbarer Mann war, den ich sehr vermisse, und es wäre eine Beleidigung für meine kleine Tochter. Aber ich liebe dich wirklich. Ich habe mir große Mühe gegeben, dir ein guter Mentor zu sein, ein guter Freund.«

»Das warst du und noch einiges mehr.«

Augie lehnt sich zurück. Sein Glas ist leer. Er stellt es auf den Couchtisch. »Wir haben beide nicht mehr sehr viele Menschen, die uns etwas bedeuten. Ich fände es unerträglich, wenn dir etwas... Du bist jung, Nap. Du bist klug. Du bist freundlich und großzügig und... Mist... ich klinge schon wie so ein Text auf einer von diesen Dating-Seiten im Internet.«

Jetzt lächelt er. Ich lächle zurück.

»Du musst weitergehen. Ganz egal, wie deine Antwort lautet, du hast es mit ein paar sehr gefährlichen Menschen zu tun. Sie werden dir wehtun. Sie werden mir wehtun. Du hast gehört, was Reeves gesagt hat. Er wird allen wehtun, die dir etwas bedeuten. Lass uns annehmen, du hättest recht und ich unrecht. Sagen wir, dein Bruder und seine Freunde hätten wirklich etwas gesehen und irgendjemand – wer auch immer? – hätte Diana und Leo getötet. Wieso? Wahrscheinlich doch, um sie zum Schweigen zu bringen. Na ja, und dann warten sie also fünfzehn Jahre... warum haben sie gewartet? Und jetzt, fünfzehn Jahre später, haben sie – wieso auch immer? – einen Auftragskiller angeheuert, der Rex zwei Kugeln in den Hinterkopf gejagt hat. Außerdem haben sie Hank abgeschlachtet und es auf ein virales Video geschoben. Klingt das wirklich logischer als meine Theorie, dass die beiden sich bekifft haben? Ich weiß es nicht, aber von mir aus. Und nehmen wir mal an, Reeves und seine Handlanger wären wirklich so grausam und gefährlich und hätten so viele Menschen umgebracht. Sagen wir, deine Theorie ist wahr, okay?«

Ich nicke.

»Vergiss dich und mich, Nap – aber glaubst du nicht, dass sie Ellie ins Visier nehmen würden, um uns zu stoppen? Oder Ellies Töchter?«

Ich habe Leah und Kelsi vor Augen. Ich sehe ihre lächelnden Gesichter, höre ihre Stimmen, spüre ihre Umarmungen.

Ich trete auf die Bremse. Ich bin diesen Hügel mit halsbrecherischer Geschwindigkeit und ohne Rücksicht auf Verluste heruntergerast, aber Augies Worte zwingen mich, die Zügel etwas anzuziehen. Ich versuche, mich an das zu erinnern, was ich mir selbst schon gesagt hatte: Handle nicht überhastet. Du musst nachdenken und auch die Risiken abwägen.

»Es ist spät«, sagt Augie. »Heute Nacht wird nichts mehr passieren. Fahr nach Hause und leg dich aufs Ohr. Wir reden morgen weiter.«

VIERUNDZWANZIG

Ich fahre nach Hause, werde aber auf keinen Fall einschlafen können.

Ich denke über Augies Worte nach, dass Ellie und die Mädchen da mit hineingezogen werden könnten, und weiß nicht recht, wie ich damit umgehen soll. Dass ich mich von so etwas nicht einschüchtern lassen darf, ist leicht gesagt, es ist aber auch ein gewisser Pragmatismus erforderlich. Wie hoch ist die Wahrscheinlichkeit, dass ich den Fall tatsächlich löse?

Nicht sehr hoch.

Wie hoch ist die Wahrscheinlichkeit, dass ich nicht nur die Wahrheit über Leo und Diana herausbekomme, sondern auch so viele Beweise finde, dass die Staatsanwaltschaft Klage erheben kann – von einer Verurteilung gar nicht zu reden?

Noch geringer.

Und wie hoch ist demgegenüber die Wahrscheinlichkeit, dass ich oder jemand, der mir nahesteht, aufgrund meiner dickköpfigen Entschlossenheit, diese Mission zu Ende zu führen, furchtbare Konsequenzen erleiden muss?

Das ist beinahe schon eine rhetorische Frage.

Ist es gerechtfertigt, für das alles schlafende Hunde zu wecken?

Ich weiß es nicht genau. Das Klügste wäre wohl tatsächlich, die Finger von der Sache zu lassen. Du bist tot, Leo. Und ganz egal, was ich tue, ganz egal, welche Abscheulichkeiten ich ans Tageslicht befördere, daran wird sich nichts ändern. Du bist und bleibst tot. Mein Kopf weiß das. Trotzdem...

Ich öffne den Internet-Browser auf meinem Laptop. Ich gebe den Namen »Andy Reeves« ein und »NJ« für New Jersey, dann füge ich das Wort »Klavier« hinzu und bekomme einen Treffer:

*Willkommen auf der Fanseite von
PianoManAndy*

Eine Fanseite? Ich klicke auf den Link. Ja, Andy Reeves hat, wie fast jeder Interpret, seine eigene Webseite. Auf der Startseite befindet sich ein mit Weichzeichner bearbeitetes Porträtfoto von ihm im paillettenbesetzten Blazer.

*Der weltbekannte Pianist Andy Reeves ist ein begnadeter
Sänger, ein Komiker und vielseitiger Entertainer,
dem diejenigen, die ihn lieben, den Spitznamen
»Der Andere PianoMan« verliehen haben...*

Au Backe!

Ich überfliege den Text. Andy tritt »gelegentlich« bei »exklusiven« Privatfeiern auf, wie »Hochzeiten, Firmenpartys, Geburtstagen und Bar Mitzwas«.

Mitten auf der Seite erscheint ein Schriftzug:

*Möchten Sie dem Fanclub vom Anderen PianoMan beitreten?
Abonnieren Sie unseren Newsletter!*

Darunter befindet sich ein Feld, in das ich meine E-Mail-Adresse eintragen kann. Ich zögere.

Am linken Rand der Seite sind mehrere Buttons: »Home«, »Über mich«, »Fotogalerie«, »Songs«, »Termine«...

Ich klicke auf »Termine«« und scanne nach unten, bis ich den heutigen Tag gefunden habe. Der Gig im Rusty Nail war für 18 Uhr angekündigt. Darunter steht, dass er von 22 Uhr bis Mitternacht in einem Club namens Hunk-A-Hunk-A auftritt.
Mein Handy surrt. Eine SMS von Ellie.

Noch wach?

Meine Daumen legen los: Ist erst zehn. Ja.

Kurzer Spaziergang?

Klar. Soll ich vorbeikommen?

Die kleinen Punkte bewegen sich. Dann erscheint Ellies Nachricht:

Bin schon unterwegs. Treffpunkt Parkplatz Basketballfeld.

Fünf Minuten später biege ich auf den leeren Parkplatz der Middle School ein. Ellie und Bob wohnen nicht weit weg. Wie die meisten Schulparkplätze ist auch dieser recht gut beleuchtet, trotzdem sehe ich sie nicht. Ich parke und steige aus.
»Hier drüben.«
Links befindet sich ein typischer Schulspielplatz. Schaukeln, Rutschen, Kletterwände, Netze, Leitern, Klettergerüste, und der Boden darunter ist komplett mit weichem Mulch bedeckt. Ellie sitzt auf einer Schaukel. Sie stößt sich mit den Füßen ab, aber nur ganz leicht, sodass sie eher locker hin und her schwingt, als wirklich zu schaukeln.
Der Zedernduft, der vom Mulch ausgeht, wird stärker, als ich auf sie zugehe. »Alles in Ordnung mit dir?«, frage ich.

Ellie nickt. »Ich hatte bloß noch keine Lust, nach Hause zu gehen.«

Da mir nichts einfällt, was ich dazu sagen könnte, nicke ich nur.

»Als Kind war ich völlig vernarrt in Spielplätze«, sagt Ellie. »Erinnerst du dich an das Spiel Four Square?«

»Nein«, sage ich.

»Ist auch egal. War eine dumme Frage. Ich bin aber oft hier.«

»Hier auf dem Spielplatz?«

Sie nickt. »Nachts. Ich weiß auch nicht, warum.«

Ich setze mich auf die Schaukel neben sie. »Das hab ich nicht gewusst.«

»Ja, wir erfahren gerade viel Neues übereinander«, sagt Ellie.

Ich überlege. »Nein, eigentlich nicht.«

»Wie meinst du das?«

»Du weißt alles über mich, Ellie. Auch wenn ich dir nicht erzählt habe, dass ich es war, der Trey verprügelt hat, hast du es doch gewusst.«

Sie nickt. »Stimmt.«

»Und bei den anderen wusstest du es auch. Bei Roscoe, Brandon und... wie hieß Alicias Freund noch?«

»Colin.«

»Genau.«

»Du weißt also alles über mich. Einfach alles.«

»Und du willst damit sagen, dass du nicht alles über mich weißt?«

Ich antworte nicht.

»Also gut«, sagt Ellie. »Ich erzähle dir nicht alles.«

»Du vertraust mir nicht.«

»Das glaubst du doch selbst nicht.«

»Sondern?«

»Sondern ich erlaube mir, Geheimnisse zu haben. Das von Bob hätte ich dir auch nicht erzählen dürfen, weil du ihn jetzt hasst und überlegst, wie du ihm wehtun kannst.«

»Ein bisschen«, gestehe ich.

Sie lächelt. »Tu's nicht. Du verstehst das nicht. Er ist noch derselbe Mann, den du heute Morgen noch bewundert hast.«

Ich sehe das anders, weiß aber nicht, was es bringen würde, ihr das zu sagen.

Ellie starrt hinauf in den Nachthimmel. Es sind ein paar Sterne zu sehen, aber ich habe das Gefühl, dass es mehr sein müssten. »Mauras Mutter hat sich gemeldet. Der Mann auf dem Foto, das du mir geschickt hast, ist der, der sie damals verhört hat. Der blasse Mann mit der Flüsterstimme.«

Das hatte ich erwartet. »Ich habe ihn vorhin gesehen.«

»Wer ist es?«

»Er heißt Andy Reeves.« Ich nicke in Richtung des Pfads. »Er hat die Militärbasis geleitet, als Leo und Diana getötet wurden.«

»Hast du mit ihm gesprochen?«

Ich nicke.

»Hat er etwas gesagt?«

»Er hat gedroht, alle umzubringen, die ich liebe.«

Ich sehe sie nur an.

»Noch jemand, der vorschlägt, dass du die Finger davon lässt.«

»Vorschlägt?«

Sie zuckt die Achseln.

»Aber du hast recht. Genau wie du und Augie.«

»Augie. Noch jemand, den du liebst.«

Ich nicke.

»Ziehst du es in Erwägung?«

»Was? Die Sache auf sich beruhen zu lassen?«

»Ja.«

»Das tue ich.«

Ellie blickt nach hinten zum Pfad. Ihre Augen verengen sich.

»Was ist?«, frage ich.

»Ich könnte es mir anders überlegen.«

»Soll heißen?«

»Ich glaube nicht, dass du das kannst.«

»Doch, das kann ich, wenn ich sonst dich oder die Mädchen in Gefahr bringe.«

»Nein, genau andersherum.«

»Ich kann dir nicht folgen«, sage ich.

»Ich weiß, dass ich diejenige war, die gesagt hat, du sollst die Finger davon lassen. Das war allerdings, bevor dieser gruselige Kerl meine Kinder bedroht hat. Jetzt will ich die Sache nicht mehr auf sich beruhen lassen. Wenn wir das tun, lauert er immer irgendwo da draußen. Ich werde mich nie wieder sicher fühlen.«

»Wenn ich die Finger davon lasse, wird er dir nichts tun.«

»Genau«, höhnt Ellie. »Frag doch Rex und Hank mal, wie die das sehen.«

Ich könnte einwerfen, dass Rex und Hank eine viel direktere Bedrohung darstellten, weil sie den Hubschrauber vor fünfzehn Jahren mit eigenen Augen über der Militärbasis gesehen haben, glaube aber nicht, dass das etwas ändern würde. Ich verstehe, was sie meint. Ellie will ihr Leben nicht in dauernder Angst führen. Sie will, dass ich mich um den Grund für ihre Angst kümmere – und sie will nicht wissen, wie ich das mache.

Ellie stößt sich jetzt stärker ab. Die Schaukel schwingt nach hinten, und als sie sich wieder nach vorne bewegt, nutzt sie den Schwung, springt elegant ab und hebt die Hände wie eine Turnerin bei der Landung. Sie ist mir so wichtig. Aber zum ersten Mal wird mir auch bewusst, dass ich sie immer noch nicht kenne, wodurch sie mir nur noch wichtiger wird.

»Ich lasse nicht zu, dass dir etwas zustößt«, sage ich.

»Ich weiß.«

Ich erinnere mich an den Terminplan, den ich vorhin auf der Webseite von Andy, dem »Anderen PianoMan« gesehen habe. Er müsste jetzt im Hunk-A-Hunk-A-Club sein, was auch immer das sein mag.

Ich werde noch heute Nacht hinfahren und ihn mir vornehmen.

»Eins noch«, sagt Ellie.

»Was?«

»Ich habe womöglich einen Hinweis auf Beth Lashleys Aufenthaltsort. Als wir in der Highschool waren, haben ihre Eltern einen kleinen Biobauernhof in Far Hills gekauft. Meine Cousine Merle wohnt auch in der Gegend. Ich habe sie gebeten, mal hinzufahren und an die Tür zu klopfen. Sie sagte, sie hätte es versucht, aber das Tor am Zaun sei abgeschlossen gewesen.«

»Muss nichts zu bedeuten haben.«

»Nein, das muss es nicht. Ich werde morgen einen kleinen Ausflug machen und dir dann Bescheid sagen.«

»Danke.«

»Kein Problem.« Ellie stößt einen langen Atemzug aus und blickt zur Schule hinüber. »Ist es wirklich so lange her, seit wir auf diese Schule gegangen sind?«

Auch ich sehe die Schule an. »Eine Ewigkeit«, sage ich.

Ellie nickt. »Ich mach mich lieber auf den Heimweg.«

»Soll ich dich fahren?«

»Nein«, sagt sie. »Ich geh lieber zu Fuß.«

FÜNFUNDZWANZIG

Das Hunk-A-Hunk-A wirbt mit einer »erlesenen Revue männlicher Erotiktänzer für anspruchsvolle Ladys« – wohl einfach weil niemand mehr Striplokal sagt. Der Name des heutigen Darstellers lautet Dick Shaftwood, wobei es sich, wie ich vermute, um ein Pseudonym handeln dürfte. Den gelben Mustang entdecke ich ganz hinten in der Ecke des Club-Parkplatzes. Da es nichts bringen würde, wenn ich in den Laden hineingehe, parke ich so, dass ich alle Ausgänge und den Mustang im Blick habe. Auf dem Parkplatz stechen mir zwei Busse und mehrere Kleinbusse ins Auge – als würden Reisegruppen herkommen.

Die Beobachtung der Menschen, die hier ein und aus gehen, führt zu einer eigentlich selbstverständlichen Erkenntnis: Frauen kommen nicht alleine her. Ich sehe nicht eine einzige Frau alleine hineingehen oder herauskommen, so wie es für Männer in Striplokalen ganz normal ist. Die weiblichen Gäste kommen in Gruppen, häufig sogar in großen Gruppen, immer jauchzend und zumindest etwas angeschickert. Die meisten, wenn nicht alle, scheinen Gäste auf Junggesellinnenabschieden zu sein, was auch die Anwesenheit der Busse und Kleinbusse erklärt. Ein sehr verantwortungsvolles Verhalten – guter, sauberer, schmutziger Spaß mit professionellen Fahrern, die nichts trinken.

Es wird spät. Die Frauen, die jetzt gehen, sind unangenehm betrunken – sie sind laut und liederlich, sie torkeln, fallen übereinander und stützen sich gegenseitig – bleiben aber trotzdem als Gruppe eng zusammen, warten darauf, dass eventuelle Nachzügler sich wieder zur Herde gesellen, bevor sie weiterschwanken. Ein paar der männlichen Stripper machen sich auf den Heimweg. Sie sind selbst bekleidet leicht zu erkennen. Alle blicken mürrisch. Alle stolzieren in dieser Stock-im-Arsch-»Yo-Brah«-Haltung herum. Die meisten tragen lose Flanellhemden, bei denen fast alle Knöpfe offen sind, sodass die gewachste Brust im Licht der Straßenlaternen glänzt.

Ich habe keine Ahnung, wozu das Hunk-A-Hunk-A einen Klavierspieler braucht. Ein kurzer Check der Webseite auf meinem Handy (das Hunk-A-Hunk-A hat übrigens eine eigene App) verrät mir aber, dass sie »Themenabende« anbieten, unter anderem auch eine »stilvolle Veranstaltung«, bei der die Tänzer in Fracks zu alten Klassikern auftreten, die auf einem »Steinway-Flügel« dargeboten werden.

Es steht mir nicht zu, die Menschen zu beurteilen, Leo.

Kurz nach Mitternacht kommt Andy Reeves in einem Smoking heraus. Ich sehe keine Veranlassung, die Sache zurückhaltend oder verschämt anzugehen. Ich steige aus meinem Wagen und gehe auf seinen zu. Als Reeves mich sieht, wirkt er alles andere als erfreut.

»Was machen Sie denn hier, Dumas?«

»Ich möchte Sie bitten, meinen Künstlernamen zu verwenden«, sage ich. »Dick Shaftwood.«

Er findet das nicht komisch. »Wie haben Sie mich gefunden?«

»Ihr Newsletter. Ich bin eingetragenes Mitglied im Fanclub des ›Anderen PianoMan‹.«

Offensichtlich findet Reeves auch das nicht komisch. Er geht schneller.

»Ich habe Ihnen nichts zu sagen.« Nach kurzer Überlegung ergänzt er: »Es sei denn, Sie haben mir das Video mitgebracht.«

»Das habe ich nicht«, sage ich. »Aber mir reicht's jetzt langsam, Andy.«

»Was wollen Sie damit sagen?«

»Ich will damit sagen, dass Sie mir sofort erzählen, was passiert ist, weil ich das Video sonst auf der Stelle an die Presse weiterleite.« Ich halte mein Handy so, als würde mein Daumen über dem »Senden«-Symbol schweben. Das ist ein Bluff. »Mit einem Freund bei der *Washington Post* geht es los. Dann sehe ich weiter.«

Reeves' Blicke durchbohren mich.

Ich seufze. »Also gut.« Ich tue so, als wollte ich den Button drücken.

»Warten Sie.«

Mein Daumen schwebt weiter über dem Display.

»Versprechen Sie mir, dass Sie die Sache auf sich beruhen lassen, wenn ich Ihnen die Wahrheit über die Basis erzähle?«

»Ja«, sage ich.

Er macht einen Schritt auf mich zu. »Sie müssen das auf das Grab Ihres Bruders schwören.«

Es ist ein Fehler von ihm, dich in die Sache hineinzuziehen, Leo, trotzdem schwöre ich es. Ich könnte erzählen, dass ich Vorsichtsmaßnahmen ergriffen hätte. Ich könnte ihm sagen, dass ich nicht nur wie ein hyperaktiver Kanarienvogel singen würde, sollten er und seine Kohorten etwas mit deinem Tod zu tun haben, sondern höchstpersönlich dafür Sorge tragen würde, dass jeder Einzelne zur Rechenschaft gezogen wird.

Wegen des Schwurs brauchst du dir keine Sorgen zu machen, Leo. Wenn das, was er mir jetzt erzählt, enthüllt werden muss, werde ich das mit großer Freude und Begeisterung tun.

»Okay«, sagt Andy Reeves. »Gehen wir irgendwohin, wo wir reden können.«

»Ich finde es hier okay.«

Er sieht sich voller Argwohn um. Es sind noch ein paar Nachzügler unterwegs, aber das ist hier nicht der Nährboden, auf dem potenzielle Lauscher gedeihen. Andererseits hat er vermutlich den größten Teil seines Lebens für eine geheime Regierungsagentur gearbeitet, für die CIA oder so etwas, daher verstehe ich die Paranoia.

»Setzen wir uns doch wenigstens in meinen Wagen«, schlägt Reeves vor.

Ich nehme ihm die Autoschlüssel aus der Hand und setze mich auf den Beifahrersitz. Er setzt sich auf den Fahrersitz. Wir blicken beide nach vorne auf einen alten Lattenzaun, der schon bessere Tage gesehen hat. Mehrere Latten sind gebrochen oder fehlen ganz, wie die Zähne eines Herumtreibers nach zu vielen Prügeleien.

»Ich warte«, sage ich.

»Wir gehörten nicht zum Landwirtschaftsministerium«, sagt er.

Als er nicht weiterspricht, bemerke ich: »Ja, das hatte ich mir schon gedacht.«

»Der Rest ist eigentlich ganz einfach. Alles, was in der Basis passiert ist, unterliegt strengster Geheimhaltung. Das wissen Sie jetzt. Ich bestätige Ihre Vermutung. Das muss Ihnen reichen.«

»Was es allerdings leider nicht tut«, sage ich.

»Wir hatten nichts mit Ihrem Bruder oder Diana Styles zu tun.«

Ich sehe ihn mit meiner besten »Kommen Sie endlich auf den Punkt«-Miene an. Andy Reeves macht ein ziemliches Aufhebens um das Nachdenken über seinen nächsten Schritt.

Noch einmal muss ich ihm versprechen, niemals auch nur ein einziges Wort darüber zu verlieren, wirklich niemals, er würde alles abstreiten. Nichts von dem, was er mir erzählt, dürfe dieses Auto verlassen und so weiter und so fort.

Ich erkläre mich mit allem einverstanden, damit es endlich vorangeht.

»Sie werden sich noch an die Zeit erinnern, über die wir reden?«, setzt Andy Reeves an. »Vor fünfzehn Jahren. Nach den Terroranschlägen am 11. September. Irakkrieg. Al-Qaida. All das. Sie müssen das in diesem Kontext sehen.«

»Okay.«

»Erinnern Sie sich an einen gewissen Terry Fremond?«

Ich grabe in den hintersten Ecken meines Gedächtnisses. Irgendetwas ist da: »Ein reicher, weißer Jugendlicher aus einem Chicagoer Vorort, der zum Terroristen umgedreht wurde. Man nannte ihn ›Onkel Sam Al-Qaida‹ oder so ähnlich. Außerdem stand er auf der Liste der zehn meistgesuchten Flüchtigen des FBI.«

»Das tut er immer noch«, erklärt Andy Reeves. »Vor fünfzehn Jahren hat Fremond nach seiner Rückkehr in die USA eine Terrorzelle aufgebaut. Sie stand kurz davor, den womöglich schwersten Anschlag auf US-Territorium auszuüben, ein zweites 9/11.« Andy Reeves dreht sich zu mir um und sieht mir in die Augen. »Erinnern Sie sich auch noch daran, was nach offizieller Lesart mit ihm geschehen ist?«

»Er hat Wind davon bekommen, dass das FBI ihm auf den Fersen war. Ist über Kanada geflohen und hat sich nach Syrien oder in den Irak abgesetzt.«

»Ja«, sagt Andy Reeves langsam und gedehnt. »Das ist die offizielle Version.«

Reeves starrt mich weiter an. Ich denke an den orangefarbenen Fleck, den ich für einen Overall gehalten habe. Ich denke an die Sicherheitsmaßnahmen rund um die Basis. Ich denke an das Bedürfnis nach Geheimhaltung. Ich denke an den Hubschrauber, der leise und im Schutz der Dunkelheit in der Basis gelandet ist.

»Das FBI hat ihn geschnappt. Sie haben ihn in die Basis gebracht.«

Die Gerüchte waren damals allgegenwärtig, oder? Mir fällt gerade noch etwas ein, Leo, etwas, das du mir erzählt hast, ich weiß aber nicht mehr genau, wann das war. Wir müssen auf der Highschool gewesen sein. Du warst fasziniert von dem, was die Medien den »Krieg gegen den Terror« getauft hatten. Du hast mir davon erzählt – brutale, dunkle Orte im Ausland, in die man feindliche Kämpfer brachte, um sie zum Reden zu bringen. Das waren keine regulären Kriegsgefangenenlager, sondern ...

»Die Basis war eine Black Site, ein geheimes Militärgefängnis.«

Andy Reeves blickt wieder nach vorn durch die Windschutzscheibe. »Wir hatten Black Sites in Ländern wie Afghanistan, Litauen, Thailand, Lager mit Codenamen wie Salt Pit, Bright Light und the Quartz ...« Seine Stimme wird leiser. »Ein CIA-Gefängnis befand sich auf einer Insel im Indischen Ozean, eins war früher eine Reitschule, eins lag sogar in einer Ladenzeile, ein Versteck in aller Öffentlichkeit. Die Black Sites waren von essenzieller Bedeutung in unserem Krieg gegen den Terror. In ihnen wurden extrem wichtige ausländische Häftlinge festgehalten, um sie mittels erweiterter Vernehmungstechniken zu verhören.«

Erweiterte Vernehmungstechniken.

»Es war also logisch, diese Leute im Ausland zu belassen«, fährt Reeves fort. »Die meisten feindlichen Kämpfer waren Ausländer, warum hätte man sie also herbringen sollen? Die formaljuristischen Einzelheiten sind kompliziert, aber wenn man einen feindlichen Kämpfer außerhalb der USA vernimmt, können die Gesetze... na ja, sagen wir, angepasst werden. Sie können ein Gegner oder Befürworter solcher erweiterten Vernehmungstechniken sein. Völlig okay, das stört mich nicht. Aber machen Sie es sich nicht zu einfach, indem Sie behaupten, dadurch hätten wir sowieso keine brauchbaren Informationen bekommen und auch kein Leben gerettet. Das wäre falsch. Das haben wir. Das ist für viele Menschen der moralische Ausweg aus dem Dilemma. ›Ich bin gegen Folter‹, sagen sie. ›Ach ja? Stellen Sie sich vor, Sie könnten das Leben Ihres Kindes retten, wenn Sie ein Monster verprügeln, das Tausende Menschen auf dem Gewissen hat – würden Sie es dann tun?‹ Darauf haben diese Menschen keine Antwort. Sie können nicht sagen: ›Natürlich opfere ich mein eigenes Kind für meine Moralvorstellungen‹, also erfinden sie eine blasierte Rechtfertigung, wie: ›Das funktioniert doch sowieso nicht.‹«

Andy Reeves dreht sich um, und sein Blick ist bleischwer.

»Folter funktioniert. Das ist ja das Schreckliche daran.«

Es läuft mir kalt den Rücken runter, als ich allein mit diesem Mann im dunklen Wagen sitze, selbst wenn er sich langsam für seine Geschichte erwärmt. Ich habe das schon öfter erlebt. Es ist ein so entsetzliches Geheimnis, ein so ungeheuerliches Geständnis, und doch, sobald man sich frei genug fühlt, sich zu offenbaren, wenn man erst einmal angefangen hat zu reden, schaltet der Mund vor Erleichterung auf Automatik.

»Das Problem war offensichtlich. Vergessen Sie das Ausland. Es gab – und gibt – auch hier in den Vereinigten Staaten Terrorzellen. Und zwar weit mehr, als Sie sich vorstellen können. Und die meisten Mitglieder sind amerikanische Staatsbürger, erbärmliche Nihilisten, die Freude an Gewalt und Massenzerstörung haben. Aber wenn wir sie hier in den

Vereinigten Staaten festnehmen, haben sie ihre Rechte, ihnen steht ein faires Gerichtsverfahren zu, mit Anwälten und allem Drum und Dran. Die reden nicht. Und stellen Sie sich vor, vielleicht, nur ganz vielleicht, steht in nächster Zukunft ein großer Anschlag bevor.«

»Also haben Sie sich einen Verdächtigen geschnappt«, sage ich. »Sie haben ihn in den Tarnkappen-Hubschrauber gesetzt, ihn damit zu der Basis geflogen und dort verhört.«

»Kennen Sie einen besseren Ort für so ein Gefängnis?«

Ich sage nichts.

»Die Gefangenen sind nicht lange bei uns geblieben. Wir haben die Basis das Purgatorium genannt. Und aus diesem Fegefeuer konnten wir sie dann in den Himmel schicken, oder in die Hölle, also in eine Black Site im Ausland.«

»Und auf welcher Grundlage haben Sie diese Entscheidung getroffen?«

Reeves dreht sich um und blickt direkt durch mich hindurch. Mehr wird er auf diese Frage nicht antworten – und ich brauche auch nicht mehr.

»Jetzt erzählen Sie mir von den Ereignissen, an denen mein Bruder beteiligt war«, sage ich.

»Es gibt keine Ereignisse, an denen Ihr Bruder beteiligt war. Das ist das Ende der Geschichte.«

»Nein, mein Freund, ist es nicht. Inzwischen weiß ich, dass er und seine Freunde ein Video von einem amerikanischen Staatsbürger gemacht haben, der auf der Basis illegal festgehalten wurde.«

Seine Miene verfinstert sich. »Wir haben Leben gerettet.«

»Aber nicht das meines Bruders.«

»Damit hatten wir nichts zu tun. Bis Sie es mir gezeigt haben, wusste ich nicht einmal, dass es so ein Video gibt.«

Ich suche in seinem Gesicht nach Hinweisen, dass er lügt,

aber Andy Reeves ist kein Anfänger. Trotzdem sehe ich kein Anzeichen für eine Täuschung. Wusste Reeves wirklich nichts von dem Video? Wie kann das sein?

Ich habe noch einen Trumpf in der Hand. Und den spiele ich jetzt aus.

»Wenn Sie nichts von dem Video wussten«, sage ich, »warum haben Sie dann Maura gesucht?«

»Wen?«

Dieses Mal sehe ich sofort, dass er lügt. Ich verziehe das Gesicht.

»Sie haben ihre Mutter verhört«, sage ich. »Mehr noch, ich glaube, Sie haben sie in Ihre kleine Black Site gebracht und da irgendetwas mit ihr gemacht, damit sie vergisst, was auch immer Sie mit ihr gemacht haben.«

»Ich habe keine Ahnung, wovon Sie sprechen.«

»Ich habe ihr ein Foto von Ihnen gezeigt, Andy. Sie hat bestätigt, dass Sie es waren, der sie verhört hat.«

Wieder starrt er durch die Windschutzscheibe. Dann schüttelt er langsam den Kopf. »Sie begreifen absolut nichts.«

»Unser Deal war, dass Sie fair spielen. Wenn Sie mich hier nur an der Nase herumführen...«

»Öffnen Sie das Handschuhfach«, sagt er.

»Was?«

Andy Reeves seufzt. »Öffnen Sie einfach das Handschuhfach, okay?«

Ich strecke die Hand nach dem Handschuhfach aus, drehe meinen Kopf nur für eine Sekunde zur Seite, um den Knopf zu suchen, mit dem ich es öffnen kann, doch das reicht ihm schon. Seine Faust – ich nehme zumindest an, dass es seine Faust ist, sehe sie aber nicht kommen – trifft mich direkt zwischen der linken Schläfe und dem Wangenknochen. Durch die Wucht wird mein Kopf nach rechts geschleudert, und meine

Zähne rasseln. Ein Taubheitsgefühl zieht aus der Wange den Hals hinunter.

Er greift ins Handschuhfach und wühlt darin herum.

Mir schwirrt noch der Kopf, aber ein Gedanke dringt dennoch durch.

Waffe. Er sucht eine Waffe.

Seine Hand umfasst etwas Metallisches. Ich kann es nicht erkennen, aber muss ich das? Ich bin noch so klar im Kopf, dass ich sein Handgelenk mit beiden Händen umklammere. Also sind meine beiden Hände im Einsatz, während er noch eine frei hat. Und mit dieser freien Hand versetzt er mir viele kurze Schläge in die Rippen.

Ich lasse sein Handgelenk nicht los.

Er verdreht das Handgelenk, krümmt die Hand, versucht sich zu befreien, oder ... vielleicht versucht er ja auch, den Lauf auf mich zu richten. Ich schiebe eine Hand so weit herunter, dass ich seine Finger spüre. Keiner liegt auf einem Abzug. Ich drücke kräftig zu. Selbst wenn er die Pistole auf mich richten kann, nützt ihm das nichts, solange er keinen Finger am Abzug hat.

Das denke ich gerade: *Ich habe seine Finger, also kann er nicht auf mich schießen. Ich bin sicher.*

Aber dieser Gedankengang stellt sich fatalerweise als falsch heraus.

Er dreht die Hand noch ein Stück weiter. Für einen Moment spüre ich das kalte Metall auf meinem Handrücken. Aber nur für einen Moment. Jetzt erkenne ich, dass es keine Pistole sein kann. Das Ding ist zu lang. Es ist wie ein Schlagstock geformt. Ich höre das Knistern der Elektrizität und spüre gleichzeitig den Schmerz, ein Schmerz, der alles andere ausschaltet. Ein Schmerz, vor dem man zurückzuckt, um nicht noch mehr davon zu spüren.

Die Spannung läuft durch meinen Arm und lähmt ihn.

Ohne Probleme befreit Andy Reeves sich aus meiner nicht mehr vorhandenen Umklammerung. Mit einem hämischen Grinsen drückt er das Gerät – ein Elektro-Schlagstock, ein elektrischer Viehtreiber, irgendetwas in der Art – gegen meinen Körper.

Ich zucke unkontrolliert.

Er wiederholt es. Meine Muskeln versagen den Dienst.

Er greift auf die Rückbank und zieht etwas anderes hervor. Ich kann nicht sehen, was es ist. Vielleicht ein Radmutterschlüssel. Ein Baseballschläger. Ich weiß es nicht. Ich werde es nie erfahren.

Er schlägt mir einmal damit auf den Kopf, dann noch einmal, und dann ist da nichts mehr.

SECHSUNDZWANZIG

Ich komme auf eine sehr seltsame Art wieder zu Bewusstsein. Kennst du diese Träume, in denen du nicht in der Lage bist, auch nur die einfachste körperliche Tätigkeit auszuführen? Du versuchst, vor einer Gefahr davonzulaufen, und es kommt dir vor, als würdest du bei jedem Schritt in hüfthohen, nassen Schnee einsinken. So ähnlich fühlte ich mich in diesem Moment. Ich wollte mich bewegen, fliehen, wegrennen, lag aber nur starr da, als wäre mein Körper in Blei gehüllt.

Als ich nach kurzem Blinzeln die Augen öffne, liege ich auf dem Rücken. Ich sehe Rohre und frei liegende Träger. Eine Decke. In einem alten Keller. Ich versuche, ruhig zu bleiben, mich zu sammeln, keine übereilten Bewegungen zu machen.

Ich versuche, den Kopf zur Seite zu drehen, mich umzuschauen.

Unmöglich.

Ich kann den Kopf überhaupt nicht bewegen. Ich bin vollkommen hilflos.

Ich höre Reeves Flüsterstimme. »Sie müssen mir sagen, wo das Video ist, Nap.«

Unverbindliche Plauderei wird mich hier nicht weiterbringen. Das ist mir sofort klar. Also rufe ich, ohne zu zögern, nach Hilfe. Ich brülle, so laut ich kann. Ich brülle so lange, bis er mir einen Knebel in den Mund stopft.

»Sinnlos«, sagt er.

Reeves ist irgendwie beschäftigt – er summt dabei vor sich

hin –, aber ich kann den Kopf nicht drehen und sehe nicht, was er tut. Ich höre, dass ein Wasserhahn aufgedreht wird und ein Eimer oder etwas Ähnliches mit Wasser gefüllt wird. Dann wird der Hahn wieder zugedreht.

»Wissen Sie, warum das Waterboarding bei den Navy SEALs aus dem Ausbildungsprogramm genommen wurde?«, fragt Reeves. Als ich nicht antworte – was ich nicht kann, weil ich den Knebel im Mund habe –, fährt er fort: »Es lag daran, dass der angehende SEAL, an dem es vorgeführt wurde, so schnell kapituliert hat, dass es schlecht für die Moral war. CIA-Rekruten haben im Durchschnitt vierzehn Sekunden durchgehalten, bis sie ihren Ausbilder angefleht haben aufzuhören.«

Andy Reeves stellt sich neben mich. Als ich in sein lächelndes Gesicht blicke, sehe ich, dass ihm das Spaß macht.

»Wir haben mit den Häftlingen auch das komplette Psychospiel durchgezogen – Augenbinde, Begleitung durch bewaffnete Wärter. Manchmal haben wir ihnen Hoffnung gemacht und diese Hoffnung dann wieder zerstört. Manchmal haben wir ihnen gesagt, dass es kein Entkommen gibt. Man geht unterschiedlich vor, je nach Charakter des Häftlings. Heute Abend habe ich allerdings keine Zeit für ein solches Theater, Nap. Die Sache mit Diana tut mir wirklich leid, aber das war nicht meine Schuld. Also fahren wir fort. Sie sind schon an den Tisch gefesselt. Und Ihnen ist auch schon klar, dass es wirklich übel wird.«

Er geht nach hinten zu meinen Füßen. Ich versuche, ihm mit dem Blick zu folgen, aber er ist jetzt außerhalb meines Sichtfelds. Ich bemühe mich, nicht in Panik zu geraten. Ich höre, wie eine Kurbel betätigt wird, dann beginnt der Tisch, auf dem ich liege, sich zu neigen. Einen Moment lang hoffe ich, dass ich direkt hinunterrutsche, selbst wenn ich dann mit dem Kopf aufschlagen würde. Aber ich bin so fest angebunden, dass ich mich auch unter dem Einfluss der Schwerkraft kein Stück von der Stelle rühre.

»Den Kopf abzusenken und die Füße anzuheben«, erläutert er, »sorgt dafür, dass die Kehle offen bleibt, außerdem kann man die Nasenlöcher leichter mit Wasser füllen. Sie denken sicher, dass es schrecklich wird. Aber es wird noch viel schlimmer werden.«

Er tritt wieder in mein Sichtfeld und nimmt den Knebel aus meinem Mund.

»Sagen Sie mir, wo das Video ist?«

»Ich kann es Ihnen zeigen«, sage ich.

»Nein, das reicht nicht.«

»Sie können es sich nicht selbst holen.«

»Das ist eine Lüge. Ich habe das alles schon gehört, Detective Dumas. Sie sind dabei, sich eine Story auszudenken. Wahrscheinlich werden Sie sich auch die ersten ein oder zwei Male, die ich Sie dieser Prozedur unterziehe, neue Storys ausdenken. Deshalb behaupten Kritiker der Folter, sie wäre unzuverlässig. Im Augenblick sind Sie verzweifelt. Sie werden alles sagen, damit ich Sie verschone. Doch bei mir wird das nicht funktionieren. Ich kenne sämtliche Tricks. Irgendwann werden Sie kapitulieren. Irgendwann werden Sie die Wahrheit sagen.«

Möglich, aber eins weiß ich genau: Sobald er das Video hat, wird er mich umbringen. So wie er auch die anderen umgebracht hat. Also darf ich nicht kapitulieren, ganz egal, was passiert.

Dann, als könne er meine Gedanken lesen, sagt er: »Sie werden es mir erzählen, selbst wenn es Ihren Tod bedeutet. Ein Soldat, der im Philippinisch-Amerikanischen Krieg für die Vernehmung von Gefangenen verantwortlich war, hat das, was Sie erleben werden, folgendermaßen beschrieben: ›Sein

Leiden muss das eines Menschen sein, der am Ertrinken ist, aber nicht ertrinken kann.‹«

Andy Reeves zeigt mir das Handtuch: »Bereit?« Dann legt er es mir übers Gesicht, sodass ich nichts mehr sehe.

Er drückt das Handtuch nicht einmal an, es liegt nur locker auf meinem Gesicht, trotzdem habe ich das Gefühl, es würde mir die Luft abschnüren. Wieder versuche ich, den Kopf zu drehen, er rührt sich immer noch nicht. Meine Brust beginnt zu zucken.

Beruhige dich, sage ich mir.

Ich versuche es. Ich versuche, gleichmäßig zu atmen und mich vorzubereiten. Ich weiß, dass ich irgendwann die Luft anhalten muss.

Sekunden vergehen. Nichts passiert.

Mein Atem wird nicht gleichmäßiger. Er bleibt hektisch und unruhig. Ich lausche, versuche etwas zu hören, irgendetwas, aber Andy Reeves sagt nichts, rührt sich nicht und tut nichts.

Weitere Zeit vergeht. Wie viel? Dreißig Sekunden? Vierzig?

Vielleicht ist das alles nur ein Bluff, denke ich. Vielleicht ist es alles nur ein Psychospiel, mit dem man sein Gegenüber unter Stress...

Da höre ich das Plätschern. Nicht einmal eine Sekunde später sickert Wasser durch das Handtuch.

Als ich die Nässe auf meinem Mund spüre, presse ich die Lippen zusammen, schließe die Augen und halte die Luft an.

Weiteres Wasser dringt durchs Handtuch, erst als Rinnsal, dann nimmt es zu.

Ich spüre, wie es in meine Nasenlöcher läuft. Ich verkrampfe, kneife die Lippen fest zusammen.

Mehr Wasser strömt über mein Gesicht. Ich versuche, den

Kopf zur Seite zu drehen, ihn leicht anzuheben und nach anderen Möglichkeiten zu suchen, dem Angriff zu entkommen. Aber ich kann mich nicht bewegen. Meine Nasenlöcher sind randvoll mit Wasser. Ich werde panisch. Viel länger kann ich die Luft nicht anhalten, das Wasser muss raus aus meiner Nase und weg von meinem Mund. Es gibt nur eine Möglichkeit. Puste es heraus. Aber da ist das Handtuch. Trotzdem versuche ich auszuatmen, presse das Wasser heraus, und für ein oder zwei Sekunden ist es besser. Ich versuche, weiter auszuatmen, leere meine Lunge, um das Wasser fernzuhalten. Aber inzwischen läuft zu viel Wasser über mein Gesicht. Und es gibt noch ein Problem:

Man kann nur eine begrenzte Zeit ausatmen.

Und wenn man das getan hat, wenn die Luft zum Ausatmen verbraucht ist – jetzt folgt der schreckliche Teil –, muss man schließlich wieder einatmen.

An diesem Punkt bin ich jetzt.

Als die Luft verbraucht ist, läuft mir wieder Wasser in Mund und Nase. Ich kann nichts mehr tun. Mir geht die Luft aus, und diese Tortur lähmt alle anderen Gedanken. Wenn ich aufhöre auszuatmen, werde ich sterben, und all das ist mir bewusst. Ich muss einatmen, Luft holen, aber es gibt keine Luft. Nur Wasser. Viel Wasser. Beim Einatmen öffnen sich alle Dämme. Das Wasser fließt durch meine Nase in meinen Mund. Ich kann nichts dagegen tun. Beim Einatmen wird das Wasser durch den Mund und die Luftröhre hinabgesogen.

Keine Luft.

Mein Körper fängt an zu zucken. Ich versuche, mich zu krümmen, um mich zu schlagen und zu treten, den Kopf loszureißen, aber ich bin gefesselt. Ich kann dem Wasser nicht entgehen. Es gibt keine Pause oder Erlösung. Es wird immer schlimmer.

Man will nicht nur, dass es aufhört. Es soll nicht nur aufhören. Es muss unbedingt sofort aufhören.

Es ist, als würde jemand meinen Kopf unter Wasser drücken, nur schlimmer. Ich kann mich nicht bewegen. Ich bin in einen Betonblock gegossen. Ich ertrinke, Leo. Ich ertrinke und ersticke. Das rationale Denken endet. Ich spüre, wie sich ein kleiner Teil meiner mentalen Gesundheit verabschiedet, meiner Psyche einen dauerhaften Schaden versetzt, von dem ich mich, wie ich weiß, nie wieder ganz erholen werde.

Jede Körperzelle lechzt nach Sauerstoff, nach einem einzigen Atemzug. Aber es gibt ihn nicht. Ich schnappe nach Luft und atme weiteres Wasser ein. Ich will damit aufhören, aber mein Würgereflex zwingt mich, aus- und einzuatmen. Das Wasser läuft durch meine Kehle in die Luftröhre.

Bitte, Gott, lass mich atmen ...

Ich sterbe. Das ist mir jetzt klar. Ein Urinstinkt signalisiert mir aufzugeben, zu kapitulieren, hofft, dass der Tod sich beeilt und sein Werk schnell vollendet. Aber das tut er nicht. Ich zappele. Ich zucke. Ich leide.

Ich halluziniere.

Eine akustische Halluzination: Ich höre eine Stimme, die »aufhören« schreit und »weg von ihm«. Wenn nicht jeder Teil meines Körpers nach Luft lechzen würde, wenn nicht jede einzelne Körperfaser allein damit beschäftigt wäre, dieser Situation zu entkommen, würde ich sagen, dass es eine Frauenstimme ist. Ich spüre tatsächlich, wie sich meine Augen nach hinten verdrehen, als ich irgendwo tief in meinem Hirn den Knall höre.

Dann sehe ich ein Licht.

Ich sterbe, Leo, ich sterbe und halluziniere, und das Letzte, was ich vor Augen habe, ist das schönste überhaupt vorstellbare Gesicht.

Mauras.

SIEBENUNDZWANZIG

Ich bin losgebunden und auf die Seite gerollt worden.
Gierig sauge ich Luft ein und huste sie wieder aus. Kann eine Zeit lang nichts anderes tun. Ich keuche und versuche, nicht zu schlucken. Aus meinem Mund und den Nasenlöchern strömt Wasser, bildet auf dem Boden kleine Pfützen und verdünnt das dunkelrote Blut, das aus Andy Reeves' Kopf sickert. Das alles interessiert mich nicht. Ich interessiere mich einzig und allein für Luft.

Doch es dauert gar nicht so lange, bis ich wieder zu Kräften komme. Ich blicke auf, um nachzusehen, wer mich gerettet hat, aber vielleicht bin ich auch tot oder mein Gehirn hat zu lange keinen Sauerstoff bekommen. Vielleicht geht das Waterboarding weiter, und dies ist ein seltsamer Zustand, in den man dabei verfällt, denn die Halluzination – nein, die Illusion – hält noch an.

Es ist Maura.

»Wir müssen hier raus«, sagt sie.

Ich traue meinen Augen noch immer nicht. »Maura? Ich...«

»Jetzt nicht, Nap.«

Die Art, wie sie meinen Namen sagt...

Ich versuche, das alles zu begreifen, überlege, wie unser nächster Schritt aussehen könnte, aber die alte »Bis man sich orientiert hat, sollte man lieber bleiben, wo man ist«-Logik ist gerade den Bach runtergegangen.

»Kannst du laufen?«

Ich nicke. Und schon als ich den zweiten Schritt mache, bin ich wieder ganz im Hier und Jetzt. *Eins nach dem anderen*, sage ich mir.

Wir müssen hier raus. Als wir das Erdgeschoss erreichen, sehe ich, dass wir in einem halb verfallenen Lagerhaus sind. Ich bin überrascht, wie still es ist, aber wahrscheinlich… wie spät ist es? Um Mitternacht habe ich Reeves abgefangen. Also muss es spätnachts oder frühmorgens sein.

»Hier entlang«, sagt Maura.

Wir treten in die Nacht hinaus. Ich merke, dass ich etwas seltsam atme, schneller als sonst, als fürchtete ich immer noch, dass man mir die Möglichkeit dazu wieder nimmt. Ich sehe den gelben Mustang hinten in der Ecke des Parkplatzes, aber Maura – ich kann es immer noch nicht glauben – führt mich zu einem anderen Auto. Mit der linken Hand drückt sie auf den Schlüssel, um die Türen zu öffnen. In der rechten Hand hält sie die Pistole.

Ich steige auf der Beifahrerseite ein, sie setzt sich hinters Lenkrad. Sie startet den Wagen und prescht im Rückwärtsgang los. Nach zwei Minuten fahren wir auf dem Garden State Parkway in Richtung Norden. Ich starre auf ihr Profil und bin überzeugt, nie zuvor etwas so Schönes gesehen zu haben.

»Maura…?«

»Das kann warten, Nap.«

»Wer hat meinen Bruder getötet?«

Ich sehe, wie eine Träne die schöne Wange hinabläuft.

»Ich glaube«, sagt Maura, »das könnte ich gewesen sein.«

ACHTUNDZWANZIG

Wir sind wieder in Westbridge. Maura hält auf dem Parkplatz der Benjamin Franklin Middle School.

»Gib mir bitte dein Handy«, sagt sie zu mir.

Ich stelle überrascht fest, dass es noch in meiner Tasche ist. Ich entsperre es mit dem Fingerabdruckscanner und reiche es ihr. Ihre Daumen tanzen über den Bildschirm.

»Was machst du?«

»Du bist doch Cop«, sagt sie. »Also weißt du auch, dass das Handy geortet werden kann, oder?«

»Klar.«

»Ich installiere eine Art VPN-Antitracker, sodass es aussieht, als wärst du in einem anderen Bundesstaat.«

Ich wusste nicht, dass es eine solche Technologie gibt, es wundert mich aber auch nicht. Ihre Daumen beenden den Tanz. Dann gibt sie mir mein Handy zurück, öffnet die Autotür, steigt aus. Ich mache dasselbe.

»Was tun wir hier, Maura?«

»Ich will es noch einmal sehen.«

»Was willst du sehen?«

Sie geht einfach auf den Pfad zu, und ich folge ihr. Ich versuche, sie nicht anzuglotzen, als sie mit pantherartigen Bewegungen vor mir herschreitet, kann aber nichts dagegen tun. Als wir in die Dunkelheit hinaufstapfen, dreht sie sich kurz um und sagt: »Herrgott, was habe ich dich vermisst«, sieht dann wieder nach vorn und geht weiter.

Einfach so.

Ich reagiere nicht. Ich kann nicht reagieren. Aber ich fühle mich, als würden sämtliche Nervenenden frei liegen.

Der nächtliche Vollmond spendet genug Licht. Immer wieder zerteilen die Schatten unsere Gesichter, als wir den wohlbekannten Weg hinaufgehen. Wir schweigen, einerseits weil die Dunkelheit das verlangt und andererseits, tja, weil dieser Wald unser Platz war. Man sollte meinen, dass das gerade heute Nacht besonders unheimlich sein müsste. Man sollte meinen, die Geister würden mich gerade jetzt heimsuchen, wo Maura bei mir ist, sie würden mir auf die Schulter tippen, sich hinter Bäumen und Felsen verstecken und mit mir Schabernack treiben.

Doch das tun sie nicht.

Heute Nacht holt mich die Vergangenheit nicht ein. Ich höre kein heimliches Flüstern. Seltsamerweise bleiben die Geister in ihren Verstecken.

»Du weißt von dem Video«, sagt Maura in einem fragendem Tonfall, obwohl es eigentlich eine Feststellung ist.

»Wie lange folgst du mir schon?«, frage ich.

»Seit zwei Tagen.«

»Ich weiß von dem Video«, sage ich. »Wusstest du davon?«

»Ich bin dabei gewesen, Nap.«

»Nein, ich meine, wusstest du, dass Hank es hatte? Oder dass er es David Rainiv gegeben hat, damit der es sicher aufbewahrt?«

Sie schüttelt den Kopf. Vor uns tauchen die alten Zäune auf. Maura biegt vom Pfad nach rechts ab. Sie springt ein paar Schritte den Hang hinunter und bleibt an einem Baum stehen. Ich folge ihr. Wir sind ziemlich nah an der ehemaligen Basis.

Sie bleibt stehen und starrt auf den alten Zaun. Ich bleibe stehen und starre ihr ins Gesicht.

»Das ist die Stelle, an der ich in der Nacht gewartet habe. Hinter diesem Baum.« Sie blickt zu Boden. »Genau hier habe ich gesessen und auf den Zaun geblickt. Ich habe einen Joint geraucht, den ich von deinem Bruder hatte. Und ich hab aus dem Flachmann getrunken, den du mir geschenkt hattest.« Sie sieht mir in die Augen, und auch wenn es nicht die Geister der Vergangenheit sind, versetzt mir irgendetwas einen Stich ins Herz. »Erinnerst du dich noch an den Flachmann?«

Ich hatte ihn bei einem Garagen-Flohmarkt im alten Haus der Siegels gekauft. Er war metallgrau und hatte eine verblichene Gravur: »A Ma Vie de Cœur Entier.« Diese französische Redewendung aus dem fünfzehnten Jahrhundert bedeutete: »Mein Herz ist dein, mein Leben lang.« Ich weiß noch, dass ich Mr Siegel gefragt habe, woher er sie hatte, er wusste es aber nicht mehr. Er hat sogar noch Mrs Siegel dazu geholt und sie gefragt, aber die beiden konnten sich nicht einmal mehr daran erinnern, wo sie die Flasche herhatten. Für mich hatte der Flachmann etwas Magisches und Lächerliches zugleich, als befände sich darin ein Flaschengeist, den zu finden mir vom Schicksal bestimmt war. Also habe ich ihn für drei Dollar gekauft und Maura geschenkt, die leichthin gesagt hat: »Ein Geschenk voller Romantik und Alkohol.«

»Bin ich nicht der perfekte Freund?«

»Das bist du«, sagte sie. Dann hat sie mich umarmt und leidenschaftlich geküsst.

»Ich erinnere mich«, sage ich jetzt. Dann: »Du hast hier also mit einem Joint und dem Flachmann gesessen. Wer war noch bei dir?«

»Ich war allein.«

»Was war mit dem Conspiracy Club?«

»Du weißt davon?«

Ich zucke leicht die Achseln.

Maura blickt wieder zur Basis hinüber. »Eigentlich wollten wir uns an dem Abend nicht treffen. Ich glaube, als wir den Hubschrauber gesehen und das Video gemacht haben – na ja, ein paar von uns sind da ziemlich nervös geworden. Vorher war das alles nur ein Spiel. Durch dieses Ereignis ist es plötzlich real geworden. Na ja, ich war eigentlich kein Mitglied vom…«, sie malt mit den Fingern Anführungszeichen in die Luft, »…›Club‹. Im Prinzip war Leo der Einzige aus dem Club, mit dem ich befreundet war. Er hatte in der Nacht etwas mit Diana geplant. Also bin ich hergekommen und hab mich hier an den Baum gesetzt. Ich hatte meinen Joint und meinen Jack, den Geist aus der Flasche.«

Maura lässt sich nieder und setzt sich – wie ich annehme – so hin, wie sie in jener Nacht gesessen hat. Ein schwaches Lächeln umspielt ihre Lippen. »Ich habe an dich gedacht. Ich habe mir gewünscht, bei deinem Spiel dabei zu sein. Bevor ich dich kennenlernte, konnte ich diesen ganzen Sportkram nicht ausstehen, aber dann habe ich dir einfach gern beim Eislaufen zugesehen.«

Da ich nicht weiß, was ich darauf sagen soll, schweige ich.

»Jedenfalls konnte ich nur zu den Heimspielen kommen, und an dem Abend habt ihr auswärts gespielt. Gegen Summit, glaube ich.«

»Parsippany Hills.«

Sie gluckst. »Dachte mir schon, dass du dich erinnerst. Spielte aber keine Rolle. Ich wusste ja, dass wir in ein paar Stunden zusammen sein würden. Ich habe mir da im Wald nur einen kleinen Vorsprung erarbeitet. Heute heißt das ›Vorglühen‹. Also habe ich weitergetrunken und bin, soweit ich mich entsinne, ein bisschen melancholisch gewesen.«

»Wieso?«

Sie schüttelt den Kopf. »Spielt keine Rolle.«

»Doch, ich will es wissen.«

»Weil es bald vorbei sein würde.«

»Was?«

Sie blickt von ihrem Platz auf dem Boden zu mir hoch. »Das mit uns beiden.«

»Moment, du wusstest das alles schon, als du da gesessen hast?«

Maura schüttelt den Kopf. »Anscheinend bist du noch genauso begriffsstutzig, wie du es früher manchmal warst, Nap. Natürlich hatte ich keine Ahnung, was passieren würde.«

»Und was …?«

»Was ich meinte, ist, dass wir beide, du und ich, es niemals geschafft hätten. Langfristig. Vielleicht das Abschlussjahr, und dann noch einen Sommer …«

»Ich habe dich geliebt.«

Es platzt einfach aus mir heraus. Sie zuckt kurz zusammen, fängt sich dann aber sofort.

»Und ich habe dich geliebt, Nap. Aber du standst kurz davor, auf eine schicke Uni zu gehen, um dort ein aufregendes Leben zu beginnen. Da wäre für mich kein Platz gewesen, und, Herrgott noch mal, was für einen Haufen Klischees ich hier absondere, was?« Maura verstummt, schließt die Augen und schüttelt den Kopf. »Es bringt nichts, das jetzt noch einmal durchzugehen.«

Sie hat recht. Ich helfe ihr dabei, wieder zurück zum Thema zu kommen. »Du hast hier also gesessen, getrunken und geraucht.«

»Genau. Und nach einer Weile war ich etwas angesäuselt. Nicht betrunken, nur leicht beschwipst. Dabei habe ich die ganze Zeit auf die Basis gestarrt. Eigentlich war es hier immer ganz ruhig, aber plötzlich habe ich ein Geräusch gehört.«

»Was für ein Geräusch?«

»Ich weiß es nicht. Schreie. Von Männern. Ein Motor. Also bin ich aufgestanden...«, Maura tut das, rutscht mit dem Rücken am Baum hoch, »...und hab mir gedacht, was soll's. Du gehst der Sache jetzt ein für alle Mal auf den Grund. Dann bist du die Heldin dieses ganzen Conspiracy-Club-Clans. Also bin ich auf den Zaun zumarschiert.«

Maura marschiert auf die Basis zu. Ich bleibe direkt hinter ihr.

»Was hast du gesehen?«, frage ich.

»Erst mal standen da noch mehr Warnschilder, jede Menge, offenbar rund um die Basis herum. Sie waren leuchtend rot, weißt du noch?«

»Ja.«

»Unter anderem stand da: ›Achtung, Lebensgefahr. Dies ist die letzte Möglichkeit umzukehren.‹ Wir haben immer Angst gehabt, daran vorbeizugehen, weil sie ziemlich nah am Zaun standen. Aber in dieser Nacht habe ich keinen Moment gezögert. Ganz im Gegenteil, irgendwann bin ich einfach losgerannt.«

Jetzt sind wir beide wieder in der Vergangenheit, wieder in jener Nacht, und ich zögere kurz an der Stelle, an der die roten Schilder standen. Aber wir durchbrechen die unsichtbare Sperre und gehen direkt auf den rostigen Zaun zu. Sie deutet auf die Spitze eines Pfeilers.

»Da oben war eine Kamera angebracht. Ich weiß noch, dass ich dachte, sie können mich sehen. Aber ich war ziemlich high und völlig unbekümmert. Ich bin einfach weitergerannt und dann...«

Sie wird langsamer, bleibt stehen. Führt die Hand an den Hals.

»Maura?«

»Hier war ich, als das Licht anging.«

»Licht?«

»Scheinwerfer. Riesige Strahler. Sie waren so hell, dass ich mir zum Schutz die Hände vor die Augen gehalten habe.« Sie tut das, schützt die Augen vor dem imaginären Scheinwerferlicht. »Ich konnte nichts erkennen. Ich habe hier mehr oder weniger erstarrt im Strahl des Scheinwerfers gestanden und nicht gewusst, was ich tun soll. Und dann habe ich die Schüsse gehört.«

Maura lässt die Hand sinken.

»Sie haben auf dich geschossen?«

»Ja, ich glaube schon.«

»Was heißt, du glaubst?«

»Ich glaube, dass mein Verhalten der Grund dafür war, dass sie geschossen haben.« Mauras Stimme ist plötzlich eine Oktave höher. Ich höre die Angst und die Reue darin. »Ich bin wie ein dummes Kind auf den Zaun zugerannt. Ich habe die Warnschilder ignoriert. Wahrscheinlich bin ich auf einen Signaldraht getreten, sie haben mich gesehen oder sonst irgendetwas, also haben sie das gemacht, was sie auf den Schildern angedroht haben. Sie haben das Feuer eröffnet. Also ja, ich glaube, dass sie auf mich geschossen haben.«

»Was hast du dann getan?«

»Ich hab kehrtgemacht und bin weggerannt. Ich habe noch gehört, wie eine Kugel gleich neben meinem Kopf in einen Baum eingeschlagen ist. Aber, na ja, ich bin schließlich lebend rausgekommen. Ich wurde ja nicht getroffen.«

Sie hebt den Kopf und sieht mir in die Augen.

»Leo«, sage ich.

»Ich bin immer weitergerannt, und sie haben immer weitergeschossen. Und dann…«

»Was dann?«

»Dann habe ich eine Frau schreien gehört. Ich bin, so

schnell ich konnte, geduckt zwischen den Bäumen hindurchgesprintet, damit ich ein möglichst kleines Ziel abgebe. Dann höre ich den Schrei, bleibe stehen und drehe mich um. Eine Frauenstimme. Ich sehe eine Silhouette, vermutlich die eines Mannes, im hellen Licht... weitere Gewehrsalven... dann schreit die Frau noch einmal, aber dieses Mal... dieses Mal meine ich, ihre Stimme zu erkennen. Sie schreit: ›Leo!‹ Sie schreit: ›Leo, Hilfe!‹, allerdings wird das ›Hilfe‹ durch einen weiteren Schuss unterbrochen.«

Ich merke, dass ich die Luft angehalten habe.

»Und dann... dann höre ich einen Mann rufen, dass alle das Feuer einstellen sollen... Stille... Totenstille... und dann ruft vielleicht jemand – ich weiß es nicht mehr genau –, aber vielleicht schreit jemand: ›Was habt ihr getan...?‹ Und dann ruft eine andere Stimme: ›Da war noch eine junge Frau, wir müssen sie finden...‹, ich weiß aber gar nicht ganz genau, ob ich das wirklich gehört habe – ich weiß nicht, ob das echt war oder ob ich mir das nur eingebildet habe, weil ich schon wieder weiterrenne. Ich renne immer weiter, ohne anzuhalten...«

Sie sieht mich an, als bräuchte sie meine Hilfe – und als sollte ich es bloß nicht wagen, sie ihr anzubieten.

Ich rühre mich nicht. Ich glaube nicht, dass ich das könnte.

»Sie... sie haben sie einfach erschossen?«

Maura antwortet nicht.

Dann sage ich etwas Dummes. »Und du bist einfach abgehauen?«

»Was?«

»Ich meine, ich verstehe, dass du von da abgehauen bist – dass du aus der Gefahrenzone weggerannt bist. Aber warum hast du nicht die Polizei gerufen, als du in Sicherheit warst?«

»Und was hätte ich denen sagen sollen?«

»Wie wäre es mit: ›Hallo, ich habe gesehen, wie zwei Menschen erschossen wurden‹?«

Sie blinzelt kurz und wendet den Blick von mir ab. »Vielleicht hätte ich das tun sollen«, sagt sie.

»Das ist keine wirklich gute Antwort.«

»Ich war stoned und verängstigt und bin ausgeflippt, okay? Ich wusste ja auch nicht, dass sie erschossen worden waren oder so. Und dass Leo auch getroffen wurde, hab ich ja auch nicht mitgekriegt. Nur das von Diana. Ich bin in Panik geraten. Das verstehst du doch, oder? Also habe ich mich eine Zeit lang versteckt.«

»Wo?«

»Erinnerst du dich an das Steinhäuschen hinter dem städtischen Schwimmbad?«

Ich nicke.

»Ich habe mich einfach im Dunkeln davorgesetzt. Wie lange ich da war, weiß ich nicht. Von da sieht man die Hobart Avenue. Und auf der sind dann große, schwarze Wagen ganz langsam entlanggefahren. Vielleicht war ich nur paranoid, aber ich dachte, sie suchen mich. Irgendwann hab ich dann beschlossen, zu dir nach Hause zu gehen.«

Das ist mir neu, aber andererseits... was in dieser Nacht ist das nicht? »Du bist zu mir nach Hause gegangen?«

»Das hatte ich zumindest vor, ja, aber als ich in eure Straße kam, stand an der Ecke ein weiterer großer, schwarzer Wagen. Es war nach Mitternacht. Zwei Männer in dunklen Anzügen saßen drin und haben euer Haus nicht aus den Augen gelassen. Also wusste ich, was los war. Sie hatten die Sache im Griff.« Sie tritt einen Schritt auf mich zu. »Jetzt nimm mal an, ich hätte das der Polizei gemeldet. Ich hätte angerufen und gesagt, dass die Männer von der Basis womöglich jemanden erschossen haben. Weitere Einzelheiten hätte ich nicht erzählen können, aber ich hätte meinen Namen nennen müssen. Sie hätten gefragt, was ich an der Basis gemacht habe. Ich hätte lügen können, oder ich hätte ihnen einfach erzählen können, dass ich da oben einen Joint geraucht und etwas Jack Daniels getrunken habe. Aber bis die mir schließlich geglaubt hätten, wäre oben an der Basis längst alles weggeräumt gewesen. Begreifst du das wirklich nicht?«

»Also bist du wieder abgehauen«, sage ich.

»Ja.«

»Und zu Ellie gegangen.«

Sie nickt. »Irgendwann habe ich mir gesagt: ›Jetzt warte mal ein oder zwei Tage und guck, was passiert.‹ Vielleicht würden sie mich ja vergessen. Aber das haben sie natürlich nicht. Ich habe mich hinter einem Felsen versteckt und zugesehen, wie sie meine Mutter verhört haben. Und als ich dann in den Nachrichten gesehen habe, dass Leos und Dianas Leichen gefunden worden waren... na ja, da wusste ich Bescheid. In den Nachrichten wurde nicht erwähnt, dass sie erschossen wurden. Es hieß, sie wären auf der anderen Seite der Stadt von einem Zug erfasst worden. Also was jetzt? Was konnte ich tun? Die Beweise hatten sie vernichtet. Wer würde mir glauben?«

»Ich hätte dir geglaubt«, sage ich. »Warum bist du nicht zu mir gekommen?«

»Ach, Nap. Ist das dein Ernst?«

»Mir hättest du es erzählen können, Maura.«

»Und was hättest du dann gemacht? Dein hitzköpfiges achtzehnjähriges Ich?« Sie starrt mich einen Moment an. »Wenn ich dir das erzählt hätte, wärst du jetzt auch tot.«

Wir stehen nur da und lassen diese Wahrheit in der Luft hängen.

»Los, komm, jetzt«, sagt Maura und erschauert. »Machen wir, dass wir hier wegkommen.«

NEUNUNDZWANZIG

Als wir bei ihrem Auto sind, sage ich: »Mein Wagen steht noch bei diesem Club.«

»Ich hab da angerufen«, sagt Maura.

»Wieso angerufen?«

»Ich habe beim Club angerufen, ihnen den Wagentyp und das Kennzeichen genannt und gesagt, dass ich zu betrunken zum Autofahren bin und ihn morgen abhole.«

Sie hatte an alles gedacht.

»Du kannst nicht nach Hause, Nap.«

Da wollte ich sowieso nicht hin. Sie startet den Motor.

»Und wohin fahren wir?«, frage ich.

»Ich habe ein sicheres Plätzchen«, sagt sie.

»Also bist du seit jener Nacht…«, ich weiß nicht einmal, wie ich es ausdrücken soll, »…auf der Flucht?«

»Ja.«

»Aber warum jetzt, Maura? Warum bringt jemand fünfzehn Jahre später die restlichen Mitglieder des Conspiracy Clubs um?«

»Das weiß ich nicht.«

»Aber du warst bei Rex, als er erschossen wurde?«

Sie nickt. »In den letzten drei, vier Jahren bin ich das Ganze etwas entspannter angegangen. Ich dachte, na ja, wer auch immer dahintersteckt, warum sollte er jetzt noch hinter mir her sein? Es gab weder Beweise noch Indizien. Die Basis ist längst geschlossen. Man würde mir kein Wort glauben. Ich war knapp bei Kasse und habe nach einer Möglichkeit... einer sicheren Möglichkeit gesucht nachzusehen, was hier los ist. Ich bin dabei zwar ein gewisses Risiko eingegangen, aber es machte den Eindruck, als wollte Rex die Vergangenheit genauso ruhen lassen wie ich. Er konnte Unterstützung für seine Nebeneinkünfte brauchen.«

»Männer mit Alkohol abfüllen und abgreifen.«

»Er hat es netter formuliert, aber im Prinzip ist das richtig.«

Hinter Jim Johnston's Steak House biegen wir vom Eisenhower Parkway ab.

»Ich habe ein paar Bilder von Rex' Ermordung gesehen. Von der Dashcam auf dem Armaturenbrett in seinem Wagen«, sage ich.

»Das war ein eiskalter Profi.«

»Und trotzdem«, sage ich, »konntest du entkommen.«

»Vielleicht.«

»Soll heißen?«

»Als ich gesehen habe, wie Rex zusammensackte, dachte ich, sie haben uns, ich bin tot. Du weißt, was ich meine. Schließlich war ich in der Nacht vor Ort, daher habe ich angenommen, dass ich das eigentliche Ziel bin, aber vielleicht kannten sie auch den ganzen Conspiracy Club. Kam mir logisch vor. Als der Täter auf Rex geschossen hat, habe ich also blitzschnell reagiert. Aber der Typ hatte schon die Waffe auf mich gerichtet. Ich bin auf den Fahrersitz gerutscht, hab den Wagen angelassen und bin losgerast wie eine Irre...«

»Aber?«

»Aber, wie schon gesagt, der Mann war ein Profi.« Maura zuckt die Achseln. »Wie kommt es also, dass er mich nicht auch umgebracht hat?«

»Du glaubst also, er hat dich absichtlich davonkommen lassen?«

Sie weiß es nicht. Wir parken hinter einer schäbigen Absteige in East Orange. Sie hat hier kein Zimmer. Sie erklärt mir, dass das ein alter Trick ist. Sie parkt an der Absteige, und wenn die Polizei oder sonst wer ihren Wagen entdeckt und die Absteige durchsucht, ist sie nicht da. Sie hat sich knapp einen halben Kilometer entfernt ein Zimmer genommen. Das Auto ist geklaut, erklärt sie. Wenn sie das Gefühl hat, dass Gefahr im Anzug sein könnte, lässt sie es einfach stehen und klaut ein anderes.

»Momentan wechsle ich jeden zweiten Tag meinen Aufenthaltsort.«

Wir gehen in das Zimmer, das sie gemietet hat und setzen uns aufs Bett.

»Ich will dir auch noch den Rest erzählen«, sagt Maura.

Während sie das tut, starre ich sie an. Ich habe nicht den Eindruck, ein Déjà-vu zu erleben. Ich bin nicht mehr der Teenager, der im Wald mit ihr Sex hatte. Ich versuche, mich nicht in ihren Augen zu verlieren, aber in ihnen kann ich alles sehen – die ganze Geschichte, die Was-wäre-Wenns, die Scheidewege. Ich sehe auch dich in ihren Augen, Leo. Ich sehe das Leben, das ich früher einmal hatte und seitdem vermisse.

Maura erzählt mir, wo sie seit der Nacht war, in der du gestorben bist. Es fällt mir nicht leicht, mir anzuhören, was für ein Leben sie geführt hat, trotzdem unterbreche ich sie nicht. Ich weiß nicht mehr, was ich fühle. Es ist, als wäre ich ein einziges, riesiges, frei liegendes Nervenende. Als sie zum Ende kommt, ist es drei Uhr morgens.

»Wir müssen ein bisschen schlafen«, sagt sie.

Ich nicke. Sie geht ins Bad und duscht. Als sie wieder herauskommt, trägt sie einen Frottee-Bademantel und hat sich ein Handtuch um die Haare gebunden. Das Mondlicht setzt sie perfekt ins Szene, und ich glaube nicht, dass ich je etwas

Wunderbareres gesehen habe. Ich gehe ins Bad, ziehe mich aus, dusche. Als ich herauskomme, trage ich ein Handtuch um die Hüfte. Abgesehen von einer schwachen Nachttischlampe ist das Licht aus. Maura steht da. Das Handtuch um die Haare hat sie abgenommen. Den Bademantel trägt sie noch. Sie sieht mich an. Jetzt sind alle Masken gefallen. Ich gehe mit schnellen Schritten auf sie zu. Wir wissen es beide. Keiner spricht es aus. Ich nehme sie in die Arme und küsse sie. Sie erwidert den Kuss, und ihre Zunge schlängelt sich in meinen Mund. Sie zieht mein Handtuch weg. Ich reiße ihren Bademantel auf.

Nie zuvor habe ich etwas Vergleichbares erlebt. Dieser Hunger, die Raserei, das Begehren, die Genesung. Es ist hart und liebevoll. Es ist sanft, es ist rau. Es ist ein Tanz und eine Keilerei. Es ist unbändig und intensiv und wild und fast unerträglich zärtlich.

Als es zu Ende ist, sinken wir beide aufs Bett, verblüfft, erschüttert, als würden wir nie wieder dieselben sein, was wahrscheinlich auch so sein wird. Schließlich dreht sie sich so, dass sie ihren Kopf auf meine Brust und ihre Hand auf meinen Bauch legen kann. Wir reden nicht. Wir starren an die Decke, bis uns die Augen zufallen.

Mein letzter Gedanke vor dem Einschlafen ist sehr einfach: *Verlass mich nicht. Verlass mich nie wieder.*

DREISSIG

Bei Sonnenaufgang lieben wir uns noch einmal.
Maura rollt sich auf mich. Unsere Blicke treffen sich, bleiben aneinander hängen. Dieses Mal ist es langsamer, beseelter, behaglicher, verletzlicher. Hinterher, als wir auf dem Rücken liegen und in die Stille hinaufstarren, meldet ein kurzes Ping die Ankunft einer SMS. Sie ist von Muse und knapp gehalten:

Nicht vergessen. Pünktlich um 9.

Ich zeige sie Maura. »Meine Chefin.«
»Könnte eine Falle sein.«
Ich schüttele den Kopf. »Muse hatte mich schon hinbestellt, bevor ich mich mit Reeves getroffen habe.«
Ich liege noch auf dem Rücken. Maura dreht sich um und legt ihr Kinn auf meine Brust. »Glaubst du, dass sie Andy Reeves schon gefunden haben?«
Das habe ich mich auch gefragt. Ich weiß, wie die Sache laufen wird: Zuerst fällt der gelbe Mustang jemandem auf, der womöglich auf der Stelle die Polizei ruft, die dann womöglich die Räumlichkeiten durchsucht. Wie auch immer. Jedenfalls finden sie die Leiche. Hatte Reeves einen Ausweis dabei? Wahrscheinlich. Wenn nicht, kriegen sie seinen Namen über das Autokennzeichen heraus. Sie finden seinen Terminplan und sehen darin, dass er am Abend im Hunk-A-Hunk-A

aufgetreten ist. So ein Club hat sicher Überwachungskameras auf dem Parkplatz.

Und ich werde auf den Videos sein.

Und mein Wagen auch. Auf den Videos wird zu sehen sein, wie ich mit dem Opfer, Reeves, in seinen gelben Mustang einsteige.

Ich werde die letzte Person sein, die ihn lebend gesehen hat.

»Wir können auf dem Weg am Tatort vorbeifahren«, sage ich. »Nachsehen, ob die Cops schon da sind.«

Maura rollt sich zur Seite und steht auf. Ich will dasselbe tun, sehe mich dann aber gezwungen, noch einen Moment zu verharren und sie voller Ehrfurcht anzuschauen.

»Und warum hat deine Chefin dieses Meeting anberaumt?«

»Darüber möchte ich lieber nicht spekulieren«, sage ich. »Ich glaube aber nicht, dass es um etwas Angenehmes geht.«

»Dann geh nicht hin«, sagt sie.

»Was soll ich deiner Ansicht nach tun?«

»Brenn mit mir durch.«

Das könnte der beste Vorschlag sein, der mir jemals gemacht wurde. Aber ich werde nicht abhauen. Jedenfalls noch nicht. Ich schüttele den Kopf. »Wir müssen die Sache zu Ende bringen.«

Als Antwort zieht sie sich an. Ich folge ihrem Beispiel. Wir verlassen das Hotel. Maura führt uns zurück zum Parkplatz der Absteige. Wir schauen uns in der Umgebung um, entdecken keine Beschatter und beschließen, es zu riskieren. Wir steigen in den Wagen, mit dem wir gestern Abend hergekommen sind, und fahren in Richtung Route 280.

»Weißt du noch, wie man da hinkommt?«, frage ich.

Maura nickt. »Das Lagerhaus ist in Irvington, ganz in der Nähe vom Friedhof neben dem Parkway.«

Sie fährt ein Stück die 280 entlang, dann auf den Garden

State Parkway und biegt an der ersten Ausfahrt ab in die South Orange Avenue. Hinter einer in die Jahre gekommenen Einkaufszeile fahren wir nach rechts in ein Gewerbegebiet, das, wie so viele Gewerbegebiete in New Jersey, schon bessere Tage gesehen hat. Die Industrie geht, Fabriken schließen. So ist es nun einmal. Meistens hält der Fortschritt Einzug, und etwas Neues wird aufgebaut. Aber manchmal, so wie hier, werden die Lagerhäuser und Fabriken einfach dem Verfall überlassen, verwandeln sich in düstere Ruinen, werden zu Erinnerungen an eine glorreiche Vergangenheit.

Auf dem Grundstück sind weder Menschen noch Autos zu sehen, und auch sonst rührt sich absolut nichts. Es sieht aus wie in einem dystopischen Film nach einer Atombomben-Explosion. Wir fahren mit gleichbleibendem Tempo am gelben Mustang vorbei.

Hier war niemand. Wir sind sicher. Fürs Erste.

Maura fährt wieder auf den Parkway. »Wo ist dein Meeting?«

»Newark«, sage ich ihr. »Aber ich will noch duschen und mich umziehen.«

Sie lächelt verschmitzt. »Ich finde, du siehst toll aus.«

»Ich sehe befriedigt aus«, sage ich. »Das ist etwas anderes.«

»Auch wieder wahr.«

»Bei dem Meeting wird es um ernste Angelegenheiten gehen.« Ich deute auf mein Gesicht. »Also muss ich eine Möglichkeit finden, dieses Grinsen zum Verschwinden zu bringen.«

»Nur zu, versuch's doch.«

Wir lächeln wie zwei liebeskranke Idioten. Sie legt ihre Hand auf meine und lässt sie da liegen. »Also, wo soll es hingehen?«, fragt sie.

»Zum Hunk-A-Hunk-A«, sage ich. »Ich hole meinen Wagen und fahre nach Hause.«

»Okay.«

Einen Moment lang genießen wir gemeinsam die Ruhe. Dann sagt Maura leise: »Ich kann dir gar nicht sagen, wie oft ich den Telefonhörer abgenommen habe, um dich anzurufen.«

»Und warum hast du es nicht getan?«

»Was hätte uns das gebracht, Nap? Wohin hätte es geführt? Ein Jahr später, fünf Jahre später oder zehn Jahre später? Wenn ich dich angerufen und dir die Wahrheit erzählt hätte, wo wärst du dann jetzt?«

»Ich weiß es nicht.«

»Ich auch nicht. Also habe ich ein ums andere Mal mit dem Telefon in der Hand dagesessen und habe die Sache in Gedanken durchgespielt. Wie würdest du reagieren, wenn ich es dir erzähle? Wo wärst du? Ich wollte, dass du in Sicherheit bist. Und wer hätte mir geglaubt, wenn ich nach Hause gekommen wäre und die Wahrheit erzählt hätte? Niemand. Und falls es doch jemand getan hätte – falls die Polizei mich wider Erwarten ernst genommen hätte? Dann hätten die Typen von der Basis mich erst recht zum Schweigen bringen müssen, oder? Und dann habe ich das Ganze folgendermaßen betrachtet: Ich war in der Nacht allein im Wald. Ich bin abgehauen und jahrelang untergetaucht. Vielleicht würden die Typen von der Basis mir Leos und Dianas Tod anhängen. Wäre für sie sicherlich kein Problem.«

Ich sehe ihr Profil an. Dann sage ich: »Was verschweigst du mir?«

Sie betätigt den Blinker etwas zu sorgfältig, umklammert das Lenkrad und blickt dabei die ganze Zeit konzentriert auf die Straße. »Es ist nicht leicht, das zu erklären.«

»Versuch's.«

»Ich habe lange auf der Straße gelebt, immer auf dem Sprung, habe mich im Verborgenen gehalten, am Rande der

Gesellschaft. Das geht schon so, seit ich erwachsen bin. Es ist das einzige Leben, das ich kenne. Die ewige Unrast. Ich hatte mich so sehr daran gewöhnt, an die Flucht, das Versteckspiel, dass ich gar nicht mehr entspannen konnte. Ich hatte keinen Boden mehr unter den Füßen. Auf meine Art bin ich ganz gut damit zurechtgekommen, immer bedroht, immer im Überlebenskampf. Aber wenn ich mal langsamer gemacht habe, wenn ich mal dazu kam, einen klaren Gedanken zu fassen …«

»Was war dann?«

Sie zuckt die Achseln. »Mein Leben war leer. Ich hatte nichts… niemanden. Ich hatte das Gefühl, dass das mein Schicksal war, weißt du? Solange ich in Bewegung blieb, war es in Ordnung – es schmerzte viel mehr, wenn ich über das nachdachte, was hätte sein können.« Sie umklammert das Lenkrad fester. »Was ist mit dir, Nap?«

»Was meinst du damit?«

»Wie war dein Leben?«

Ich will sagen: *Es wäre besser gewesen, wenn du geblieben wärst*, verkneife es mir aber. Stattdessen bitte ich sie, mich zwei Straßen vor dem Hunk-A-Hunk-A abzusetzen, sodass ich zum Club gehen kann und sie nicht auf einer Überwachungskamera zu sehen ist. Natürlich besteht auch die Möglichkeit, dass wir von einer anderen Kamera in der Umgebung erfasst werden, aber bis das jemand herausgefunden hat, ist diese Geschichte auf die eine oder andere Art erledigt.

Bevor ich aussteige, zeigt Maura mir noch einmal die neue App, die ich nutzen soll, wenn ich sie erreichen will. Angeblich ist sie nicht zurückverfolgbar, und die SMS werden fünf Minuten nach ihrer Ankunft automatisch gelöscht. Als sie fertig ist, reicht sie mir das Handy. Ich strecke die Hand aus, um die Tür zu öffnen. Ich bin drauf und dran, ihr das Versprechen abzunehmen, dass sie nicht untertaucht, dass sie, egal, was auch passiert, nicht einfach wieder verschwindet. Aber das ist nicht meine Art. Stattdessen küsse ich sie. Es ist ein sanfter, langer Kuss.

»Ich empfinde so viele Sachen gleichzeitig«, sagt sie.

»Ich auch.«

»Und ich will das auch alles empfinden. Ich will meine Gefühle dir gegenüber nicht im Zaum halten.«

Wir beide verstehen diese Beziehung mit all ihrer Offenheit sehr gut, oder? Wir sind beide keine Jugendlichen mehr, und ich verstehe, dass diese explosive Mischung aus Lust, Begehren, Gefahr und Nostalgie die Perspektive verzerren kann. Aber so ist das bei uns nicht. Ich weiß es. Und sie weiß es auch.

»Ich bin froh, dass du wieder da bist«, sage ich, was vermutlich die größte Untertreibung meines Lebens ist.

Maura küsst mich noch einmal, dieses Mal härter, sodass ich es im ganzen Körper spüre. Dann stößt sie mich weg, wie in diesem alten Song von Dan Hill, in dem es heißt, dass diese ganze Ehrlichkeit zu viel ist.

»Ich warte bei diesem Büro in Newark auf dich«, sagt sie.

Ich steige aus. Maura fährt davon. Mein Auto steht da, wo ich es gelassen habe. Natürlich ist das Hunk-A-Hunk-A geschlossen. Auf dem Parkplatz sind noch zwei weitere Fahrzeuge, und ich frage mich, ob ihre Besitzer auch vorgegeben haben, dass sie nicht mehr fahren konnten. Ich muss Augie über Mauras Rückkehr und Reeves' Ableben informieren.

Auf dem Nachhauseweg rufe ich ihn vom Handy aus an. Als Augie sich meldet, sage ich: »Muse erwartet mich um neun in ihrem Büro.«

»Worum geht's?«, fragt Augie.

»Das wollte sie mir nicht sagen. Außerdem muss ich dir vorher noch ein paar Dinge erzählen.«

»Ich höre.«

»Können wir uns um Viertel vor neun im Mike's treffen?«

Mike's ist ein Coffeeshop in der Nähe der Staatsanwaltschaft von New Jersey.

»Geht in Ordnung.«

Augie legt auf, ich biege in meine Einfahrt und parke. Als ich aus dem Wagen stolpere, höre ich jemanden lachen. Ich drehe mich um und sehe meine Nachbarin Tammy Walsh.

»Sieh an, wen haben wir denn da?«

Ich winke ihr zu. »Hey, Tammy.«

»War 'ne lange Nacht, was?«

»Hab gearbeitet.«

Doch Tammy lächelt, als stünde es mir ins Gesicht geschrieben. »Schon gut, alles klar, Nap.«

Ich kann mir ein Lächeln nicht verkneifen. »Du nimmst mir das nicht ab?«

»Absolut nicht«, sagt sie. »Aber schön für dich.«

»Danke.«

Was für ein Tag!

Ich dusche und versuche, mich wieder auf die Story zu konzentrieren. Im Großen und Ganzen kenne ich die Wahrheit jetzt, oder? Aber irgendetwas übersehe ich immer noch, Leo. Was ist es? Oder mache ich mir zu viele Gedanken? Die alte Basis hatte ein schreckliches Geheimnis – sie war eine Black Site für hochgefährliche, potenzielle Terroristen. Würde die Regierung Menschen töten lassen, um das geheim zu halten? Die Antwort ist so offensichtlich, dass es sich per Definition um eine rhetorische Frage handelt. Natürlich würde sie das. Irgendetwas hat die Männer auf der Basis in jener Nacht aufgeschreckt. Vielleicht Maura, die auf den Zaun zugerannt ist. Vielleicht haben sie auch dich und Diana zuerst entdeckt. Auf jeden Fall sind sie in Panik geraten.

Sie haben geschossen.

Du und Diana wurdet getötet. Was hätten Reeves und seine Kohorten also machen sollen? Sie konnten nicht einfach die Polizei rufen und erklären, was passiert war. Es hätte zu viele Fragen nach sich gezogen. Die Polizisten – besonders Augie – hätten keine Ruhe gegeben, bis sie herausbekommen hätten, was passiert war. Nein, in dieser Situation war die gute alte Vertuschung unabdingbar. Alle hier kannten die Geschichte der Bahngleise. Natürlich kann ich nicht im Einzelnen sagen, was passiert ist, ich vermute aber, dass sie die Kugeln aus euren Körpern entfernt und euch dann zu den Gleisen gebracht haben. Nach dem Aufprall des Zuges waren die Leichen in einem Zustand, der es jedem Gerichtsmediziner unmöglich machte, noch irgendwelche Hinweise zu finden.

Das klingt absolut plausibel. Also kenne ich doch sämtliche Antworten auf meine Fragen, oder?

Nur...

Nur dass Rex und Hank erst fünfzehn Jahre nach diesen Ereignissen ermordet wurden.

Wie passt das zusammen?

Jetzt sind nur noch zwei Mitglieder des Conspiracy Clubs am Leben. Beth, die untergetaucht ist, und Maura.

Was hat das also zu bedeuten? Ich weiß es nicht, aber vielleicht fällt Augie ja etwas dazu ein.

Mike's Coffee Shop & Pizzeria schafft es irgendwie, weder wie ein Coffeeshop noch wie eine Pizzeria auszusehen. Er liegt im Herzen Newarks, an der Ecke Broad Street und William Street und hat eine große, rote Markise. Augie sitzt am Fenster. Er starrt einen Mann an, der vor neun Uhr morgens schon ein Stück Pizza isst. Das Stück ist so obszön groß, dass der normal große Pappteller darunter wie eine Cocktailserviette wirkt. Augie will sich gerade darüber lustig machen, als er mein Gesicht sieht und es sich verkneift.

»Was ist passiert?«

Es gibt keinen Grund, die Sache in irgendeiner Form zu beschönigen. »Leo und Diana wurden nicht vom Zug getötet«, sage ich. »Sie wurden erschossen.«

Man muss Augie zugutehalten, dass er nicht mit einer der üblichen Verleugnungen einsteigt und »Was?«, »Wie kannst du so was sagen?«, »Es wurden keine Kugeln gefunden«, oder etwas in der Art einwendet. Er weiß, dass ich so etwas nicht grundlos behaupten würde.

»Erzähl.«

Das tue ich. Zuerst erzähle ich ihm von Andy Reeves. Ich sehe, dass er mich unterbrechen will, dass er einwenden will, nichts davon beweise, dass Reeves oder seine Männer Diana und Leo getötet hätten, dass er mich gefoltert habe, weil er die Existenz der Black Site weiterhin geheim halten wolle. Aber er unterbricht mich nicht. Er kennt mich gut genug.

Als ich an die Stelle komme, an der Maura mich rettet, überspringe ich für den Moment, wie Reeves gestorben ist. Ich würde mein Leben in Augies Hände legen, es besteht jedoch kein Grund, ihn in eine Situation zu bringen, in der er womöglich bezeugen müsste, was ich ihm erzählt habe. Oder anders ausgedrückt: Wenn ich Augie nicht erzähle, dass Maura Reeves erschossen hat, kann er das unter Eid auch nicht aussagen.

Ich fahre fort. Ich sehe, dass meine Worte bei meinem Mentor den Effekt von Körpertreffern haben. Ich will eine Pause machen, ihm Zeit geben durchzuatmen und sich zu sammeln, weiß aber, dass es dadurch nur noch schlimmer werden würde. Und er würde es nicht wollen. Also setze ich die Offensive ungebremst fort.

Ich erzähle Augie von dem Schrei, den Maura gehört hat.

Ich erzähle Augie von den Schüssen und der darauffolgenden Stille.

Als ich fertig bin, lehnt Augie sich zurück. Er sieht aus dem Fenster und blinzelt zweimal.

»Dann wissen wir es jetzt«, sagt er.

Ich antworte nicht. Wir sitzen nur da. Jetzt, da wir die Wahrheit kennen, warten wir darauf, dass sich etwas verändert, die Welt in einem anderen Licht erscheint. Aber der Kerl isst immer noch sein riesiges Pizzastück. Noch immer fahren Autos die Broad Street entlang. Noch immer gehen die Menschen zur Arbeit. Nichts ist anders als vorher.

Du und Diana, ihr seid immer noch tot.

»Ist es vorbei?«, fragt Augie.

»Was soll vorbei sein?«

Er breitet die Arme aus, als wollte er die ganze Welt umschließen.

»Es fühlt sich nicht so an, als ob es vorbei wäre«, sage ich.

»Soll heißen?«

»Diejenigen, die an Leos und Dianas Tod beteiligt waren, müssen ihre gerechte Strafe bekommen.«

»Hattest du nicht gesagt, dass er tot ist?«

Er. Augie nennt Andy Reeves' Namen nicht. Zur Sicherheit.

»In jener Nacht waren noch andere Personen auf der Basis.«

»Und die willst du alle schnappen?«

»Du nicht?«

Augie wendet sich ab.

»Irgendjemand hat abgedrückt«, sage ich. »Das war vermutlich nicht Reeves. Jemand hat sie aus dem Wald geholt und in ein Fahrzeug gelegt. Jemand hat die Kugeln aus ihren Körpern entfernt. Jemand hat die Leiche deiner Tochter auf ein Bahngleis geworfen und…«

Augie zuckt. Er hat die Augen geschlossen.

»Du warst wirklich ein toller Lehrer, Augie. Deshalb kann

ich nicht einfach weitermachen und die Sache auf sich beruhen lassen. Du hast immer gegen die Ungerechtigkeit gekämpft. Mehr als jeder andere, den ich kannte, hast du darauf bestanden, dass die Übeltäter für ihre Taten zur Rechenschaft gezogen werden. Du hast mir beigebracht, dass, wenn wir der Gerechtigkeit nicht genüge tun – wenn niemand bestraft wird –, das Gleichgewicht nicht wiederhergestellt werden kann.«

»Du hast Andy Reeves bestraft«, sagt er.

»Das reicht nicht.«

Ich beuge mich vor. Ich habe unzählige Male gesehen, wie Augie zugeschlagen hat. Er war es, der mir geholfen hat, als ich mir meinen ersten »Trey« zur Brust genommen habe, ein abartiges, schleimiges Dreckstück, den ich festgenommen hatte, weil er sich sexuell an einem sechsjährigen Mädchen vergangen hatte, der Tochter seiner Freundin. Das Verfahren wurde wegen eines Formfehlers eingestellt, und er war auf dem Heimweg – zurück zu dem kleinen Mädchen. Also haben Augie und ich ihn gestoppt.

»Was verschweigst du mir, Augie?«

Er stützt den Kopf in beide Hände.

»Augie?«

Er reibt sich das Gesicht. Als er mich wieder ansieht, sind seine Augen gerötet. »Du sagst, Maura gibt sich die Schuld, weil sie auf den Zaun zugerannt ist?«

»Zumindest zum Teil, ja.«

»Sie hat sogar gesagt, dass es ihre Schuld gewesen sein könnte.«

»Das ist es aber nicht.«

»Aber es kommt ihr so vor, oder? Denn wenn sie nicht so bekifft gewesen und losgerannt wäre ... das hat sie doch gesagt, oder?«

»Worauf willst du hinaus?«, frage ich.

»Willst du Maura bestrafen?«

Ich sehe ihm in die Augen. »Was zum Teufel geht hier vor, Augie?«

»Willst du das?«

»Natürlich nicht.«

»Obwohl sie mitverantwortlich sein könnte?«

»Das ist sie nicht.«

Er lehnt sich zurück. »Maura hat dir von den hellen Scheinwerfern erzählt. Und von dem Lärm. Du fragst dich vielleicht, warum das niemand gemeldet hat, richtig?«

»Richtig.«

»Na ja, du kennst das Gebiet. Die Meyers wohnten ziemlich nah an der Basis. In der Sackgasse. Und die Häuser der Carlinos und Brannums waren auch nicht viel weiter entfernt.«

»Moment.« Jetzt begreife ich, worauf er hinauswill. »Ihr habt einen Anruf bekommen?«

Er blickt zur Seite. »Dodi Meyer. Sie sagte, an der Basis würde irgendetwas passieren. Sie hat vom Licht erzählt. Sie dachte… sie dachte, da wären vielleicht ein paar Jugendliche eingedrungen, die die Scheinwerfer eingeschaltet und ein paar Feuerwerkskörper gezündet hätten.«

Ich spüre, wie sich ein Gewicht auf meine Brust legt. »Und was habt ihr gemacht, Augie?«

»Ich war im Büro. Der Telefonist hat mich gefragt, ob ich mich darum kümmern will. Es war spät. Der andere Streifenwagen war wegen häuslicher Gewalt unterwegs. Also habe ich mich dazu bereit erklärt.«

»Was ist passiert?«

»Als ich oben ankam, waren die Scheinwerfer wieder aus. Mir ist… Am Tor ist mir ein Pickup-Truck ins Auge gefallen. Er war abfahrbereit. Die Ladefläche war mit einer Plane bedeckt. Ich habe am Zaun geklingelt. Andy Reeves ist rausgekommen. Es war spätnachts, trotzdem habe ich mich nicht gefragt, warum noch so viele Leute in einer Außenstelle des Landwirtschaftsministeriums arbeiteten. Deine Geschichte über eine Black Site überrascht mich nicht. Ich wusste zwar nicht genau, was da vorging, aber ich habe meiner Regierung törichterweise soweit vertraut, dass sie schon das Richtige tut. Jedenfalls ist Andy Reeves ans Tor gekommen. Ich habe ihm erzählt, dass man uns eine Ruhestörung gemeldet hätte.«

»Was hat er gesagt?«

»Dass ein Hirsch in den Zaun gesprungen ist. Der hätte den Alarm ausgelöst, worauf sich auch die Scheinwerfer eingeschaltet hätten. Er sagte, einer seiner Leute wäre in Panik geraten und hätte gefeuert. Daher die Schüsse. Er sagte, der Wachmann hätte den Hirsch abgeschossen. Dabei deutete er auf die Plane über der Ladefläche des Pickups.«

»Hast du ihm das abgenommen?«

»Ich weiß nicht. Nicht so ganz. Aber das war geheimes Regierungsgelände. Also hab ich es akzeptiert.«

»Was hast du dann gemacht?«

Seine Stimme kommt aus unendlicher Ferne. »Ich bin nach Hause gefahren. Mein Dienst war zu Ende. Ich bin ins Bett gegangen, und ein paar Stunden später…« Er beendet den Gedankengang mit einem Achselzucken, aber ich bin nicht bereit, das auf sich beruhen zu lassen.

»Und da hast du den Anruf wegen Diana und Leo bekommen.«

Augie nickt. Seine Augen sind feucht.

»Und du hast keine Verbindung zwischen diesen Geschehnissen gesehen?«

Er überlegt. »Vielleicht wollte ich die nicht sehen. Auf die Weise war es nicht meine Schuld – ähnlich wie bei Maura, nach der ich dich eben gefragt habe. Vielleicht war es eine Rechtfertigung, weil ich mir meine eigenen Fehler nicht eingestehen wollte, aber ich habe damals keine Verbindung gesehen.«

Mein Handy vibriert. Ich sehe, dass es 9:10 Uhr ist, noch bevor ich Muses SMS lese:

Wo zum T bist du?

Ich schicke eine Antwort: Bin sofort da.

Ich stehe auf. Er sieht zu Boden.

»Du kommst zu spät zu deinem Meeting«, sagt er, ohne aufzublicken. »Geh.«

Ich zögere. In gewisser Hinsicht erklärt das fast zu viel – Augies jahrelange Verschlossenheit, sein Beharren darauf, dass es nur eine Dummheit von zwei bekifften Jugendlichen gewesen war, seine Distanziertheit. Sein Kopf hat nicht zugelassen, dass er eine Verbindung zwischen der Ermordung seiner Tochter und seinem spätabendlichen Besuch auf der Basis herstellte. Denn dann hätte er womöglich eine weitere Schuld auf sich geladen, weil er dieser Sache nicht nachgegangen ist. Als ich mich umdrehe und zum Ausgang gehe, frage ich mich, ob ich das Richtige getan habe. Ich frage mich, ob ich ihm das alles aufbürden, ihn wieder ins Unglück stürzen darf, ob er jetzt nicht jeden Abend, wenn er die Augen schließt, die Plane auf der Ladefläche des Pickups sieht und sich fragt, was darunter lag? Oder macht er das unbewusst sowieso schon seit Langem? Hat er sich so schnell mit dieser einfachen Erklärung für den Tod seiner Tochter zufriedengegeben, weil er nicht in der Lage war zu akzeptieren, dass er selbst auch eine kleine Nebenrolle bei all dem gespielt hat?

Mein Handy klingelt. Es ist Muse. »Ich bin fast da«, sage ich.

»Was zum Teufel hast du getan?«
»Wieso? Was gibt's?«
»Sieh einfach zu, dass du herkommst.«

EINUNDDREISSIG

Das Büro der Staatsanwaltschaft von Essex County befindet sich an der Market Street im Veterans Courthouse. Ich arbeite hier, also kenne ich mich im Gebäude gut aus. Hier herrscht immer Hochbetrieb – mehr als ein Drittel aller Kriminalfälle New Jerseys werden hier verhandelt. Während ich hineingehe, höre ich ein mir unbekanntes Ping-Geräusch von meinem Handy, und nach kurzem Nachdenken wird mir klar, dass die neue App, die Maura installiert hat, dafür verantwortlich ist. Ich lese ihre SMS.

> Bin noch mal vorbeigefahren. Cops haben gelben Mustang gefunden.

Das ist natürlich nicht gut, trotzdem wird es noch eine Weile dauern, bis der von mir skizzierte Ablauf sie zu mir führen kann. Ich habe noch Zeit. Wahrscheinlich. Ich antworte:

> Ok. Gehe jetzt ins Meeting.

Loren Muse empfängt mich an der Tür und durchbohrt mich mit ihrem finsteren Blick. Die kleine Frau steht zwischen zwei großen Anzugträgern. Der Jüngere der beiden, ein dünner, drahtiger Mann, mustert mich mit unnachgiebigen Augen. Der Ältere trägt einen Heiligenschein aus zu langen Haaren rund um seine Glatze. Sein hervorstehender Bauch führt einen harten Kampf mit den Hemdknöpfen. Als wir ins Büro treten, sagt der Ältere: »Ich bin Special Agent Rockdale. Das ist Special Agent Krueger.«

FBI. Wir schütteln uns die Hände. Natürlich versucht Krueger, mich mit einem dominanten Händedruck zu beeindrucken. Ich blicke ihn stirnrunzelnd an.

Als das erledigt ist, wendet Rockdale sich an Muse und sagt: »Vielen Dank für Ihre Kooperation, Ma'am. Wir wären Ihnen sehr verbunden, wenn Sie jetzt gehen würden.«

Muse gefällt das nicht. »Ich soll gehen?«

»Ja, Ma'am.«

»Das ist mein Büro.«

»Und das FBI weiß Ihre Kooperation in dieser Angelegenheit sehr zu schätzen, aber wir müssen uns wirklich allein mit Detective Dumas unterhalten.«

»Nein«, sage ich.

Sie sehen mich an. »Wie bitte?«

»Mir wäre es lieber, wenn Staatsanwältin Muse bei allen Vernehmungen zugegen ist.«

»Sie werden keines Verbrechens verdächtigt«, sagt er.

»Ich möchte trotzdem, dass sie hierbleibt.«

Rockdale wendet sich wieder an Muse.

Muse sagt: »Sie haben gehört, was der Mann gesagt hat.«

»Ma'am…«

»Hören Sie auf, mich Ma'am zu nennen.«

»Frau Staatsanwältin, entschuldigen Sie. Sie haben doch einen Anruf von Ihrem Vorgesetzten erhalten, nicht wahr?«

Muse lächelt gezwungen, als sie antwortet: »Das habe ich, ja.«

Ich weiß, dass ihr Vorgesetzter der Gouverneur von New Jersey ist.

»Und er hat Sie gebeten, mit uns zu kooperieren und

die Zuständigkeit für diese Angelegenheit, die die nationale Sicherheit betrifft, in unsere Hände zu legen, nicht wahr?«

Mein Handy vibriert. Ich werfe einen schnellen Blick darauf und stelle überrascht fest, dass es eine SMS von meiner Nachbarin Tammy ist.

Ein Transporter mit Männern, die dein Haus durchsuchen.
In FBI-Jacken.

Damit war zu rechnen. Sie suchen das Original der Videokassette. Bei mir im Haus werden sie sie nicht finden. Ich habe sie vergraben – wo wohl? –, im Wald bei der alten Basis.

»Der Gouverneur hat mich kontaktiert«, fährt Muse fort, »allerdings hat Detective Dumas um Beistand gebeten...«

»Das ist irrelevant.«

»Wie bitte?«

»Es handelt sich um eine Angelegenheit, die die nationale Sicherheit betrifft. Die Dinge, über die wir sprechen, sind streng geheim.«

Muse sieht mich an. »Nap?«

Ich überlege. Ich denke an die Punkte, die Augie angesprochen hat, daran, was wir für uns behalten sollten, wer schuld an dem ist, was mit Leo passiert ist und wie ich der Sache ein für alle Mal auf den Grund gehen kann.

Wir stehen immer noch in der Tür. Muses vier Mitarbeiter tun so, als würden sie nicht zuhören. Ich sehe die beiden Agenten an. Rockdale steht mit stoischer Miene da. Krueger schließt und öffnet die Faust immer wieder und betrachtet mich mit einem Blick, als wäre ich etwas, das aus einem Hundehintern gefallen ist.

Mir reicht's.

Also wende ich mich an Muse und sage so laut, dass es auch

ihre Mitarbeiter hören: »Vor fünfzehn Jahren war die alte Nike-Raketenbasis in Westbridge eine illegale Black Site, in der amerikanische Staatsbürger festgehalten und verhört wurden, weil sie in Verdacht standen, mit terroristischen Vereinigungen zusammenzuarbeiten. Eine Gruppe Jugendlicher aus der Highschool, zu der auch mein verstorbener Zwillingsbruder gehörte, hat ein Video gedreht, auf dem ein Black-Hawk-Hubschrauber nachts auf der Basis landet. Sie wollen, dass ich ihnen die Videokassette aushändige.« Ich deute auf die beiden Agenten. »Ihre Kollegen durchsuchen gerade mein Haus, wo sie die Kassette übrigens nicht finden werden.«

Kruegers Augen weiten sich vor Schreck und Wut. Er stürzt sich auf mich, seine Hand schießt vor, um mir die Luft abzudrücken. Du musst das verstehen, Leo. Ich bin gut mit den Fäusten. Ich trainiere viel und bin, wie du weißt, von Natur aus ziemlich sportlich. Trotzdem gehe ich davon aus, dass der Typ mich normalerweise ohne große Probleme außer Gefecht setzen kann. Wie soll ich also erklären, was jetzt passiert? Wie kann ich erklären, dass ich schnell genug reagiere, um seinen Angriff mit dem Unterarm zu parieren? Es ist ganz einfach:

Sein Angriff richtet sich gegen meine Kehle.

Den Körperteil, der mir die Luftzufuhr garantiert.

Und seit der letzten Nacht, als ich an diesem Tisch festgebunden war, lässt ein Urinstinkt in mir das einfach nicht zu. Durch eine gleichermaßen unbewusste wie nahezu übernatürliche Reaktion schütze ich diesen Körperteil, ganz egal, was auch geschieht.

Das Problem liegt darin, dass die Sache mit der Abwehr des Schlags nicht erledigt ist. Man muss zurückschlagen. Ich ramme ihm die Handwurzel mit ausgestrecktem Arm auf den Solarplexus. Volltreffer. Krueger sinkt auf ein Knie und bekommt keine Luft mehr. Ich springe mit erhobenen Fäusten zur Seite, falls sein Kollege mitmischen will. Das will er nicht. Er starrt seinen auf dem Boden knienden Kameraden schockiert an.

»Sie haben gerade einen Bundesagenten geschlagen«, sagt Rockdale dann.

»In Notwehr«, schreit Muse. »Was zum Henker stimmt mit euch nicht?«

Er faucht sie an: »Ihr Mann hat gerade streng geheime Informationen ausgeplaudert, was illegal ist, besonders wenn es eine Lüge ist.«

»Wie kann es streng geheim sein«, faucht Muse zurück, »wenn es eine Lüge ist?«

Wieder vibriert mein Handy, und als ich Ellies SMS sehe, weiß ich, dass ich hier so schnell wie möglich rausmuss.

HAB BETH GEFUNDEN.

»Hören Sie«, sage ich, »tut mir leid, okay, lassen Sie uns reingehen und die Sache in Ordnung bringen.« Ich gehe zu Krueger, um ihm aufzuhelfen. Ihm gefällt das nicht, und er stößt meine Hand weg, die Kampfbereitschaft ist aber fürs Erste verflogen. Ich spiele weiter den Friedfertigen, als wir in Muses Büro gehen. Ich habe einen Plan, einen aberwitzig simplen Plan, aber manchmal sind das die besten. Kaum haben wir Platz genommen, es sitzen gerade alle auf ihren Stühlen, stehe ich auf und sage: »Ich, äh, brauche mal eben zwei Minuten.«

Muse fragt: »Was ist los?«

»Nichts.« Ich versuche etwas verlegen dreinzublicken. »Ich muss nur schnell zur Toilette. Ich bin sofort wieder da.«

Ich warte nicht auf Erlaubnis. Schließlich bin ich erwachsen, oder? Ich verlasse Muses Büro und gehe den Flur entlang. Keiner folgt mir. Vor mir ist die Tür zur Herrentoilette.

Ich gehe daran vorbei zur Treppe, renne hinunter ins Erdgeschoss, wo ich das Tempo ein wenig herunterfahre und locker weiterjogge.

Keine sechzig Sekunden nach dem Verlassen von Muses Büro bin ich draußen und bringe Abstand zwischen mich und die FBI-Agenten.

Ich rufe Ellie an. »Wo ist Beth?«, frage ich.

»Auf der Farm ihrer Eltern in Far Hills. Ich glaube zumindest, dass sie es ist. Wo bist du?«

»Newark.«

»Ich simse dir die Adresse. Die Fahrt dürfte keine Stunde dauern.«

Ich lege auf und gehe schnell durch die Market Street. Dann biege ich in die University Avenue und rufe Maura über die neue App an. Ich mache mir Sorgen, dass sie nicht rangeht, dass sie wieder im Nichts verschwunden ist, aber sie meldet sich sofort.

»Was gibt's?«, fragt Maura.

»Wo bist du?«

»Ich stehe in zweiter Reihe vor dem Büro der Staatsanwaltschaft an der Market Street.«

»Fahr Richtung Osten und bieg rechts ab in die University Avenue. Wir müssen eine alte Freundin besuchen.«

ZWEIUNDDREISSIG

Als ich bei Maura im Wagen sitze, schreibe ich Muse eine SMS:

Entschuldige. Erklärung später.

»Wo fahren wir hin?«, fragt Maura.
»Wir besuchen Beth.«
»Du hast sie gefunden?«
»Ich nicht, aber Ellie.«
Ich gebe die Adresse, die Ellie mir gesimst hat, in meine Navigations-App ein. Die App behauptet, die Fahrt würde achtunddreißig Minuten dauern. Wir verlassen die Stadt Richtung Westen zur Route 78.
»Hast du eine Ahnung, wie Beth Lashley in die Sache hineinpasst?«, fragt Maura.
»Die drei waren in jener Nacht auch da«, sage ich. »An der Basis, meine ich. Rex, Hank und Beth.«
Maura nickt. »Klingt logisch. Dann hatten wir alle einen Grund zu fliehen.«
»Was die anderen allerdings nicht getan haben. Wenigstens nicht sofort. Sie haben ihren Highschool-Abschluss gemacht. Dann sind sie auf die Uni gegangen. Zwei von ihnen, Rex und Beth, sind nicht nach Westbridge zurückgekehrt. Sie sind zwar nicht direkt abgetaucht, haben aber meiner Meinung nach deutlich zu erkennen gegeben, dass sie nichts mehr

mit Westbridge zu tun haben wollten. Bei Hank, tja, da war es etwas anderes. Er ist Tag für Tag den ganzen Weg von der alten Basis durch die Stadt zu den Bahngleisen zu Fuß gegangen. Als hätte er die Strecke nachmessen wollen. Als hätte er versucht herauszubekommen, wie Leo und Diana dort hingekommen sind. Inzwischen glaube ich, das begriffen zu haben. Wahrscheinlich hat er sie, so wie du, das letzte Mal an der Basis gesehen, als sie erschossen wurden.«

»Ich habe nicht direkt gesehen, wie sie erschossen wurden.«

»Ich weiß. Aber sagen wir, der Conspiracy Club mit Ausnahme von dir wäre vollzählig dort gewesen – Leo, Diana, Hank, Beth und Rex. Nehmen wir an, sie hätten die Scheinwerfer gesehen, die Schüsse gehört und wären geflohen. Vielleicht haben Hank und die anderen gesehen, wie Leo und Diana erschossen wurden. Sie hatten eine Heidenangst, genau wie du. Am nächsten Tag haben sie dann erfahren, dass die Leichen auf der anderen Seite der Stadt an den Bahngleisen gefunden wurden. Das muss sie verwirrt haben.«

Maura nickt. »Wahrscheinlich hätten sie vermutet, dass die Männer von der Basis sie dahin gebracht haben.«

»Genau.«

»Trotzdem sind sie in der Stadt geblieben.« Maura fädelt sich auf dem Highway ein. »Also müssen wir annehmen, dass Reeves und die Männer von der Basis nichts von Hank, Rex und Beth wussten. Vielleicht waren nur Leo und Diana so nah am Zaun, dass man sie sehen konnte.«

Das klingt logisch. »Und wenn ich Reeves' Reaktion richtig interpretiere, wusste er nichts von dem Video.«

»Dann hätten sie mich für die einzige lebende Zeugin gehalten«, sagt sie. »Bis vor Kurzem.«

»Genau.«

»Aber was hat sie verraten? Das ist fünfzehn Jahre her.«

Ich denke intensiv darüber nach und finde eine mögliche Antwort. Maura hat mich aus den Augenwinkeln beobachtet und es in meinem Gesicht gesehen. »Was glaubst du?«

»Das virale Video.«

»Was für ein virales Video?«

»In dem behauptet wird, dass Hank sich angeblich entblößt hat.«

Ich erzähle ihr von dem Video mit Hank, davon, wie es sich rasend schnell verbreitet hat, und dass die meisten Leute seine Ermordung für einen Akt der Selbstjustiz halten. Als ich fertig bin, fragt Maura: »Du glaubst also, irgendjemand von der Basis hat das Video gesehen und darauf womöglich Hank wiedererkannt, den er in jener Nacht gesehen hatte?«

Ich schüttele den Kopf. »Das ergibt keinen Sinn, oder? Wenn sie Hank in jener Nacht gesehen hätten …«

»Dann hätten sie ihn früher ausfindig gemacht.«

Wir übersehen immer noch irgendetwas, inzwischen bin ich allerdings überzeugt, dass das Ganze mit diesem viralen Video zusammenhängt. Fünfzehn Jahre lang waren die drei in Sicherheit. Dann ist das Video von Hank auf dem Schulgelände viral geworden.

Es muss eine Verbindung geben.

Auf einem braunen Schild mit einem Reiter in roter Jacke steht: »Willkommen in Far Hills«. Dies ist kein Farmland. Nicht mehr. In diesem Teil von Somerset County hat sich die gut betuchte Landbevölkerung angesiedelt, die auf großen Grundstücken mit riesigen Häusern so wohnen wollen, dass sie ihre Nachbarn kaum zu Gesicht bekommen. Ich kenne einen Philanthropen, der sich hier draußen einen Drei-loch-Golfkurs auf seinem Grundstück hat anlegen lassen. Andere besitzen Pferde oder bauen Äpfel an, um daraus Cider zu keltern, oder üben sonst irgendeine Tätigkeit aus, die man allenfalls als gehobene Hobby-Landwirtschaft bezeichnen kann.

Wieder betrachte ich Mauras Gesicht und bin einfach überwältigt. Ich strecke die Hand aus und lege sie auf ihre. Maura lächelt mir zu, ein Lächeln, das mir durch Mark und Bein geht, mein Blut in Wallung bringt und das meine Nerven auf eine wunderbare Art in Schwingungen versetzt. Sie nimmt meine Hand, führt sie an ihre Lippen, küsst den Handrücken.

»Maura?«

»Ja?«

»Wenn du wieder fliehen musst, gehe ich mit.«

Sie drückt meine Hand an ihre Wange. »Ich verlasse dich nicht, Nap. Nur, damit du es weißt. Ganz egal, ob wir bleiben, gehen, leben, sterben, ich werde dich nie wieder verlassen.«

Mehr sagen wir nicht. Wir haben es begriffen. Wir sind keine hormongesteuerten Teenager mehr, deren Liebe unter einem schlechten Stern steht. Wir sind argwöhnische, kampferprobte Haudegen und wissen, was das bedeutet. Keine Heuchelei, kein Hinhalten, keine Spielchen.

Ellie erwartet uns gleich um die Ecke von Beth' vermeintlicher Adresse. Wir halten hinter ihrem Wagen und steigen aus. Ellie und Maura umarmen sich. Sie haben seit fünfzehn Jahren keinen persönlichen Kontakt gehabt – seit Ellie Maura nach jener Nacht in ihrem Schlafzimmer versteckt hat. Dann gehen wir alle zu Ellies Auto. Ellie fährt, ich nehme den Beifahrersitz, Maura setzt sich nach hinten. Wir fahren zu dem geschlossenen Tor und blockieren die Zufahrt.

Ellie drückt den Knopf auf der Gegensprechanlage. Keine Antwort. Sie drückt ihn noch einmal. Immer noch nichts.

Ich sehe das weiße Farmhaus in der Ferne. Wie alle anderen weißen Farmhäuser, die ich je gesehen habe, wirkt es beeindrückend und weckt sofort nostalgische Gefühle, sodass man sich direkt vorstellen kann, unter diesem Dach ein schlichteres, glücklicheres Leben führen zu können. Ich steige aus und rüttele am Tor. Keine Chance.

Ich werde jetzt nicht einfach wieder nach Hause fahren. Ich gehe zum Palisadenzaun neben der Zufahrt, stemme mich hinauf und springe auf der anderen Seite herunter. Ich winke Ellie und Maura, dass sie bleiben sollen, wo sie sind. Das Farmhaus liegt rund zweihundert Meter entfernt. Da es keine Bäume oder sonst irgendetwas gibt, hinter dem man sich verstecken kann, erspare ich mir die Mühe. Ich gehe ganz offen die ebene Zufahrt entlang.

Als ich mich dem Haus nähere, sehe ich einen Volvo Kombi in der Garage stehen. Das Kennzeichen verrät, dass er aus Michigan ist. Beth lebt in Ann Arbor. Man muss kein großer Detektiv zu sein, um daraus zu schließen, dass es sich vermutlich um ihren Wagen handelt.

Ich gehe nicht direkt zur Tür, um zu klingeln. Wenn Beth im Haus ist, weiß sie schon, dass wir hier sind. Ich gehe ums Haus herum und blicke durch die Fenster. Hinten fange ich an.

Als ich am Küchenfenster stehe, sehe ich Beth. Vor ihr steht eine fast leere Flasche Jameson. Das Glas daneben ist halb voll.

Auf ihrem Schoß liegt ein Gewehr.

Ich beobachte, wie sie die Hand ausstreckt, das Glas mit zittriger Hand ergreift und einen Schluck trinkt. Sie bewegt sich langsam und bedächtig. Jetzt ist nicht nur die Flasche fast leer, sondern auch das Glas. Ich überlege, wie ich vorgehen soll, habe aber immer noch keine Lust, die Sache unnötig in die Länge zu ziehen. Ich schleiche zur Hintertür, hebe den Fuß und trete sie direkt über dem Knauf ein. Das Holz gibt nach wie ein spröder Zahnstocher. Ich zögere keinen Moment.

Mit dem Schwung des Tritts lege ich die knapp zwei Meter bis zum Tisch in ein bis zwei Sekunden zurück.

Beth reagiert langsam. Sie greift erst so spät nach dem Gewehr, dass ich es ihr einfach aus der Hand nehmen kann.

Sie starrt mich kurz an. »Hallo, Nap.«

»Hallo, Beth.«

»Dann bring's schon hinter dich«, sagt sie. »Erschieß mich.«

DREIUNDDREISSIG

Ich entlade das Gewehr, werfe die Patronen in eine Ecke, das Gewehr in eine andere. Dann teile ich den anderen über Mauras App mit, dass alles in Ordnung ist und sie bleiben sollen, wo sie sind. Beth starrt mich mit einem aufsässigen Blick an. Ich setze mich ihr gegenüber an den Küchentisch.

»Warum sollte ich dich erschießen wollen?«, frage ich.

Beth sieht noch fast genauso aus wie früher auf der Highschool. Mir ist aufgefallen, dass die Frauen meines Jahrgangs, die jetzt also Mitte dreißig sind, mit den Jahren attraktiver geworden sind. Warum, kann ich nicht sagen, vielleicht hat es etwas mit Reife und Selbstbewusstsein zu tun, vielleicht ist es aber auch etwas Greifbareres, die stärkere Definition der Muskeln oder die straffere Haut im Bereich der Wangenknochen. Als ich Beth jetzt gegenübersitze, weiß ich nur, dass ich kein Problem habe, in ihr das Mädchen zu sehen, das im Schulorchester die erste Geige gespielt und in der Senior Award Night das Biologiestipendium bekommen hat.

»Rache«, sagt sie. Sie lallt leicht.

»Rache wofür?«

»Vielleicht auch, um uns zum Schweigen zu bringen. Die Wahrheit zu kaschieren. Was aber dumm wäre, Nap. Wir haben fünfzehn Jahre lang nicht einen Piep gesagt. Und ich schwöre bei Gott, dass ich niemals etwas gesagt hätte.«

Ich weiß nicht, wie ich weiter vorgehen soll. Sage ich ihr,

dass sie sich entspannen soll, dass ich ihr nichts antun werde? Offenbart sie sich mir dann? Oder lasse ich sie im Ungewissen und deute an, dass sie nur überleben wird, wenn sie den Mund aufmacht?

»Du hast Familie«, sage ich.

»Zwei Jungs. Acht und sechs Jahre alt.«

Ich sehe jetzt die nackte Angst in ihren Augen, es wirkt fast, als würde sie von Sekunde zu Sekunde nüchterner werden. Ich will nicht, dass sie leidet. Ich will nur die Wahrheit erfahren.

»Erzähl mir, was in jener Nacht passiert ist.«

»Du weißt es wirklich nicht?«

»Ich weiß es wirklich nicht.«

»Was hat Leo dir erzählt?«

»Wie meinst du das?«

»Du hattest an dem Abend ein Eishockeyspiel, oder?«

»Ja.«

»Bevor du da hingefahren bist, was hat Leo dir da erzählt?«

Die Frage überrascht mich. Ich versuche, mich an den frühen Abend zu erinnern: Ich bin zu Hause. Die Eishockeytasche ist gepackt. Es ist absurd, wie viel Kram man dafür braucht – Schlittschuhe, Schläger, Ellbogenschützer, Schienbeinschützer, Schulterschutz, Handschuhe, Nackenpolster, Helm. Irgendwann hat Dad uns eine Liste gemacht, die wir vorher durchgingen, damit ich nicht zu Hause anrufen würde, sobald ich in der Halle war, um etwas zu sagen wie: »Ich habe meinen Mundschutz vergessen.«

Wo warst du, Leo?

Wenn ich jetzt darüber nachdenke, erinnere ich mich, dass du nicht mit uns an der Tür warst. Normalerweise warst du auch dabei, wenn Dad und ich seine Checkliste durchgingen. Dann hast du mich zur Schule gebracht, wo der Bus abfuhr. Das war mehr oder weniger Routine.

Dad und ich sind die Checkliste durchgegangen. Du hast mich zum Bus gefahren.

Aber an dem Abend hast du das nicht getan. Warum, weiß ich nicht mehr. Aber nachdem wir die Checkliste durchgegangen waren, hat Dad gefragt, wo du bist. Wahrscheinlich habe ich nur die Achseln gezuckt, ich erinnere mich nicht mehr. Dann bin ich zu unserem Zimmer gegangen, um nachzusehen, ob du da bist. Das Licht war aus, aber du lagst im oberen Bett.

»Fährst du mich?«, habe ich dich gefragt.

»Kann Dad das machen? Ich will hier einfach ein bisschen liegen.«

Also hat Dad mich gefahren. Das ist alles. Das waren die letzten Worte, die wir miteinander gesprochen haben. Damals habe ich keinen weiteren Gedanken daran verschwendet. Vielleicht habe ich noch einmal kurz daran gedacht, als die Leute über einen Doppel-Selbstmord spekulierten – weniger an deine Worte, eher an die bedrückte Stimmung, als du im Dunkeln oben auf dem Etagenbett lagst –, aber ich habe nicht viel darauf gegeben. Oder, falls ich es doch getan habe, war es vielleicht ähnlich wie bei Augie mit seinem dienstlichen Besuch bei der Basis in jener Nacht, und ich habe es verdrängt. Ich wollte nicht, dass du Selbstmord begangen hast, also habe ich mich vielleicht gezwungen, diese Situation zu vergessen. Das machen wir alle so. Wir nehmen nur das wahr, was zu unserer Version der Geschichte passt. Wir neigen dazu, alles andere auszublenden.

»Leo hat mir gar nichts erzählt«, sage ich jetzt zu Beth.

»Gar nichts? Kein Wort über Diana? Kein Wort über seine Pläne für die Nacht?«

»Nichts.«

Beth schenkt sich noch etwas Whiskey ein. »Ich dachte, ihr beiden wärt euch so nahe gewesen.«

»Was ist passiert, Beth?«

»Wieso ist das jetzt plötzlich so wichtig?«

»Das kommt nicht plötzlich«, sage ich. »Das war schon immer wichtig.«

Sie hebt das Glas und mustert den Drink.

»Was ist passiert, Beth?«

»Die Wahrheit wird dir nicht helfen, Nap. Sie wird es nur noch schlimmer machen.«

»Mir egal«, sage ich. »Erzähl.«

Und das tut sie.

»Ich bin die Einzige, die noch übrig ist, stimmt's? Die anderen sind tot. Ich glaube, wir alle haben irgendwie versucht, Wiedergutmachung zu leisten. Rex ist Polizist geworden. Ich bin Kardiologin, arbeite aber vor allem für Menschen, die sich solche Behandlungen nicht leisten können. Ich habe eine Klinik aufgebaut, die bedürftigen Menschen mit Herzproblemen hilft – Prävention, Behandlung, Medikamente und wenn nötig auch Operationen. Die Leute halten mich für selbstlos und fürsorglich, ich glaube aber, dass ich das in Wahrheit nur tue, um dem, was ich in dieser Nacht getan habe, etwas entgegenzusetzen.«

Beth starrt eine Weile auf den Tisch.

»Wir sind alle schuldig, aber wir hatten einen Anführer. Es war seine Idee. Er hat den Plan geschmiedet und in die Tat umgesetzt. Wir anderen waren zu schwach, um uns dem zu widersetzen, wir haben einfach mitgemacht. Was in gewisser Hinsicht sogar noch schlimmer ist. Als Jugendliche habe ich diese Typen, die andere tyrannisiert haben, immer gehasst. Aber weißt du, wen ich noch mehr gehasst habe?«

Ich schüttele den Kopf.

»Diejenigen, die hinter dem Typen standen und sich am

Zugucken aufgegeilt haben. Und genau das haben wir an dem Abend getan.«

»Wer war der Anführer?«, frage ich.

Sie verzieht das Gesicht. »Das weißt du doch.«

Sie hat recht. Das warst du, Leo. Du warst der Anführer.

»Leo hatte Wind davon bekommen, dass Diana ihm den Laufpass geben wollte. Diana hat nur noch gewartet, bis der blöde Ball vorbei war, was wirklich total mies von ihr war. Leo so zu benutzen. Herrje, ich klinge schon wie ein Teenager, was? Jedenfalls war Leo zuerst traurig, dann ist er sauer geworden. Du weißt doch, dass dein Bruder viel gekifft hat, oder?«

Ich nicke knapp.

»Haben wir damals wohl alle. Aber auch in dem Punkt war er der Anführer. Ich persönlich glaube ja, dass genau das einen Keil zwischen Diana und ihn getrieben hat. Leo hat gern einen draufgemacht, Diana war die Tochter des Polizisten, die nicht so darauf stand. Ist ja auch egal, jedenfalls hat Leo sich da immer weiter reingesteigert. Er ist auf und ab gegangen und hat herumgeschrien, dass Diana ein Miststück sei, die dafür bezahlen müsse, und dass wir das in die Hand nehmen müssten. Den Conspiracy Club kennst du doch, oder?«

»Ja.«

»Leo, Rex, Hank, Maura und ich gehörten dazu. Er sagte, der Conspiracy Club würde an Diana Rache üben. Ich glaub nicht, dass einer von uns das ernst genommen hat. Wir sollten uns alle bei Rex treffen, aber Maura ist da gar nicht erst aufgetaucht. Was im Nachhinein ein bisschen seltsam ist, weil sie ja diejenige war, die dann verschwunden ist. Ich habe mich immer gefragt, was da passiert ist – warum Maura geflohen ist, obwohl sie doch gar nicht am Plan beteiligt war.«

Beth senkt den Kopf.

»Wie sah dieser Plan aus?«, frage ich.

»Jeder von uns hatte eine Aufgabe. Hank hat das LSD besorgt.«

Das überrascht mich. »Ihr habt LSD genommen?«

»Nein, das hatten wir vorher noch nie getan. Das war Teil des Plans. Hank kannte jemanden aus dem Chemiekurs, der ihm eine flüssige Version hergestellt hat. Und Rex' Aufgabe war einfach, tja, das Haus zur Verfügung zu stellen. Wir haben uns bei ihm im Keller getroffen. Ich sollte Diana dazu bringen, das Zeug zu nehmen.«

»Das LSD?«

Beth nickt. »Natürlich hätte Diana das von sich aus niemals genommen, aber sie hat immer Coke Light getrunken. Meine Aufgabe war es also, ihr das in die Cola zu kippen. Wie gesagt hatte jeder seine Aufgabe. Wir waren alle bereit und haben gewartet, als Leo losgegangen ist, um Diana abzuholen.«

Ich erinnere mich daran, dass Augie das erzählt hat, dass er Leo für stoned hielt und wie sehr er sich wünschte, die Zeit zurückdrehen und Diana davon abhalten zu können, das Haus zu verlassen.

»Und wie ging's dann weiter?«, frage ich.

»Diana war etwas misstrauisch, als Leo mit ihr in Rex' Keller kam. Ja, das war ein weiterer Grund für meine Anwesenheit. Eine weitere Frau im Raum. Damit sie sich entspannt. Wir haben ihr versprochen, keinen Alkohol zu trinken. Erst haben wir ein bisschen Tischtennis gespielt, dann einen Film geguckt. Und dazu haben wir natürlich Cola getrunken. Unsere war mit Wodka versetzt. In Dianas war das LSD-Gebräu, das Hank mitgebracht hatte. Wir haben alle herumgekichert und uns toll amüsiert, sodass ich den eigentlichen Grund für unser Treffen beinahe vergessen hätte. Ich weiß noch, dass ich Diana irgendwann angeguckt habe, und da war sie schon fast bewusstlos. Ich habe mich gefragt, ob ich ihr zu viel in die Cola getan hatte. Sie war wirklich völlig weggetreten. Aber dann habe ich gedacht, okay, Mission erfüllt. Das war's.«

Sie bricht ab und wirkt völlig verloren. Ich versuche, wieder aufs Thema zurückzukommen.

»Aber das war's noch nicht?«

»Nein«, sagte Beth, »das war's noch nicht.« Sie blickt jetzt an mir vorbei, über meine Schulter, als ob sie gar nicht mehr anwesend wäre, und vielleicht ist sie das auch tatsächlich nicht. »Ich weiß nicht mehr, wer auf die Idee gekommen ist. Könnte Rex gewesen sein. Er hat als Betreuer in einem Ferienlager gearbeitet. Er hat erzählt, die Kinder hätten oft so fest geschlafen, dass die Betreuer ihnen manchmal einen Streich gespielt und sie in ihrem Feldbett in den Wald getragen haben. Die Betreuer haben sich versteckt und gewartet, bis das Kind aufgewacht ist, und dann haben sie zugesehen, wie es durchdreht. Rex hat viele solcher Geschichten erzählt, die alle wahnsinnig komisch waren. Einmal hat er sich bei einem Kind unterm Bett versteckt und immer wieder von unten gedrückt, bis das Kind schreiend aufgewacht ist. Ein andermal hat er die Hand eines Jungen in warmes Wasser gelegt. Eigentlich hätte er ins Bett machen sollen oder so etwas, aber der Junge ist stattdessen aufgestanden, als wollte er ins Bad gehen, und direkt in einen Busch gelaufen. Also hat Leo gesagt – ja, es war eindeutig Leo, der gesagt hat: ›Lass uns Diana zur Basis in den Wald bringen‹.«

Oh, nein ...

»Das haben wir gemacht. Es war extrem dunkel. Gemeinsam haben wir Diana den Pfad entlanggeschleppt. Ich habe die ganze Zeit darauf gewartet, dass jemand die Sache abbläst. Das hat aber niemand getan. Hinter dieser Felsformation ist doch die kleine Lichtung. Die kennst du doch sicher. Da wollte Leo Diana zurücklassen, weil sie an der Stelle oft rumgemacht hatten. Genau dieses Wort hat er benutzt, in einem herablassenden Ton. Also haben wir Diana da abgeladen. Einfach so. Wir haben sie wie einen Haufen Schutt abgeladen. Ich weiß noch, wie Leo auf sie hintergeblickt hat, als… ich weiß nicht. Als wollte er sie vergewaltigen oder so etwas. Aber das hat er nicht. Er sagte, wir sollten uns verstecken und zugucken, was passiert. Das haben wir gemacht. Rex hat die ganze Zeit gekichert. Hank auch. Ich glaube aber, die beiden waren einfach nur nervös, weil sie keine Ahnung hatten, wie Diana auf das LSD reagiert. Leo hat sie nur böse angestarrt. Und ich… ich wollte nur noch, dass das aufhört. Ich wollte nach Hause. Ich sagte: ›Das reicht doch jetzt, oder?‹ Ich weiß noch, dass ich Leo angesehen und gefragt habe: ›Bist du sicher, dass du das durchziehen willst?‹ Und Leo hat mich todtraurig angesehen. Als ob… als ob er erst in diesem Moment begriff, was er da eigentlich tat. Eine Träne lief ihm über die Wange. Ich hab gesagt: ›Schon okay, Leo, lass uns Diana jetzt nach Hause bringen.‹ Leo hat genickt. Er hat Hank und Rex gesagt, dass sie aufhören sollen zu kichern. Er ist aufgestanden, auf Diana zugegangen und dann…«

Tränen laufen ihr übers Gesicht.

»Was war dann?«, frage ich.

»Dann ist die Hölle losgebrochen«, sagt Beth. »Zuerst waren da diese riesigen Scheinwerfer. Als sie uns erfassten, ist Diana aufgesprungen, als hätte jemand einen Kübel Eiswasser über sie gegossen. Sie hat zu schreien angefangen und ist auf sie zugerannt. Leo ist hinter ihr her. Rex, Hank und ich sind einfach wie angewurzelt stehen geblieben. Ich habe Dianas Silhouette im Scheinwerferlicht gesehen. Sie hat immer noch geschrien, lauter als vorher. Dann hat sie angefangen, sich auszuziehen. Bis sie völlig nackt war. Und dann… Dann habe ich

Schüsse gehört. Diana... ich habe gesehen, wie Diana gestürzt ist. Leo hat sich zu uns umgedreht und geschrien: ›Macht, dass ihr hier wegkommt!‹ Das haben wir uns nicht zweimal sagen lassen. Wir sind abgehauen. Wir sind den ganzen Weg, so schnell wir konnten gerannt, bis wir wieder in Rex' Keller waren. Da haben wir dann die ganze Nacht im Dunkeln auf Leo gewartet, oder darauf, dass... ich weiß nicht. Wir haben einen Pakt geschlossen. Wir würden nie ein Wort über diese Nacht verlieren. Niemals. Wir haben einfach in diesem Keller gesessen und gehofft, dass alles irgendwie gut gegangen ist. Wir wussten nicht, was passiert ist. Auch am nächsten Morgen noch nicht. Vielleicht war Diana ja im Krankenhaus, vielleicht war alles in Ordnung. Und dann... als wir dann die Sache von Leo und Diana am Bahngleis gehört haben... da war uns sofort klar, was passiert war. Die Schweine hatten sie erschossen und die Geschichte vertuscht. Hank wollte zur Polizei gehen, aber Rex und ich haben ihn davon abgehalten. Was hätten wir auch sagen sollen? Dass wir die Tochter des Polizeichefs unter Drogen gesetzt, sie einfach in den Wald gebracht und die Männer von der Basis sie erschossen hätten? Also haben wir uns an unseren Schwur gehalten. Wir haben nie wieder darüber gesprochen. Wir haben unsere Highschool-Abschlüsse gemacht und die Stadt verlassen.«

Beth fährt fort. Sie erzählt von einem Leben voller Angst und Selbsthass, von ihren depressiven Phasen, ihren Essstörungen, Schuldgefühlen, von Alpträumen, in denen sie Diana nackt sieht oder versucht, sie zu warnen oder festzuhalten, ehe sie auf die Scheinwerfer zurennen kann. Beth erzählt immer weiter, fängt an zu weinen, bittet um Vergebung und sagt, dass sie all die schrecklichen Dinge verdient hat, die ihr widerfahren sind.

Aber ich höre nur noch mit halbem Ohr zu.

Weil meine Gedanken anfangen zu rotieren und mich auf einen Weg bringen, den ich nie einschlagen wollte. Weißt du noch, wie ich sagte, dass wir nur das wahrnehmen, was zu unserer Version der Geschichte passt, und den Rest einfach ausblenden? Ich versuche jetzt, das nicht zu tun. Ich versuche, mich zu konzentrieren, obwohl ich das nicht will. Ich will gewisse Dinge ignorieren. Beth hat mich gewarnt. Sie sagte, ich würde die Wahrheit nicht hören wollen. Sie hatte auf eine Art und Weise recht, die sie selbst sich gar nicht vorstellen konnte. Für einen Moment wünsche ich mir, ich könnte die Zeit zurückdrehen – bis zu dem Zeitpunkt, an dem Reynolds und Bates bei mir an die Tür klopften. Dann könnte ich ihnen einfach sagen, dass ich nichts darüber weiß, und die Sache einfach auf sich beruhen lassen. Aber dafür ist es zu spät. Ich kann nicht wegsehen. Also wird die Gerechtigkeit auf die eine oder andere Art ihren Lauf nehmen, egal um welchen Preis.

Weil ich jetzt Bescheid weiß. Jetzt kenne ich die Wahrheit.

VIERUNDDREISSIG

»Hast du einen Laptop?«, frage ich Beth.
Meine Worte schrecken sie auf. Sie führt jetzt seit fünf Minuten ein Selbstgespräch. Schließlich steht sie auf, holt einen Laptop und stellt ihn auf den Tisch. Sie schaltet ihn an und dreht ihn zu mir. Ich öffne ihren Browser und gebe eine Internet-Adresse ein. Im Feld für den Benutzernamen gebe ich die E-Mail-Adresse ein, beim Passwort muss ich raten. Im dritten Versuch treffe ich es. Ich überfliege die Absender der E-Mails im Ordner »Privat« und finde den passenden Namen. Ich notiere mir den vollständigen Namen und die zugehörige Telefonnummer.

Auf meinem Handy sind Dutzende unbeantwortete Anrufe – Muse, Augie, Ellie und vermutlich auch das FBI. Mir wurden jede Menge Nachrichten hinterlassen. Ich verstehe das. Das FBI sucht mich wegen des Videos. Die Polizei hat mich wahrscheinlich auf den Bildern der Überwachungskameras am Hunk-A-Hunk-A im gelben Mustang gesehen.

Ich ignoriere sie alle.

Ein paar Telefonate führe ich allerdings schon. Ich rufe das Polizeirevier in Westbridge an und habe Glück. Ich rufe unten im Süden an. Ich rufe die Telefonnummer an, die ich unter dem passenden Namen auf der Internet-Seite gefunden habe, und gebe mich als Polizist zu erkennen. Ich rufe Lieutenant Stacy Reynolds in Pennsylvania an.

»Sie müssen mir einen Gefallen tun«, sage ich.

Reynolds hört zu, und als ich fertig bin, sagt sie: »Okay, ich maile das Video in zehn Minuten.«

»Danke.«

Bevor sie auflegt, fragt Reynolds: »Wissen Sie inzwischen, wer den Mord an Rex in Auftrag gegeben hat?«

Ich weiß es, sage es ihr aber nicht. Noch könnte ich mich irren.

Ich rufe Augie an. Er meldet sich mit den Worten: »Gut möglich, dass das FBI mein Handy abhört.«

»Spielt keine Rolle«, sage ich. »Ich mache mich in ein paar Minuten auf den Rückweg. Sobald ich da bin, spreche ich mit ihnen.«

»Was ist los?«

Ich weiß nicht recht, was ich diesem Vater sagen soll, der seit so langer Zeit trauert, entscheide mich dann aber für die Wahrheit. Es sind schon zu viele Lügen im Umlauf, zu viele Geheimnisse werden gehütet.

»Ich habe Beth Lashley gefunden«, sage ich.

»Wo?«

»Sie hat sich auf die Farm ihrer Eltern in Far Hills verkrochen.«

»Was hat sie gesagt?«

»Diana…« Ich habe eine Träne im Auge. Mein Gott, Leo, was hast du getan? Als ich dich das letzte Mal im Etagenbett gesehen habe, hast du dir da über Diana den Kopf zerbrochen? Hast du deine Rache geplant? Warum hast du mir nichts davon erzählt? Früher haben wir über alles gesprochen, Leo. Warum hast du dich so zurückgezogen? Oder war ich es? War ich so sehr mit meinen eigenen Angelegenheiten beschäftigt – Eishockey, Maura, die Suche nach einer Uni –, dass ich deinen Schmerz nicht gesehen und nicht bemerkt habe, was für einen selbstzerstörerischen Pfad du eingeschlagen hattest?

In dieser Angelegenheit haben so viele Menschen Schuld auf sich geladen. Gehöre ich auch dazu?

»Was ist mit Diana?«, fragt Augie.

»Ich mach mich in ein paar Minuten auf den Weg«, sage ich. »Ist wohl besser, wenn ich es dir persönlich erzähle.«

»So schlimm.«

Augie fragt nicht. Er stellt fest.

Ich antworte nicht. Ich traue meiner Stimme nicht.

Dann sagt Augie: »Ich bin zu Hause. Komm vorbei, wenn du Zeit hast.«

Als ich Augie sehe, wird mir schwer ums Herz.

Ich warte hier seit einer Stunde. Ich bin nicht so unerfahren wie Beth und habe mich nicht ans Fenster gesetzt. Ich sitze in der Wohnzimmerecke. Von hier kann ich alle Zugangsmöglichkeiten beobachten. So kann sich niemand anschleichen.

Ich kenne die Wahrheit, hoffe aber immer noch, dass ich mich irre. Ich hoffe, dass ich hier sinnlos meine Zeit vergeude, dass ich für den Rest des Tages und die Nacht hindurch in dieser Ecke des Farmhauses hocken und am Morgen erkennen werde, dass mir ein Denkfehler unterlaufen ist, dass ich einem Trugschluss aufgesessen bin, dass ich glücklicherweise völlig danebenlag.

Aber ich liege nicht daneben. Ich bin ein guter Detective. Ich wurde vom Besten ausgebildet.

Augie hat mich noch nicht gesehen.

Ich richte meine Waffe auf ihn und schalte das Licht an. Augie fährt herum und sieht mich. Ich will »Keine Bewegung« sagen, bekomme es aber nicht über die Lippen. Also bleibe ich einfach sitzen, richte die Pistole auf ihn und hoffe, dass er nicht nach seiner greift. Er sieht mir ins Gesicht. Ich weiß Bescheid. Er weiß Bescheid.

»Ich bin auf deiner Dating-Seite gewesen«, sage ich.

»Wie?«

»Deine E-Mail-Adresse war der Benutzername.«

Er nickt, immer noch der Mentor. »Und das Passwort?«

»Vierzehn-Elf-Vierundachtzig«, sage ich. »Dianas Geburtstag.«

»Da war ich wirklich unvorsichtig.«

»Ich habe mir deine Mails angeguckt. Es gab nur eine Yvonne. Yvonne Shifrin. Ihre Telefonnummer war auch angegeben.«

»Du hast sie angerufen?«

»Ja, das hab ich. Ihr hattet nur eine Verabredung. Zum Mittagessen. Du wärst süß gewesen, meinte Yvonne Shifrin, aber in deinen Augen hätte zu viel Trauer gelegen.«

»Yvonne hat einen angenehmen Eindruck gemacht«, sagt er.

»Ich habe trotzdem noch im Sea Pine Resort in Hilton Head angerufen. Sicherheitshalber. Du hattest da kein Zimmer gebucht.«

»Ich könnte mich beim Namen des Hotels vertan haben.«

»Wollen wir das jetzt wirklich bis zum bitteren Ende durchziehen, Augie?«

Er schüttelt den Kopf. »Hat Beth dir erzählt, was sie Diana angetan haben?«

»Ja.«

»Dann verstehst du es.«

»Hast du meinen Bruder getötet, Augie?«

»Ich habe nur Gerechtigkeit für meine Tochter gesucht.«

»Hast du Leo getötet?«

Aber so leicht macht Augie es mir nicht.

»An dem Abend habe ich uns von Nellie's Chicken-Parmesan geholt. Audrey musste zu einem Meeting, daher waren

Diana und ich allein. Ich habe gemerkt, dass ihr etwas zu schaffen machte. Diana hat nur lustlos in ihrem Essen herumgestochert, dabei hat sie das Chicken-Parmesan von Nellie's normalerweise immer verschlungen.« Er legt den Kopf schräg und gibt sich einen Moment lang der Erinnerung hin. »Also habe ich sie gefragt, ob etwas nicht in Ordnung wäre. Sie sagte, sie wolle mit Leo Schluss machen. Einfach so. So standen wir zueinander, Nap.«

Er sieht mich an. Ich sage nichts.

»Ich habe sie gefragt, wann sie das tun will. Sie sagte, sie wäre sich nicht ganz sicher, würde aber wahrscheinlich bis nach dem Ball warten. Ich…« Er schließt die Augen. »Ich habe ihr gesagt, dass es ihre Sache sei, ich das Leo gegenüber aber nicht fair fände. Wenn sie sich von ihm trennen wolle, solle sie ihn nicht zappeln lassen. Verstehst du es jetzt, Nap? Hätte ich den Mund gehalten, hätte ich mich um meine eigenen Angelegenheiten gekümmert, wäre das vielleicht… Ich habe deinen Bruder gesehen, als er bei uns ankam. Er war völlig stoned, und ich habe mich wie ein Idiot… o Gott, warum habe ich sie nur gehen lassen? Jede Nacht, wenn ich im Bett liege, grübele ich darüber. In jeder Nacht meines erbärmlichen, leeren Lebens. Ich liege da, lasse mir die Situation immer wieder durch den Kopf gehen und biete Gott alle möglichen Deals an, überlege mir, was ich dafür geben würde, was ich tun würde, welche Qualen ich auf mich nehmen würde, wenn wir doch bloß die Zeit zurückdrehen könnten und ich eine zweite Chance bekäme. Gott kann so grausam sein. Dabei hatte er mich mit der wunderbarsten Tochter der Welt gesegnet. Das war mir klar. Ich wusste, wie fragil das Ganze war. Ich habe mir größte Mühe gegeben bei diesem verdammten Hochseilakt, einerseits ein strenger Vater zu sein und meiner Tochter andererseits genug Freiheit für ihre Entwicklung zu lassen.«

Er steht zitternd vor mir. Ich halte noch immer die Pistole auf ihn gerichtet.

»Und was hast du dann getan, Augie?«

»Es war so, wie ich es dir schon erzählt habe. Ich bin aufgrund eines Anrufs wegen Ruhestörung zur Basis hinaufgefahren. Andy Reeves hat mich hereingeholt. Ich habe gemerkt, dass etwas Wichtiges passiert war. Alle waren blass. Reeves hat mir zuerst die Leiche auf der Ladefläche des Pickups gezeigt. Es war ein Mann, den sie dort eingesperrt hatten. Ein Amerikaner, erläuterte er, ein wichtiger Mann. Er war geflohen und hatte die Zäune schon überwunden. Sie konnten nicht riskieren, dass er entkommt. Er hätte nicht auf der Basis sein dürfen, also wollten sie seine Leiche beseitigen und behaupten, er wäre wieder in den Irak geflohen oder so etwas. Das war alles vertraulich, was Reeves mir da erzählte. Aber ich habe verstanden, worauf er hinauswollte. Es ging um Staatsgeheimnisse. Er wollte sicherstellen, dass er mir vertrauen kann. Ich sagte, das könne er. Und dann… dann sagte er, dass er mir etwas Schreckliches zeigen müsse.«

Augies Gesichtszüge entgleisen.

»Reeves hat mich in den Wald geführt. Zwei seiner Männer sind uns gefolgt. Zwei waren schon dort. Wir sind auf sie zugegangen. Reeves hat die Taschenlampe eingeschaltet, und da, auf dem Boden, nackt…«

Er blickt auf, und ich sehe die Wut in seinen Augen.

»…und bei ihr, gleich neben der Leiche meiner Tochter, hockt Leo, hält ihre Hand und schluchzt hysterisch. Ich starre völlig benommen nach unten, während Reeves mir das Ganze erklärt. Der Gefangene, dessen Leiche auf der Ladefläche des Pickups lag, war geflohen. Sie haben die Scheinwerfer angeschaltet. Die Männer auf den Wachtürmen schießen in den Wald. Wo sich eigentlich niemand befinden durfte. Es ist

Nacht. Überall stehen Warnschilder. Die Wachen erschießen den Geflüchteten, aber versehentlich, in der Hitze des Gefechts – na ja, Diana hat wie am Spieß geschrien und ist splitterfasernackt auf sie zugerannt, woraufhin ein Wachmann, ein Neuer, in Panik abgedrückt hat. War wohl nicht sein Fehler. Und jetzt stehen wir also da. Man sollte meinen, dass ich auf die Knie gefallen wäre oder so etwas. Meine kleine Tochter liegt tot auf dem Boden, und ich will mich neben sie legen, will mich einfach auf den Boden werfen, sie in den Arm nehmen und stundenlang weinen. Aber das tue ich nicht.«

Augie sieht mich an. Ich weiß nicht, was ich sagen soll, also sage ich nichts.

»Leo flennt immer noch herum. Ich frage ihn, so ruhig, wie ich kann, was passiert ist. Reeves signalisiert seinen Männern, dass sie zur Basis zurückgehen sollen. Leo wischt sich mit dem Ärmel übers Gesicht. Er erzählt mir, dass er mit Diana im Wald war, dass sie rumgemacht haben und schließlich einen Schritt weitergegangen sind, du weißt schon. Sie haben angefangen, sich auszuziehen. Er sagt, als die Scheinwerfer plötzlich angingen, ist Diana aufgesprungen und in Panik geraten. Reeves steht neben uns und hört zu. Ich sehe ihn an. Er schüttelt den Kopf. Er weiß, was ich im Gesicht deines Bruders sehe. Leo lügt. ›Wir haben ein Video‹, flüstert er mir zu. Ich helfe deinem Bruder hoch. Wir gehen in die Basis und gucken uns die Überwachungsvideos an. Zuerst zeigt Reeves mir ein Video von deiner Freundin. Die hatten sie auch aufgenommen. Reeves fragt mich, ob ich sie kenne. Ich bin zu verblüfft, um das zu verneinen. Ich sage ihm, dass es Maura Wells ist. Er nickt und zeigt mir ein anderes Video. Ich sehe Diana. Sie rennt laut schreiend und mit weit aufgerissenen Augen auf die Basis zu. Sie sieht verängstigt aus und fängt an, sich die Kleider vom Leib zu reißen, als würden sie brennen. So hat meine kleine Tochter die letzten Momente ihres Lebens verbracht, Nap. Vor Angst schreiend. Ich sehe, wie die Kugel in ihre Brust einschlägt. Sie sackt zusammen. Und dann kommt Leo ins Bild, er rennt hinter ihr her. Reeves hält das das Video an. Ich mustere Leo. Er windet sich. Ich frage: ›Wie kommt's, dass du noch angezogen bist?‹ Er weint. Erzählt mir was davon, wie sehr sie sich geliebt haben. Aber ich wusste, dass Diana mit ihm Schluss machen wollte. Ich werde ganz still. Als würde ich ihn verstehen. Ich bin der Cop, er ist der Täter. Ich bearbeite ihn. Mein Herz zerspringt – es löst sich in meiner Brust auf –, und ich sage die ganze Zeit nur Sachen wie: ›Schon okay, Leo. Sag mir einfach die Wahrheit. Sie werden eine Obduktion machen. Welche Drogen hat sie genommen? Ich bearbeite ihn. Er ist ein Jugendlicher. Es dauert nicht lange, bis Leo aufgibt.«

»Was hat er dir erzählt?«

»Er hat immer wieder gesagt, dass es nur ein Scherz war. Er wollte ihr nichts tun. Es wäre nur ein dummer Streich gewesen. Um es ihr heimzuzahlen.«

»Was hast du getan?«

»Ich habe Reeves angesehen. Er hat genickt, als hätten wir beide verstanden. Und so war es auch. Die Basis war eine Black Site. Die Regierung würde niemals zulassen, dass all das an die Öffentlichkeit gelangt. Auch wenn dafür ein paar Zivilisten sterben mussten. Reeves hat den Raum verlassen, und Leo hat immer noch geweint. Ich habe ihm gesagt, er solle sich keine Sorgen machen, alles würde wieder gut werden. Es sei falsch gewesen, was er getan habe, aber viel hätte er wohl kaum zu befürchten? Im Endeffekt habe er doch bloß einem Mädchen etwas LSD untergejubelt. Keine große Sache also. Im schlimmsten Fall eine Anklage wegen Totschlags, vielleicht eine Bewährungsstrafe. Ich habe ihm das alles erzählt, weil es die Wahrheit war, und währenddessen habe ich meine Waffe gezogen, habe sie ihm an die Stirn gehalten und abgedrückt.«

Ich zucke zusammen, als wäre ich dabei, Leo, als stünde ich direkt neben Augie, als er dich kaltblütig umbringt.

»Reeves ist dann wieder in den Raum gekommen. Er hat mich aufgefordert, nach Hause zu fahren, er würde sich darum kümmern. Aber ich bin nicht gegangen. Ich bin dort geblieben. Ich habe die Kleidung meiner Tochter gesucht und sie angezogen. Ich wollte nicht, dass sie nackt gefunden wird. Wir haben die beiden Leichen auf die Ladefläche des Pickups gelegt. Wir sind durch die Stadt zu den Bahngleisen gefahren. Wir haben alles vorbereitet. Ich selbst habe Dianas Leiche auf die Gleise gelegt. Ich habe zugesehen, wie die riesige Lok meine schöne Tochter zermalmt hat. Und ich habe nicht einmal geblinzelt. Ich bin nicht zurückgezuckt. Es musste so entsetzlich sein. Dann bin ich nach Hause gefahren und habe dort auf den Anruf gewartet. Das ist alles.«

Ich will ihn verfluchen. Ich will ihm wehtun. Doch das alles kommt mir so nutzlos, so absurd und unsinnig vor.

»Du weißt, wie man Leute verhört«, sage ich. »Aber Leo hat dir nicht alles erzählt, stimmt's?«

»Nein«, sagt Augie. »Er hat seine Freunde beschützt.«

Ich nicke. »Ich habe auch im Revier in Westbridge angerufen. Die Neue, Jill Stevens, war am Apparat. Mir hat es die ganze Zeit zu schaffen gemacht, dass sie Hanks Akte auf deinen Schreibtisch gelegt hat und du der Sache nicht nachgegangen bist. Das bist du aber, oder?«

»Ich habe Hank am Basketballplatz gefunden. Er war ziemlich erschüttert von der Angelegenheit mit dem viralen Video. Ich habe ihn immer gemocht, also habe ich ihm angeboten, dass er die Nacht bei mir im Haus verbringen kann. Wir haben uns erst das Basketballspiel der New York Knicks im Fernsehen angeguckt. Und als es zu Ende war, habe ich im zweiten Schlafzimmer das Bett für ihn gemacht. Als er ins Zimmer kommt und das Foto von Diana auf der Kommode sieht, flippt er völlig aus. Er fängt an zu schluchzen und zu heulen und bittet mich um Vergebung. Er sagt immer wieder, dass es seine Schuld war, und zuerst weiß ich nicht, was los ist, ob er einfach eine Art manischen Anfall hat, doch dann sagt er: ›Ich hätte das LSD niemals besorgen dürfen.‹«

»Und da wusstest du, was los war.«

»Er hat sich dann wieder ein bisschen gefangen. Als wäre ihm klar geworden, dass er zu viel verraten hat. Also musste ich ihn bearbeiten. Ziemlich intensiv sogar. Doch schließlich hat er mir von der Nacht erzählt und welche Rolle er, Rex und Beth gespielt haben. Du hast keine Kinder, daher erwarte ich nicht, dass du das verstehst. Aber sie alle haben Diana getötet. Sie alle haben meine kleine Tochter ermordet. Meine Tochter. Mein Leben. Die drei durften noch fünfzehn Jahre weiterleben. Sie durften atmen, lachen und erwachsen werden, während mein Baby, meine Welt, unter der Erde verrottet ist. Verstehst du wirklich nicht, warum ich das getan habe?«

Auf diesen schmalen Grat werde ich mich nicht begeben. »Hank hast du als Ersten getötet.«

»Ja, ich habe die Leiche an einem Ort versteckt, wo sie niemand findet. Doch dann sind wir bei seinem Vater gewesen. Ich dachte, Tom hätte es verdient zu wissen, was mit seinem Sohn geschehen ist. Also habe ich Hank aufgehängt. Und ihn so zugerichtet, als hätte es mit dem viralen Video zu tun.«

»Aber vorher bist du nach Pennsylvania raufgefahren«, sage ich. Augie ist gut, und gründlich. Natürlich hatte er die Lage gecheckt, sich angeguckt, was Rex so treibt, von seiner Betrugsmasche erfahren und sich das zunutze gemacht. Ich erinnere mich, wie Hal, der Barkeeper, den Killer beschrieben hat: lange Haare, struppiger Bart, große Nase. Maura, die Augie früher nur einmal kurz bei Dianas Geburtstagsfeier begegnet war, hatte den Mörder mit fast den gleichen Worten beschrieben. »Du hast dich verkleidet, hast sogar deinen Gang verändert. Aber die Analyse der Videos von der Autovermietung hat ergeben, dass Größe und Gewicht auf dich passen. Genau wie deine Stimme.«

»Was ist mit meiner Stimme?«

Die Küchentür wird geöffnet. Maura und Ellie kommen herein. Ich wollte nicht, dass sie bleiben, aber sie waren nicht davon abzubringen. Ellie meinte, wenn sie Männer wären, würde ich nicht darauf bestehen, dass sie gehen. Sie hat recht. Also sind sie jetzt hier.

Maura nickt mir zu. »Dieselbe Stimme.«

»Maura sagte, der Mann, der Rex erledigt hat, war ein Profi«, erkläre ich, weil ich die Sache zu Ende bringen will. »Doch dieser Profi hat sie entkommen lassen. Das war der erste Hinweis. Du wusstest, dass Maura nichts mit dem zu tun hat, was Diana passiert ist. Also hast du sie nicht getötet.«

Das ist alles. Mehr gibt es eigentlich nicht zu sagen. Ich könnte ihm noch von den anderen Hinweisen erzählen, die mich zu ihm geführt haben: So wusste Augie, dass Rex zwei Schüsse in den Hinterkopf bekommen hatte, obwohl ich ihm das nicht erzählt hatte, oder dass Andy Reeves, nachdem er mich gefesselt hatte, bedauerte, dass er Diana getötet hatte, aber kein Wort über Leo verlor. Aber all das ist jetzt nicht mehr wichtig.

»Und was jetzt, Nap?«, fragt Augie.

»Ich gehe davon aus, dass du bewaffnet bist.«

»Du hast mir diese Adresse gegeben«, sagt er und nickt. »Du weißt, warum ich hier bin.«

Um Beth zu töten, die letzte Person, die seiner Tochter etwas zuleide getan hatte.

»Meine Gefühle für dich waren echt, Nap – sind echt. Wir haben uns in unserem Kummer verbündet – du, ich und dein Dad. Ich weiß, dass das keinen Sinn ergibt, dass es fast ein bisschen krank klingt...«

»Nein, ich versteh dich.«

»Ich liebe dich.«

Wieder bricht mir das Herz. »Und ich liebe dich.«

Augie steckt die Hand in die Tasche.

»Nicht«, sage ich.

»Ich würde nie auf dich schießen«, sagt Augie.

»Das weiß ich«, sage ich. »Tu es trotzdem nicht.«

»Lass mich das zu Ende bringen, Nap.«

Ich schüttele den Kopf. »Nein, Augie.«

Ich durchquere den Raum, greife in seine Tasche, ziehe seine Pistole heraus und werfe sie zur Seite. Etwas in mir sträubt sich, ihn aufzuhalten. Lass es mit einem netten Selbstmord enden. Ein schneller, ordentlicher Abschluss. Ruhe in Frieden. Man könnte annehmen, dass ich inzwischen eingesehen habe, dass es nicht richtig von Augie war, mir beizubringen, Selbstjustiz zu üben. Dass ich, nur weil das Rechtssystem nicht immer für Gerechtigkeit sorgt, die Sache nicht selbst in die Hand nehmen darf. Dass es falsch war, was ich Trey angetan habe, genauso wie es falsch war, was Augie Leo, Hank und Rex angetan hat. Man könnte meinen, dass ich ihn aufhalte, weil ich will, dass das Rechtssystem zum Zug kommt, dass ich endlich verstanden habe, dass ich die Entscheidungen dem Gesetz überlassen muss, nicht dem Zorn einzelner Menschen.

Aber vielleicht wird mir, als ich ihm Handschellen anlege, auch klar, dass der Selbstmord ein zu einfacher Ausweg wäre, dass die Sache für ihn damit vorbei wäre und dass es ein viel härteres Schicksal für einen alten Cop ist, in einer Gefängniszelle zu verrotten, als sich eine Kugel durch den Kopf zu jagen.

Spielt es da überhaupt eine Rolle, was richtig ist?

Ich bin untröstlich, am Boden zerstört. Einen Moment lang denke ich an die Pistole in meiner Hand und daran, wie einfach es wäre, mich zu dir zu gesellen, Leo. Aber dieser Gedanke verfliegt sofort wieder.

Ellie hat schon die Polizei gerufen. Als sie Augie mitnehmen, sieht er mich noch einmal an. Vielleicht will er mir etwas sagen, aber ich will es nicht hören, könnte es nicht ertragen. Ich habe Augie verloren. Worte können daran nichts ändern. Ich wende mich ab und gehe durch die Hintertür nach draußen.

Da steht auch Maura und blickt über die Felder. Ich stelle mich hinter sie.

»Eins muss ich dir noch erzählen«, sagt sie.

»Das ist nicht wichtig«, sage ich.

»Ich habe Diana und Ellie am Tag zuvor in der Schulbibliothek getroffen.«

Das weiß ich natürlich schon. Ellie hat es mir erzählt.

»Diana sagte, sie würde nach dem Ball mit Leo Schluss machen. Ich hätte es nicht verraten dürfen. Aber was war da schon dabei? Und trotzdem hätte ich es für mich behalten müssen.«

Ich hatte es mir schon gedacht. »Du hast es Leo erzählt?«

Daher hast du es gewusst, stimmt's, Leo?

»Er ist unglaublich wütend geworden. Er sprach davon, dass er es ihr heimzahlen würde. Ich wollte damit nichts zu tun haben.«

»Und deshalb warst du schließlich ganz allein im Wald«, sage ich.

»Wenn ich es ihm nicht erzählt hätte ... wäre das alles nicht passiert. Es ist meine Schuld.«

»Nein«, sage ich, »ist es nicht.«

Und das meine ich ernst. Ich ziehe sie an mich und küsse sie. Wir können mit diesen gegenseitigen Schuldzuweisungen ewig fortfahren, Leo, oder? Es ist ihre Schuld, weil sie dir erzählt hat, dass Diana mit dir Schluss machen wollte, es ist meine Schuld, weil ich nicht für dich da war, es ist Augies, Hanks, Rex', Beth' Schuld, verdammt, es ist die Schuld des Präsidenten der Vereinigten Staaten, weil er der Einrichtung dieser Black Site zugestimmt hat.

Aber weißt du was, Leo? Es interessiert mich nicht mehr. Ich rede auch eigentlich nicht mit dir. Du bist tot. Ich liebe dich und werde dich immer vermissen, aber du bist seit fünfzehn Jahren tot. Das ist lange genug zum Trauern, meinst du nicht? Also werde ich dich jetzt loslassen und mich an etwas Konkreterem festhalten. Ich kenne jetzt die Wahrheit. Und als ich die starke, schöne Frau in meinen Armen ansehe, halte ich es für möglich, dass die Wahrheit mich endlich befreit hat.

DANKSAGUNGEN

Wenn Sie die Anmerkung des Verfassers am Anfang des Buchs gelesen haben, wissen Sie, dass ich in meine Kindheit zurückgegangen bin. Die Erinnerungen der Facebook-Seite *Livingston – 60s and 70s* waren von unschätzbarem Wert, vor allem muss ich mich bei Don Bender bedanken, einem geduldigen Mann und Experten für alles, was mit den alten Raketenbasen in New Jersey zu tun hat. Andere Personen, bei denen ich mich ohne bestimmte Reihenfolge bedanken muss: Anne-Sophie Brieux, Anne Armstrong-Coben, MD, Roger Hanos, Linda Fairstein, Christine Ball, Jamie Knapp, Carrie Swetonic, Diane Discepolo, Lisa Erbach Vance, John Parsley und ein paar andere, die ich vergessen habe. Weil sie aber alle großzügige und wunderbare Menschen sind, werden sie mir vergeben.

Außerdem möchte ich Franko Cadeddu, Simon Fraser, Ann Hannon, Jeff Kaufman, Beth Lashley, Cory Mistysyn, Andy Reeves, Yvonne Shifrin, Marsha Stein und Tom Stroud erwähnen. Diese Menschen (oder ihre Liebsten) haben großzügig an Wohltätigkeitsorganisationen meiner Wahl gespendet, damit im Gegenzug ihr Name in meinem Roman erscheint. Falls Sie daran auch Interesse haben, finden Sie die Einzelheiten hierzu auf www.harlancoben.com.

Unsere Leseempfehlung

384 Seiten
Auch als E-Book
und Hörbuch
erhältlich

Helena Pelletier ist eine ausgezeichnete Fährtenleserin und Jägerin – Fähigkeiten, die sie als Kind von ihrem Vater gelernt hat, als sie mitten im Moor lebten. Für Helena war ihr Vater immer ein Held – bis sie vor fünfzehn Jahren erfahren musste, dass er in Wahrheit ein gefährlicher Psychopath ist und sie daraufhin für seine Festnahme sorgte. Seit Jahren sitzt er nun im Hochsicherheitsgefängnis. Doch als Helena eines Tages in den Nachrichten hört, dass ein Gefangener von dort entkommen ist, weiß sie sofort, dass es ihr Vater ist und dass er sich im Moor versteckt. Nur Helena hat die Fähigkeiten, ihn aufzuspüren. Es wird eine brutale Jagd, denn er hat noch eine Rechnung mit ihr offen …

www.goldmann-verlag.de
www.facebook.com/goldmannverlag

GOLDMANN
Lesen erleben